現実のクリストファー・ロビン

瀬戸夏子 ノート2009−2017

書肆子午線

現実のクリストファー・ロビン　瀬戸夏子ノート 2009-2017

目次

II 評論

III インタビュー、ブックガイド、日記

IV 歌壇時評

V 作品

造本＝稲川方人

現実のクリストファー・ロビン　瀬戸夏子ノート2009-2017

すべてが可能なわたしの家で

――まえがきのかわりに

すべてが可能なわたしたちの家で　これが標準のサイズ
二重の裏切り、他になにもない朝の音楽に
もう何リットルかわからないけれど、生きてるかぎりは優しくするから
あなたが日本人だとしてもわたしたちにはまるで関係ないって
用事がなくてもコートは羽織っていいし、可能性が避ける道をとおって
なにもかけていないスパゲティのような体臭で
後ろで色がなんども変化するのがわかる勇気があるから
でもまだだ　それは**急に**　それは値段がついていなくて、**恐竜**の緻密な漫画に挟まれて
苦手なこともわたしたちにまかせてほしい**な**　**食事は**したこと、ありますよね
神経の構造を盗む**頬から、頬が**どんどんうまれて
笑いながら　レモンを絞られた雲が上着の上を滑る　行く手を
狙う　エンジンに触れる、**入浴**をすることも

わたしたちが**住んでいる**　家ではこれが標準のサイズ
孔雀はついばむ、時計の金と銀の間で
昨夜から　雨が降りつづいていたので
うーん、待っている**列車**が**なかなか**到着しない日々ですが
壁にはかつて生きていた洋服がたくさん塗りこめられていますが
いい？いい？いい？
ユニークに青空を折りたたむ光りの指
　　　　光りの湯を捨てる
優等生と劣等生が会話を繰りかえす　いないなら
素直に、他人の夢の川岸のピクニックにも**地獄**があらわれる
電信柱が立ちつくし住んでいる
蒔いている
結ぶ　空はまっすぐな千本の針を飼う、だから空で入浴すると
縮む　というわけで、**上級**者には多少荷が重いかもしれません

まさか　まさか次の日曜日の心配までしている
わたしたちの知らない旗が春の尖端で裸になっている
つづけよう　**それからの**出来事も、**重力は**かばんの中心地
旅をしていて思うこと　しょう油をきらしてしまったんだよね
スリッパがとてもよくすべる空間に生きていて、しかも**全円**が一円玉をまっとうして
苦手だった事柄があひるよりも前にすすみ、フルーツのようにおいしい自転車にのり
「**あ**」は一画めからきついというけれど
わたしたちは　家が**小さく**小さく縮みやがて見えなくなる
注意の尖端が五角にわれる、セーターをすっぽりと着て友人は話す
いくつもの空の**あやとりの**　弱い　糸の群れの匂いも
チューブには夏のものと春のものとがあって、盗まれる棺
青空を平面になおす数字にひろがる、失敗をする
古着屋にむかう赤い車
それだから群れは弱い**肉**のことをとてもとてもよく思っている

にじむ日記　それではそろそろ死のことも考えなくてはね
ほどかれた指紋が、**海**の支店から上手に逆上がりする
もうひとり、戦ったオープンの座席
春夏秋冬　まじめだよ
競馬で最強だった馬の繁殖能力
死んでしまったうさぎもちょっとはキャベツをきざむべき
ここ新潟で　大恋愛
どれだけ自由でもまさか　トイレットペーパーより溶けやすいってこと**はないでしょう**
さあ捨てずに　似顔絵だったなあ、負けないだけの強い力
恐ろしいことをはじめた？　屋根には少々**の情報なら**めりこんでいる
いかんせん、わたしたちも夕暮れになれば出発してしまうが
なだれはわたしたちを電気剃刀の　洗う
落下する映画のぶどう、頭の**良い**ナイフ
最悪の余地にシャンプー**の泡**、面と向かって言いたいと思う
二発
わたしたちにも新聞がとどきました

分母にいれるわたしたちの発達、
くまがどれだけ昼寝しても許されるようなわたしたちの発達、
しかも寄道していてシャンデリア。
青空はわけあたえられたばかりの真新しくあたたかな船。
卵にゆでたまご以外の運命が許されなくなって以来わたしたちは発達。
教科書ばかり読んでいたのでちっとも気のきいたことを言えなくてごめんなさい。
まったく世界中でわたしたちを愛してくれるのはあなただけね。
ベランダから生きてもどった人はひとりもいないっていうのにさ。
毛穴のひとつひとつに埋めこまれたダイヤモンド、
子音っていうのはおさがりのみつあみ。
これからつくるのはわたしたちの発達、質問をどうぞ。
朝露できらきらするくもの巣状にひろがる東京都をわたしたちの指がひょいっとつまむ、
一生分のコンタクトを自転車の荷台につみあげている、そのとき、
わたしたちの背中はぱっくりふたつに割れてしまうが、そのとき、
その中央でウインクする眼球がひとつ。
眠ろう眠ろうとするけれど咽喉が痛いとわめくから、

口をわっとこじあけてやると星がいくつも小枝にひっかかっていた、
別離はわたしたちの知る天国のすべて、
選択肢はいつもいつもできたてのくま、
成長する、
成長する、
成長するのっぺらぼうとわたしたちは沈黙している。

必要のない　恐ろしい状況下でのサービス
わたしたちが朝の珈琲、修理した家をつくりなおしてじっくりとみがく窓
同じくらい真剣にvolvicのフルーツキスを飲んで
ごめんなさいは？　ごめんなさいと言いなさい
邪魔だし　血気さかんな太陽がきっと他人に見えてたくらい
あげくのはてに、富士の山頂で　晴れた日に調子のいい人と会話して
痙攣して素早く老いるくらい　倫理は
元年に洗われて、使いなれたクリップで銀色のゾウをとめる
一切　わたしたちの魂はひとつの扉を閉ざしてしまった

疑問符に性欲をたくさん**詰め**こんでいても、わたしたちが失敗したときに
もとめる絵は……、シャープペンシル
いいですねえ**日本**
ここからさき　冷凍食品については、たったひとりで行かなければいけないと
名前には水死のことを書き、睡眠を然るべく、発達させる
わたしたちは山を**自由**にする

順番をまもって心の初日　真珠…
とても信じられないことだけど、猫と猫の**首**を切るのだと
砂糖と砂糖のすきまを　間違いさがし
電気のかよう服を着た人たちが大挙して押しよせ家の扉はみな開かなくなる
婦人は上がったり下がったりしている
きょうは火曜日、椅子に貼りついて座るりんごは椅子ごと硝子のような音を立てて砕ける
わたしたちの家**は横になり**、とてもやすらかに眠ることもできるのだと
薄い皮薄い皮　一枚、賛成してくれたら
わたしたちは**首を吊る**

斜面がアイスクリームと**同じ**くらいに輝いて、危機をやりすごす
わたしたちにむけられる感情が減っていくのを　見るのは、こころよい
時計と　沈黙する空をたぐりよせ　切替えて
寿司に関していえばもちろん　松と竹**と梅の中身を**シャッフルしなければならない
西日本は山口県にただひとつ

いったい　いつまで天気予報を信じてるつもりなんだ
わたしたちのひらいた雨傘の上で**逆**立ちするたったひとりのピアニスト
電子レンジで焦点のあわない宝石を毎日温める　苦い苦い**夕焼け**
そう、わたしたちは偶然この家に住んでいただけ
　　　　　　　　　　きゅうりの**輪切り**
コインランドリーの真ん中で蟹が**しゃがんでいる**
とはいえ　内側から鍵をかけ
浮気性だなあと思い指と指の間にマーカーを何本も**挟む**
しま**模様**　こんなに酸っぱくて**は**我慢できないと
幽霊のように逃げだしてきて、２ミリほどの身体でしなをつくる

ひらかれたカラフルな包装　ゆたかなひまわり、
ラジオ体操をしていると、腹がつやつやに熟す
それが　いちばん**いい**方法なのだと、ちゃんと**教わって**いたのだった

肉体は交遊範囲をこえて　**火種**はむくむくと顔を見せて育つ
必要ないはずさ　夢**の中**では、日々、わたしたちの人生は長くなるのだし
事情を説明したい　縦横無尽　雷が**落ち**てきて
慌てて、苺をエコバッグいっぱいに買いにいく
たったのひとふれ　**豪華な**鸚鵡返し　どんなにゆたかな林でも
やめなければ火がある、いったい何のための毛？
高みの見物　紀伊國屋書店は　**庭**の**ほとり**に最近また庭ができて
そろそろ勘違い　わたしたちは当時、本当に　本当によく眠っていた
じゃないかな　過不足は光る、お喋りをするように
千差万別、ああ食べたい食べたい　渾身の小春日和
裏打ち　お会いしましょう、すべてが可能なわたしたちの家で
ＡＢ型　十把一絡げ　蟹の殻から身を剥きだすように陽は沈む

タンバリンが鳴る　鈴が鳴る
たくましく**パンダ**が笑って桃色の歯茎**をみせる**

耳をすまさなくとも日本からは
路線図に黄緑**色**した雨が降る、小滝橋　凍えた犬の断面が真っ赤で
　具体的にはスチュワーデスと結婚しているところがたまらない
花粉　生クリーム**だけ抜けて**い**る**ページにびっしりとステンドグラス
正直で**バランス**の悪い　新しい　笑顔のような空気
ガソリンをきちんと決められた間隔で、化けの皮の六道…
中央で体重をふやす、最後から2番目の歌にも
日々の社会、日々の算数、日々の
無人**は**　ださいジャージだし　しかも輝く出口をにょろにょろと見繕う
前のめりに水の輪のなかで　水は笑い
目覚めると口の中いっぱいに花びらが
東京タワーの根元、青痣のある球体の鏡と**鏡**がぴったりくっつく
大安売りに肉付けして思うこと　うん、くやしいから嫌だよ

積みかさねられた電気と血液の層が　うかんで　怒りの右足と**喜び**の左足を浸す
一枚先に出してしまった　しばらくしっぽをふっている
バケツの分厚い**底**を**抜く**

このところ、まないたが出来て　凝った　**無実**の　動物**まで**海に捨てる
交差点が降りてくるので夢中でまたぐ　リモコンのボタンが刳りぬかれて
クリームソーダのソーダには青色と**緑**色と赤色があって
日清、日清、日清、
むこう**側から**穂村弘と小池光が手を繋いで歩いてくる、まだ覚えているどうかも、
視力にも温情があるといいたいのだろうか、中古屋にあふれている
エイプリル・フール　間違って、嫌いなものにさわってしまったみたいな表情
みずほ銀行の曲がり角　音色からいってもきれい**すぎる**と思わない？
来年は頑張ろう、来**年**は頑張ろう　候補は2種類ありますが
あんまんを食べてルノーに乗って　錆びついたベッドが**軋む**、陸地のすごさ
透明な桃や蜜蜂を**つぎつぎ**に巻きこんで　ここにとどまって
ありがとうと言う　もちろん、わたしたちは日本人ではありませんが

かなしいなと思う　もちろん、わたしたちも
凍る耳　クリームは台風をうるおしているか　どうかなあ…
ちらし　電話代そちらだったか　毛糸のような毛を揺らして

わたしたちが雷のようにおちてきた、あたりいちめんの洋服のにおいにあたふたしていたころ、消防車は頻繁にわたしたちのもとにやってきた。消防車はわたしたちに、火事は知りませんか、火事がどちらのほうで発生しているかわかりませんかと、よくたずねたものだった。いつも決まってわたしたちは、ええ、ごめんなさい、ちょっとわかりません、いつもお役に立てなくてすみませんと答え、消防車は、そうですか、いえいえ、毎度ご協力ありがとうございますと答えて去っていく。消防車が、まだわたしたちの手のとどくところにいるときには、消防車は消防車の大きさをたもっているけれど、黄色い草原のむこうへ、むこうへと遠ざかっていけば、やがてはひとさし指の爪にのる、天道虫くらいにしか見えない、赤い点へと変化してしまう。

そのときになってわたしたちはふりかえり、雷のように落ちてきた、あたりいちめんの洋服をふりかえると、レインコート、ブラウス、カーディガン、ジャンパースカート、トレーナー、シャツ、ハイソックス、ソックス、ジーンズ、ハーフパンツ、ショートパンツ、コート、ワイシャツ、シャツ、シャツ、セーター、そのすべてが色とりどりの、さまざまな赤色をしていたことを知る。むせかえる

ような洋服のにおいのなかで知る。ごうごうとつよい風が吹いて洋服がめらめら、高く舞いあがる。そのときにはもう、やがてもどってくる消防車のための道はわたしたちの心臓のなかにすでに敷かれている。それから、雷がもういちど落ちてくる。

とうとう　わたしたちの歯型がみつかった
そんなふうに　正しさとはべつの重力がはたらいているのがわかる
俺にきかないでよ　眼鏡、分厚いね　春の回転数　呆然としていますが
出発、角砂糖をこわしてもう一度ならして固めた**海**のおもて
　中継します　４に**ついて**、超えなければならない
血塗られた床　すべり台、メロンは夜を経るごとに水分がふえる　**どんな**…
なつかしい　**隠し子**だってことも忘れていた、花が**髪の**ようだ
そう　そう　日本人は眼鏡をかけた**まま**シャワーを浴びてよくもらせる…
しかし、**縞**模様の虎の背中には磨きぬかれた雪が降る
むむ、全体**を通して**これは言えることだと思いますが
顔はその肉のなかに沈んでいき　ちいさな握りこぶし
父親たちの恋も母親たちの恋もいつも　わたしたちには新鮮ですが

オムライスにはケチャップもマヨネーズもかけたい、**我慢**できない
局部的な生きものから進化する
夏は浴衣、夏のお祭り、夏の海、夏になったら花火を**しようっ**てさ

わたしたちの**ごく**貧困な想像力にも　やがて誕生日がおとずれる
母音はポップコーンのように弾けて、バターがにじむ
だって、たわしは獰猛で**勇気**がある　**きれいな**虫も食べられるし
重複した柄のトランプとトランプで　同時進行で　七並べしつつ
遺棄　**皿の上**のおいしくおいしくおいしい苺　煙も出る
船の窓からはみ出すクリーム色の象の**鼻**をみて、面食いで何がいけないのかと
パチンコをして歯を磨いてパジャマを**着て**またパチンコをする
先**延ばし**　木琴の馬でも鹿でも大恩人、地平線の太陽から
おおまかに言って、失敗した飴のようにレゴブロックを積み
ちゃんとキープしておこうよ、そういうの　炭酸たっぷりの国境も
耳を立てるおたがいの雪のような、桃のような氷粒が美人の頬の　肌理をうずめる
ましてや　変わりはてた姿となって発見された井の頭**公園**のことは

温暖な根が　ゆくゆくは将軍の足許にも**及ばない**
水と**太陽**の生まれるところ、20年したら選挙にもいけるし
使ったあとにはきちんと**も**とあった場所に戻そう、さもなくば重要文化財に**星**と
田舎ものの自明性のような、もしも、裏が起毛でも
そんなにダイヤモンドでできた右腕を信用しなくても
バスマジックリンの時代があり花柄のめがねの時代がありＳＭの時代は終わりみたいで
集中している　犯人だからか？
もしかしたら山手線を裏返した耳に抒情が**残る**　同時に、たくさんやってくることを
面白い　腋の下なら　**バナナを**食べるべきだし、たまには諦めてほしいなと思うことも**ある**
高い音域で生きている白い自動車に　収穫する、きらびやかな**神経**は
　しゃっくりして代名詞は
母親のように唾液をこぼしながら　砂糖でざらざらの友人を水道水で洗おうと
　森からは
そうそう　フランスパンだけ**は**どこにもいったことがないんだけれど

日本人には指紋が**あるから**　危険なことをしてはならないと
雪の一片を100万分割して　理解できる、草の生えたパスタ
また、ださい、艶の多い黄色のレインコートを何枚も着込んで
みみずを多く含んだきれいな事柄**が苦手**でたまらないサービスエリア
魚が肉になるように、アルファベットが太陽になるように　夢になり
南にはキャンディーを忘れ　2年前には傘を忘れ　忘れていて
冷凍食品は**はじめて**食べるということだと思うと　ちゃんと就職するつもりはないのかと
グラデーションの　虹を**刷かれた**日本人の顔に映りこんでピースする
みずうみに星が落ちるくらい、多種多様の太った少女
レシートの裏側にサインしてください　それから**表**にも
せっかく　電信柱に血や臓物がついていたのに
わたしたちの新しい**日本**人たちがシンメトリーで
わたしたちの命より**長持ち**するというのなら教えてほしいくらいです

もうそろそろ　東京は行方不明になってしまうし

わたしたちが選ぶだろうというのはかつての話、窓は赤くなり青くなり
うん、まあ、有利に立てる話題かなと思っていて　千歳烏山で凛々しく生きたい
20**02年も**過ぎてしまったし、笹の葉をふくむ夕暮れに
生まれつき双子は苦手なもので　壜底で　水色の湯は頁と頁の**あいだの**力が歪む
表面は　達磨らしくつるりとした、東京駅で意識を失う
必要な、回復すべき信頼　そうかもしれない、本当に　そうなのかもしれない
安全圏にも体温の低いメロディーにも　矢印に、ちゃんと復讐されてる**な**
天気予報　**しらべ**ようにもわたしたちの、住んでいる場所は多すぎて
くまの模様**に**耐えかねた**真の**歴史がそりかえる、よく笑う人だなあ、
油断した光りの噴水の**上で**は下敷きがぺらぺらしていて、胸のなかが涼しくなる
代行した点滅の　予期されなかった隣人たちは、わたしたちがそんなにこわい？
最近　まったくおなじ濃度で**再現**する
奪って**きた**沢山のカラフルなろうそくが鏡**の**なかにある**？**

どうしてこんなに　美しい日本のわたしたちの
必要最低限なエロほんに関わるための電車がいくたびも憂鬱に、**通りぬけ**て

子どものころからずっと一緒、 おしりがいくつも隣に並んで
青森に厚かましいりんごが生きていて友人が生きている注意を**払わない**
とくに　双子が炬燵に入っているときにはよく轢かれる…
電気のついた黄色の**紙**袋は、 最悪の事態に陥ってしまったんだと
方角が安定している　僕の友情を疑うから**いけないい**んだよ
人の文字を3回書いたら夢になりますって言っていたし
硝**子**のコップに座り、 2杯飲む　家まであと30mという地点で
白**抜き**文字**で、** もしもし石原慎太郎ですけど
ホッチキスで留めておいてくれるかな、 それもこれもあれも全部ね
痛みなしに水晶の壁を通り**ぬけること**　あたたかい家を譲りわたすような手つきで
ウエハースを**噛む**ような　**複数が**微分を許す、 最後のひとりでもあるし
また　水瓶座がにきびを増やして、 本当に、 三島由紀夫はすばらしいと

彼らがたったひとりの母親を狂わせたように　東と南がよりそって眠る
気のいいアヒルが全身を斜めに緑色に吊りさげる、 面映い星座のかげに
行儀のいい牛乳だと思ったと　どんな漫画も最初はアルファベットだと

もうすこし右、もうほんのすこし右　その少しがわかりづらいの？
その重力はみじかい生涯をおくり　日本人たちを見せしめにして
どうしても　住んでいる家から手を振ったりしないこと
麻痺しているのは金銭感覚だけじゃない、苦い青空だけでもなくて
増している　みみずが生きている紙のなかは、とても白い角膜
質問の意図も、図々しい方言だって？　おおきく口を開けてみろ
凍えた　力のない影をいくつも持ったチーズが冷蔵庫のなかにあって
肉体には類型があるだけで　街灯が捨てられている、舌を抜かれたというのに
6年待ち、白い家が増える、それくらいで感動するなんて
わたしたちの**皮膚にたくさん穴があっ**て**春**の**極点**
権利は**出発**し、わたしたちの友情にもたくさんの、またテレビに夢中になった
ダイアリーがねむってしまうまであと少し、オレンジ果汁100％は
しずかに森でからだを横たえて、大きく大きく
右と左の耳がそれぞれみぞれまじりの目を見合わせている

すべてが可能なわたしたちの家で　これが標準のサイズ

二重の裏切り、他になにもない**朝の**音楽に、**気は**やさしくて力持ち
もう何リットルかわからないけれど
新宿の理髪店で、複雑なライオンの表情を**みせた**りもするあなたが
終わらない、**日本人**だとしてもわたしたちにはまるで関係ないって
指紋のついていないセロテープ、ミズーリ河の鰐、**それからに**ぎやかな人混みに
紫陽花のように星が群がって息をしているところでは、どこにもいないんだねと
実際　針の動きに従ったり逆らったりする秒数の他に
てのひらは**真っ黒**に**なり**手首にくもの**巣**が、冠婚葬祭をすっ**と**ばして
みつけた?みつけた?みつけた?
重箱のすみは善人にも乗降する隙がある、歯が痛くて
電飾をまとったイルカの双子どうしが頭突きして　勇気があるから?
純粋培養した山手線**に**くらべて**みて**も、洗濯機の見本を並べて
栄光や名誉がお辞儀する心を　光りに沈める、消えてしまったわたしたちも
きこえるのどうか、さむくなるくらいに呼吸する朝が
昼と夜へ猛獣につかみかかるダイヤモンドの橋を渡す

（「町」創刊号、二〇〇九年五月）

Ⅰ　エッセイ

ジ・アナトミー・オブ・オブ・デニーズ

ファミマとマックのどちらに忠誠を誓うのか、これは重要な問題だ。デニーズは消滅してしまった。その子はデニーズでアルバイトをしていた。わたしたちはその子の仕事が終わるまでのあいだ、いちばん駅に近いマクドナルドでてりやきマックのセットを食べて待っていた。まだマクドナルドは24時間営業になっていなくて、23時になると水の味しかしなくなったコーラをすすってねばっているところを追いだされてしまった。とぼとぼと坂を5分くらい下っていくと黄色いデニーズの看板があらわれた。デニーズの配色はマックに近い。その看板の根元にすわりこんでいると、入っていく人も出てくる人もすごくあかるい目をしている。金色の髪と金色の髪のカップルがけたたましく喧嘩しながらでてくるのも、あかるい。食欲その他がみたされてまた苛々しているようなつやつやした目だ。頬だ。その子はいま給仕をしている、いそがしくエプロンの裾をはためかせながら運ぶさいちゅうに珈琲をこぼしながら。ためいきが白かったのは冬だったからだ。日付が変わってからその子がわたしたちのもとにやって来たとき、ごめんね、さむかった?、ていうかここで待ってなくてもよかったのに!、言ったとき、世界中のデニーズは消滅してしまった。

だからいっしょに歩いている子が急に燃えあがるようなことがあっても、デニーズに逃げこむことはできなくなってしまった。

デニーズはなくなってしまったわけじゃないのよ。

その子は言った。

デニーズが消えたとき、どんな感じだった?

ものすごく光ってた。きらきらしてた。

そのきらきらはまだあるの。あんたの脳味噌の地図のなかで、デニーズのあった場所どこもかしこも、に、いまはその光りがあるのよ。しわしわの桃色の地図のなかで、やっぱり光ってるわよ、めじるしの星みたいに。ちゃんと、わたしはまだそこにいるわ。

デニーズ座だね。

目にはみえないデニーズ座の領域内でわたしたちはきょうも生きてるけれど、燃えあがってしまった子の手をひいて駆けこもうとしても、もうデニーズはどこにも見あたらない。燃えはじめるとき、頬からの子、耳からの子、眉毛からの子、はたまた乳首からの子、とりどりで、発火してしまうと口唇が破裂する。握りしめたその子の手首からわたしたちまで燃えあがりそうになる。まず脚がだめになる。つぎに燃えあがるのは心臓。

チーズバーガー、チーズバーガー!

両手を振りまわしながら主張するのでまたわたしたちはあわてて夜でも消えない灯りの店、100mさきからでも十分見つかるたっぷりの光量の、手をとって走り、くらくらするくらい冷房がきいている店内をずんずん進み、レジの店員に、だから、チーズバーガー、チーズバーガーをください、と注文した。入口を振りかえるとわたしたちの猛暑を走った足跡が一歩一歩積みかさなりながら汗をたらしてあるいてきてわたしたちにやれやれ追いつき、積みかさなりのその上に載ると、たいへんな厚底靴を履いたような高さになって店員を超えてしまった。あらためて微笑んだ、わたしたちはピクルスが嫌いなんだ、この夏。

店員さん。この店員には見覚えがある、1丁目のファミマにいた。かっこいい男子はコンビニでバイト禁止だよなあと、ひっかかっていてとても覚えている。

チーズバーガー。

ああ、という顔をしたあとに、大きめの口唇で店員は笑った。

恋人っていったい、何人までつくっていいのか、よくわからないよね。

ねえ、ここは3丁目なのに、どうして。

チーズバーガー。チーズバーガーなんて、ほんと、この世にあるのかな。

チーズバーガーなんて大嫌い。でもここはコンビニでしょう。

いったいきみは1丁目のファミマと3丁目のファミマ、どっちを信じてるの。

だからはやくして！

そっか、お客様。言った。きみ、浮気してたんだ。ひどいなあ。ぼく以外の人と。

だからだ。もううしろにはたくさん人が並びはじめている。

でもチーズバーガー、ここにはない。売ってあげられないなあ。

Family Mart。わたしたちの頭は情けなく、3つの風船みたいに浮かんでいた。ここはおそろしいみずうみ。それ以上進んではいけません。

もうひとりいるんだね。

燃えてるんだから。きこえやしないわ。

だからだ。わたしたち燃えてしまったんだ。

ここから先のことはわたしたちにまかせてくださいとわたしたちは言った。


デニーズで2時までバイトしてそのあとファミマにくたびれた身体をひきずってそのままバイトに行くわけだけれど、**だから、**デニーズで見かけた人がファミマのほうにもやってきて出くわすなんてことはしょっちゅう、ある。

でも、わたしたちは絶対出会ったことなんかないわよ。セットを注文しながらそいつは言った。

間違いなくデニーズがあるはずね。あなたの脳味噌をみせなさい。

そういう意味ではここは死体だらけだよ。きみが燃やしてばっかりいるからね。100年経ったらもう一度おいで。確認してみるんだ。ほうれん草より緑色だ。ポパイもびっくり。茫茫に生えてるよ。雑草もきみもファミリーマートも。

途端にポケットの携帯が鳴った。勤務中じゃないの、とそいつが睨みつけてくるから腹が立って、おまえは店長でもなんでもないだろうと思ったけれど電源を切るためにポケットから取りだした携帯をハンバーガーに飢えたみたいなそいつにひったくられた。

もしもし、もしもし！

そんな大声ださなくてもきこえてるわ。

この人とつきあうことに決めたきっかけはいったいなんなの。理由は。

いいえ。

あなたファミリーマートにきたことある？

うん。

ねえ、じゃあ、どうして、この人いなくなっちゃったの？　携帯だけ残して。わたしたち、携帯持ったまんまなのに、あなたとしゃべってるのにさ、もういないの。あの店員。どうして？　どこにいっちゃったの？　どうするの。誰がレジ打つの、商品管理は、万引きは、強盗は？　ほかの店員は？

でもそんなの決まってるじゃないって電話の向こうに笑われた。

なによなによ。炎上しているのは店舗のほうよ。あなたもはやく逃げなさい。デニーズがそうなら、ファミマだってそうに決まってるわ。

てりやきマックは売っていないと言われたのでわたしたちは、早速、それをつくることに決めてしまった。店員をとらえてレジから引きずりだした。すべての優柔不断となかよくしなさい。**なかよくしなさい**。その子が店員のうえに馬乗りになっているけれどものすごく、やっぱりな勢いで、店員が暴れるので、はやく、はやくはやくはやくひとりじゃ無理はやく！とせかすので引きずり落とすつもりだった電子レンジはあきらめてポットに手をのばした。コンセントを抜くのももどかしく店員の頭に思いきりの力で振りおろした。わああ、危ない、あたる、とその子が苦情を言ってくるけれど、いいから危ないから押さえててよと思いながら、3回目くらいになると腕がだるい。ずいぶんぐったりしている、しろくてすこし薄汚れた床だなと思う、コンビニは。

なかなか血って出ないね。どばっとは。

だから電子レンジにしようと思ったのに、電子レンジだったら西瓜っぽくつぶれるかと思ったのに。

なかよくしなさい。

はあとためいきをつきながら、その店員のうさぎの瞼のように薄くてぴらぴらの瞼をどけて目玉をふたつとりだした。ピザのチーズみたいに視神経がびよーんとのびてくる。噛みきったりひきちぎったりする気力もなかったので引出しをあさってハサミを取りだし(切手を置いてあるところの横にあった)、ぷちぷち切っていると、その子がバックヤードから戻ってくる。賞味期限切れのパンを両手いっぱい、持てるだけ抱えて。はあとためいきをついて死体を埋めつくすようにばらまいた。

なに? お葬式?

訊いてもそのまま何も言わずに死体の隣りにばったりと倒れてしまった。しばらくじっと見つめていると突然起きあがり、ちがう、と言った。

むしろお誕生会。

なかよくしましょう。パンの、ビニールの包装をやぶってメンチカツバーガー(バーガー! バーガー! バーガー!)からメンチカツをとりだしてごみ箱に棄ててしまった。あぐらをかいたままぼんやりその様子をみていると、ほら、とバーガー(上)とバーガー(下)を右手、左手にもってぱかりと、顔の真ん前にひらいたかたちで突きだされた。

はやくはやくてりやきマック。つくらないと。

とりだした目玉をふたつ、その中央に載せると怒られる。なんで!よりによって!そんな!安定性の!よくない具を!選ぶかな。もういちどハサミを手にした。眼窩に、鼻腔に、口に咽喉につきさした。深雪をゆっくり踏むときみたいな音だなと思った。それから排水溝がつまったときのぼこぼこ文句をいうような音もすると思った。

出せるじゃない、血。
うれしそうだった。バケツいっぱい氷水のいちごシロップをぶちまけたみたいだった。
ね、なんだろうね、このかたつむりみたいなの。あっうごいた。いまうごいた絶対。動いたから、それ、いれよう。

ね、血、赤すぎてよくみえない、なんとかして。しかたない、殺して以来床に転がっていたポットをひきよせてなかに湯を注いで洗うとはねて、熱い熱いとまた苦情。

しかし脳味噌ってほんとにピンクなんだ。はやくはやく。てりやきバーガー10人前。いそいで手を洗い、消毒してレジにむかう。いらっしゃいませ。その子がまたバックヤードに走っていって急いで掃除機をとってきてすっかりレジ前の死体を吸いこんでしまうまで。はやくはやく。いらっしゃいませ。わたしは感じる。受けとったお札、それからのちに手わたすおつりがとてつもなく星のようにあたたかいのを。感じる。ぐったり疲れてバックヤードにもどっていったその子がだらしのない格好で掃除機にひっからまってぐっすりと眠っているすがたを。わたしたちをもまた、きっと食べてしまう、死体のような人たちにわたしたちはありったけのハンバーガーを売りつける。**だから**なかよくしましょう。

もう一度だけ聞くがオレンジ・緑・赤、それでいいのかセブンイレブン　斉藤斎藤
飛んでゆきたいところがあるにちがいないひとが手わたす冷たきおつり　雪舟えま

コンビニを買いにゆきたい　夜深く歯磨きを知らない鳥たちと

笹井宏之

（「町」創刊号、二〇〇九年五月、のちに第一歌集『そのなかに心臓をつくって住みなさい』〈私家版、二〇一二年〉にあとがきがわりの散文として再録。早稲田大学学部時代の小説創作の授業にて課題として提出したもの）

音たてて銀貨こぼれるごとく見ゆつぎつぎ水からあがる人たち／小島なお

「それをいうならブニュエルでしょ」という言葉が耳に残って離れない。

わたしは長い長い間、外見ばかりが美しく心持ちが最低最悪な複数の人々にこの長い人生を苦しめられつづけなければならないのか、と思う。

夫はお風呂から上がったばかりだ。気障ったらしいバスローブを羽織っている。四十分前に注文したピザがそろそろ届くころだ。わたしは週に三回夕食にピザを注文する。それを出迎えて夫は毎回バスローブ姿でピザを受け取り、料金を支払う。ピザを配達するアルバイトたちのあいだで夫のバスローブ姿が話題になっているのをわたしは知っている。アルバイトのひとりの大学生と寝ているからだ。

冷蔵庫からスポーツドリンクのペットボトルを取り出して、ソファに腰掛けているわたしの隣に腰を下ろす。ソファが軋む。

夫はペットボトルの飲み口に口をつけて飲むことをしない。必ず大きく口を開けて上を向き、ペットボトルから口を離してドリンクを注ぎこむ。すこし濁った細い水の柱がボトルと夫の口とを繋ぐ。

そう、とても、長い長い間。

海の波のひとつをつかまえてともに生活し、恋人とし、凍らせてもなお砕かれてまた水に帰っていく男のように。

長い間、「それをいうならブニュエルでしょ」という言葉が耳に残って離れない。


（「率 Free Paper 2」二〇〇九年十二月）

「テーブル拭いてテーブルで寝る」（雪舟えま）のは？

そのとき私は旅行先で、温泉につかってスウェーデンの話をしたあとで、雨がふきすさぶなかを歩きやっとたどりついたもう名前も覚えていない駅で飛行機事故から奇跡的に生還した男性が後に宝籤の一等を引き当てた話をきいていた。

亡き人と知らずに問いし消息はほほえみのみの橋を渡りて
さみしさが縦に濃くなる夕暮のリボンになりて微風をとらう　山下泉

菜園もこしらえてみた。野良猫が一匹やってきて、トウモロコシの根元でむっつりしていた。俺はその猫のことを好きになった。むりやり新たな愛に目覚めようとして、しばらくの間は、俺のオフィスで働いている女の子相手に愛を育めそうな気がした。ベッドでの彼女はとろけるようだったが、鬱病持ちで、しかもそれを後生大事にしていた。しょっちゅう俺に電話してきては、二時間にわたって溜め息をついて、その感情の豊かさを俺に絶賛してもらいたがっていた。俺は付き合うのをやめて、それから彼女のことが恋しくなって、せめてヌード写真くらい撮っておけばよかったと後悔した。

（ウェルズ・タワー「下り坂」『奪い尽くされ、焼き尽くされ』）

カフカの作品に登場する「K」という登場人物……そして倉橋由美子の小説に登場するアルファベットで表記された登場人物……。ここで問題となるのは、なぜカフカが「K」という表記を選んだか、ではなく、〈なぜ〉倉橋由美子がカフカに倣ったか、ということだ。エッセイやあとがきにおける彼女の（理想とするものが高すぎるがゆえの）厳しすぎる自己評価などはいったん保留して考えていかなければならない。そう、たとえば、加藤典洋が提示したカフカ的問題と安部公房的問題のように。あるいは、現在では日本における三大少女小説のように扱われる『甘い蜜の部屋』、『聖少女』、『第七官界彷徨』……このうち、『甘い蜜の部屋』の作者である森茉莉がおなじく父娘相姦を扱った倉橋由美子の『聖少女』に示した潔癖な反応のように。あるいは、森茉莉をめぐる中島梓と笙野頼子における根深い解釈の対立の問題においてでもいい。

——生きていくためには地図が必要とされているのではないか。

その地図は、〈正確〉なものでなくともかまわない。

ただし、地図は地図であるということそれ自体を放棄してはならない。

『私のいない高校』（青木淳悟、二〇一一年）、『わたしがいなかった街で』（柴崎友香、二〇一二年）……。ここでも話しは倉橋由美子にもどる。初長編『暗い旅』（私は『聖少女』よりも『暗い旅』をおそらく好んでいる）でビュトールに代表される二人称小説の形式を選んだ。「あなた」と称される主人公は謎の失踪を遂げた恋人〝かれ〟を探しにいく……ここでもまた失われているのは「私／わたし」だろうか？　……後に多和田葉子もまた二人称小説を書く。インタビューで彼女はビュトールについて質問され「読んでいないんですよ」と答えているが、その真偽はまたさておくことにして、では、彼女が〈読んだ〉のは？

その局面において、「私／わたし」はつねに放棄されているように私には感じられる。

「魔女不在」（塚本邦雄）という文言はただの呪いだ。魔女は存在する。というより世界には魔女しか存在しない、処女や娼婦が決してこの世には存在しないように。塚本邦雄は岡井隆と並べばその声調は相対的に女性的だ。相対的……これがあらゆる歌のキーワードになる。塚本邦雄の女嫌い……それは現代的にいえばBL的想像力の温床となり、その女嫌いは相対的に〈見えなくなり〉、ここに不可解な共犯関係が成立する。比喩的に言うならば、生身の河野裕子と生身の阿木津英が抱きあうように。

ゆふぐれに君二人ゐる恋ほしさや紅き馬にて身ぬちをめぐる
夢のきみとうつつのきみが愛しあふはつなつまひるわれは虹の輪

水原紫苑

ここまで書いて、わたしは伝統芸としての告白を強要されているような気持ちになり、息が詰まる。どうしても言わねばならない気がしてならなくなる。そのころ、私は持病の露出癖がどうしようもないところまで悪化しかけていて、全裸で冬の公園ですべりだいですべったり、ブランコにのったりしたくてたまらなくなっていた。そのときの私をかろうじて引きとどめていたのはただひとつ、「不安なる今日の始まりミキサーの中ずたずたの人參廻る」（塚本邦雄）という歌のみで、その欲求をおさえるためにわたしはこの歌をなんど唱えたか、数知れない。呪いはただただ呪いでしかないのだが、呪いはまた祝福でもあり、そのなかを歌はなんとかして生きのびていかねばならないのである。

（「率 Free Paper 3 EAST」二〇一三年十一月）

〈有無《あるなし》〉、〈無無《なしなし》〉、〈有有《あるある》〉

　彼氏と地獄めぐりをしている友人からかかってきた電話をきった。ずいぶんとながながと話しをしていた。そりゃ鬱憤もたまるだろう。つきあいだしてそんなに間もないカップルが旅行をしてわだかまりがうまれないなんてイルカショーで飛びすぎたイルカが月に頭突きをするくらいのレアケースだろう。しかも行き先が地獄だなんてなおさらのことだ。

　ところで私は彼女の友人としての付き合いが浅いので、彼女にとって地獄の反対が極楽をさすか天国をさすかいまだ知らないままなのだ。けれどこういう分野のことはデリケートな問題なのでそう気軽に訊けることでもない。天気の話とはちがうのだ。それは政治や野球チームや原発の領域なのである。

　ダンテの『神曲』だと、地獄篇、煉獄編、天国篇？

　私がいま位置しているこの場所を、何と言おうか？

　すくなくとも私はおそらく極悪人でも聖者でもないだろう。

砂浜に二人で埋めた飛行機の折れた翼を忘れないでね

俵万智

かつて穂村弘が「今すぐ歌人になりたいあなたのために」という正気の沙汰とは思えないサブタイトルを（彼本人がつけたのかどうかは知らないけど）つけて出版した『短歌という爆弾』という名著の名評論のなかで指摘した、この歌の平凡な見かけのなかに仕組まれた小さなくびれ＝「飛行機の折れた翼」という非凡な技術を発見したあの文章が書かれてどれくらい経つのだろう。そう、この歌は非凡だ。平凡さを実感させるそのために非凡な技術を使っている。「それが必ずしもいいことばかりだとは思わないんだけど、たぶんプロの場合、もう習慣的にそんな「ネガティブな匂い」っていうもの、つまり世界が完全に暖かいだけの場所ではないっていうことを、どこかで感じさせるような表現を織り込む癖がついていると思います。アマチュアとのいちばんはっきりした違いはそれだと思うんですね」（穂村弘）っていう、そういうことで、つまり、擬似現実を復元する技術としてこれはもっともセオリーで、技術としての解体も（穂村弘以降には）容易になった分野であるかも。これを仮に〈有無《あるなし》〉と呼びます。

けれど、世界には〈無無《なしなし》〉や〈有有《あるある》〉の名歌も存在しているわけで、このあたりに話がさしかかると穂村弘の批評の切れ味はやや鈍る。とくに〈有有〉のほう。これは、塚本邦雄が「負数の王」と呼ばれているように、ネガティブな、暗い方向に（この文中で言う〈無〉の方に）穂村自身の性質が属していることと無関係ではない。

やは肌のあつき血汐にふれも見でさびしからずや道を説く君　与謝野晶子

これを〈火の玉のような普通さ〉というレトリックで彼は表現しているけれども、さきほどとは違い、ここでは技術的なくびれを指摘していない。奥村晃作や斎藤茂吉を評するときに近いのだが、要はこの人たちはある種の天才で魂が凄いからこういう歌ができるんですよと言っている。さっきの〈有無〉のときとはちがって、ぜんぜん冷静じゃなくて、（詩論や歌論にはある程度つきものだけれど）神秘主義的な読解になっている。

地はひとつ大白蓮の花と見ぬ雪の中より日ののぼる時　与謝野晶子

私は「やは肌の」みたいな歌は好きじゃないけれども、「地はひとつ」のような歌は〈有無〉でも〈無無〉でもない〈有有〉の名歌だと思う。あるあるっていってもあるあるネタじゃない。じゃあ〈無無〉はっていったら、代表作はこれでしょう。

見渡せば花も紅葉もなかりけり浦の苫屋の秋の夕暮　藤原定家

すごい、これぞ〈無無〉の歌のお手本だって風格だ。だけど、私はいまはこういう歌にあまり心惹かれない。私は穂村弘のおかげで単純な?純粋な?読者じゃなくなってしまったからだ。〈無無〉の歌っていうのはじつは基本的には〈有無〉の歌よりも技術指摘が容易だからだ。

じつは〈無無〉の傾向の歌の場合、〈有無〉の歌よりもくびれ（というか駆使されてる技術）を指摘しやすい。穂村弘の場合、〈有有〉よりは〈無無〉の歌のほうが分析が細やかだ。……けれど、与謝野晶子（やあるいは斎藤茂吉）への批評を読んでいると顕著だけれど、彼の〈有有〉短歌への神秘化はすくなからず生理的嫌悪や軽蔑を含んでいるようにみえる。そんなふうに対象を半ば軽蔑しながら、彼自身の歌がそちらの方向へ向かいつつあるのを私は釈然としない思いで見ている。

では、おまえは〈有無〉にも〈無無〉にも〈有有〉の歌にも関心がないかといえば、もちろん、そんなことはない。さきほど、与謝野の歌を一首あげたように私は「火の玉のような普通さ」とは何の関係もない〈有有〉の歌にいま、関心が向いている。

海の泡、泡に映れるひるの月にやはらかき木のいかりをおろす　塚本邦雄

他人の恋愛の話には興味がある。ただし、それはひどく不幸な話に限られる。私はたいてい、いまかいまかと彼らの破局の話を待ちかまえているのだ。そのときのたのしみのために前菜としてたっぷり惚気話をきいておく。旅行にいった友人はどうしているだろう。私は彼らに興味津々なのだ。みず

から地獄におもむいていくなんて、なんて勇敢で、愚かで、痛ましいんだろう。彼らの極限の不幸はまちがいなく、私の心を蜜のように潤して、みたしてくれるだろう。私はその匂いを嗅ぎつけて、彼女と友人になったのだから。けれど彼女から電話もメールもLINEもやってくる気配はいまのところない。

私は自分の番が回ってきたのでマイクを握る。AKB48の『RIVER』を歌うのだ。

私は前田敦子が好きなのだ。

＊ところでこのたびめでたく角川短歌賞を受賞した吉田隼人氏とは48G関連の推しメンがあまり合致しなくて（そんなネタを隼人氏は私の歌集のコメントに寄せている。よっぽど書くことがなかったにちがいない）、けれど、ここのところの渡辺美優紀のすばらしさについては意見が合致している。

角川短歌賞受賞、おめでとうございます。

（「率 Free Paper 4」二〇一三年十一月）

土星のリング

わたしはよく道行く人に惹かれて、その人のあとをつける。

それは、容姿の美醜、つまり特別に美しい人に惹かれているのかと思っていた時期もあった。もう見るからに自分のルックスの魅力を隅々まで把握していて最大限にそれを世界にむけて発信せずにはいられない人、あるいは半端にしか理解できていなくてその隙が魅力になっている人、あるいは自分の美しさについて意識的にあるいは無意識的に抑圧をかけていてそれを台無しにしているような人。

一時期は本当にそう強く思いこんでいたので、それが事実にちがいない気がしていたのに、いつものようにふらふらと人を追いかけていたらあるとき友人にばったりと出くわして、話しかけられ、状況を話したら、「また?」と眉をしかめられ、「どの人?」と訊ねられ、「あの人。」とその人を指差し、友人の視線がわたしの指のさすほうにむかって動き、視線の位置がさだまって、友人の眉間の皺がぐっと深くなるのを見たとき、それこそ雷に打たれたようにわかってしまった。わたしがそのとき追いかけていたその人は、一般的な美醜の価値観では醜のほうにふりわけられる人だったのだ。それからまた視界がぐっとクリアになってわかったのは、その人は、わたし自身のごく個人的な価値観における容姿の好悪においても悪のほうにふりわけられるような人だった。

けれどそのときも追跡をやめようとは思わなくて、わたしのこの悪癖についてすっかりあきらめているる友人は「こんどは気をつけなよ。」とだけ言った。しばらく前に追いかけていた人にすっかり気がつかれて振りかえられて「何してんだよ。」「ついてくんな。」「いい加減にしろ。」と、どんどん相手の怒りはエスカレートしていったのに、どうしても追いかける足を止めることができなくて、とうとう相手にそうとう殴られてしまい、顔にもしばらくのあいだ痣が残ったので、そのときのことを一応心配してくれての言葉だったのだと思う。

三日後に、喫茶店で珈琲を飲みながら、友人に「結局どうだったの?」と訊かれた。

「ラブホテルに入っていった。」

わたしは追いかけている相手がなにか建物(コンビニでも、マンションでも、公衆トイレでも、区役所でも、とにかく建物ならなんでもいいのだけれど、とにかく、建物)のなかに入っていくのを見ると、一気に興味を失う。そのおかげでいわゆるほんもののストーカーになることを回避できているのだと思う。

「そのあと、しばらくして着飾ったきれいな女の人が続いてその中に入っていった。」

「ふーん、デリヘルか。」

マドレーヌを齧りながら、友人が相槌をうった。

「せっかくだから、そのデリヘル嬢が来る前にそれよそおっていっしょにホテルに入ってただでやらせてあげればよかったのに。そしたら、あんたもちょっとは気がすむんじゃない？」

「べつに、それはどうしても嫌ということはないけど、積極的にしたいということも全然ない。チェンジされたら微妙に傷つくし。それに追いかけてるからって、好きみたいなのとは、たぶんちがうし。ホテルの中に入っちゃったら、わたしにとってはよく知らない、どうでもいい人に戻ってしまうわけだし。」

　わたしはとてもぼんやりした性格なので、いったいいつから自分がこんなふうになってしまったのかを正確に思い出すことができなかった。子どものころから、兆候はあったのか。こんなにひどい状態になってしまったのはいつごろからなのか。どうにもはっきりしないのだった。

「運命みたいなものを信じてる？」

　運命、という言葉が友人の口から出てきたことにわたしはすくなからずおかしいようなやさしいような気持ちになった。わたしはロマンチストのように言われることも結構あるけれど、友人のほうがよっぽどロマンチストだと思うのだ。

「運命なんてものがほんとうに存在するなら、とても退屈なものだと思う。」

「じゃあ、偶然性、みたいなもの？」

「偶然も………、うーん、運命とおなじくらいに退屈だと思う。」

「なにか欲しいものは？」

「……ない、と思う。きっと、なんにもないような気がする。」

二週間後、わたしはその日追いかけていた相手が十一階のビルの屋上から飛び降りる場面に立ち会うことになる。

それはわたしのその衝動の、欲望の正体にとってひとつの完成形をつきつけられるような出来事なのかもしれない。

けれど、そのときも、いつものように見知らぬ人を追いかけているときと同様に、その事柄について友人とお茶をしながら話をしているときとおなじに、ビルの屋上から身を投げた人を追ってわたしがその屋上から落下していく瞬間も、まったくおなじに、等しく、わたしは神経のすみずみまで、全細胞のすべてが、まったくおなじように100％幸福な瞬間であると、言いきることができるにちがいなかった。

どんなにおそろしく悲惨な不幸も、幸福のひとつのかたちでしかないのとおなじように。

（ネットプリント、二〇一五年十二月七日）

思い出ステーション

魔窟・新宿駅。

私よりちょうど一〇〇歳年上のこの駅は一日平均乗降者数が世界一というギネス記録を持つ最高・最高・最高の駅である。

大学進学時に上京してからこの駅にはどれだけお世話になり、またどれほど苦しめられたことか。まだ新宿駅の魔窟ぶりを理解していなかったころ地元の友人と「新宿駅で待ち合わせ」をしてメールと電話を駆使したにもかかわらずそれぞれが新宿駅に到着してから落ち合うまでに三時間半を費やしたこともある。新宿駅で待ち合わせ、なんて、ディズニーランド園内で待ち合わせ、くらいのアバウトさ、無謀さ、乱雑さである。

私自身が極度の方向音痴なこともあるけれど、いまでも一番難易度が低いと思われる「東口改札前」や「東口」待ち合わせじゃない場合には迷ったり、途中まで相手に迎えにきてもらったりすることもあるくらいだ。

だけど十八歳のころ、ほとんどが新宿駅ネイティブの大学のサークル仲間たちにふらふらついて歩きながら練習終わりの帰りぎわ、それぞれがそれぞれの路線の改札前で手を振ってすこしずつ別れ別れになり帰途についていくのを見送っていたときのあの寄る辺ない感じの新宿駅原体験、のころからずっとこの駅のことが好きである。

毎日平均約三百三十五万人もの人々が乗降している、らしい、その人々のなかの三百三十五万分の一が、いま、この私だ、と意識する瞬間は、なんだか膀胱のあたりがむずむずするような、世界一(好きな言葉だ)、ギネス記録(大好きな言葉だ)、の一部である、また一部でしかない、自分自身の俗っぽさと解放感にオブラートくらいの甘さとマックポテトみたいな中毒性がある。

そういえば、短歌の友人たちと短歌同人誌関連の用事でキンコーズ新宿御苑店に行くさいに、新宿御苑駅ではなく新宿駅から歩いたことがあって(複数回)、あるとき「なんで新宿御苑駅使わないの?(そっちのが近いじゃん)」と言われたことがあるけれど、それは運賃や移動時間ではなくて、やっぱり、三百三十五万分の一のビリビリ感をせっかくだし味わいたいから、だったのだと思う。

他にもよく利用する駅や遊びに行く街はあるけれど、その場合、その駅・街に好きな店やスポットがあるからであって、しかし、こと新宿となると私がいちばん好きなのは新宿駅そのものである。

(「小説すばる」二〇一六年六月号)

旅嫌いには、旅は心中にみえる

苦手な旅のためにまともに支度をすることなんてほとんどない。あるとき、知人がうれしそうに「去年の夏は四回旅行に行った」と話しているのをきいて、びっくりしすぎて気を失いそうになったくらいだ。私がそんな蛮行にでたら命が持ちそうにない。だからといって旅をしたことがないといったらそれはもちろん嘘になるが、ひとり旅の経験などあるわけもなく、だからこれまでに私が経験した旅というものはさまざまな種類の彼／彼女の勢いに巻き込まれてのものということになる。旅の前日まで、私はやはりなんとはなしに憂鬱な気分のままでいて、結局、待ち合わせ／集合したときにも、それなりの笑顔のつもりではいてほんとうは内心は面倒さに押しつぶされそうになっているのだけれど、じつは、旅がはじまってしまえば、ずいぶんと気持ちが楽になり、徐々に悪くないじゃないかという気持ちにもなっていく。

では経験した旅のうち、どんなものがより鮮やかに残っていることが多いかといえば、私の場合、もう一緒にいることもしんどいような相手と行った旅行だ。傍で呼吸するのも嫌になってしまうくらい関係が悪化した相手や、どうしようもなく歯車が噛みあわなくなってしまった相手。不思議なことに、そうなってさえ、もうつくりあげられてしまった旅行の約束をキャンセルしたことはほとんどない。気のおけない人々とふだんより長く移動しながらたのしく話し、おいしいものを食べ、美しい景色をみる、見た、そういうことはたぶん幸福という種類のものと呼んで差し支えないのだろうけれど、同時にいくらか淡くて、私自身が旅というものに抱いている苦さにうまくシンクロしないからだと思う。

けれど、そうではない旅のときには、心のなかにひろがっている相手への拭いようのない嫌悪感と、美しく非日常的な光景や出来事がぶつかりあい、事故のように、正とも負ともつかないような強く生々しい感覚が世界を覆っていくような気がする。触れたくもない「人生」の輪郭に飲み込まれそうになるのを、旅の終わりになんとか這いだす。旅が人生の比喩によく用いられるのが、体感として、わかりたくもないのに、すこし理解しかけてしまう。あまりに苦手だから、いっそ、いつも旅が住まいのような生活の人のようになれたら、と思ってしまうくらい、つまり、旅が住まいというのは、経験のはてしない繰返し、私の愛する習慣というものに似ているから、なんの支度もいらないのだ。

(「KanKanPress ほんのひとさじ」Vol.1、二〇一六年二月)

東京2020にも君が代ならば君のかかとの桃色がいいさ

短歌の同人誌に散文を書くのだから、短歌のことを書こうと思っていたのだけれど、ちょうど最近、半年間、短歌総合誌にけっこうな分量の時評を連載することになったので、短歌のことを書くとなんとなくネタバレになってしまうんでないの、と思ったりしたりもして、でも、えらい人は色んな媒体で似たようなことを繰りかえし言ってるんだから良いんじゃないの、とも思いつつ、なかなか書きだせずにいたところだった。この「えらい人」という言い方はぜんぜんフェアじゃないんだけれども、「えらい人」たちは「最近の若い人」たちとよく言うので、ほんのすこし意趣返ししてやってもよいのではなかろうか、という私の小さな可愛い嫌味である。高河ゆんの漫画に『恋愛 -CROWN-』という彼女の漫画にしてはめずらしく完結している四巻の作品があるけれども（しかしこの漫画自体が彼女の『REN-AI 恋愛』という未完結漫画のセルフリメイクなわけで）、この作品の最終話、少女漫画の定石どおり、ヒーローとヒロインは結ばれるわけだけれども、私がときおり、どうしてもどうしても読みかえしたくなって部屋中の本をひっくり返して探し、見つからなくて、探して読んで、または見つからなくてまた買う、という発作が起きるのは最終巻のすこし前のシーンなのだった……（だいたい本や漫画が好きな人は、よほど整然とした本棚・書庫を持っていない限りおなじようなことをするんじゃないかと思うのだけれどちがうのだろうか。私はこの件に限らず似たようなことが日常茶飯事、なわけだけれども、どうしてもあのシーンのあのコマ割りのあの台詞が読みたい、読みかえしたい、とピンポイントで発作が起きる頻度が高いのはまちがいなく高河ゆんだ）、ライバルがヒロインに詰られるシーン。《この人 本気なんだ／（…）／だけどわたしはこの人の本気を／わたしの本気でふみにじってみせる》——暴力を行使することについて、自覚的で、肝がすわっている、……なければならないんだという教育を受け、受けたおかげで、というか、たとえばわたしのふだんの断言口調に関しては彼女の漫画を愛読している影響は大きいんじゃないかという気がする。

そんなわけで、〆切がすぎても、なかなか書きだせずにいたのだけれど、ちょうど三島由紀夫の未発表の録音テープがＴＢＳから見つかったということでニュースになっていたので、ネットで、ニュース内で流されたという部分の音源をきいてみた。検索したら産経のサイト（動画つき）が引っかかって、そこできいたのだけれども、見出しの《三島由紀夫「平和憲法は偽善。憲法は、日本人に死ねと言っている」ＴＢＳが未公開テープの一部を公開・放送》はひどい、キャッチーさはマスコミの宿命のひとつにしたってひどすぎだろう。「保育園落ちた、日本死ね」に重ねてもうひと炎上させてやろうっていうのが見え見えすぎて萎えるね。昭和四十五年二月十九日に収録されたものらしいけれど、内容自体は、三島由紀夫愛読者からしたら、まあ、この時期の三島なら、こう言うよなあ、というもので、とくだん、驚くべき内容でもないのだけれど、……なんといっても、現在という時期が時期で、そうか、当たり前だけれど、三島由紀夫は、平成の世を知らずに死んでいったのだという、当然なのに、それがいまのわたしに非常に新鮮にひびいたのは、まちがいなく今上天皇の生前退位に関するあれやこれやの例外状態の日本にいるからだ。

短歌をやっていると、正確にいうと、歴史的背景を踏まえながら短歌をやっていこうとすると天皇制に関する問題は無視できない。ただ、これまでの私は漠然と（歴史的背景を踏まえながら短歌をやっていこうとすると天皇制に関する問題は無視できない）という感覚から、そこに触れていたのだと思う、そこまで自分自身の問題としてさしせまったものを感じていたわけでは、正直、なかったと思う。だいたい、昭和の文学者が短歌を目の敵にしているのは半分くらいはこの問題が原因だと思うし、歌人の左派右派、そして転向、ダブルバインド状態もここにある。山中智恵子はもっともすぐれた歌人のひとりだと思うが『夢之記』の「雨師すなはち帝王にささぐる誄歌」という昭和天皇挽歌の連作がなぜ当時あんなにも大絶賛されたのか、さっぱりわからなかった。その時代の空気を知らない読者である私には、むしろ、ふだんの山中の歌より一段落ちると感じたし、なにも山中智恵子はわざわざこんな連作つくらなくていいのに、と興醒めしたくらいだった。

ところが、いざ平成の世が終わるとなったとき、私自身がさまざまなことを考えざるをえなくなった、というか、そういう感情の渦に巻き込まれてしまった。タイミングを含め、私は今回の今上天皇の「お気持ち表明」によって、彼に、非常な好感を抱いてしまった。そのことをどう受け止めるべきなのか、ずっと、悩んでいた。そうだ——現行の憲法に移行して、即位以来、ずっと《象徴》として存在しつづけた天皇は彼ひとりなのだ。昭和天皇はそのキャリアの途中から《象徴》になったにすぎない。そして、私は一応昭和の生まれではあるけど、物心つくころには平成の世を生きていた。昭和天皇の崩御のころの記憶がない。つまり、私にとって天皇といえば、今上天皇なのだった。そのことを私はほとんど意識していなかった。つまり、「お気持ち表明」の瞬間まで、すくなくとも私にとっては、真に今上天皇は《象徴》として、この国で機能していたのではないかと感じた。もちろん、皇室周辺のゴシップや、それに絡んだ、染色体をめぐる複雑で厄介な主張、男尊女卑問題、などなど、それは目に入ってくる。しかし今上天皇その人に関して、私は――。

《象徴》に人権はあるのだろうか？　人格は？　たとえば《象徴》の人格に好悪を抱くということは、何を意味するのだろう。……いまだに横行する、天皇制に関する短歌叩きの半分は、私には、昭和天皇への愛憎にみなもとがあるのではないかと思える。けれど、この先、これまでと異なる《象徴》をむかえたとき、私は、というか、こういう表記は嫌いなのだけれどあえて使うが、私たちは、どうする、というよりどうなってしまうのだろうか。

ほとんど同時期にＳＭＡＰ解散騒動およびＳＭＡＰ解散が起こった。ＳＭＡＰを取巻く騒動に関する表現のなかでほぼ時を同じくして進行する今上天皇の生前退位に絡めたネタ的なものが目立った。偶然ではない。天皇制とアイドルの構造的問題の近親性についてはよく云々されるし（三島が生きていたら絶対ＡＫＢ48にはまっていたという言説は飽きるほどきいた、実際はまっただろうと思うけど）、はからずもＳＭＡＰはその終焉とともに平成を体現したアイドルになった。そして平成の世で、実際に旧天皇的（つまり昭和天皇にむけられたそれのような）愛憎を一身に引き受けることになったのは多くアイドルであった……と思う云々の話は、私はアイドルのこととなると話が長くなるのでここまで。

《僕は、人間はごまかしてね、そうやって生きていくことは耐えられない。本当、嫌いですね》と自決する九ヶ月前の三島由紀夫は口にした、だけど、だから、《この人本気なんだ／（…）／だけどわたしはこの人の本気を／わたしの本気でふみにじってみせる》、……「死ね」、その言葉を比喩とするか、行動するか、または別の道があるのか、真剣に考えなければいけないときがやってきた。

（「率 幕間」二〇一七年一月）

瀬戸夏子を殺すいくつかの方法

二〇〇六年（もう十年も前だ！）、二〇〇七年といえば、私自身は本格的に短歌にのめりこみはじめていたころということになるけれど、それぞれの年に、自分自身が二十代なんていう陰湿な年頃だったがゆえに、ということも含めて、ある種の特権的な思い入れを抱いてしまうのだろうということを確信させられてしまう詩集に、やはりめぐりあってしまった。二〇〇六年、安川奈緒の『MELOPHOBIA』と、二〇〇七年、中尾太一の『数式に物語を代入しながら何も言わなくなったFに、掲げる詩集』だ。

どちらの詩集も最初からほとんど買うつもりで書店に行き、書店で実際に詩集を開いて、ああ、これは絶対に買わなきゃいけないやつだ、というほとんど同じ感触を抱いてレジまで持っていった。詩集・歌集・句集というのは、そう感じたらさっさと買っておかないと数年後にはそう簡単には入手できなくなってしまう、そういう種類の本だということは既に学習済みだった（というよりも、数年後にはそう簡単には入手できなくなってしまうような本はみんな「詩集」だといっても差し支えないんじゃないか）。

『MELOPHOBIA』を購入したときは高田馬場ビッグボックス二階のエクセルシオールカフェで通読し、「玄関先の攻防」と「《妻》、《夫》、《愛人X》そして《包帯》」を閉店まで繰りかえし読みつづけた。

なにせ〈おまえとだけは一緒に死にたくない敵に包まれて死にたい〉という詩集だ。最初に部屋でひとりきりで一対一で向かいあうよりも、雑多なしゃべりにかこまれた空間のなかで受けとりたいと思った。

そういう意味では『数式に物語を代入しながら何も言わなくなったFに、掲げる詩集』は真逆の詩集だった。通読したあと、私は数週間この詩集を枕元に置いておき、ふと任意の頁を開いて、気ままにその長い長い一行を目で追った。〈金色の農耕に、雨のように述語が降る、主語は外灯の下であったかく光った君の顔だ〉、べったりとしたいやらしさはない、けれど親密さを要求してくる声をもった詩集だった。

私にはいま燃やしたい家がある。とても不愉快な出来事が立てつづけに起こった。そういう衝動にとてもよく似ているとさえ言える、あるいはそういう衝動にとてもよく似ているというそぶりの尻尾さえつかませない言葉でなければ、摂取したって無意味だと思っていた。

馬鹿は嫌いだが馬鹿を馬鹿にする馬鹿はもっと嫌いだった。はやくこの世で三番目くらいにやさしい人間になりたいと思っていた。殺したい人間も傷つけたい人間も多かったが、私に殺されて死ぬような人間も私の言葉や行為で傷つくような人間も全員馬鹿だと思っていた。目の前で茶番が開催されれば歯を食いしばって我慢しているような人間ではまったくなかった。同様にすぐれているとされる人間Aのことを根拠なくこきおろし、Bのことをおなじ口で根拠なく手放しで絶賛してもまったく平気でいられた。私に寄ってくる人間のことは好きだったが、それぞれ私のどの部分を好んでいるのかわかると一瞬で嫌いになり、軽蔑した。しかも軽蔑しつつ交際をつづけることに罪悪感を微塵も抱かなかった。そういうケースにおいてしか友情や愛情などという爛れたものは発生しないと信じていた。何度裏切っても裏切られても平気だった。

私の話す言葉はいつも絶望的にすべっていたし、書こうとする言葉はなんど試みても達成されず書かれるべき言葉は私の意志に反してずっと口ごもっていた。だから仕方がなかったので浴びるように本を読んでいた。どれだけ本を読んでも私はほとんどなにも理解していなかった。けれど理解できない本を読みつづけることを苦痛だとはまったく思わなかった。書かれるべき言葉が目の前にあるのに口ごもっている自分の両手を見つめている時間のほうがよっぽど苦痛だった。退屈な本もくだらない本もたくさんあったが退屈な本やくだらない本はむしろやさしかった。だから私はとても平凡でありきたりな二十代を過ごしていたとしか言いようがないし、口ではその状況の平凡さへの苛立ちをあらわすことがあっても、実際内心ではその状況の安寧さに胸をなでおろしているくらいには残念ながら臆病でもあった。

つまり当時の私にとって『MELOPHOBIA』も『数式に物語を代入しながら何も言わなくなったFに、掲げる詩集』もうってつけの詩集だったわけだ。私のような人間がマジョリティだとは思わないが、当時、私のようなタイプの人間たちのなかで『MELOPHOBIA』と『数式に物語を代入しながら何も言わなくなったFに、掲げる詩集』を愛読すること自体は圧倒的マジョリティに与していたことなのかもしれないと思っている。そういう時代の実感があった。けれど私にはまだ燃やしたい生家が残っている。

（「子午線通信」創刊号、二〇一六年五月）

キャラクターだから支流も本流も（石田柊馬）

いわゆる《通》の人が避けたがる、店、のようなものがある。たとえばそれはどこにでもあって派手な電飾、《通》の言うことなんて知ったこっちゃないよ、そういう、相性の悪い人々が集っていて、まるでどんどん良い老舗をつぶしていくチェーン店のようにも見え、そうなれば当然《通》の人たちはそっぽをむき、知ったものかと馴染みの良いさまざまな店に行くだろう、けれど。その、どこにでもあって、安っぽい、あかるく開かれるドラえもんの四次元ポケットのような自動ドアの横に、ちいさなちいさなちいさなちいさな、古びて地面の色とほとんど同化しているような木製の扉がある。その扉はひとつしかないわけでもなく、レアなことには変わらないけれど、大量のチェーン店のいくつかの横にはきちんとある。けれどよくよくよくよく凝視しないと気づかないし、そもそも、その存在を知らない人が気づくことはまずほとんどない。

おそるおそるなかにはいってみると、そこには、注文の多い料理店、のような、気難しさや、トラップもない。そこはもしかしたらドラッグの入っていない、比較的よく話をきいてくれるマッドハッターや三月兎のいるお茶会にほんのすこし似ているかもしれない。

くちびるは昔平安神宮でした　石田柊馬
ドラエもんの青を探しにゆきませんか
妖精は酢豚に似ている絶対似ている

わたくしの生まれたときのホッチキス　樋口由紀子
くちびるの意識が戻る藪の中
目から目へ薔薇を走らす未遂の馬

鴉声だね美声だね火星だね　小池正博
たてがみを失ってからまた逢おう
明るさは退却戦のせいだろう

裏声をあげて満月通ります　なかはられいこ
他人じゃないよ夢で何度も殺したよ
五月闇またまちがって動く舌

その店の名前はどうやら「川柳」というらしい。しかしそれぞれの店主が気まぐれなので、たずねてみても扉がないことがある。扉が開かないのではなく、扉が消えてしまうのである。比較的なんどか扉を開けることができた「小池正博」の店主にきいてみると、ここはそういう世界なんですよ、とおっしゃる。そこがたのしくもあるでしょう。しかしそれがさみしくもありますねえ、みたいなことをおっしゃる。そのときはすこしお疲れだったようだ。その次にみつけた別の扉を開けたら「小池正博」に繋がっていた。あれ、お店、移転したんですか。ああ、色々ありましてねえ、とおっしゃる。不思議の国の理屈はよそものであるわたしにはわからないので、そうなんですね、と相槌をうつ。

そうそう、そういえば「なかはられいこ」というお店の超人気メニューは『脱衣場のアリス』という。きっともともとわたしとおなじ外界にいた人が、えいっと不思議の国に飛び込んでいったのだろう、「なかはられいこ」の店主は。ああ、けれど、それはすこし注文の多い料理店じみていますね。

そう気づいたときにすこし背筋がさむくなった。そうそう、知らないだけで、マッドハッターのマッドさはほんものかもしれないし、三月兎はやっぱり裏切り者なのかもしれない。まだ出会ったことがないけれど、女王に首を刎ねられるかもしれない。なにしろこれは夢ではないのだ。不思議の国ではあるけれど、現実であることには間違いない。

けれど、それにしたって。ねえ。こんな極彩色で、シュールで、残酷な世界を知らずにいるひとたちがあまりに多すぎるのはあまりにもったいないでしょう。単なるわたしの我儘かもしれませんけど。

ここの話をしても、それは夢だといって誰もとりあってくれないんですよ。あんまりじゃないですか。懇々とわたしは「小池正博」の店主にくだをまく。わたしのあまりのうるささに根負けしたのか、あるいは店主ももともとそのつもりだったのか、それじゃあ、ちょっと改修工事をしましょうか。人手がたりないのでそんなに大掛かりなことはできませんが、もうすこし間口をひろげたり、あかりを強くしたり、工夫してみましょうか。

やったあ、とわたしは思う。あるいは店が大きくなったら、そこで知り合いや友人もできるかもしれない。

ただただ、忘れてはいけないのは、本来、ここは危険なところであるということ。しかしながらもちろん危険でない場所はたいていおもしろくもなんともない。注文の多い料理店に迷いこんだり、女王に見つかることはもちろん避けなければいけない、自己責任だ。

光、闇、光、闇、闇、闇、光、闇。光をぬけていずこの闇へ。けれど扉が見えるようになったらわたしは勇気をもってその扉をノックすることをおすすめする。扉という扉を試せばそのうちのひとつは光につながっている、ってやつですね。そしてもちろんわたしはそっちの肩をもつ。っていうこと。

（「子午線通信」四号、二〇一七年二月）

悪い夏の、アナイス・ニン

それが本格的にはじまったのは八月中旬のことだったと思う。わたしは本当に最低限の最低限のこと以外は、ひたすら欅坂46「月曜日の朝、スカートを切られた」をループ再生し（五月に出した同人誌をいまちらりと読みかえしたら曲はちがえど欅坂の曲でほとんど同じことをしていた）（この曲の歌詞に関するネット炎上に、わたしは、たぶん、言及、したほうがいいのかもしれない、と思いつつもこのMVが公開されて以来、この曲に浸かりきって、あるいはときどきは縋って生きてきたのでいまわたしがこの曲の云々について言及するのは無意味なことのように思われる）あとはハートがたまったらツムツムし、ハートがなくなったら「月曜日の朝、スカートを切られた」に浸り、その合間に眠り、を繰り返し、繰り返し、繰り返し、内心はそうやっているうちに目の前のリミットが迫っている書きものの数々のことを思い、焦り、焦り、焦りしながら、おなじことを繰り返していた。悪い夏のはじまりだった。

テレビは一週間に三十分間の、ある一番組しか受けつけない。ラジオもほぼ同様。本はもちろん読めない。哲学も評論も小説もだめ。詩集も句集も、それから歌集も無理。そうなると原稿にはほぼ手がつけられない。漫画も読めない。はじめて読む漫画だけでなく、なじみの漫画も受けつけない。

しかしながら、こうなることはもちろん初めてではない、むしろ定期的にやってくることなので、苦しいが、なんとか突破口を探せばいい。なにかひとつ、夢中になれる本を、そのときのわたしにとって必然である本を探りあて、それを読めばいい、そこから劇的に状況が回復した経験がわたしには幾度もある。

そのうち、歌集を何冊か読むことができた。けれど、それはそのときのわたしにとって劇薬たりえなかった。わたしは毎日毎日本棚の前をうろついて、本を手にとり、ぱらぱらとページをめくっては、ちがう、だめだ、すこしだけちがう、全然無理だ、惜しいとそれぞれ判断しながら、本を戻し、結局「月曜日の朝、スカートを切られた」の世界にもどっていった、それを繰り返していた。

そしてようやくたどり着いたのが『アナイス・ニンの日記 1931-34 ヘンリー・ミラーとパリで』だった。アナイス・ニンの日記はいろいろな翻訳で出版されているが、そのときわたしが手にとったのは一九七四年発行の原真佐子訳のものだった。

ヘンリー・ミラーとパリで、とあるが、実際にはこの日記は、ヘンリー・ミラーだけではなくヘンリーの妻であるジューンとアナイス・ニンとの関係をめぐるものでもある。アナイス・ニンはヘンリーとジューンをべつべつのやり方で愛する。ジューンという、自身をミスティファイしたがる美しい悪女にヘンリーとアナイスはそれぞれのやり方で翻弄される。けれどアナイスはジューンを理解する。理解する、寄り添う、愛する、そしてヘンリーと寝るようになり、また憎み、けれど彼女を愛する。ヘンリーはジューンに魅了されるが理解することはできない。そのことがまた彼を苛立たせ、同時に彼をジューンに惹きつける。

久しぶりにアナイス・ニンの文章にふれた。わたしはアナイス・ニンの小説をおもしろいと思ったことは一度もない。けれど、日記は抜群にいい。わたしはアナイス・ニンだったことがある。わたしはヘンリー・ミラーだったこともある。わたしはジューンだったこともある。かつて、わたしはそれを経験したことがある。そんなはずはないのにそう錯覚させるほどアナイス・ニンの日記は、中毒性がある。結局わたしは、その二段組のそこそこに分厚い本を一気に読みあげ、読みおえた。そのときにたくわえた精力でなんとかわたしはこの文章を書いている。

その次にわたしはおなじくアナイス・ニンの『ヘンリー&ジューン』を読みはじめた。過去にこの本を読んだわたしはいたく気に入ったらしく針山のように付箋が立っている。この本は、さきの本とほぼ同時期の日記だけれど、日記ゆえに実在するまわりの人間を傷つけないように配慮されたさきの本の出版時に削除された部分をまとめたものである。これが、なかなか読みすすめられない！　アナイス・ニンの更なる正直さに惹かれながらも、この猥雑で華麗な人間関係の記述の洪水はいまのわたしを疲れさせる。かといって、まだ他の本に手をつけることができない。北朝鮮のミサイルが北海道の襟裳岬上空を通過し、太平洋上に落下した。わたしのルーティンのゲームはツムツムからシャニライに変わった。平手友梨奈はこの夏、絶不調のなか、欅坂46の全国ツアーをなんとか終えたという（わたしは参加できなかった）。原稿はまったく進まない。まだ悪い夏は終わりそうにもない。

（「子午線通信」五号、二〇一七年九月）

II 評論

穂村弘という短歌史

批評家・穂村弘は、歌人・穂村弘とはべつの人物である。ここでいう穂村弘とは批評家と歌人に分岐するペルソナの原型にあたる人物をさすのだが、その意味において私は彼をまったく知らない。私が知っているのはふたりの穂村弘である。

批評家・穂村は、歌人・穂村に非常に冷淡だった。ここでいう歌人・穂村とは『シンジケート』（一九九〇年）、『ドライ　ドライ　アイス』（一九九二年）、『手紙魔まみ、夏の引越し（ウサギ連れ）』（二〇〇一年）、『ラインマーカーズ The Best of Homura Hiroshi』（二〇〇三年）を上梓した時点までの歌人・穂村をさし、批評家・穂村とは『短歌という爆弾　今すぐ歌人になりたいあなたのために』（二〇〇〇年）を上梓した時点での批評家・穂村である。

以後、ふたりの関係は変化を見せた。現在、穂村弘といえばたったひとりをさす。

寺山修司と二重否定によって肯定された穂村弘

ひとつの歌と出逢うことはひとつの魂との出逢いであり、言葉の生成も変化も、すべては魂の明滅、色や温度の変化に連動しているように感じる。魂を研ぎ澄ますための定まったシステムなどこの世になく、その継承は時空間を超えた飛び火のようなかたちでしかあり得ない。ひとりの夢や絶望は真空を伝わって万人の心に届く。（…）次の一首を生み出すものは経験でも言語感覚でもなく、無色透明のひとりの信仰であり、極彩色の夢への憧れだと思う。

（穂村弘「しんしんとひとりひとりで歩く――〈わがまま〉について」『短歌という爆弾』）

すばらしく美しい信仰告白だが、これを告白だとするならば、批評家・穂村の信仰告白であり、必ずしも歌人・穂村の信仰告白ではない。ここで私は、批評家・穂村、歌人・穂村ではなく、穂村弘の仮面の告白として、寺山の塚本邦雄評を――むろん寺山自身の告白とした上で、指摘したい気持ちに駆られる。

彼の実体は、彼自身にとっての謎である。とても、他人が解剖などできる代物ではない。

（寺山修司「塚本邦雄論　人物論」『黄金時代（寺山修司コレクションV）』一九九三年）

謎であるということ自体は中心の実体が存在するということも存在しないということも意味しない。ここに接近するには穂村自身の批評が必要だ。「私の実体は私自身にとっての謎である」とは穂村は決して言わない。穂村は近代的な信仰告白も、ポストモダン的な仮面の告白も行わなかった。この態度は小説批評における高橋源一郎に非常に近い。彼らの批評は自らの不在を中心とした巧みなストーリーテリングである。不在を保ち、つねに転移する自己の在りかを不透明さのなかに塗りこめつづけ、不在を中心とする波及の力で批評を続けるならば、フレーム＝限界を定義する必要がある。限界からの撥ねかえりの力と不在という揺れうごく中心の力のせめぎあいのみが、この状況において批評を有効なものにし得るからだ。穂村が利用したのは近代短歌というフレームである。

穂村は近代短歌というフレームを利用することで、批評において「修辞の武装解除」を行った。『短歌という爆弾』（以下『短爆』）においてもっともそれが顕著にあらわれているのは「氷河に遺体がねむる――〈遥かな他者〉と〈われ〉」と「しんしんとひとりひとりで歩く――〈わがまま〉について」においてである。前者では正岡子規・斎藤茂吉から前衛短歌、ニューウェーブ以後を俯瞰して共通する〈遥かな他者〉と〈われ〉の構造を指摘した上で、通底する生のかけがえのなさという価値観が百年間揺らいでいないとして、寺山修司・平井弘における虚構の〈われ〉という試みや、ニューウェーブ・ニューウェーブ以後の〈われ〉における性差のクロスオーバーの試みをほぼ無効化した。後者では文語／口語の問題を含めてそれぞれの歌人の方法論に一見ほとんど共通性が感じられないニューウェーブと呼ばれた一群の歌人たちを、〈わがまま〉という概念を導入することで一挙に一元化した。

以上の意味において「修辞の武装解除」をおこなったのは、永井祐や斉藤斎藤、今橋愛ではなく穂村弘自身である。修辞の問題についてはもう少し詳しくふれたい。ここで私はもうひとりの穂村弘の問題について考えようと思う。

まぶしいビジョンです。こういう魂の宝石には、ただただ頷《うなず》くばかりで、後に残るのは、自分はこのように生きられるだろうかという問いだけです。(…) 直喩とか暗喩といった範疇では、どうも彼の魅力が語れないのです。なるほど、修辞が天佑の経験化だとするならば、穂村弘は修辞の彼方にいる歌人なのでしょう。

(加藤治郎『短歌レトリック入門　修辞の旅人』二〇〇五年)

ここで私は前掲の穂村の文によせた加藤治郎の言葉を引用した。加藤治郎のこの反応は、それが他ならぬアララギの雄・加藤治郎から穂村弘へのものだという点において、引用した穂村の文章が私にあたえる感動とはまたべつの感動を私にあたえてくれるが、ここで注目したいのは修辞＝天佑の経験化、穂村≠修辞の歌人という図式である。加藤が指摘しているように、穂村弘は「修辞の塊」であるように見えながら修辞の歌人ではない。しかし、穂村弘≠修辞の歌人という図式に登場するのは歌人の穂村であって批評家の穂村ではない。非常に見えづらいのだが、じつはここで事態が複雑化している。あの美しい擬-告白は穂村弘≠修辞の歌人のものではなく、穂村弘=「修辞の武装解除」の批評家のものである。歌人としても批評家としても穂村は修辞を必要としていないが、それらは別の修辞なのである。

きみが歌うクロッカスの歌も新しき家具の一つに数えんとする　寺山修司

新品の目覚めふたりで手に入れる　ミー　ター　ザン　ユー　ジェーン　穂村弘

　歌人としての穂村にもっとも近い歌人は寺山修司ではないだろうか。『短爆』において寺山は「イメージのコラージュによって」「擬似普遍的な叙情世界の構築」を行ったと評されているが、これは九〇年代の穂村自身の仕事にそのままあてはまる。処女青春歌集としての『空には本』(一九五八年)=『シンジケート』というアナロジーは容易であるし、あるいは他者=物語の吸収の文脈で読むならば『田園に死す』(一九六五年)≒『手紙魔まみ、夏の引越し(ウサギ連れ)』とも言えるが、寺山と穂村のそれぞれの批評においてはこの等号は成立しないように思う。

　ちなみに庶民的な感覚や抒情というと、石川啄木や寺山修司の名が思い浮かぶが、彼らの庶民性はあくまでも知的に仮構されたものであり、本来は非凡な詩人タイプだったのではないか、と想像される。
(穂村弘「火の玉のような普通さ」『短歌の友人』二〇〇七年)

　決して普通ではありえない詩人と普通さが庶民の10倍から100倍の歌人という対比が描かれるなかで、例外的な詩人タイプの歌人として紹介されている石川啄木、寺山修司の系譜に穂村自身がつらなることはあきらかだが、寺山、穂村それぞれの先行者への批評態度は異なっている。寺山は石川啄木論を書いたが、穂村は真正面からの寺山修司論を避けている。おなじく『短歌の友人』（以下『友人』）に収録されている「寺山修司の「一」をめぐって」という短いエッセイのあまりの不自然さにもそれはあらわれている。論旨は、寺山の歌に頻出する数詞「一」を指摘し、そこから寺山の〈孤独〉を導きだすという、本人も認めるように「単純すぎる」もので、穂村本来の批評の切れ味がまったく発揮されていない。

「中学生のときに買って」「ぼろぼろにな」るほど「何度も読み返して」いる寺山の歌はすでに血肉化していて、つねに転移する自己の在りかを不透明さのなかに塗りこめつづけている穂村にはとても批評できないものなのかもしれないと私などは勘繰ってしまうが、『短爆』ではメインの批評対象とする歌人と比較する形で穂村は何度か寺山を取り上げている。それを用いて、寺山と穂村の先行者評を読みくらべてみたい。

> 一人の歌人をもって、一つの時代の青春を代表させることができたのは石川啄木までだったのではなかろうか？
> 　啄木の詩歌を読むと、啄木の生きた時代が、当時の新聞記事よりもなまなましく感じられてくる。
> （…）
> 　このノートに、明治後期の青年たちが、なだれこんできた近代とどのように対決し、どのように苦渋にみちた表情で〈時代閉塞〉の中に曲折していったかを見出すことは容易である。
> 　そうした意味では、啄木は、「最後の歌人」であり、啄木以後、啄木以上にすぐれた実作者たちは輩出したが、啄木以上に歌人らしい歌人は出現しなかったといえるだろう。
> （寺山修司「歌と望郷――石川啄木」『現代歌人文庫39 寺山修司短歌論集』二〇〇九年）

石川啄木の生涯は、一つの「家」の不在に

よって充たされていたように思われる。「家」は、彼にとってはさまざまのものに換喩されることができた。

（…）

固有の人格としてではなく、悲しい玩具の一つとして妻を扱う啄木は、どこまでもモノローグを生きた男であった。その内世界は円環的に閉じられており、終生、「何者」と出会うこともなく、彼等の一団と我とのすれちがいを生きたにすぎなかった。だから、「家」のもつドラマツルギーを理解しえぬままで、「わが家と呼ぶべき家」と「おもへばこころ冷たくなる家」のあいだに引裂かれ、「家」にあこがれながら、「家」を持てずに終ったのも、当然のことだったのである。

（…）

「家」は、現代ではそれ自体、何の機能も持っていない、その性的、経済的、再生産的、教育的機能は最終目的として「心理的、情緒的安定性」を獲得するための手段にすぎぬ、と知られているからである。

ところが、啄木はその「心理的、情緒的安定性」を家庭の共有のものとせず、独占しようとして敗れた。彼の歌は、あくまで「人を愛する歌」ではなく「われを愛する歌」であった。そして、啄木にとっては妻も、母も、ただの「生きた玩具」であるにすぎなかったのであった。

（…）

こうした「かなしきわが家」のために、人生処方詩集としての啄木の詩歌は、いささかの役にも立たなかったのであった。合掌。

（寺山修司「望郷幻譚——啄木における「家」の構造」前掲書）

「歌と望郷」からは（後半はやや批判に傾きつつも）冒頭の、

一人の歌人をもって、一つの時代の青春を代表させることができたのは石川啄木までだったのではなかろうか？

というフレーズにあらわれているように、みずからの偶像への苦みを含んだ憧れをありありと読みとることができる。

対して「望郷幻譚」は「歌と望郷」とタイトルを比較するだけでもあきらかなように、啄木の歌にあらわれている望郷を甘ったれた偽りだとして糾弾している。歌の悪しき自己肯定性にスポイルされきった啄木像を描き、痛烈に批判することで、青臭い過去の自画像とも訣別したのだといえる。「歌と望郷」の発表は一九六二年、「望郷幻譚」は一九七五年だ。むろん『寺山修司全歌集』「跋」の「歌のわかれをしたわけではないのだが」という発言や、『全歌集』以後に作歌された歌を集めた二〇〇八年刊行の遺歌集『月蝕書簡』の存在も見逃してはならないのだが、短歌史的に言えば、寺山は一九七一年に『寺山修司全歌集』を刊行している。「望郷幻譚」における啄木との訣別は、「歌のわかれ」そのものでもあっただろう。

寺山の歌における〈嘘〉とは何か。水原の「われは虹の輪」こそ、大胆すぎる嘘ではないのか。だが寺山作品における「嘘」とは、そうしたいわゆる虚構性の問題とは異なる次元に存在している。その〈嘘〉の本質は記述された内容自体ではなく、作品の成り立ちにおける入力と出力、すなわち感受と表出の間の関係性にある。もちろん、直接には証明できないことだが、寺山の歌には、感受から表出へ向かう過程における非人間的なまでの操作性の介入が感じられるのである。そのような成り立ちの歌が〈私〉という一人称のもとに表現されるとき、読者はそれをみずみずしさの底の違和感として感知するのだと思う。

（…）

前述のようにこれは〈私〉の仮構と密接に関

> 連した問題であろう。寺山はイメージのコラージュによって幻の〈私〉を創り出した。その根底にあるものは、現に感受された個人的違和の、他者に共感可能な最大公約数的イメージへの強引な転換にほかならない。大滝や水原が自己の感受した違和に忠実な異形の世界を生み出しているのに対して、寺山はその巨大な違和のエネルギーを転化して擬似普遍的な抒情世界の構築に向かったのである。大滝や水原が表現の入力と出力をデジタル変換によって直結しているとすれば、寺山はそこに読者という他者の想定を持ち込んだとも言える。その営為の底には、「嘘つきはどらえもんのはじまり――〈私〉の補強」の節でみたように独立的に存在する〈私〉への強い不信があったのだろう。
>
> （穂村弘「ミイラ製造職人のよう――違和の感受とその表現」『短爆』）

穂村には「歌と望郷」はなく、「望郷幻譚」だけがある。より正確な表現を試みるならば、「望郷幻譚」からはじまり、別の「歌と望郷」という姿勢に向かいつつある、と言うべきだろうか。

『短爆』の「違和の感受とその表現」という章においての読解対象は大滝和子と水原紫苑という現代の「幻視の女王」たちであるが、彼女たちの幻視の仕組みを分析していくなかで最後に彼女たちの幻視と寺山の虚構性との比較が行われる。

以下は大滝の幻視に対する穂村の分析である。

> このような感覚の持ち主にとっては世界は未知性にみちた場所であり、〈私〉自身が大いなる謎であり、日常生活が違和の感受の連続である（…）
>
> （前掲書）

ここで、「〈私〉自身が大いなる謎」というフレーズに注目しないわけにはいかないが、これは寺山の「彼の実体は、彼自身にとっての謎である」というフレーズとはまったくべつの意味で使われている。穂村は大滝におけるさまざまな奇蹟的な比喩や修辞を支える基盤としての〈私〉という機能を指摘し、違和を感受する〈私〉という装置の性能を称賛しつつも、他者性の欠如をやや疑問視している。

　その一方、寺山においては穂村の言うところである〈私〉＝幻想・異形という式が成立しない。寺山の〈私〉という謎は、転化そのものをさすからだ。この〈私〉のすれ違いは、穂村弘という存在のふたつの分離現象とパラレルの関係にある。また、むろんさきほど提示した穂村における修辞の問題とも同様である。

　寺山の私という謎とは近代短歌的な〈我〉という装置の無化という戦略による二重否定だが、批評家・穂村の言う私自身の謎とは近代短歌的な〈我〉という装置の無化の無化である。この穂村の二重否定は一見すると近代短歌的な〈我〉の肯定のようにも見えるのだが、それが否定を二つ連ねた上での変化をともなったものであるということを決して見過ごしてはならない。

　ぼくが『田園に死す』という歌集をつくってから短歌をつくれなくなったのは、短歌形式が最終的に自己肯定に向かうということがわかったからです。

（寺山修司と佐佐木幸綱の対談「短歌」『浪漫時代　寺山修司対談集（寺山修司コレクションⅫ）』一九九四年）

　俳句は刺激的な文芸様式だと思うけど、短歌ってのは回帰的な自己肯定性が鼻についてくる。

（…）

内面自体に対する疑いを抱かず、それがあるものだという楽天的な前提に立って、表層部分だけをなぞるようなところがある。

（寺山修司と柄谷行人の対談「ツリーと構想力」前掲書）

「嘘つきはどらえもんのはじまり――〈私〉の補強」（『短爆』）において、批評家・穂村は寺山のこれらの発言をスプリングボードとして選ぶことによって歌人・穂村の〈私〉の補強を完成させた。この章において、穂村は自身にとっての定型の必要性を語りはじめる。当時の自作の散文と短歌を並べた上で、短歌定型のもつ一人称性、定量性、定型性、歴史性によってなされる相対化作用――〈私〉の補強を圧倒的に肯定し、過剰な自意識を制御する器として短歌形式を過剰なまでに肯定しているが、このときに穂村は寺山の発言を第二芸術論以来の悪しき自己肯定性を否定する典型として引用している。しかしこれらの引用は例によって寺山の歌の別れ以後のものである。『空には本』に収録された作品やあとがき「僕のノオト」によってもわかるように、寺山自身もまた青春期には定型の力を必要としていたことを告白している。

> 僕たちが自分の周囲になにか新しいものを求めようとしたとしても一体何が僕たちに残されていただろうか。
> 見わたすかぎり、そこここには「あまりに多くのものが死に絶えて」しまっていて、僕らの友人たちは手あたりしだいに拾っては、これではない、これは僕のもとめていたものではない、と芽ぐみはじめた森のなかを猟りあっていた。
> しかし新しいものがありすぎる以上、捨てられた瓦石がありすぎる以上、僕もまた「今少しばかりのこっているものを」粗末にすることができなかった。のびすぎた僕の身長がシャツのなかへかくれたがるように、若さが僕に様式という枷を必要とした。
> 定型詩はこうして僕のなかのドアをノックしたのである。
> 縄目なしには自由の恩恵はわかりがたいように、定型という枷が僕に言語の自由をもたらした。（…）
> （寺山修司「僕のノオト（『空には本』）」『現代歌

人文庫39 寺山修司短歌論集』)

寺山が処女歌集でおこなった告白を、自身の処女歌集出版からほぼ十年ののちに行う、遅延という、意識的＝無意識的なストラテジーに、穂村の秘密の一端がある。たとえば先ほどのアナロジーの続きをはじめるならば、寺山に未完歌集の『テーブルの上の荒野』があるように、穂村にはベスト盤であり拾遺集でもある『ラインマーカーズ』がある。むしろ、ベスト盤≒『寺山修司全歌集』であり、拾遺集≒『テーブルの上の荒野』でもある『ラインマーカーズ』と言うべきだろうか。しかし、告白や批評は必ず遅れてやってくる、まるで彼自身ではないかのように。二〇〇三年以降、穂村は歌集を出版していない。しかし。寺山は啄木と訣別することによって歌と訣別したが、穂村は歌と訣別した寺山と訣別することによって歌に帰ったのだ。新しい「歌と望郷」の方へ、すくなくとも彼の半身は。

「愛の希求の絶対性」≒「火の玉のような普通さ」

入門書としての実用性という観点から『短爆』の「構造図――衝撃と感動はどこからやってくるのか」のブロックを見渡すならば――「麦わら帽子のへこみ――共感と驚異」「氷河に遺体がねむる――〈遥かな他者〉と〈われ〉」「鋭きものはいのちあぶなし――生命のなかの反〈生命〉性」「ピアノの上でしようじゃないか――マンモスの捉え方」「さんた、ま、りぁ、りぁ、りぁ――〈幻視〉の構造」――これらの章は良い意味で使い勝手がよすぎる。「〈幻視〉の構造」は「生命のなかの反〈生命〉性」のヴァリアントとも言えるので除外するとすれば、「共感と驚異」「〈遥かな他者〉と〈われ〉」「生命のなかの反〈生命〉性」「マンモスの捉え方」、この四つの章を読むだけでだれでも秀歌をつくることができる。「共感と驚異」における石川啄木・俵万智とアマチュアとの差異をこれ以上はないほどに具体的に指摘したクビレ＝驚異論。他者と主体の距離から歌の「重さ」を獲得する正確な方法論を示す「〈遥かな他者〉と〈われ〉」。タナトス的要素を取りいれることとポエジーとの関係性を読みとく「生命のなかの反〈生命〉性」。そして5W1Hの欠落による詩的実感の逆説的な増幅を解く「マンモスの捉え方」。この四つのポイントを飲みこめば、だれでも今すぐ秀歌をつくれるし、今すぐ歌人になれるだろう。その意味において『短爆』は画期的であり、破格の「入門書」だ。

しかし、ここで対照的な一群の章をあげたい。それは「サラダより温野菜――〈本当のこと〉の力」「美男美女美女美女美男たち――非常事態の詩」「原子力発電所は首都の中心に置け――心を一点に張る」「ロッカーを蹴るなら人の顔蹴れ――灼熱の心」の四章である。さきほどの四章とは異なり、こちらには『短爆』の「破門書」としての側面があらわれている。さきの四章を実用書とするならば、こちらの四章は宗教書である。「〈本当のこと〉の力」における生の一回性を実感する強さの問題、「非常事態の詩」での青春歌・療養歌における非常事態そのもののかけがえのなさの強調、「心を一点に張る」での天才性の礼賛、「灼熱の心」における聖なる狂気の称揚。メッセージはひとつである。選ばれた特別な人間以外にはほんとうにすばらしい歌をつくることはできない。

『短爆』には真逆に引き裂かれたふたつのベクトルが同時に存在している。これは豊かさをもたらすための両義性ではなく、穂村が真実の自分のすがたを批評のなかにうつしださないために己を消した結果である。残ったのは穂村自身の不在とその不在をちょうどうつしだす形をとどめているふたつの他者である。私はここでそのふたつの他者を合わせ鏡のようにして使うことで、穂村が故意に見落とそうとしたもののすがたを考えていきたい。

『短爆』のキータームが「愛の希求の絶対性」ならば、『友人』のキータームは「火の玉のような普通さ」である。短歌『という爆弾』から短歌『の友人』へのタイトルに見てとれる変化と同様に、キータームの変遷からも穂村の態度の変化を読みとることが可能だと指摘することもできるのかもしれない。しかし、「愛の希求の絶対性」を天才性、比して「火の玉のような普通さ」を平凡さと解釈することはほとんど意味をなさない。このふたつのタームはおなじベクトルを持ち、おなじ目的にむかって進んでいるからである。ただし、ここには一種の詐術がひそんでいる。タームや批評対象を変更しながらもほとんど同じ方法・ほとんど同じベクトルで批評することで、異なる軸に位置している歌・歌人があたかも同じ地平のなかで距離を測られていることが問題なのではない。異なる対象が同じ地平で価値をはかられているように見えながら、いつのまにか読者の知らぬうちにさらに異なる別のものさしがあらわれ、あてがわれてしまっていることが問題なのである。『短爆』のなかにあらわれていた分裂の問題が、『短爆』と『友人』のあいだにも別のかたちで存在しているのである。ただし、同語反復的になってしまうが、そのどちらにも穂村弘はいないのである。

しかし、そこに存在しないのならば存在しない穂村弘との対話を試みつづけなければならない。

『短爆』における「愛の希求の絶対性」の最高位は葛原妙子であるが、『友人』における「火の玉のような普通さ」の最高位は斎藤茂吉である。穂村とおそらくは近い視点からこのふたりを絶賛した歌人・批評家がいる。

塚本邦雄だ。塚本はインタビューやエッセイで穂村がもっとも多く言及している歌人のひとりであし、とくにその批評に穂村の負うところが大きいのは間違いないだろうが、彼らの批評対象にたいする態度はまったく異なる。一種の批判的継承であると言えるのかもしれないし、また穂村の態度からはべつの戦略も感じられるのだが、批評における穂村の志向は非常に塚本邦雄的であるにもかかわらず、その態度は擬-岡井隆的なのである。ここで私のおこなったやや強引とも言える分類は、塚本邦雄=一首と心中／岡井隆=時代と寝る、というふたりの批評傾向に基づいている。

塚本邦雄の批評は「正確」である。なにに対して正確なのか。塚本邦雄の価値観に、基準に、美意識に、言語感覚に正確なのである。そして塚本邦雄の価値観、基準、美意識、言語感覚はほとんど感動的なほど、そして時にうんざりさせられるほど揺るがない。どんな作者のどんな歌も同じ射程から測られている。よって、批評対象に向けられた批評から批評家の位置を逆に照らし出すことはこの上もなく簡単であるとも言える。

一方、岡井隆の批評はわからない。出自がわからない。どこからの発話なのか。どこにむかっての発話なのか。しかしその批評は、わたしたちには姿の見えない岡井自身にはねかえり、歌の器を通じて再生される。岡井が前衛短歌運動以後、あたらしい口語脈の歌人＝村木道彦・平井弘や、ニューウェーブ＝加藤治郎・荻原裕幸などの修辞の富を咀嚼し、その作歌をゆたかなものにしてきたことは周知の事実である。

これまでになかったものという意識が働いて「ナガミヒナゲシ」と「ビットとデシベル」を推したんですけど、「ビットとデシベル」は推しきれなかったところがあって、でも「ナガミヒナゲシ」が受賞ということで納得しています。それ以外にもピンポイントですごいなと思う歌がいくつか含まれている連作、「集中猫雨」とか「天体の凝視」とか、ほかにも最終候補まで来ないレベルでそういうのがあるんですけど、それをどう考えていいのか、どう評価していいのかというところに迷いが残りました。

（穂村弘「第52回短歌研究新人賞選考座談会」「短歌研究」二〇〇九年九月号）

穂村は各所で塚本の選歌眼のすばらしさ・おそろしさを絶賛する一方で、とくに新人賞などにおいての塚本的批評の有効性を疑問視してもいる。作者や時代や文脈に拠ることなく、たった一首だけを、なにもめぼしいものがみえなかった場所から宝石のように見つけだしてくる手腕が、いったい自分にとって何になるのか。

穂村の短歌批評における本来の資質は、塚本的であるように思う。『短爆』における大滝和子や早坂類に対する選歌にたいしてとくに感じられることではあるが、『短爆』の感動を引きずったまま大滝の『銀河を産んだように』(一九九四年)や早坂の『風の吹く日にベランダにいる』(一九九三年)を読んではならないのである。

春あさき郵便局に来てみれば液体糊がすきとおり立つ　大滝和子
サラダより温野菜がよいということがよみがえりよみがえりする道だろう　早坂類

『短爆』を読んだ私は、『短爆』に引用されているこの二首がいずれも非常にすぐれた歌であるように感じる。しかし私は『短爆』のナビゲートなしにこれらの歌の美しさに本当に気づくことができたかどうかについては自信がない。大滝の『銀河を産んだように』という歌集自体も、早坂の『風の吹く日にベランダにいる』という歌集自体も、すぐれた歌集である。しかし、『短爆』における『銀河を産んだように』と大滝の『銀河を産んだように』はまったく別の歌集である。『風の吹く日にベランダにいる』にいたっては、早坂の『風の吹く日にベランダにいる』と穂村の言う『風の吹く日にベランダにいる』とはほとんど何の関係もないのではないか。その意味で、これは塚本の偏愛的な茂吉論『茂吉秀歌『赤光』百首』(一九七七年)と茂吉の『赤光』(一九一三年)との関係に近いとも言える。

しかし『短爆』は塚本的ではない。あえて近いものを探すとするならば、むしろ中井英夫の『黒衣の短歌史』(一九七一年)であるかもしれない。独自の価値基準において短歌史を組みなおし、宝石のような歌を数知れず見出し、あるべき歌のすがたを提示したという意味合いにおいては。

……もともと空しいもの、その代り限りなく美しいもの以外に短歌の本質があるだろうか。作品の背後で紫いろに散る火花の激しさだけが肝心なので、そこに消耗される無駄の多寡こそ作品の良否の岐《わか》れ目だといえば、いわゆる民衆詩派も前衛派も眼をむくだろうが、短歌を支えてきたのは、近藤芳美の『新しき短歌の規定』にある有名な冒頭の一句、
「新しい短歌とは何か、それは今日有用の歌である」
とは全くうらはらに、正に『無用の歌』であり、社会の進歩だの改良だのには寸毫も役立たぬ決意さえ持った無用者たちなのだ。
（中井英夫「無用者のうた―戦後新人白書―」『中井英夫全集［10］黒衣の短歌史』二〇〇二年）

しかし、歌は、純粋に美しく、そしてただそれのみであるべきだという「無用者のうた」的な立場に穂村は与しなかった。穂村の批評の新しさは「無用者のうた」的な選歌眼を持ちながら、有用性を志向していったことにある。塚本のように他者を「不可解ゆゑに我愛す」という立場を選ぶのではなく、「不可解」そのものに転化しようと接近していった。その過程は『短爆』の構造図に克明に記録されている。

引用した座談会記録での発言では、穂村の発言に迷いが見られる。塚本的な選歌か、擬-岡井的な態度か。しかし実際の批評をみていると、『短爆』以後、穂村は擬-岡井的態度に完全に傾いているように思える。そのせいか、あるいはその逆なのかもしれないが、『友人』における一部の選歌は『短爆』の時期のものと様相を変えつつある。それは現在ポストニューウェーブと呼ばれつつある若手歌人たちに対して顕著にあらわれているように思う。

防腐剤無添加ですが腐ってもいます冷蔵庫って風が冷たい　兵庫ユカ

あの青い電車にもしもぶつかればはね飛ばされたりするんだろうな　永井祐

『友人』に引用されたこれらの歌は、従来の基準ではかるならば秀歌でも名歌でもない。では穂村があたらしい秀歌の基準を示す歌として引用歌を提示しているのかというと、そういう様子でもないようだ。

このときに穂村が見ているのは引用歌が秀歌であるかどうかではなく、引用歌の背後にある大きな時代の流れ、戦後後社会における逆説的な精神の貧しさのようなものである。


青空が屋根に重くてゆっくりと走行してる霊柩車　抜く?　兵庫ユカ

ふと外に目をやれば雪何か乞うメールが文字化けしているような

曾て　ってくっきりとしたあのひとの言葉の中の燃え残る部首

韻を踏む三姉妹の名前　この、日に日に春になってくかんじ

婚約を冬のロシアの蛍光が赤いどこかのエレベーターで　永井祐

ある夜に星がわらわら動き出し星座決めるのまたはじめから

思い出を持たないうさぎにかけてやるトマトジュースをしぶきを立てて

ああ唾液飲み損なって咳き込むと気の狂うほどいとしい自分

画鋲十個舌に並べてふらふらとそいつが言った本当のこと

穂村が引用した歌を含む、兵庫の「暗い消化器」、永井の「総力戦」、それぞれの連作には穂村の文脈にあてはまらない歌も含まれている。というよりも、そういった歌がほとんどといった方が正確である。そのなかには抒情的で美しい秀歌も含まれている。

しかし、穂村はあえて秀歌を引用しなかったのでは

ないか。とくに永井初期の連作「総力戦」には『シンジケート』の影響が強く見られる。穂村はポストニューウェーブ世代におけるニューウェーブの影響はほとんど指摘することなく、その新しさ・相違点を強調する。近代文学の特徴を、ある種の先行者の否定＝父殺しと仮定するならば、穂村の態度は奇妙なまでに親切だ。しかしその過剰な親切さは、父殺しの不可能という事態を招く。あるいは、父殺しという神話を失効させる。批評家・穂村の提示する短歌史に歌人・穂村が不在ならば、その文脈のなかにおいて穂村という先行者を否定することはできないからだ。

ある有用性の限界

> 私も短歌をずっと書いていて、でもそれは「伝統詩」ではなくて「定型詩」なんだと、ある時期まで、歴史なんて自分には全然無関係だと自然に思えていたのが、どこからかそういうふうに思えなくなってきてしまって、結局、近代、戦後、今、の三つがオーバーラップした場所に生きているのではないかというような気持ちが最近し始めたんです。(…)
>
> 一番知りたいことを最初にいってしまうと、自分たちは近代の人たちに比べて、どんどん劣化して、ただ劣化の一途をたどって、心のレベルでも、表現者としての表現のレベルでも、今はもしかしたら全然だめで、底を打っちゃっているのかもしれないという恐怖みたいなものが一つあって、本当にそうなのか。逆に、いや進化していると主張できるジャンルもあるわけです。でも、短歌なんかは形が同じでもろに比較できちゃうから、そうは全然思えない。
>
> (穂村弘と高橋源一郎の対談「明治から遠く離れて」『どうして書くの？ 穂村弘対談集』二〇〇九年)

穂村弘は批評家と歌人のペルソナを使いわけ、批評家・穂村は、歌人としての自身＝穂村弘とその先行者を不在／他者／異邦人とする短歌史をつくりあげた。とするのならば、この発言には他者にむけた刃を自身にもつきつけるという覚悟が欠如していると言わざるを得ない。穂村弘は短歌史に含まれない。彼だけが安全だ。ペルソナは消えつつある。しかし、いまや彼だけが安全だ。

ねむる鳥その胃の中に溶けてゆく羽蟻もあらむ雷ひかる夜　高野公彦
中年のわれは惰眠を棲処《すみか》とし長きゴールデンウィーク過ごす

穂村は「〈私〉の革新について」（『友人』所収）という文章で、現代短歌の最高峰の一人と目される高野公彦の二面性を指摘した。それは引用一首目のような現代短歌最良の成果と引用二首目のような平凡さであり、非凡／平凡の連続性が大歌人の条件であるという論旨だった。かつて、『シンジケート』を書いた穂村にとって連続性はまったく必要がなかったはずだ。そこにあったのは瞬間性であり、青春という一回性だった。青春という一回性を人生という一回性に転換しなければならなくなったときに、穂村は一度抗ったように見えた。『短歌という爆弾』と『手紙魔まみ、夏の引越し（ウサギ連れ）』。この二冊にはその抗いを体現するふたつのペルソナの感動的でスリリングなせめぎあいがある。高野公彦には連続性がある。穂村弘にはない。しかし穂村は『シンジケート』以降も歌をつづけるために、他者との競合／吸収という転化の身振りをとることである種の連続性の擬態に成功した。私は『シンジケート』の奇蹟と同じくらい、あるいはそれ以上に『手紙魔まみ、夏の引越し（ウサギ連れ）』の不恰好さを愛する。

ふたりの穂村弘は消えた。しかし。あるいは、穂村はいまだに人生という一回性に抗っているのではないか。私はつい目を凝らし、疑ってしまう。これもまた、彼の擬態なのではないか。

雪のような微笑み充ちるちちははと炬燵の上で
ケーキを切れば　　穂村弘

ふとももに西瓜の種をつけたまま畳の上で眠っ
ています

穂村弘は成熟しない。引用歌に典型的にみられるような、近年の穂村の歌に顕著にあらわれる幸福な子ども時代の、しかしどこか不気味な再現。戦後後の時間空間がほんとうに無重力だとするならば、前に進むことは不可能だ。もがくことも。ならば幸福な子ども時代という定点にとどまるのか。あるいは、幸福な子ども時代も、穂村にとってはあらたな他者のひとつなのかもしれない。しかし、私は今橋愛や斉藤斎藤の作品について、穂村が「今橋愛という着ぐるみのなかに入ったような感覚」や「実感の表現」の意識的な再定義を指摘したことを思い出す。着ぐるみ、実感の再定義とは、現実に直接ふれることができないというもどかしさの言い換えだ。現実はますます複層化・分散化している。もどかしさは、『手紙魔まみ、夏の引越し（ウサギ連れ）』以降の穂村の歌にも、あるように思う。

しかし、それもまた二重なのだ。穂村弘は、穂村弘という着ぐるみの外に、さらに短歌史という着ぐるみを着ている。生身の穂村弘にふれようとする欲望には意味がない――それはもはや穂村弘ではないからだ。穂村は決して脱‐歴史主義者ではない。かといって短歌史を書きなおし、あたらしく捉えなおしたという功績を持つ、といった意味合いでの歴史主義者とも異なるだろう。穂村弘は――自身を空白にし、そこに新たに歴史を書き込んだ、穂村弘という短歌史となったのではないか。それは短歌的な〈われ〉＝〈私〉という文脈を一周回した「棒立ちのポエジー」だ。

なれというなら、妹にでも姪にでもハートの9
にでもなるけれど　　穂村弘

ドラキュラには花嫁が必要だから、それは私に
ちがいないから

大好きな先生が書いてくれたからMは愛するM
のカルテを
窓のひとつにまたがればきらきらとすべてをゆ
るす手紙になった

『手紙魔まみ、夏の引越し（ウサギ連れ）』は、読みすすむにつれ穂村の作中主体と思しき「ほむほむ」の気配が弱くなってゆき、その姿が見えづらくなってゆく。「まみ」、「ほむほむ」、穂村弘≒「ナレーター」の混声から、しだいに「まみ」のアリアが際立って立ちあがってくる。ラストを飾る連作「手紙魔まみ、ウエイトレス魂」の、その前に配置されている連作「手紙魔まみ、みみずばれ」で示されるはげしい暴力と別れの気配ののち、「手紙魔まみ、ウエイトレス魂」で「ほむほむ」と「まみ」は「生まれかわる」。

いくたびか生まれ変わってあの夏のウエイトレ
スとして巡り遭う　穂村弘

お替わりの水をグラスに注ぎつつ、あなたはほ
むらひろしになる、と

ここで提示される物語には終りがない。東直子との短歌による対話『回転ドアは、順番に』（二〇〇三年）におけるストーリーの仕組みと同様に、ある円環のなかで姿を変え、出会いつづけ、別れつづける。

なれというなら、妹にでも姪にでもハートの9
にでもなるけれど　穂村弘
ドラキュラには花嫁が必要だから、それは私に
ちがいないから
大好きな先生が書いてくれたからMは愛するM
のカルテを
窓のひとつにまたがればきらきらとすべてをゆ
るす手紙になった

「手紙魔まみ、ウエイトレス魂」に頻出する、求め

られるイメージどおりに自己を変化させていく「まみ」の姿とそのモノローグ。穂村が「まみ」の声を獲得していく過程とも読める『手紙魔まみ、夏の引越し（ウサギ連れ）』のなかで、みずからが得た声でみずからを承認する、ひとつの生まれかわりがここにもあるように見える。ひとつの直線軸（「ほむほむ」から「ほむらひろし」）が円環構造（「ほむほむ」と「まみ」）のなかで生まれかわる。『ラインマーカーズ』にはこの直線軸と円環構造がべつのかたちで完璧に表現された傑作「手紙魔まみ、イッツ・ア・スモール・ワールド」が収録されているが、穂村はすでにこの声を捨てた。そののちに穂村が選ぼうとしているのは入れ子構造のふたつの直線軸、という着ぐるみである。歌人・批評家＝穂村のキャリアと、短歌史という巨大な流れ。はたして、穂村の連続＝歴史性の姿をした瞬間性は、人生の一回性＝瞬間性からみちびかれる連続性に対抗しつづけることができるのだろうか。現状、私には両者のふれあう側面の軋みがきこえはじめているように思う。その軋みが大きくなることを願わずにはいられない。その軋みこそが、穂村弘をよみがえらせる可能性を持っていると、私は信じているからだ。

（「町」二号、二〇〇九年十二月、のちに『穂村弘ワンダーランド』〈沖積舎、二〇一〇年〉に再録）

私は見えない私はいない／美しい日本の（助詞の）ゆがみ（をこえて）

——永井祐について

私は見えない私はいない——永井祐について1

赤茄子の腐れてゐたるところより幾程もなき歩みなりけり　斎藤茂吉

佐太郎の『天眼』をよむ二三日まへ出遭ひたる蛇《くちはな》思ひて　岡井隆

櫓から落ちて死ぬなんて変な映画だったと寝る時ふたたび思う　永井祐

不透明な私という肉体＝器＝歌という文脈に永井祐の歌を置くことに私はほとんど違和感を覚えない、というより、そのなかにおいてほとんど彼は近現代短歌の嫡流であるとさえ、あるいは言えるように思う。歌の求心力は赤茄子や蛇や転落死ではなく、それらの異物を通過させる、あるいはのみこんでしまう、私という不可思議な空虚にある。ここで歌の肉体はブラックホールではなく強烈な光源を内包する、あるいは光源そのものが器として機能する。仕組みは内側からあからさまに暴かれている、それゆえに魅力の核を見つけることも指摘することもかなわない。

夕闇にわずか遅れて灯りゆくひとつひとつが窓であること　吉川宏志

雨音かシャワーの音かわからない2002年のある朝起きて　永井祐

永井祐といえば「修辞の武装解除」の代表格だ。現代の修辞の名手、吉川の、さりげなく挿入される「わずか」の効果はたしかに素晴らしい、修辞はひとつの武器である。しかし武器であると同時にそれは急所でもあるのだと、永井の歌を読むとあらためて感じさせられる。成功した永井の歌には局部的な快楽ではなく、けだるい、しかしたしかに全身的な快楽がながれている。全身的であるがゆえに、永井の歌のうち、成功しているものほど極端に凹凸がすくなく、寸胴であり、顔もない。それこそが最上のバランスになる。しかし、それは同時に成功していればしているほど気づかれにくいという奇妙な事態をも呼び込むことにもなる。

アスファルトの感じがよくて撮ってみる　もう一度　つま先をいれてみる

月を見つけて月いいよねと君が言う　ぼくはこっちだからじゃあまたね

しばしば比較される斉藤斉藤とは異なり、永井の歌は遅ければ遅いほどおもしろい。歌そのものから要請される一首を読みきる速度において、一首の内側でのシーンの展開において、そして、一首を読みおえたあと歌の内容が読み手の体内に侵入してくる体感速度において。そして、永井の歌はここにきてどんどん速度を落としはじめているように思う。一首目の、意志と集中の一字空けから集中と集中の拡散を呼びこむ二字空けという意想外な展開に、字空け＝断念、そのはての融合という文脈は相対化される。それを踏まえての二首目の二字空け、軽やかな跳躍、その裏切りに気づかされるのは、短歌的喩を前提とした上の句から下の句への橋は取りはずされてしまったのだという事実で、そのあとに姿を見せるのは平凡さをあくまで装ったままの、しかし異常なバランス感覚だと思う。

飲み会がはけて駅まで歩いてゆく大きな砂場をゆくようにゆく

その遅さから導かれる耐久力、腰の強さはときに思いもよらない展開を呼びこんでくる。「ゆく」のなめらかな反復にのみこまれて一首を読みおえたときに、しかし、違和感が残る。平板なしらべ、文学的官能性の非常に低い語の並びのなかに異常な喩がひそんでいたことにずいぶんと遅れて気づく。その一瞬、閃いたように永井の歌を理解したような気持ちになるが、それはすぐに姿を消してしまう。驚きを覚えた箇所だけをもういちどじっくりと見直してみてもその秘密はあきらかにはならない。反復による認識の更新を、一首全体を通じて、再度体験しなければならないのだ。

　ゴミ袋から肉がはみ出ているけれどぼくの望み
　は駅に着くこと

見せかけの平板さのしたに、二筋の水脈がある。ふたつの流れが生まれる。口語の平板さを逆用、隠れみのとして。「ぼく」を結節点としてふたつの道が姿を現す。ここで、永井の私性は歌の器とひびきあうように互いを打ち消しあう。その衝突=融合の様は、完全に閉じつつ開かれている、というより、完全に閉じることによってしか開かれない、可能性=不可能性の断念としての身振り、歌本来の姿に入りこみつつあるように思う。「ぼく」により決断はなされるが、そのとき彼自身は存在することをやめるのだ。運動体、そして運動の消失点としての主体の、その運動と韻律との絡み合いが一瞬、立体的な場として立ちあらわれる。永井祐は死をおそれないだろうと、彼のかがやかしい鈍さは私に言わせようとする。

美しい日本の（助詞の）ゆがみ（をこえて）——永井祐について2

二〇〇九年七月、とある機会があり、私は以上のような永井評を書いた。私の永井祐に対する印象はそのころのものからほとんど変わっていない。しかし二〇〇九年十二月現在、私は二〇〇九年七月の自身の永井評のある箇所に反論することからはじめたい。ただしこれは訂正ではない。相対化でもない。一種の反論であり、批判であるといいたい。それも、必要な反論であり、必要な批判であるといいたい。

かたつむりって炎なんだね春雷があたしを指名するから行くね　雪舟えま

いわゆるポストニューウェーブにおいて、私の知る限りにおいてもっとも暴力的に名詞を顕現させる歌人は雪舟えまだが、その暴力性は恩寵として機能するときにもっとも感動的だ。名詞は名詞であるということ自体ですでに一度死んでいる。写実という概念が現実にも言語にも失礼千万であるように、死者を死者として扱うのは失礼ではないか。しかし、名詞がひとつの名詞として現れなおすとき、そしてその出現が意外と必然の結婚、というよりも足場のない必然、そしてその喪失のように見えるとき、……見えるとき、という時点で、私は一度立ちどまらなければならない。

見せかけの平板さのしたに、二筋の水脈がある。ふたつの流れが生まれる。口語の平板さを逆用、隠れみのとして。

（瀬戸夏子「私は見えない私はいない――永井祐について1」）

「見せかけの平板さ」……「見せかけの」「平板さ」。あるいは「あくまで装った」「平凡さ」。たとえば、永井の文体の平板さを「見せかけ」ではなく「正真正銘」の平板さととらえることで、その平板さの新しさ・有効性を称揚する批評は、あるいはニューウェーブへの批判という文脈において、ある程度、有効であるとは思う。しかし、私はその文脈に反して、以前の「見せかけ」「の平板さ」という表現を肯定・正当化するつもりは毛頭ない。しかし同時に「正真正銘」の平板さといったうさんくさい立場をとって語るつもりも毛頭もない。つまり、……見えるとき、という時点で、私は一度立ちどまらなければならない。言語表現において、直接には目に見えないもの、言語というスクリーンの下にうごめいているものを、見過ごさないことはもちろん重要なのだが、同時に直接に見えているものもまた見過ごしてはならないのだ。つまり、「仕組みは内側からあからさまに暴かれている、それゆえに魅力の核を見つけることも指摘することもかなわない」というある種の神秘化によって、本来は見えるはずなのに見えなくされてしまうものについても私は同時に語りたい。

テレビみながらメールするメールするメールするぼくをつ
つんでいる品川区　　永井祐

五七五七七のフォルムはその非対称性ゆえに本質的にシンメトリーを嫌う。五七／五七／（…＋七）といった歴史的文脈をひとまず捨象すると、上の句（五／七／五）と下の句（七／七）はそれぞれが完結したシンメトリーである。しかし短歌＝五七五七七のフォルムというひとつの枠組みのなかで、ふたつめの五音である「腰」を軸とすることにより、五七五七七のフォルムはアシンメトリーとしてあらわれる。

テレビみな〈五〉／がらメールする〈七〉／メールする〈五〉／ぼくをつつんで〈七〉／いる品川区〈七〉

しかし非対称であるはずのこの詩形は、しばしば五七五七七のフォルムから逃れるかたちで対称を選ぶ。掲出歌において、それはまず「メールする」のリフレインとして現れる。二句切れのこの歌は「メールする」を中心として分断されている。「テレビみながらメールする」ぼくは、という主語はおそらく言わずもがな。こちらの「メールする」はむろん主語に対応する動詞だ。「メールするぼくをつつんでいる品川区」。リフレインは、正確にはリフレインではないのかもしれない。こちらの「メールする」は形容詞的だ。「メールする」「ぼく」という主述の転倒は下の句の七七というリズム上のリフレインにずれこんでいくが、七七において言葉はリフレインされることはない。韻律上でシンメトリーを築きあげながら、語割れ・句跨りを通過しつつあたらしくさらに大きな空間「品川区」へと逃れていく。あるいは「テレビみながら〈七〉」「メールする〈五〉」「メールするぼく〈七〉」という意味上の、もうひとつの内在された韻律についても意識をはたらかせる必要があるだろう。そのなかで「る」が脚韻のように反復される。口語の文末の平板さ。しかし掲出歌においてその平板さは更新されつづけている。さまざまな対称／非対称を通過しつつ「品川区」は更新される。

「人生は苦しい」（たけし）「人生はなんと美しい」（故モォーツアルト）*　　永井祐

ごくシンプルな構造のように見えるこの歌にもずいぶんと複雑な仕組みがあるように私には見える。「」《カギカッコ》と（）《パーレン》の視覚的効果はフォルムの非対称性を隠蔽しかけている。しかし、（たけし）と（故モォーツアルト）は対比されていない。「人生は苦しい」と「人生はなんと美しい」が対比されていないように。歌において上の句と下の句は（実）景－（伝統的に言えば）客観／（心）情－（伝統的に言えば）主観の融合・昇華としてしばしば処理される。引用歌は、心情＋心情、しかも他人の心情＋他人の心情、引用＋引用によって構成されている。もちろん、この文脈においては斉藤斎藤の評論「生きるは人生と違う」（「短歌ヴァーサス」第十一号、二〇〇七年十月）における〈私〉／「私」、主体用法と客体用法を意識させられる。しかし、ここで意識しなければならないのはむしろ斉藤の「うごく短歌」（「短歌人」二〇〇五年二月号）である。

「人生は〈五〉／苦しい」（たけし）〈七〉／「人

生は〈五〉／なんと美しい」〈八〉／（故モォーツアルト）〈七〉

……それはおそらくフォルムからの要請によってもたらされたゆがみなのではないか。この歌の最大のクレッシェンドは二度目にあらわれる「じんせいは」を受けての四句目「なんとうつくしい」にある。リフレインの作用によって、そして「人生は」「苦しい」を受けてあらわれる「美しい」「人生は」短歌的喩を経由した二度目の「人生」だ。ただし同時に四句目は字余りによって、非対称詩型を隠蔽しようとする対称性から逃れようともしている。そして仮に「モォーツアルト」を一般的表記と思われる「モーツァルト」を意識し、五七五七七を意識して読みくだすにしても、四句目は「うつくし」／「い」という語割れ・句跨りを含み、美しい韻律の失効をむかえるのだ。この歌の外見はほぼシンメトリーだ。しかしその対称性はまったくシンメトリーではない韻律とその韻律の挫折という伏流＝歪みを含み、その歪みが名詞をさまざまに反射させる。

あるいは散文から逃れ、平板さから逃れ、独自のゆたかさを獲得するために、かつて短歌は助詞を選んだように見えた。現時点において文語を選ぶ必然性のほとんどはこれまでの短歌、という共同体が獲得してきた助詞をもちいた絢爛豪華な技法の遺産を引き継ぐことにあるのではないかと思えるほどだ。短歌において助詞はしばしば閉じられた空間にひずみや軋みをもたらし、その裂け目から別の流れを呼びこみ、空間や時間を複層化させる。

一枚の硝子かがやき樹を距つむしろひとに捨てしは心　　山中智恵子

「に」によって歌は一気に分岐する。「捨てしは心」という末尾にむかいつつ、「に」の決定不能性は「捨てしは心」にむかわないさまざまな可能性を予期させる、あるいは「むしろひと」と「捨てしは心」のあいだのクレヴァスを見せつける。欠落による不可能性の美学だ。

頭の位置をととのえてから目をつむる　夜の中で日焼けしていくような　　永井祐

春の家にからだが四つ置いてありそれぞれがよく伸び縮みする　　笹井宏之

つながれて（なにをしやがる）おしっこがしたいわたしに穴という穴　　望月裕二郎

しかし、助詞という罠や楔ではなく、歌全体の、決して欠落によるものではないゆたかな空間のゆがみが、ならば、口語短歌には必要なのかもしれない。そのなかで、名詞が光を帯び、ふたたび姿をあらわすことはひとつの恩寵だ。口語の平板さは逆用ではなく、正当に用いられるべきである。永井祐の歌のうち、あまりに直線が勝ちすぎるものについては、私はその恩寵を感知することができない。しかしその平板なフォルムが反射＝光のゆがみによって——たとえば、名詞の出現を呼びこむとき——その美しい名詞の出現は、凹凸をもたない器の不可視の凹凸のなかに浮かびあがってくるように思える。私はその様子を、もう、何度もみたことがある。

運動会の日のような朝　3Fのマックで食事を取る女の子　　永井祐

＊永井祐の同作については「早稲田短歌」三十一号webバージョン掲載の表記をもとに論じた（http://wasetan.fc2web.com/31/fuhai.html）。

（「早稲田短歌」三十九号、二〇一〇年三月）

「手紙魔まみ、イッツ・ア・スモー・ワールド」、あるいはふたたび書き換えられた『手紙魔まみ、夏の引越し（ウサギ連れ）』の結末について

連作形式の成立には諸説あるにせよ、たとえばそのひとつに数えられる橘曙覧の「独楽吟」を考えてみるとき、〈たのしみは……時〉という五十二首すべてに共通する型に注目せざるを得ない。一首目を読み、二首目に至り、さらに三首目を読む段になって、二首目は一首目の、また三首目も一首目のヴァリエーションなのだと思い至る。すると繰りかえしによる快楽、またその快楽によってもたらされる麻痺は次第に〈たのしみは……時〉というフレーズを逆説的に意識の外に遠ざけてしまう。その隙間からさまざまなヴァリエーションを持つ「たのしみ」の細部が読者のなかに入りこんでくる。

たのしみは晝寝目ざむる枕べにことことと湯の
煮てある時

たのしみはいやなる人の來たりしが長くもをら
でかへりけるとき

連作論をとなえた伊藤左千夫が称揚した師の正岡子規の連作にも、同じ傾向がみられる。おなじ構文・構造の歌を連ねることで、同一性のなかに差異が忍びこんでくる、その差異のなかになにものかの動きが見えはじめ、歌と歌とのあいだに時間が流れはじめる。この手法を師に学んだ、あるいは発見し

た伊藤左千夫、あるいはそのライバルであった長塚節の連作はこの動きをもう一歩進める。ヴァリエーションからスケッチへ。なにものかの動きがはっきりと姿を現しはじめる。伊藤左千夫、長塚節、それぞれの連作において姿を見せるなにものかは別の姿をしているだろう。なにものかの正体は、時代の要請によってうまれた近代的主体と言いかえてもいい。

しかし現在流通している連作形式の完成には、もうひとつの要素が必要だ。それを持ちこんだのはアララギにおいては左千夫の弟子である斎藤茂吉であろう。「短歌小言」(「流星」一九一三年三月号)において茂吉は「いま、作歌態度の側から論ずるならば、一切の短歌はまさに連作たるべき性質のものである」と宣言した。しかし「茲にいふ連作とは伊藤左千夫氏によつて命名されたるもの其ものでは無」いとも付けくわえている。

そしてべつの流れ——明星派や「へなぶり」狂歌を通過してほぼ同じものを石川啄木も獲得している。もうひとつの要素とは、連作において主体の姿を浮きあがらせる文脈の力、ストーリーの力、物語の力である。「小説」の力と言いかえてもいい。ただし、ここで言う「小説」とは非常に狭義のものであり、たとえばヌーボー・ロマンに見られるような「小説」をメタ的に更新するような、様々な「小説」は含まれていない。短歌連作との比較で用いる便宜上の定義としてご理解いただきたい。あるいは小説や詩の批評においてこれまで用いられてきた術語としての「短歌」の裏返し表現であると理解していただいても構わない。短歌を「物語」・「小説」の(しかしあくまでも)喩で語ることの危険性は重々承知しているつもりであるし、また私はその態度に否定的な立場であるつもりだが、否定するにはまず前提を明るみにしなければならない。

短歌においていわゆる近代的主体が誕生したのは、連作という型式のなかで、一首と一首の間に(私)小説の力が充溢しはじめたこと——いわゆる主体のあり方を垣間見せるような行間が生まれたことにひとつの契機があるのではないだろうか。この点、啄木が終生小説に対して野心を持ちつづけていたという事実は興味深い。啄木の「我を愛する歌」には小説におけるシーン展開のメソッドが流れこんでいる。あるいは茂吉の「悲報来」や「死にたまふ母」。「死にたまふ母」を読み、〈わが母を焼かねばならぬ火を持てり天つ空には見るものもなし〉という場面に至るときに読者は〈死に近き母に添寝のしんしんと遠田のかはづ天に聞ゆる〉や〈のど赤き玄鳥ふたつ屋梁にゐて足乳ねの母は死にたまふなり〉といったシーンを既に通過し、その母の火葬を思う……いや、あるいは、一首、一首と読みすすめていくごとに次第に厚みを増していく（とともにその生が失われていく）「わが母」の存在感を受けとめるはずだ。しかし、「悲報来」における結句「わが道くらし」の反復や「死にたまふ母」における一、二首目の結句「われは子なれば」の反復、歌を一首ずつまたいであらわれる初句から二句目にかけての「死に近き母」の反復には子規、左千夫に見られたヴァリエーションとしての連作のよすがが見られるように思う。

啄木の自らの呼吸でもって一首を三行に分割しつつシーンを展開させていく戦略の革新性は、その意味において茂吉を上回っていると言ってよい。この戦略は連作をより「小説」的に読ませる。「縦に読ませる力」（荻原裕幸）ではなく「横に読ませる力」（荻原裕幸）を加速させる。読者の欲望は下へ下へ（韻律の方へ）ではなく、横へ横へ（展開の方へ）逸らされていく。しかし、穂村弘の「手紙魔まみ、イッツ・ア・スモール・ワールド」によって「死にたまふ母」を読みかえしてみるならば、必ずしも啄木の優位は保障されない——もしくはこの図式は書き換えられ、更新される可能性を秘めている。

「手紙魔まみ、イッツ・ア・スモール・ワールド」はそもそも『手紙魔まみ、夏の引越し（ウサギ連れ）』という歌集のヴァリエーションとして穂村のベスト盤兼拾遺集である『ラインマーカーズ』に収録されている。『手紙魔まみ、夏の引越し（ウサギ連れ）』（以下『手紙魔まみ』）の読者は、同様に『ラインマーカーズ』に初収録された「手紙魔まみ、意気地なしの床屋め」とともに「手紙魔まみ、イッツ・ア・スモー・ワールド」を『手紙魔まみ』の番外編、あるいは一種のパラレルワールドとして楽しむだろう。しかし、それは決して続編としてではない。この点を詳しく見ていくためには、まず『手紙魔まみ』という歌集の特異性を通過しなければならないだろう。

　発表当時から問題作として話題を呼んでいた『手紙魔まみ』への反応のひとつとして、加藤治郎の「短歌形式の現在――その死まで」（「歌壇」二〇〇二年四月号）がある。この評論において加藤は坂野信彦『七五調の謎をとく　日本語リズム原論』（一九九六年）の韻律論を踏まえ、塚本邦雄が『水葬物語』（一九五一年）において行った韻律破壊と、穂村が『手紙魔まみ』において行った韻律破壊を比較している。前者の韻律破壊は第二芸術論に対抗する意識的で逆説的な韻律の革新、韻律を破壊することによって韻律を目覚めさせる批評であり、後者では「確信犯」的にぴったり「三十一音でありながら、短歌形式を意識させない詩は可能か」という、短歌形式を極限まで相対化し、丸裸にする「一回切りの」実験が行われている――つまり、この実験は塚本のものとは異なり「短歌形式の〈死〉」でしかなく「リズムの革新といった短歌史的なビジョン、短歌は改革されるべきだといった価値体系には参画しない」ものである。この意見には『手紙魔まみ』に含まれる、必ずしも三十一音ぴったりではない「多くの」、「例外」の韻律をもつ歌を「恣意的に無視」しているとの反論もあったものの（大辻隆弘「短歌に死を齎すもの」「未來」二〇〇二年七月号）、やはり加藤の評からこの問題について得られるところは多いように私は思う。その上で、しかし私は『手紙魔まみ』という歌集が究極のところ「短歌形式の〈死〉」をあらわしているようには思えない――ここで導入したい、もうひとつの文脈は、「短歌連作」における「小説」という（またしても、そして別の）短歌における形式の問題である。『手紙魔まみ』は韻律における短歌形式の〈死〉と、短歌連作における小説の〈死〉の出会いの場として機能することで、そのふたつの死は奇妙にも、なにものかをよみがえらせているように私には思える。

第一歌集『シンジケート』以来穂村の歌に頻出する少女の言葉は、しかし、つねに「」《カギカッコ》のなかに囲われ、それ自身、「少女」（＝他者）としての輪郭を保っていた。しかし『手紙魔まみ』――この歌集自体、穂村弘の「少女」愛的な短歌とタカノ綾の過剰な「少女」性を描くことによって逆説的に「少女」が客体化される絵の衝突によって、いたるところに矛盾や齟齬の形をとって「少女」性そのものがあらわれつづける不思議な歌集だが（たとえば「まみ」が金髪であるという記述と絵における黒髪の「まみ」）――にいたって少女の言葉を囲んでいたこの「」《カギカッコ》が消滅し、代わりに「まみ」という名前が現れる――とは、川野里子の「少女言葉の絶壁――穂村弘論」（「歌壇」二〇〇二年七月号）における指摘だ。この指摘から出発して、前衛短歌――そのものではなく、いわゆる前衛短歌がこれまでに読まれてきたような文脈、虚構の主体（＝「まみ」）という（それ自体が虚構である）コンテクストを呼びこみ、この歌集が、いわゆるアララギ的・「（私）小説」的な主体への反論であると結論づけること自体は容易であろう。ならば、まずは『手紙魔まみ』を「小説」として読んでみたい。

「汝クロウサギにコインチョコレットを与ふる勿れ」と兎は云えり

「妹のゆゆ、カーテンのキャロライン、なべつかみの久保、どうぞよろしく」

「十二階かんむり売り場でございます」月のあかりの屋上に出る

「あー、あー、マイク・テスッ、あいしてるあいしてるあいしてるあいしてる」

「殺虫剤ばんばん浴びて死んだから魂の引取り手がないの」

「凍る、燃える、凍る、燃える」と占いの花びら毟る宇宙飛行士

菜のはなのお花畑にうつ伏せに「わたし、あくま」と悪魔は云った

「俺たちはまざるべきだ」　壊れる、こわれるかわいい可愛い可愛可愛

「思った通りだ。すごくよく似合う」（神様、まみを、終わらせて）パチン

「この道はまみのためにつくられたんだ」（神様、まみを、終わらせて）パチン

「ウサギにも男の遊びを教えよう」（神様、まみを、終わらせて）パチン

発話、もしくは発話と推測される用途で「」《カギカッコ》が使用されている歌を『手紙魔まみ』からすべて引用した。この「小説」における主な登場人物は手紙魔「まみ」、「まみ」が手紙を送りつづける「ほむほむ」、「まみ」の妹の「ゆゆ」、そして登場人物ではないが「まみ」が飼っている黒兎の「にんに」（「にんに」という名前はこの歌集にあとがきの代わりに収録されている「手紙魔への手紙」によって判明する）。

「登場人物」というアイデアを採用する以上、それぞれの「」《カギカッコ》がいったいだれの発話なのかを特定しなければならない。引用歌のなかで「まみ」の発話であるとほぼ確定できる歌は、〈「妹のゆゆ、カーテンのキャロライン、なべつかみの久保、どうぞよろしく」〉だけだ。三十一音すべてがひとりの声によって発話された言葉であるというスタイルは『シンジケート』における一連の女声による会話体の歌（〈「猫投げるくらいがなによ本気だして怒りゃハミガキしぼりきるわよ」〉〈「おじさん人形《カーネル・サンダース》相手にどもっているようじゃパパにはとても会わせられない」〉）を思いださせるが、「地の文」がちがう（もちろん、ここでの「地の文」はいわゆる「地の歌」ではない）。『シンジケート』においてその発話は「主人公」のものではなく「おまえ」「君」「貴方」からのものだった。つまり、「地の文」＝「」《カギカッコ》に囲われていない他の歌の主語は「俺」＝「主人公」であった。しかし『手紙魔まみ』においての「主人公」は「俺」ではなく「まみ」だ。『手紙魔まみ』

はこうはじまる。

目覚めたら息まっしろで、これはもう、ほんかくてきよ、ほんかくてき

『シンジケート』ならば「」《カギカッコ》をつけて表記されていただろう「語り」でこの歌集は幕をあける。しかし、ここからはじまる『手紙魔まみ』の巻頭連作（であり表題作）「手紙魔まみ、夏の引越し（ウサギ連れ）」は必ずしも「まみ」の「一人称」ではない。これにはふたつのレベルがある。

それはまみ初めてみるものだったけどわかったの、そう、エスカルゴ掴み

まず、このように「主人公」は姿、いや、正確に言うならば、その名前を現す。「主人公」は「俺」ではない。それはいい。それは冒頭から推測されることだ。ここで注意を促したいのは、現れたのが「私」でも「わたくし」でも「あたし」でもなく「まみ」だったことである。私が指摘したいのは自分を名前で呼ぶ「まみ」の奇妙な自己愛そのものではなく、「まみ」という「三人称」でありながら「一人称」でもある語りを導入した穂村の姿勢である。「まみ」は「主人公」でありながら半分メタ化され、『手紙魔まみ』の「登場人物」でもあるというわけだ。また、本来作者あるいは作中主体であるはずの穂村は「ほむらさん」、「ほむほむ」という名前で登場する。寺山修司にとっての「夏美」や村木道彦の「夏代」のように、しかし、奇妙に裏返された形で。あるいは岡井隆の「岡井隆氏」や俵万智の「万智ちゃん」という歌のなかでの自己言及への目配せでもあるのかもしれない。しかしあくまでも穂村弘=作中主体という読みの通路を通過しようとするのならば、「一人称」と「二人称」を転倒させた上での、「一、二人称」の半「三人称化」、ということになるだろうか。

ほむらさん、はいしゃにいっていませんね。星夜、受話器のなかの囁き

もうひとつのレベル。（歌集単位ではなく連作単位の）「手紙魔まみ、夏の引越し（ウサギ連れ）」において、この「小説」は必ずしも「一人称」ではない。それはさきほど指摘した「まみ」という「一人称」がはたして本当に「一人称」であるのかどうかという疑いのレベルと同時に、そもそも、「地の文」に「まみ」以外の声が混入しているというレベルにおいても確認される。掲出歌は「ほむらさん、はいしゃにいっていませんね。」と囁かれている「ほむほむ」の声ではないか。

金髪のおまえの辞書の「真実」と「チーズフォンデュ」のラインマーカー

腕組みをして僕たちは見守った暴れまわる朝の脱水機を

おなじ連作から。たとえば一首目は、

ねむりながら笑うおまえの好物は天使のちんこみたいなマカロニ　『シンジケート』

の系譜に連なる歌、つまり、「俺」としての穂村の声だろう。

妹のゆゆはあの夏まみのなかで法として君臨していたさ

「手紙魔まみ、夏の引越し（ウサギ連れ）」

月よりの風に吹かれるコンタクトレンズを食べた兎を抱いて

「まみ」も「ほむほむ」も、「」《カギカッコ》という他者にも客観的に互いの位置がよく見えるような形を選ばずに声を出す。おなじ地平で。おなじ「地の文」のなかで。しかしこの不確定性が別の声を生みだす。それは「まみ」かもしれず「ほむほむ」かもしれない、

あるいは「まみ」でも「ほむほむ」でもない、つまり「だれのものでもあり」「だれのものでもない」声である。

恋人の恋人の恋人の恋人の恋人の恋人の死

「手紙魔まみ、夏の引越し（ウサギ連れ）」

杵のひかり臼のひかり餅のひかり湯気のひかり兎のひかり

機械的なまでに強引に韻律を破壊させられながら三十一音の形をとらされた歌（五音×六＋一音＝三十一音、六音×四＋七音＝三十一音）が「まみ」と「ほむほむ」のモノローグに侵入する。「まみ」とも「ほむほむ」ともつかない声で発話されるこれらの歌は一首としての歌そのものの力とは別の力をこの連作のなかで得る。それは従来の短歌連作において使われてきた「小説」の力とは別の力だ。伝統的な短歌の一人称＝「われ」の変形であるところの「俺」という人称を放棄し、「まみ」「ほむほむ」という半「三人称」を選んだことによって、そのあいだから不可思議な声があらわれる。「一人称」という前提を突き崩しながら進行していくこの連作を読むときに、読者はこの歌の主語が「まみ」、「ほむほむ」のいったいどちらなのかをつねに疑わされる。そして、「正体不明」なものの声と不意に出会い、つまづかされるのだ。

しかし、以上はじつは「手紙魔まみ、夏の引越し（ウサギ連れ）」（そして後述するが「手紙魔まみ、みみずばれ」）にほぼ限定される話である。よって〈「妹のゆゆ、カーテンのキャロライン、なべつかみの久保、どうぞよろしく」〉という唯一「まみ」が他者として発話している例外といえる歌がこの連作に入っているのだ。「手紙魔まみ、天国の天気図」、「手紙魔まみ、アイ・ラヴ・エジソン」、「手紙魔まみ、完璧な心の平和」には「ほむほむ」のモノローグ（と確定できる歌）は現れない。そこにあるのは「まみ」の声と「まみ」ではないかもしれない声だけだ。ただし、どの連作においても必ず一度は「ほむほむ」がその姿を見せる。

花束のばらの茎がアスパラにそっくりでちょっ
とショックな、まみより
ほむほむの心の中のものたちによろしく。チャ
オチャオ。まみ（紅しゃけ）
天沼のひかりでこれを書いている　きっとあな
たはめをとじている
おやすみ、ほむほむ。LOVE（いままみの
中にあるそういう優しいちからの全て）。

四つの連作のラストに位置する歌をそれぞれ引いた。連作はつねに「ほむほむ」への「手紙」として閉じられる。「手紙魔まみ、夏の引越し（ウサギ連れ）」においては「小説」が「書簡体小説」だったのだ、という、あるいは「書簡体」であったのかもしれないのだという軽い驚きとともに。以降の連作において繰り返される「手紙」としての連作の形態が徐々に「小説」としての連作形式を侵食しはじめる。「手紙」という形式は「まみ」と「ほむほむ」の間であるということしか（本来は）意味しない（はずだ）。「まみ」や「ほむほむ」それぞれの「物語」が続いていくようには「手紙」は続かない。繰り返される「手紙」としての連作形式＝歌集構成はヴァリエーションとしての連作形式を呼びおこす。ただし、「物語」としての起承転結＝「物語」をひきおこす流れの綻びがまったく姿を消すということは（連作のなかではほとんど起こりえ）ない。

閃光ののち、しましまの、うずまきの、どうぶ
つだけが生まれる世界
この手紙よんでるあなたの顔がみえる、横がお
と、正面と、みえる
六号室を出てゆく朝に一枚の地図が輝く南の壁
に
夢の中では、光ることと喋ることはおなじこと。
お会いしましょう

歌集後半の連作の最終歌を順に。「手紙魔まみ、キモチワルキレイ」にあらわれる「転」。「手紙魔まみ、うれしい原材料たち」に再び現れる明示された「手紙」。「手紙魔まみ、みみずばれ」、二度目の、そして決定的な「転」、破壊と回復。「手紙魔まみ、ウエイトレス魂」のエンディング――「お会いしましょう」は、言葉の単純さとは裏腹に幾重にも文脈が積みかさねられて実体が見えない。しかし、この結末に辿りついたときにやってくる感銘は、その幾重もの文脈のなかにあるのだと思う。

「俺たちはまざるべきだ」　壊れる、こわれるかわいい可愛い可愛可愛

「思った通りだ。すごくよく似合う」（神様、まみを、終わらせて）パチン

「この道はまみのためにつくられたんだ」（神様、まみを、終わらせて）パチン

「ウサギにも男の遊びを教えよう」（神さま、まみを、終わらせて）パチン

「手紙魔まみ、みみずばれ」で「」《カギカッコ》は男（＝「ほむほむ」と推察される）の言葉を囲んでいる。『シンジケート』にみられた形式（地の文＝男、「」《カギカッコ》＝「少女」）からの逆転、ではない。逆転という単純な図式では説明ができない。この不穏で暴力的な連作は、しかし、「手紙魔まみ、天国の天気図」以降歌集を覆っていた「まみ」のモノローグからの混声への回復が企図されている。これまでどおり「まみ」のモノローグではじまったこの連作に侵入してくる「」《カギカッコ》＝他者の声。喩としての性行為を通過しながら、「地の文」、「」《カギカッコ》＝発話、（）《パーレン》＝心内語、この三つの声の形態のなかで「ほむほむ」と「まみ」の主客関係はめまぐるしく変化する。

解放せよ、タンバリンを飾る鈴。解放せよ、果たされぬ約束。

タンバリンの鈴鳴り響く（いつか、長い長い旅を、どうですか、まみ?）

六号室を出てゆく朝に一枚の地図が輝く南の

壁に

「手紙魔まみ、みみずばれ」の末尾三首。一首目、「だれでもない」、あるいは「まみ」の声。二首目、「だれでもない」声もしくは「ほむほむ」の声＋「ほむほむ」の声。ここで（）《パーレン》内の主体は「まみ」から「ほむほむ」へ移行する。三首目、「ほむほむ」の声、「まみ」の声、あるいは「だれでもない」声。連作冒頭の「まみ」の声から転調しつつこの連作は終わる。「手紙魔まみ、夏の引越し（ウサギ連れ）」と「手紙魔まみ、みみずばれ」は双子である。このふたつの混声の連作に挟みこまれる形で、「物語」の流れを含みながら「まみ」のモノローグが進行していく、とこの歌集の構造を捉えることはそう的外れではないと思う。「手紙魔まみ、みみずばれ」のエンディングで「だれでもない」（かもしれない）声を獲得するという「物語」はひとつの結末を見ている。しかし、そうであるとするのならば、この歌集は「手紙魔まみ、みみずばれ」で終わっていてもよかったのではないか、という疑問が当然浮上する。

　何よりも、そもそもの出発点である「まみ」の存在自体が虚構なら、「まみ」からの手紙などなかったことになり、手紙の中の〈私〉を含む出来事のすべてがなかったことになる。虚実の枠組み自体が消え去り、あとにはただ歌だけが残される。一首の歌としてこれ（引用者註：〈天沼のひかりでこれを書いているきっとあなたはめをとじている〉）をみるとき、「天沼のひかり」の「あなた」とは、「まみ」とも〈私〉とも無関係の、より開かれた存在として読者に感受されるのではないか。

　この場合、うまく言えないのだが、歌の内部にではなく、その外側に真実と虚構の多層性が導入されているということになるだろうか。そこでは〈私〉に関する虚実の問題もそうした全体性との係わりの中で語られるしかなく、前述のように、歌の置かれる場の変化によって、

〈私〉の意味が変化することにもなる。だが、短歌において虚実の枠組みを超えた〈私〉とは、決して特別のものではないとも思う。

（穂村弘「私の場合」「短歌研究」二〇〇一年七月号「特集「作品の中」の私と「現実」の私」）

そもそも、「だれでもない」声の獲得は穂村だけが行ったことではない。文学の普遍性、などという文脈はあまりになつかしく、また大仰すぎるにせよ、たとえば〈われ〉の徹底的な追求による逆説的な匿名性・無名性＝「だれのものでもある」声の獲得はアララギの最良の歌人たちによってつねに行われてきたということもできるであろう。もちろん、その声を得る手段としてここまで入り組んだ形式＝ガジェットを用いなければならなかったことに穂村の穂村たる所以があるのだが（「手紙魔への手紙」において虚実の枠組みを崩すのではなく、「虚」＝歌集創作・「実」＝まみの存在、あるいはその逆を、それぞれおなじ地平で成立させつづける穂村の筆致は本当に素晴らしい）、もうひとつの文脈がまだ残っている。私見によれば、従来の短歌連作の「小説」の力とは異なる力を『手紙魔まみ』が持ちえたとするのならば、その秘密のひとつはここに眠っている。それは「手紙魔まみ、ウエイトレス魂」の存在だ。

　まだ、続くのだ――という気持ちを持続させるもの。「手紙魔まみ、ウエイトレス魂」は、「手紙魔まみ、みみずばれ」後半の不穏な気配がまるでなくなってしまったかのように、いつものように、つまり、「手紙魔まみ、天国の天気図」以降の「まみ」の奇妙でカラフルなモノローグで始まり、終わる。ただし、位相は既に変化している。それは言葉のトーンではなく、提示されたシーンにより読者に伝わる。というよりも、「いつもどおり」のトーンに騙されているうちに徐々に状況の奇妙さに気づかされはじめる、というべきか。

お客様のなかにウエイトレスはいませんか。って非常事態宣言

お気に入りの帽子被れば人呼んでアールヌー
ボー給食当番
コースター、グラス、ストロー、ガムシロップ、
ミルク、伝票、抱えてあゆめ

「まみ」は「お客様のなかにお医者様はいらっしゃいませんか」という非常事態のような、「お客様のなかにウエイトレスはいませんか」という非常事態に遭遇し、「ウエイトレス」になる。まるであらかじめ決まっていたことのようで、そこにはなんの違和感もない（ように「まみ」はふるまう）。

なれというなら、妹にでも姪にでもハートの9
にでもなるけれど
ドラキュラには花嫁が必要だから、それは私に
ちがいないから
大好きな先生が書いてくれたからMは愛するM
のカルテを
窓のひとつにまたがればきらきらとすべてをゆ
るす手紙になった

可変性、もしくは状況や要望に応じた変身。まだ、続くのだ——という気持ちを持続させるもの。次々に変化していくという「可能性」がここでは提示される。

いくたびか生まれ変わってあの夏のウエイトレ
スとして巡り遭う
お替わりの水をグラスに注ぎつつ、あなたはほ
むらひろしになる、と
札幌局ラジオバイトの辻くんを映し続ける銀盆
を抱く

変化するのは「まみ」だけではない。「ほむらひろし」に「なる」とは奇妙な表現だ。「ウエイトレス」の「まみ」が出会ったのは、まだ「ほむらひろし」になっていない人物なのだ。辻＝穂村の本名がここで突然、姿を見せる。ここに「ほむほむ」はい

ない。「辻くん」はいずれ「ほむらひろし」になり、「まみ」に「ほむほむ」と呼ばれるようになるのだ。タイムスリップSFの枠組みが導入されることで、ここにはまだない、という未来へのノスタルジーが場に侵入する。とするのならば、〈いくたびか生まれ変わってあの夏のウエイトレスとして巡り遭う〉とはいったいどの地点からの声なのか。

これと同じ手紙を前にもかいたことがある気がしつつ、フタタビオクル
夢の中では、光ることと喋ることはおなじこと。
お会いしましょう

もうひとつの結末。「お会いしましょう」という手紙は「まみ」から（まだ見知らぬ）「ほむほむ」へくりかえし送られつづける。ただし、この仕組みがあきらかになることによって「手紙魔まみ、みみずばれ」までに積みかさねられてきた（と読者に思われていた）「ほむほむ」と「まみ」の恋人同士としての時間は無効になる。そして「手紙魔まみ、みみずばれ」までの歌集構成の時間軸が線的であったのかどうか自体がとつぜん、疑わしくなる。そもそもそれぞれの連作自体が「まみ」のモノローグで埋めつくされた「手紙」なのだ。順序どおりに並べられている保証はない。いや、順序という概念自体が、「手紙魔まみ、ウエイトレス魂」の力技によって破壊されるのだ。三島由紀夫の転生物語『豊饒の海』四部作における主体の消失の変奏とも言えそうだが、四部作の最終巻『天人五衰』（一九七一年）において松枝清顕がヒロインの聡子に「松枝清顕さんといふ方は、お名をきいたこともありません。そんなお方は、もともとあらしやらなかつたのと違ひますか？」と存在の消失を導かれるようには「ほむほむ」は姿を消さない。むしろ第一巻『春の雪』（一九六九年）の松枝清顕が死の間際にのこす「今、夢を見てゐた。又、会ふぜ。きつと会ふ。滝の下で」を、ヒロイン＝まみから導きだす。〈夢の中では、光ることと喋ることはおなじこと。お会いしま

しょう〉。輪廻転生という「可能性」だけが残る。律拍が破壊され五七五七七のリズムを感じることが難しいにもかかわらず三十一音をとらされているこの歌は、「短歌形式の〈死〉」を刻印されていながら、歌集・連作の文脈において主体を消失させ、一首の歌として「お会いしましょう」の複雑な明るさ、予感を残す。結末は、タイミングをずらして二度やってくる。しかしふたつめの結末によって、この歌集以降「手紙魔まみ」の連作は続編ではなくパラレルワールドとしてしか存在しえなくなる。連作そのものが歌集においてヴァリエーションとしてしか機能しなくなったのだと言いかえてもいい。

「手紙魔まみ、イッツ・ア・スモー・ワールド」は、『手紙魔まみ』によってひらかれた「可能性」を積みかさねたヴァリエーションの袋小路として提示し、ある完成されたアポリアとその形式をあらわしているように私には思えた。穂村は「手紙魔まみ、イッツ・ア・スモー・ワールド」というパラレルワールドを出現させることによって、『ラインマーカーズ』において『手紙魔まみ』の結末をふたたび書き換えた。『ラインマーカーズ』には「手紙魔まみ」と題されて「手紙魔まみ」シリーズの連作が五つ収録されている。収録順に記す。「手紙魔まみ、夏の引越し（ウサギ連れ）」、「手紙魔まみ、意気地なしの床屋め」、「手紙魔まみ、完璧な心の平和」、「手紙魔まみ、ウエイトレス魂」、「手紙魔まみ、イッツ・ア・スモー・ワールド」。重要なのは『手紙魔まみ』において重要な役割を果たしていた「手紙魔まみ、みみずばれ」が『ラインマーカーズ』における「手紙魔まみ」では欠落しているという事実と、ラストに配置された連作が「手紙魔まみ、ウエイトレス魂」ではなく「手紙魔まみ、イッツ・ア・スモー・ワールド」であるという事実だ。結論から言えば、私は「手紙魔まみ、イッツ・ア・スモー・ワールド」を「手紙魔まみ、みみずばれ」を変形させたものであると考えている。よって私は「手紙魔まみ、イッツ・ア・スモー・ワールド」を全首引用したい。またこれからの議論の便宜上、歌に番号を振った。

1 天国から電話がかかってきたように眠ってるのに震える兎

2 アメリカのまみみたい娘《こ》がSUSHI《寿司》をみて、はーん、だからMAH-JONG《麻雀》なんだ

3 摘み取られたことにこの子は気づかない、まだ夢みてる苺を囓る

4 「ネイビー、アーミー、エア・フォース」って穴ウサギに教えてるまっ青な日曜日

5 親指と人差し指で聖火ランナーをつまんで、あーん、ぱくっ、て

6 つけものたちは生の野菜が想像もつかない世界へゆくのでしょうね

7 体調のわるさに気づく冬の朝タイツを立って履けないことで

8 小父さんが鞄抱えて飛び込めばダイヤ乱れて煌めく朝

9 激辛のカレーの鍋におっこったノストラダムスという名の鸚鵡

10 憧れで胸が張り裂けそうなのにきちんととまるブラウスの釦

11 襟巻がいいか帽子にするべきか迷っているの、死んだウサギを

12 嘗めかけの飴をティッシュの箱に置きねむってしまう、世界のなかで

13 夢に来て金の乳首のちからびと清めの塩を撒きにけるかも

14 「前頭九枚目より五枚目をただちに前線へ派遣せよ」

15 降りそそぐ清めの塩のきらきらと横綱戦場派遣審議委員会

16 「前頭四枚目より筆頭をただちに前線へ派遣せよ」

17 清めの塩を回し喰いする天使たち、式守伊之助、木村庄之助

18 「小結及び関脇及び大関をただちに前線へ派遣せよ」

19 雲龍型、不知火型のミサイルを担いで金剛力士は吠えよ

20 「外国籍の横綱の髷切り落とし所属の部屋に幽閉すべし」

21 二階級特進により横綱となりて煌めく不知火型は

22 戦場にいま燃えあがる天使たち、式守伊之助、木村庄之助

23 嘗めかけの飴がティッシュの箱にある世界へもどる道をおしえて

24 襟巻がいいか帽子にするべきか迷っているの、死んだ天使を

25 降りそそぐ清めの塩のきらきらと世界へもどる道を埋《うず》めて

「イッツ・ア・スモール・ワールド」といえばもちろんディズニーを想起させるが、『シンジケート』（〈ボールボーイの肩を叩いて教えよう自由の女神のスリーサイズを〉）におけるシンプルなアメリカへの憧れから一転して、この連作に見られるアメリカへの、そして「日本」への態度は複雑だ。第二芸術論が自国への、そして自国から逃れられない自己への、そしてそこから逃れられない自己の叙情への「自己」嫌悪に根ざしたものであったように、短歌＝「日本」的な叙情はしばしばこの立場から攻撃を受ける。加藤治郎の第一歌集『サニー・サイド・アップ』（一九八七年）（〈荷車に春のたまねぎ弾みつつアメリカを見たいって感じの目だね〉）とともに穂村の『シンジケート』はそんな経緯や均衡や軋轢を軽々と乗りこえ、無垢さでもってそんな事柄・因縁とはまるでなんの関係もないかのように甘美なアメリカを表象した。しかしおそらくはある時期以降、穂村はいわゆる短歌＝日本的なものへの傾斜を強めていく——「ル」の欠落は予兆だ。「手紙魔まみ、イッツ・ア・スモー・ワールド」はその過渡期に位置している。スモール／スモー＝アメリカ／日本の「戦争」状態を、そして「まみ」の眠りと兎の死の間を、天使＝ウサギは往還する。

つけものたちは生の野菜が想像もつかない世界

へゆくのでしょうね

可変性、もしくは状況や要望に応じた変身。まだ、続くのだ——という気持ちを持続させるもの。「可能性」がここで変化する。そこからはもう、〈これ以上何かになること禁じられてる、縫いぐるみショーとは違う〉〈この世界のすべてのものは新しい名前を待っているから、まみは〉（以上二首「手紙魔まみ、完璧な心の平和」）のような甘美さも野蛮さも失われつつある。むしろ〈アメリカのまみみたい娘《こ》がSUSHI《寿司》をみて、ははーん、だからMAH-JONG《麻雀》なんだ〉〈「ネイビー、アーミー、エア・フォース」って穴ウサギに教えてるまっ青な日曜日〉といった多分に叙情的な「まみ」の批評性が〈「前頭四枚目より筆頭をただちに前線へ派遣せよ」〉〈「外国籍の横綱の髷切り落とし所属の部屋に幽閉すべし」〉といった多分にカフカ的な「だれでもない」声に文字どおり占領されていくのを見届けなければならない。「」《カギカッコ》はもはや、もちろん「まみ」のものではなく、「手紙魔まみ、みみずばれ」のように「ほむほむ」「かもしれない」声でもなく、歴然と、かつて「ほむほむ」と「まみ」の間にあったはずの「だれでもない」声だ。そこにあった、しかしいまは不気味な声が「」《カギカッコ》を乗っ取る。「この世界のすべてのもの」が「新しい名前を待ってい」たときのように「まみ」自身が（かつて「草原スープ婚」や「SHIMOKAWASAN SEASON」と名づけを行ったときのようには）自由に周囲の環境や自身を変化させることはできない。

では、その代わりにこの連作で機能している力は何なのか。11と24、12と23、14と16と18と20、17と22。11首目以降、同じ構文の反復が、夢と死のイメージが、戦争と相撲の喩によって連作を侵食しはじめる。ヴァリエーションとしての連作のように、「手紙魔まみ、みみずばれ」のときと同じように、しかし、こちらは複数の構文がそれぞれを挟みこむように構成されている。つまり、新しい歌・次の歌を読もうとするたびにその（「新しい」・「次の」歌を読みたいという）欲望は挫折させられる。「新しい」「名前」、「名詞」、「言葉」は現れない。いや正確に言うならば、「新しい」「言葉」や「新しい」レトリックの価値自体が相対化され、減じていく。〈たのしみは……時〉という構文のなかで次々にでてくる「新しい」ヴァリエーションの「たのしみ」を喜ぶようにはいかないのだ。「手紙魔まみ、イッツ・ア・スモー・ワールド」においてはヴァリエーションもリフレインも喜びとして機能しない。「手紙魔まみ、イッツ・ア・スモー・ワールド」の後半は、一首を読み終わるたびにもちろんその次の歌があらわれはするものの、それはいま読み終えたばかりの当該の一首、よりも以前に読んだ歌と類似した姿をしている。類似した姿が見えるので、読者は以前のものとの差異を探そうとする。差異を見つけることはできる。しかし「物語」の展開も手伝ってその差異は読者を明るい方向に導こうとはしない。

いや、一見――11から15までは10までと同様に「言葉」が新しく「展開」していく「行」のように、足を踏みいれた時点では見えるのだ。16にいたってリフレインがあらわれ、そこからヴァリエーションの姿が徐々にあきらかになってくる。もちろんこれは複数の構文によるリフレインの「展開」という穂村の戦略によってもたらされている。つまり擬似「物語」「展開」を利用することによって、しばらくの間、ヴァリエーション、リフレインは姿を現しているにもかかわらず隠蔽される。その形式性によって「物語」へのひとつの反論たりえた推理小説における力学のように。「登場人物」のなかに「犯人」はいるのだが、「登場人物」は登場した時点では当然のことながら「犯人」の姿をしていない。「手紙魔まみ、イッツ・ア・スモー・ワールド」はヴァリエーションを使用しながら、「物語」の効用で形式に復讐しつつヴァリエーションの快楽を放棄している。これと同一構文の反復＝短歌形式＝五七五七七という同一構文の歴史への自己言及と読みかえるならば、この実験は「短歌形式の〈死〉」でしかなく「リズムの革新といった短歌史的なビジョン、短歌は革新されるべきだといった価値体系には参画しない」ものであるといえるのかもしれない。この連作にみられる態度はヴァリエーション＝差異＝短歌の更新を封じるものだからだ。

無知から未知のものへという「物語」の経路をたどりながら、「文体」の上では無知から既知へとむかう。しかし、そこに既知のものの間をいわばジグザグに反復する読みのスピードがうまれてくる。

——五七五七七がすべて同じ韻律だとするのは本来誤りだ。字足らず・字余り、あるいは語割れ・句跨りがたとえなくとも、定型の内部でリズムはたえず揺れうごく。そして、一首一首の韻律が異なる音楽であるということ、そしてそのひびきあいを信じることでしか、七七で閉じられたはずの韻律が連作という形式によって何度も繰りかえされる、短歌連作の韻律という矛盾は消化されてこなかったのではないか（あるいは岡井隆に代表される一連の試みのように、詞書を使って「行間」の韻律を揺らす方法によるものによってしか、とつけくわえることもできるだろう）。

五七五七五七……どこまでも続けることができるこの日本語特有のリズムを、五七五と俳句のように潔く途中で断ち切るのではなく、五七五七とくりかえした上で、最後に七を繰りかえし、五七五七の内容を封じこめることによって歌は円環を最後に別のかたちでつくりだす。読者が感知する一首のリズムは七七と繰りかえした時点で完結している。しかし、連作を読むさいにそのリズムは完結したものとはならない。かすかな違和感が底に残る。なぜなら末尾の歌ではない限りどの三十一音の後にも必ず連作は続いているからだが、この短歌連作の非定型性が「手紙魔まみ、イッツ・ア・スモー・ワールド」においてはある方法で定型化される。

降りそそぐ清めの塩のきらきらと横綱戦場派遣審議委員会
嘗めかけの飴がティッシュの箱にある世界へもどる道をおしえて

降りそそぐ清めの塩のきらきらと世界へもどる
道を埋《うず》めて

25首目は15首目と23首目からのセルフ引用でほぼ成り立っている。七七とはリズムにおける複製ではなかったか。ならば、――「短歌連作の韻律」を「一首の韻律」として成立させることが長歌、詞書以外の方法で可能になるならば、「手紙魔まみ、イッツ・ア・スモー・ワールド」は現時点でそのひとつの完成形といえるのではないだろうか。つまり――25首目の上の句と下の句自体が、11首目以降全体の短歌的喩を受けての、「一首の韻律」における下の句（七七）――のような、「短歌連作の韻律」としての下の句（七七）の完成形なのだ。11首目から24首目までの下の句への助走、下の句になろうとしてならなかったもの、下の句になろうとする力、下の句になろうとしていた14首（＝七十七＝十四音＝下の句）がここで焦点を結び、この連作の下の句を完成させる。完成された下の句は「手紙魔まみ、ウエイトレス魂」のようには「可能性」を散逸させない、というよりも、「可能性」を慎重に消滅させて完成させられている。「手紙魔まみ、イッツ・ア・スモー・ワールド」はある完成されたアポリアとその形式であると私は書いた。ある完成されたアポリアとその形式とは、むろん「短歌形式」と言い換えてもいい。オースターの『最後の物たちの国で（In the Country of Last Things）』（一九八七年）における資本主義の極北（という寓話）のように物質は大量ならば大量なほどに消えさる、それは名詞もこの場合同義だが、ブローティガンの『西瓜糖の日々（In Watermelon Sugar）』（一九六八年）のように限られた名詞によって充足した、しかし変化し揺れうごいていく「名詞」の幸福をも、「手紙魔まみ、イッツ・ア・スモー・ワールド」は選んでいない。「手紙魔まみ、イッツ・ア・スモー・ワールド」は『手紙魔まみ』のパラレルワールドとして存在しつつ、「手紙魔まみ、ウエイトレス魂」によってもたらされた時間軸の歪みを含む『手紙魔まみ』の「物語」、そして

「手紙」の形式さえ捨て、「一人称」の詩型へと変化したのだ。もしくは、作者＝穂村による、登場人物＝「まみ」殺しだと言い換えてもいい。「まみ」は殺されることによって被害者から作中主体＝犯人となる。

　三つの結末がある。「手紙魔まみ」は「手紙魔まみ、みみずばれ」において「だれでもない」声をとりもどした。「手紙魔まみ」は「手紙魔まみ、ウエイトレス魂」において「可能性」を偏在させた。そして、「手紙魔まみ」は「手紙魔まみ、イッツ・ア・スモー・ワールド」において「一人称」の詩型＝短歌の「一首としての連作」のひとつの形を選んだ――その最後の決断とともに「手紙魔まみ」はまた終わった。もちろん、現時点では、というただし書きはつく。この後に「手紙魔まみ」の連作はふたたび書かれている。しかし、その事実とはべつのレベルで――「手紙魔まみ」の終わりは、またべつの場所に存在しているのではないか。

　　天国から電話がかかってきたように眠ってるの
　　に震える兎

　それはたとえば「手紙魔まみ、イッツ・ア・スモー・ワールド」の巻頭歌における「天国」を別の場所に求めることと同義であるのかもしれない。私は「イッツ・ア・スモー・ワールド」を知っている。それはタイトルどおり、そこにある、あるものを断定する（It is ＝ It's）力だ。同様に、私は既に「天国」の場所＝清めの塩の輝く戦場を知っているし、「天使」の正体も知っている。しかし私は「手紙魔まみ、天国の天気図」をも知っているのだ。別の「天国」、あるいはその「可能性」について。

　　サムライが天気予報を聴きながら描いた渦巻き、
　　天国は夏　　「手紙魔まみ、天国の天気図」

　かたかなのサムライ／スモー――あるいはべつの「日本」。どちらを読みとることも、あるいはそのどちらをも読みとることが不可能だとも、無意味だとも、しかし私は思わない。未来へのノスタルジーだと言い換えようとも思わない。その「形式の〈死〉」は、つねに、ただしく「次の歌」からの誘惑、そして「次の歌」への欲望につながっているからだ。

摘み取られたことにこの子は気づかない、まだ夢みてる苺を囓る

（「町」三号、二〇一〇年六月）

129　「手紙魔まみ、イッツ・ア・スモー・ワールド」、あるいはふたたび書き換えられた『手紙魔まみ、夏の引越し（ウサギ連れ）』の結末について

自選歌五首への批評

日本人には指紋が**あるから**　危険なことをしてはならないと

雪の一片を100万分割して　理解できる、草の生えたパスタ

また、ださい、艶の多い黄色のレインコートを何枚も着込んで

みみずを多く含んだきれいな事柄**が苦手**でたまらないサービスエリア

魚が肉になるように、アルファベットが太陽になるように　夢になり

南にはキャンディーを忘れ　2年前には傘を忘れ　忘れていて

冷凍食品は**はじめて**食べるということ**と**だと思うと　ちゃんと就職するつもりはないのかと

グラデーションの　虹を**刷かれた**日本人の顔に映りこんでピースする

みずうみに星が落ちるくらい、多種多様の太った少女

レシートの裏側にサインしてください　それから**表**にも

せっかく　電信柱に血や臓物がついていたのに

わたしたちの新しい**日本**人たちがシンメトリーで

わたしたちの命より**長持ち**するというのなら教えてほしいくらいです

みずうみに出口入口、心臓はみえない目だから

ありがとう未来

金銀の血液の車身をそらす東次第に翻訳する死

海をまるごと吸いこむピアノ　食卓に並ぶ　海をまるごと吸いこむピアノ

長靴のなかに光りがたくさん　泳いでる　その支配下と落葉のなかで

都甲　しかしながら長所と欠点が裏表になっているとも言えます。欠点というのは、主人公は普通の女子高生であり女子大生であるにもかかわらず、認識力や思考力に関しては超人ですよね。しかも作品の書き方が、読者に対して強烈に親切です。自分の内側に、ものすごくいろいろ詰まっていると思っていたけれど実は何もないとか、小説を書けるようになるためには、心理学の本を読んで勉強するだけじゃなくて、人と出会って認識を深めなくちゃいけないんだよとか、いちいちいってくれる。そういうことを教科書のように懇切丁寧に教えてしまうのは小説としてはどうなのか。そもそもこの作品は小説なのか、論文なのか。論じる角度によって、評価はがらっと変わるんじゃないかなと思います。

東　自己解析ができ過ぎているんですね。

（…）

都甲　（…）この作品はメタレベルに立つことに対する批判として書かれていると思うんです。同時に、何が欠点かというと、メタレベルに立つことに対して批判的であるということ自体は、一般論として正しいよねというところに行っちゃうところです。（…）

（町田康、東直子、都甲幸治「創作合評「第三の愛」鹿島田真希、「妖怪の村」中村文則、「ビッチマグネット」舞城王太郎」「群像」〈二〇〇九年十月号〉のうち、「ビッチマグネット」に対するくだりから）

たとえ自分にしかわからない暗号で書いたつもりになっていても、そのこと自体に救われそうになっていたとしても、あなたの秘密は漏れている。万人に対する記号で書いたメッセージを送ったつもりになっていても、そのこと自体に救われそうになっていたとしても、そんなことはあなた自身とは何の関わりもない。私自身は〈私〉とは何の関わりもない……。

「近代短歌が成立するまで、短歌は「私」を歌うものではありませんでした。では、その「私」、近代短歌が見出した「私」とは、どんなものだったのでしょう」（高橋源一郎「五日目「日本文学戦争」戦後秘話」『大人にはわからない日本文学史』二〇〇九年）

……というのが正史であるにせよ偽史であるにせよ（「天皇の手紙が発表されたけど、あれはものすごい感心したね、ぼく。あれで戦後の文学はほとんど引っくり返るという」（…）「三島は多分、あれが先に出てれば死ななかったでしょう」（…）「言葉ですよ、天皇っていうのは」（…）「岡野さんがひ弱くなったといったら、ほかのやつはもっとはちゃめちゃにひ弱いですよ。岡野さんは一番いいよ、今。すごいよ。近代ってのは駄目だ。おれらも近代、現代を引きずってるけどさ、それを吹かすつもりはないよ」（…）「そうですよ。それが天皇じゃないですかぁ。言葉一つ、〈私〉じゃないんだもの、あの人。〈私〉じゃないですよ。〈私〉なんかがあってたまるか。すごいですよ。あれは素晴らしい手紙ね。あれはいいよ」（…）「おれは折口（引用者註：信夫）の弟子だから。折口をちゃんと読んで、全部かみ砕いている人間だから。（…）」〈中上健次、岡野弘彦の対談「天皇の手紙」のうち中上の発言、高澤秀次編『中上健次［未収録］対論集成』二〇〇五年〉）、〈私〉性をめぐる問題は未だ短歌界隈ではホットイシューで在りつづけているようだ。まわり道になるようではあるが、ここで小説における一人称の問題について論じたある興味深い文章を引きたい。

ひとくちに「一人称小説」と言っても、私が語るときの、語られる内容への私の関わり方は一様ではない。書かれる世界に及ぼす私の濃度のようなものとでも言えばいいのだろうか。

(…)

(B)(引用者註:三島由紀夫『金閣寺』冒頭)は(…)「一日に四五へんも渡る時雨」が、「私の変りやすい心情」と結びつき、「若葉の山腹が西日を受けて」いるのをただ見ることができずに金閣を想像してしまう私の作品世界への関わりはいかにもうっとうしい。

(…)

視界の先に広がっているはずの風景が私の側にどんどんたぐりよせられて、嫌な色に染められていく感じがする。

(…)

これ(引用者註:三島由紀夫『春の雪』冒頭部分、日露戦争の写真を説明する箇所)は写真にうつった風景だが、ともかく風景を風景としてただニュートラルに描くことができず、「悲壮に」「ひれ伏している」など人間を書くのと同じ言葉が使われ、兵士たちもただ下を向いているのではなくある種の判断なり心情なりを含んだ「うなだれている」と書かれることになる。簡単に言ってしまえば「仰々しい」ということだが、こういう風に仰々しく書かれたものしか「文学的」と感じない人がたくさんいることは間違いない。

(保坂和志『小説の自由』二〇〇五年)

三島由紀夫といえば近代小説における告白という制度に一種の異議申し立てをした作家として知られているが(註一)、保坂にはそれとはべつの三島の姿がうつっているようだ。〈私〉による告白を否定した(ポーズを選んだ)作家の小説は、たしかにある意味では〈私小説〉ではなかったかもしれないけれども、その作品世界(虚構)や風景描写やその比喩にはまざまざと三島由紀夫という〈私〉が刻印されている。〈私〉を中心に据えることが(でき)なかった三島という作家は、その代わりに、〈私〉（自身の志向や偏向）を文章のなかにすこしずつ刻まれていくことになる。よって風景を「ただ見ることができず」「風景を風景としてただニュートラルに描くこと」も「できず」、その「作品世界への関わりはいかにもうっとうしい」（保坂）。〈私小説〉を討ったはずの三島が、むしろ〈私〉性の隘路へと陥っているという指摘は新鮮だ。この指摘は三島が擁護した塚本邦雄、春日井建などの前衛短歌における虚構の〈私〉という問題系をも射程に入れることができるだろう、けれども……。（註二）

それでは〈私〉の歌の話をはじめたい。

「ミステリー」はいいとして、一般的な企画物の話ね。たとえば俺は講談社ノベルスで「密室本」と「JDCトリビュート」って企画に参加した訳よ。あのさ、ちょっと想像すれば判ると思うけど、最初は企画物とか言って、それだけでむかつく訳よ。俺なんかさ、やっぱ自分が抱えてる問題をなんとか解決させようっていうか、浮かび上がらせようっていうか、逆に掘り下げようっていうか、とにかく胸とか心とか頭ん中にあるもやもやとした暗いものに向き合うために小説書いてたつもりだったから、自分の本売るためとか思って「ミステリー」とか「名探偵ルンババ12」とか持ち込んでトリックのある小説書きながらも、やっぱそれでも、そういうガジェットって道具に過ぎなかったから、担当編集者が東京からわざわざ福井まで来て「愛媛川さん、こんど密室をテーマにして短い長編を書いてほしいんですよ」とか言われたとき、ふざけんなぶっ殺すぞボケと思ったわ、俺、やっぱ。それ手段と目的が文字どおり逆転してるやろ！と。

（愛媛川十三「現代小説・演習第十二回　第一部評論「いーから皆密室本とかJDCとか書いてみろって。」」「群像」二〇〇三年十二月号、編者註：タイトルページに同連載について「群像」編集部より次の説明が記されている。「この連載は、現在の小説表現のあり方を方法論と実作の両面から模索するのが目的です。毎回、第一部で方法の提案、第二部ではその提案を受けて、小説の実作が示されます。評論家と小説家のコラボレーションです。——編集部」。「第二部小説」は舞城王太郎「私たちは素晴らしい愛の愛の愛の愛の愛の愛の愛の中にいる。」）

短歌そのものはいいとして、総合誌やら同人誌やら結社誌やらの企画物の話ね。たとえば、俺はこんど新創刊する「率」って短歌同人誌で「〈私〉の歌から五首自選し、その歌を自分で批評する」って企画に参加させられそうになってる訳よ。あのさ、ちょっと想像すれば判ると思うけど、最初は企画物とか言ってそれだけでむかつく訳よ。俺なんかさ、やっぱ自分が抱えてる問題をなんとか解決させようっていうか、とにかく胸とか心とか頭ん中にあるもやもやとした暗いものに向き合うために短歌書いてたつもりだったから、短歌続けていくためには書かなならんと思って同人誌「町」とか学生機関誌「早稲田短歌」とかに原稿出して他人の歌の批評書きながらも、やっぱそれでも、そういうのってそりゃあ短歌そのものではなかったから、平岡直子が鷹の台からわざわざ東村山まで来て「メアリー（俺のあだ名）、こんど五首自選してもらってその歌への批評を二〇〇〇字〜四〇〇〇字くらいで書いてよ」とか言われたとき、ふざけんなぶっ殺すぞボケと思ったわ、俺、やっぱ。それ手段と目的が文字通り逆転してるやろ！と。

（〈私〉「率」創刊号、二〇一二年五月）

アホらしい！と思って断ろうと思ったけど、ちょっと待てよ、と。俺は短絡的に考え過ぎ、簡単に決めつけ過ぎている。よく考えなさい、と俺は俺に思った。「密室」って必ずしも中に死体があって犯人がどうやって出入りしたんか判らーん！ってことなんか？ホントはほんだけじゃねえやろ？被害者加害者名探偵容疑者とか何か他のもんとかがその部屋にどうやって閉じ込められたんか、どうやって出ていったんか判らんってことだけでもねえやろ？「密室」って言葉を「閉じ込めること、閉じ込められること」に解体したとき、俺にはこの世にいろいろ散らばるたくさんの書くべき事柄を得た。そうなのだ。「密室」って言葉もまたいろんな意味を持ちうる。無数の意味を持ちうる。まあ俺なんかそれに気付いただけでまあ何となくつまらん小説を一本でっちあげたった。嘘や。ムチャクチャ面白い小説書いたんや。

（愛媛川十三「現代小説・演習第十二回　第一部評論「いーから皆密室本とかJDCとか書いてみろって。」」「群像」二〇〇三年十二月号）

アホらしい！と思って断ろうと思ったけど、ちょっと待てよ、と。俺は短絡的に考え過ぎ、簡単に決めつけ過ぎている。よく考えなさい、と俺は俺に思った。大体この企画言い出したのまず俺やん、平岡直子やないやん。しかも東村山とかじゃなくて高田馬場での話やん。平岡直子は丁度ええタイミングで同じようなこと考えとっただけやん。そもそも「〈自〉選五首って、〈私〉が選ぶって、〈私〉性って、〈私〉」って必ずしも個を重視する意識・自我の告白性・自然主義思潮・実感重視の体験主義はたまた反〈私〉としての〈私〉・虚構により拡大された〈私〉・虚構の母を持つ〈私〉・虚構の兄を持つ〈私〉・虚構という〈私〉うわあああ判らーん！ってことなんか？ホントはほんだけじゃねえやろ？「短歌における〈私性〉というのは、作品の背後に一人の人の――そう、ただ一人だけの人の顔が見えるということです。そしてそれに尽きます。そういう一人の人物（それが即作者である場合もそうでない場合もあることは、前に注記しましたが）を予想することなくしては、この」えーと「この定型短詩は、表現として」ん？「表現として自立できないのです」（岡井隆「私文学としての短歌」）？ふーむ「翻ってみるとき、この詩型においては常に新たな「私」ふーむ「常に新たな「私」の発見こそが新たな歌の発見に繋がる鍵であると言える」（穂村弘『岩波現代短歌辞典』）！！ピコーン！！！てことはこうなるな。……〈私〉ニアリーイコール「短歌」って言葉を「閉じ込めること、閉じ込められること」に解体したとき、俺にはこの世にいろいろ散らばるたくさんの書くべき事柄を得た。そうなのだ。〈私〉ニアリーイコール「短歌」って言葉もまたいろんな意味を持ちうる。無数の意味を持ちうる。それに気づいたもんはまあムチャクチャ面白い短歌を書くことができる。

（〈私〉「率」創刊号、二〇一二年五月）

〈私〉の歌の話ですか……。それにしても、その区分そのものにはほとんど意味がないとはいえ（ただしその名称が持つ力そのものはある時期には相当な影響力のあった）ゼロ年代（とその狂騒）も遠くなってしまいました。愛媛川十三、ならぬ舞城王太郎の『九十九十九』（二〇〇三年）には感心し、『世界は密室でできている。』（二〇〇二年）にはついていけなかった私のようなものでも、ひとしきり感概にふけってしまうような二〇一二年に今これを書いています。二〇一二年にこれを書いています。小状況と大状況があり、大状況は決して楽観できるような状況ではありませんが、しかしながら状況への苛立ちと自らのヒロイズムを混淆するような振舞いについてはなるべく慎重でありたいと私は思いますが……。私？　ああ〈私〉の歌の話でしたか。

さまざまな……本当に、様々なことと繋げて〈私〉は歌や批評は書かれねばならない？　責任？私の？　ジャンルの？　……

〈私〉の話はうっとうしい。増上慢はともかく、卑下慢や……。〈私〉の作品の話はもっとうっとうしい。私の話をあなたはきいているのかもしれないけれど、ほんとうに〈私〉の話をきいてるの？　……いや、では、他人の話を、他人の作品の話を……「すさまじい覚悟」「やさしい視線」「みずみずしい感受性」「新鮮な驚き」「おそるべき繊細さ」「孤独な魂」「豪速球」「しなやかな感性」「切実にあふれる思い」「過剰な自意識を洒脱な感覚で」「甘やかな抒情」「徒手空拳の試み」「誠実さが共感を呼ぶ」「生の一瞬を」「禁忌を恐れず大胆な性描写」「アクチュアリティー」「きわめて個性的」「開かれた世界への関心」「本格派」「日本語の究極の美」「批評性」「センスがいい」「独自のスタイル」「凡百の作家とはわけがちがう」……誰が？　他人が？　私が？危ない……〈私〉が。〈私〉の話ではない……他人の話だ。しかしながら〈私〉という制度が存続する限り、これはだれにでも起こりうる事態でもある（座談会などでしばしば目にする、あの「あなた、それ自分のこと間接的に言ってるんじゃないの？」という揶揄や、小谷野敦の文章がどうしておもしろく感じられるか、という問題、あるいは選歌……）。

日本人には指紋が**あるから**　危険なことをして
はならないと
雪の一片を100万分割して　理解できる、草の生
えたパスタ
また、ださい、艶の多い黄色のレインコートを
何枚も着込んで
みみずを多く含んだきれいな事柄**が苦手**でたま
らないサービスエリア
魚が肉になるように、アルファベットが太陽に
なるように　夢になり
南にはキャンディーを忘れ　2年前には傘を忘
れ　忘れていて
冷凍食品は**はじめて**食べるということだと思う
と　ちゃんと就職するつもりはないのかと
グラデーションの　虹を**刷かれた**日本人の顔に
映りこんでピースする
みずうみに星が落ちるくらい、多種多様の太っ
た少女
レシートの裏側にサインしてください　それか

ら**表**にも
せっかく　電信柱に血や臓物がついていたのに
わたしたちの新しい**日本**人たちがシンメトリー
で
わたしたちの命より**長持ち**するというのなら教
えてほしいくらいです

この歌は、穂村弘や荻原裕幸の圧倒的な影響下にある。ニューウェーブかぶれ、現代短歌かぶれ。ゼロ年代の、いわゆる「フラット」、いわゆる「棒立ちの修辞」以降に、〈わがまま〉返りなんて……。どうして読者であるわれわれがこんなに親切に読まなければいけないのか。いい歌は必ずシンプルである。もっとサービスを。

〈私性〉の名のもとにサービスを。時代の天秤は塚本邦雄から岡井隆のほうに大きく傾きつつある。岡井隆の新刊は『わが告白』（二〇一一年）。知りたい。知りたい。あなたのことをもっともっとよく知りたい。これは恋だろうか。いいえ、すべての文学者は読者の恋心を利用する誘惑者たろうとします。私性とはその洗練された戦略にして秘密兵器のひとつです。「わたしは当時、恋をしていた。つらい、つらい恋だった。相手はわたしのことが好きだった。」のひとつくらい言えなければ……。それにしてもやはり七行目は必要ありません。

みずうみに出口入口、心臓はみえない目だから
ありがとう未来

「出口入口」だなんて、なんて俗流フロイト的な……。やはり脳味噌のない女は自分の体のことでも詠みこまないと歌なんてつくれないのか？　若い女（いや二十六歳らしいけど）は自分の性的身体（および顔）を歌から連想させ、読者にヘテロセクシャルの男性を想定し、自身の恋愛関係を匂わせ、擬似恋愛関係を模倣させせようとする……。

金銀の血液の車身をそらす東次第に翻訳する死

観念語を手にもてあまし気味である。語を詰めこみすぎである。塚本邦雄でも気取っているつもりか？　アララギ（というものが何なのかそもそもちゃんと知っているのか？　反抗しておけばかっこいい敵組織＝自分がヒーローだとでも思いこんでいるんじゃないのか？）の影響の根強い作歌法にでも対抗しているつもりか？「アララギ派では擬人法を使ってはいけないと先生の先生の先生の先生がおっしゃっていました……」

　海をまるごと吸いこむピアノ　食卓に並ぶ　海をまるごと吸いこむピアノ

　上の句と下の句を分解させて歌を作ったことに対する作者の自慢気な、この歌の背後に一人の人の——そう、ただ一人だけの人の自慢気で傲慢な顔が見えるということです。そしてそれに尽きます。

　長靴のなかに光りがたくさん　泳いでる　その支配下と落葉のなかで

　この歌に対しては何を言ったらいいのかよくわかりません。一ついえることは読者に非常に不親切な歌であるということが言えると思います。あとはよくわかりません。あ、韻律はあまりよくない歌だと思います。

………………………………………………………………………………

〈私〉の、この自選評は書けば書くほど三点リーダが増える一方だ。〈私〉の話など……〈私〉自身がその制度を決して信じきってはいない〈私〉の話など三点リーダに埋もれてしまえばいいと？　いわゆる「語り得ないもの」について語ろうとする蛮勇が、いかに多くの文学的富や暴虐を生んできたかということ、あるいはすべては引用にすぎない（「過ぎゆく一切は比喩に過ぎない」？）という諦念が持つことの意味は、決してその〈私〉だけに存する問題ではないだろう。

短歌をつくらなくても元気に生きていける人は、短歌をつくらないでほしいと思います。……この短歌入門書の最後に、どうしてもそれだけは書いておきたかった。

つくるな！　と言われてもつくってしまう人だけがつくればいいものでしょう。短歌は。

（枡野浩一『かんたん短歌の作り方（マスノ短歌教を信じますの？）』二〇〇〇年）


歌がなくても生きてゆける人は、歌をやめてほしい。

あなたのことだ。

短歌を「結構なご趣味」にしているあなたのことだ。

小説を書く才能がなくて、第二志望の第二芸術にしがみつき、「知識人」の末席をあてがわれて卑屈に微笑んでいるあなたのことだ。

偉い先生の周りを「ほめてほしい」「賞がほしい」と、ひらひらひらひら泳ぎ回っては、ねたみそねみに身を焼いているあなたのことだ。

かつて私を殺そうとしたのは、あなたのような人たちだ。私は、あなた方に対する呪詛を忘れない。たとえ栄光の中にあっても。幸福の中にあっても。

歌がなくても生きてゆける人は、歌をやめてほしい。

あなたのことだ。

（高島裕「あなたとは違う」「つばさ」二〇一一年十一月号）


そんなに優しさを発揮しなくてもいいのに、と思うほど、「同じ」言葉が行き交っている場所。そんな場所が、たとえば、かつて、〈私〉というものに想定されていたのだろうか。

（…）で、穂村弘のフォロワーっていうのもいっぱい出てきて、荒野状態なんだよね。このあいだ小説家の高橋源一郎さんにお目にかかったとき、教祖（引用者註：枡野浩一自身のこと）の作風も穂村弘に似てるよねって言われちゃったからヒトのこと言えないけど、教祖はスタンスや目的地が根本的にちがうからいいんです。
（枡野浩一「マスノ短歌教『キューティー・コミック』一九九九年四月号、引用は『かんたん短歌の作り方（マスノ短歌教を信じますの？）』より）

二〇一二年現在の両者（穂村、枡野）の立ち位置から見れば、驚きでも、これは一九九九年の時点でのこと……。けれど、二〇一二年、人が斎藤茂吉と北原白秋の作風に区別がつかないことはそもそも十分にありうるだろう……いや、十二分に、「どれも同じに見える」とは罵倒におけるクリシェであるにせよ、それはそれぞれの視点からすれば事実でもあるのかもしれない。しかしそれを島宇宙と言いかえようか？　領土争いと言いかえようか？　棲み分けと言いかえようか？　……しかし、それぞれの作者がキャラクターを確立させて（……「ほむほむ（穂村弘）」「マスノ短歌教教祖（枡野浩一）」……）いくとともに、その圧迫は消え……るだろうか？　そのキャラクターはまた「内輪受け」といったレッテルやクリシェを受けとりはしないのだろうか？　……

……指定された文字数（正確に言えば〈私〉自身が提案した文字数）もとっくに超えている。お詫びしたい。……では、三人称（瀬戸夏子）でこの評を終えようか？　否………流派、結社、コミュニティのみならず、作者と作者、作者というキャラクターをさえ飛びこえようとするときに、まだ、たったひとつ生きのころうとしているもの、しかし、それは他の様々なものと同様に、暴力の別名となることもありうるのだと、私には思える。

（註一）　ただし、『仮面の告白』（一九四九年）など例外的な作品もある。「それに何よりも、ぼくが昭和二十九年《文學界》三月号に、『仮面の告白』を三島由紀夫の幼少年期の体験の正直な告白という立場にたって、三島文学を論じた「三島由紀夫論」を掲載した直後、作者の三島由紀夫がぼくに直接、『仮面の告白』は、極めて正直な告白であり、虚構をまじえていない事実である。君の立論の場は正確だと率直に語ってくれたからである。そしてただ自分の文学少年、文学者としての立場だけは慎重にすべて省いている、その意味でやはり『仮面の告白』なのだとも付け加え語った」（奥野健男『三島由紀夫伝説』一九九三年）

（註二）　「日常的な現実を決して語らない、狭義のリアリズムを峻拒するというのも、その態度自体、熱烈な自己告白だと考えています。私は日記にも要所要所で私だけしかわからない隠語とか、符牒を使います。人に見せることもなし、発表することも、恐らく後世に残ることもない日記にどうして隠語、符牒を使わなければならないのか、みずから怪しむこともあります。逆に言えば、秘めようとしながら、誰かに見られることを期待しているんですね。短歌を一人称の告白の文学であるとしたのは近代以後の認識で、新古今を中心とする王朝歌は、あり得る今一人の自分を創作してシュルレアリスムもしくはアブストラクト的な心理の彩を追求していますね。たとえば、定家の「来ぬ人をまつほの浦」他、無数の、男が女に転身した、「待宵」の恋歌が存在します。それでも、一皮めくれば、免れ難く自己告白を試みていることにもなりましょう。

理想としては、短歌も、小説や戯曲と同様性別も年齢も社会的な立場も超越した、完全な創作であるべきなのに、これまた、生理的な現象に左右されて、青春には青春の、壮年には壮年の、おのずから現われる歌が生まれるようです。私も意外に「リアリスト」なのかも知れません。それほどフィクションを旨としたければ、源実朝のように、二十歳になるならずで「老いぬれば」という歌作ってもよさそうなものを、三十になれば「さらば青春」などと歌っています。創作意識の顕著なのは、世にはない父母や、始めからいもしない弟妹を、頻々と登場させることですが、これこそ一種の符牒であり、父性、母性、あるいは幼きもの一般の象徴でしょう。
（…）短歌というものは、そういう業を背負っている文体で、だからこそ、フィクションだとか、あるいは、超現実的な文体への試行錯誤を繰返す余地もあるんじゃないかと思って、まだまだ研究中です」（塚本邦雄と長谷川泉の対談より塚本の発言「国文学　解釈と鑑賞」一九八四年二月号）

（「率」創刊号、二〇一二年五月）

「愛」について語るときに「私」が語ること

何ものかを深く愛するということは、人に理解を齎すのだろうか。私は逆、人を盲目にせしめるのだと思っている。それは果たして本当なのかどうか、私は、少しばかり試してみたいという気持ちになっている。私は、岡井隆について幾つばかりかの考えを率直に書いてみたい。これは少数の知人に見せるだけの積りで書く、私的なノートである。

（藪内亮輔「岡井隆ノート1」「率三号 FreePaper WEST」）

「少数の知人に見せるだけの積りで書く、私的なノート」というひそやかな宣言が意味するところのもの。そして「愛」を試す、という批評のあり方について。

批評というジャンルにおいて、「内輪向け」である、という批評用語は、対象とされるものがなんであれ、そしてその言葉を誰が放ったものであるにせよ、ある一定の効力を持ってしまうという危険な言葉である。

人は人である限りにおいて真にごく一部の例外を除いて、なんらかの「内輪」に属する生きものである。そのことをつねづね自戒しなければならない。あなたの放った「内輪向けである」という批判が、あなた自身にかえってくるものでは、本当にないのか、どうか。自分だけを例外と考えつづければ、「内輪」が煮詰まって酸素不足に陥って死んでしまうのはあなたの批評そのものである。

ところで、「短歌」というジャンルにおいて、歌人同士が「内輪向け」であると批判しあう（総合誌、結社、学生短歌、ネット短歌……。総合誌／ネットのいずれかが「内輪向け」であるかどうかは根が深すぎる問題であるし、軽率に語られすぎているきらいがあるが……、この問題についてはしばらく前に流行した、BL短歌ハッシュタグの問題がことに興味深かった。「内輪向け」であることをむしろ肯定しつづけながら、よしながふみや羽海野チカを育んだBLというジャンルと、「内輪向け」という批判に抗おうとしながら、つねにその批判の矛先をむけつづけられた短歌というジャンルの交錯と、そこで起こった様々な誤解や火花は示唆的であった）ことはもちろん、他ジャンルから「内輪向け」であると批判されることもまた多い。

けれど、ここで浮上するのは、「短歌」にむけられた「内輪向け」という言葉がどこにむかっているのか、という問題である。それはしばしば、はじめに、さまざまな歌人たちのその時期に話題になって取り沙汰された言動や、結社というシステムを基盤とする現状の歌壇システムにむけられる。しかし、ここで「内輪向け」という批判はさらにスライドされ、「短歌」から「皇室」へ、さらに「天皇・天皇制」へと矛先がむかっていき、問題は古き悪しき日本の伝統文化の温床がその詩型・精神そのものから永久に消しさられることのない「短歌」というジャンルがいかに腐敗しているか、そこからいかに〈我々〉は離れていくべきか、といった、「自分語り」へと接続される。とくに現代詩、あるいは小説にその伝統は強い。ここで、私は〈伝統〉というタームを用いた。

批判自体が〈伝統芸〉となること……。「小説」や「詩」というジャンルが〈輸入〉され、とくに「詩」というジャンルでの立ち上げにおいて、徹底的に「短歌」は批判された。その後も思い出したように、「短歌」は「内輪向け」であるとして他ジャンルから反面教師的な扱いを受けてきた。ここで「小説」や「詩」が〈輸入〉品であることを思い出せば、彼らが「内輪向け」〈ではない〉ものとして想定しているものの正体はおのずとあきらかになるだろう。「短歌」というジャンルに属する者のうち、「詩」や「小説」というジャンルに属する者たちと同様に、あるいはそれ以上に「内輪向け」〈ではない〉ものに敬意を払ってきた者たちがまた存在することを、私などがくどくどと述べる必要もないのかもしれない。まず、まちがいなく塚本邦雄はそのなかで筆頭にあげられるべき人物だろう。彼もまた他の短歌ジャンルに属する者たちと同様に、既に〈伝統芸〉染みてきた「短歌」批判パフォーマンスにこたえてきた。大岡信とのものがもっとも広く知られているだろう。ほぼ時を同じくして、岡井隆、寺山修司もまた論争を起こしているが、後に寺山修司は彼自身が〈伝統芸〉的短歌批判者となっていく。

……文学において批判が〈伝統芸〉化、ワンパターン化されていくことは、それ自体が文学の硬直化、死へと繋がっていく。ワンパターン化された批判はただの抑圧にしかならず、微細な声は聞き漏らされ、不可視化されていく。大きく、明るい声はたしかに魅力的だ。わかりやすく、図式的な批評はたしかに伝わりやすく、届きやすい。けれど、さまざまな声が絡みあうポリフォニックな空間を確保することはさらに重要なことではないだろうか。文学論争において、デイベート的な勝利は文学的勝利（……おそろしい言葉ではあるけれど……！）とはほとんどなんの因果関係もないことは文学史自体が証明していることだろう。

ところで、私はこの文章を藪内亮輔が二〇一三年四月二十八日の「超文学フリマ」において百部限定で無料配布される「率三号 FreePaper WEST」に発表している「岡井隆ノート1」の冒頭を引用することからはじめている。この文章が載るはずの「率」三号が同日に販売できるように印刷が間に合えば、……しかしながら、くだんの藪内亮輔の文章とこの文章の両方を読む方々はもしかしたら百名を上回ることはないのかもしれない。というよりまずいないと考えていいだろう。そもそものところ同じ同人誌に所属し、まったく同じ日に同じ同人誌団体から発行される別の冊子から同人の文章を引用して書きはじめるという体裁をとっているこの文章は、その構造自体が低劣に挑発的なパフォーマンスをとっていると了解されることを前提としているといわれても仕方がないつくりになっていて、けれど、この体裁で文章を記すスタイルを選択した私自身は当然ながら「仕方ない」といった態度でこのスタイルをとったわけではないことは主張しておきたい。……そして〈場〉を意識するという意味では、この同人誌が初売りがつねに文学フリマであることもまた意識して私はこの文章を書いている。第一回文学フリマを主催した大塚英志と、彼を批判した笙野頼子との大塚の著作「不良債権としての「文学」」(「群像」二〇〇二年六月号)その他にまつわる論争のこともまた、どこか、意識しながらこの文章を記していることもまた否定できない(……塚本邦雄「ガリヴァーへの献詞」(「短歌研究」一九五六年三月号)/笙野頼子『ドン・キホーテの「論争」』(一九九九年)……)。

そして、さいごに「愛」について。藪内亮輔が岡井隆への偏愛を公言してはばからないように、私自身もまたほとんど「愛」という言葉を使わなければ説明のつかないような感情を抱いている歌人が幾人か、いる。その手の内を私自身が明かさないままにこの文章を終えることは、引用した藪内の文章にも、この文章を読んでくださっている方々にも失礼であるだろうし、タイトル詐欺にもなるだろう。そのひとりは、この文章にも名前を挙げた塚本邦雄である。

月光の貨車左右より奔り來つ　決然として相觸るるなし

塚本邦雄

けれど、その「愛」がファロス主義者たちの言う「愛」とはまったく違うものであるということを、私はこれから先、伝えていこうとするだろうけれども、その伝達は非常に困難なものになるだろうという予測は既についている。私の話が通じない人々には、女の歌はほとんどすべてが相聞歌のように、女の書く小説のほとんどすべてが恋愛小説のようにうつっているのだろう。私が偏愛する歌人たちのなかにもまた、そのきらいがある人がいるように私には思えてならない。名指しはしないけれど、そう思えてならない。けれど、私はあきらめないし、それを続けるだろう。あなたが諦めようとも、私は諦めないであろう。

（「率」三号、二〇一三年四月）

（ああ、…………よ、君死にたまふことなかれ、――歌は刃を握らせて、
母を殺せとをしへしや、…………？）

①
金井（…）たとえば「文藝」の今度の号、『異水』が載っている号に、全共闘世代の道浦母都子さんという歌人が、連赤の坂口弘の書いている短歌のことを書いているんですよね。坂口弘は小説を書かないで短歌を朝日歌壇というところに投稿して、何回か載っているんだって。それが何首か載っていたんだけれども、坂口弘は歌を書くわけでしょう、永山則夫は小説を書くわけですよ。まあ、坂口と永山じゃ、やったことが違うとか、いろいろあるにしても、それはさて置きね、何かを書く時に、なんで短歌なり小説という形をとるのか、その必然性というか、あるいは必然性の無さ、だな、それは何なのかということが、いま小説を書いている私たちにとっても、ちょっと考えてみなくちゃいけないことなんじゃないのかなということですね。

中上 それはこういうこともあるのじゃないかな。坂口弘は確信犯であって、永山は確信犯ではなかったという、言ってみれば永山の犯罪というのは、彼は殺意がほとんどない状態で、それ自体フィクションだと思うんだよね、俺は。大フィクションをやったと思うんだ、今から考えてみたらね。（…）

（…）

金井 さっき坂口弘の話が出たとき、坂口弘は

確信犯だったからと中上さん言ってたじゃない？　確信犯だから短歌を書くわけね。
中上　だから、おそらくそうでしょう。短歌なんてのは確信犯じゃなかったら書けないのじゃないかなあ。
　つまりなんかこう理由があると。ほんとは枠組みなんか簡単にはずれるんだけれども。確信犯の確信なんてそんなものすぐ解体できると思うんだけれどもね。だけど、彼の硬直、彼の弱さ、駄目さ加減、論理的まちがい、それから……。
金井　短歌に選ばれる言葉の底の浅い幼稚さね。
中上　うん、幼稚さ、犯罪者としての不純さ、不潔さというもの、一切合切含めてね。
金井　短歌がぴったり。
中上　確信犯なんてまったくインチキですよ。一等つまらない。そういう思い上がりは短歌にぴったりだということなんだよ（笑）。短歌の連中なんかそこを突き詰めて考えるというやつはいないでしょう。
金井　前に「文學界」（引用者註：一九九八年二月号）で、岡野弘彦さんと中上さん、対談なさっていましたよね。あのときは昭和天皇の御製についておしゃべりしていたけど、あれは今でもあういう考え方は変わってない……。
中上　変わってませんよ。天皇と短歌は僕はくっついているんですよ。
金井　あれも一種の確信犯だから作れる歌ですからね。小野十三郎は短歌を奴隷の韻律って言ったけれど、同じことですね。
（…）
金井　（…）小説とか散文を書く時に、それほど短歌とか韻律みたいなものが意識されるものとして中上さんはあるわけ？
中上　僕はあるね。ああ、楽だろうなと思うんだよ、いつも。たとえば、おそらくあなたの文章なんかもそうだろうと思うんだけれども、句点、読点ってあるでしょう。われわれの言葉と

（ああ、…………よ、君死にたまふことなかれ、——歌は刃を握らせて、
母を殺せとをしへしや、…………？）

いうのは、デモンストレーションという外来語があると、デモとこうして二語ですます。音も日本語の音で、みんな五七五になりやすいようになっているんですよ。

そうすると、読点を打ったり句点を打ったりする、そういう行為そのものがすぐでも韻律のほうに言葉を引っ張り込もうとするような、そういう日本語なんですよね。

それをわれわれは、明治以降に始まった口語による革新運動、口語的なものをどんどん取り入れて、文章を現代ふうに作っていっているんだけれども、これだって非常に不備なものですよ。不備だけど、われわれは言葉を解体したり、苦心したりして、いま散文をつくっているんだけれどもさ、決定的な散文なんてないんだよね。

(…)

(中上健次、金井美恵子の対談「今、書くことのはじまりにむかって」「海燕」一九九〇年九月号)

②

馬場あき子、黒田杏子監修『短歌 俳句 同時入門』(東洋経済新報社)に、小池光の歌「学歴をなほ信じゐる母連れて春のハトヤに来たりけるかも」が引用されているが、仁平勝が述べるように、十七文字しかない俳句では「学歴をなほ信じゐる」という修飾語をもりこむことはできない。「七七」をもつ短歌にはできる。その「七七」はうまく働いているのだろうか。二誌(引用者註:この時評において対象となっている文芸誌のうち短歌を特集している「新潮」と「すばる」)の作品をみると、語彙がありきたりであることに気づく。

「ひと恋ふる夢の中にて拾ひたる小石ま白く溶けゆきしかな」(水原紫苑・新潮)

「暗黒のつね途中なる雁行図ある雁《かり》ははや闇に溶けたり」(米川千嘉子・すばる)

いずれも「溶ける」が「七七」を埋める。他に「過ぎる」「現われる」「洗われる」「光る」

「泳ぐ」「淡い」「墜ちる」「喪う」も多いようだ。「墜ちる」を使うといっても「落ちる」以上にさしせまった状況がそこにあるわけではなさそうである。「失う」ではなく「喪う」を好むのも同じことで、さして特別ではないところにこういう、いかめしい（？）表現を用いてしまう。ほんとうに「墜ちる」なり「喪う」なりの現実があるのかどうか。どこからともなくそうした言葉が沸いてくるのだろうが、こういうことでいいらしい。

（…）

五七五七七を「奴隷の韻律」とし、「短歌的抒情」の否定を唱えた詩人小野十三郎はかつて次のように述べた（『現代詩手帖』創元社・一九五三年）。

「五七五七七の音数律によって形成されるその音楽性とリズムの中に伏在する一首の習慣的な秩序が短歌の内容そのものに他ならない」「どんな革命的テーマをあてがっても、また生活実感をもってしても、それらが一たんこの秩序の廻転の中にはまりこんでしまうと、たちまち見るかげもないものと化す」。その「恐怖感や不快感」が歌を論じる人たちにはない、と。

「短歌死ぬか死なず残るか　がらす器に罅生《あ》れしめて意匠《デザイン》となす」（齋藤史・新潮）というような、歌を客体化する歌も「廻転の中に」のみこまれてしまう。そんな怖さが歌にはある。

（…）

今月の小説では原田康子の「冬の月」（同）（引用者註：「新潮」をさす）に、啄木の一首を抱いて生きていく人の姿がみえる。そこには歌への理解がある。だが歌を詠む人たちは理解に甘えてはならない。いま、という時にも対峙する。それが表現者の役割である。

今日の短歌を読むと、伝統が「学歴」になるとでも思っているのだろうか。全体におっとりしている。歌はいくつでも作れるが、歌以外の「形式」や言葉の動向に関心がない。この人と

（ああ、…………よ、君死にたまふことなかれ、――歌は刃を握らせて、母を殺せとをしへしや、…………？）

話すと退屈だろうなと感じさせるような、そんな歌が多い。短詩型の人たちの一般的特徴は短歌の言葉や表現こそが、あるいは俳句のそれらこそがもっとも美しいものでもあり、至高のものであるかのように感じていることである。

そんなばかなことはないのだ。

（荒川洋治「甘える歌」『文芸時評という感想』二〇〇五年、初出時のタイトルは「短歌後半「七七」の機能を問う」「産経新聞」一九九七年十二月二十八日）

③

質問1

『和子の部屋』では大変お世話になりました！　あの対談の中で、桐野さんは、教養小説がお好きではないとおっしゃっていましたが、東日本大震災と原発事故を経てのご心境の変化から、今後それをあえてお書きになるということはあり得ますでしょうか？

回答1

それでもやはり、教養小説は書かないと思います。でも、震災の前後を記録しておこうという気持ちは強くあります。

質問2

小説以外のジャンルで、創作のアイディアを表現するとしたら、ご自身にとって最も得意と思われるのはどの形式で、苦手なのはどういったものでしょうか？

回答2

得意かどうかはわかりませんが、写真とか映画をやってみたいですね。苦手は俳句や短歌。定型詩が性に合わない気がします。

（「小説　野性時代」二〇一一年九月号、「総力特集　桐野夏生」においての阿部和重からの質問と桐野夏生の回答）

＊

短歌というジャンルの話をしようと思う。

日本というこの国の文芸ジャンルのなかで、ほとんどの読者を小説というジャンルに奪われ、たくさんの詩人からその存在自体を軽蔑され、俳句のように外国の詩人に（あるいは、作家や批評家などにも）その革新性を評価され、またその作品に多大な影響を与える――そのような国際性を獲得するということもついになかった、あるひとつの、滅びかけたジャンルの話である。

そのような滅びかけた文芸ジャンルであるにもかかわらず、しばしば、他のジャンルの作者から短歌、そしてこの短歌というジャンルの体質、特性が批難されるという事態が起きる。定期的に。現在も。たえず。それは起こりつづけている。

放っておけばいいではないか。

そこまでの価値が、そこまでの毒がこの滅びかけたジャンルにまだ残っているというのだろうか。

どうも、そうらしいのである。

毒――「たとへば（君）、あるいは、告白、だから、というか、なので、『風流夢譚』で短歌を解毒する」。

二〇一二年五月に河出書房新社から出版された深沢七郎のムック本のなかに収録された、この長いタイトルの金井美恵子のエッセイはたくさんの反響をよんだ。なんと金井美恵子自身が（！）、「物を書きはじめてほぼ半世紀、私としては、こんなに自分の書いたものが話題になったのは、いわゆるデビュー作の『愛の生活』を除けば、初めての経験と言ってもよい」とまでしるしているほどである（といっても、一流の文章家である金井美恵子のレトリックであるので、もちろん素朴にこの発言を鵜呑みにしてはならないが）。

そして二〇一三年十月に出版された『金井美恵子エッセイ・コレクション［1964-2013］3 小説を読む、ことばを書く』に初出から大幅加筆されたバージョンが収録され、また彼女の言うところである「歌の人々」からの反響（その大半は反論である）を受けての「歌の人々、あるいは『風流夢譚』事件とその周辺」が書き下ろしでこの本には収

 （ああ、…………よ、君死にたまふことなかれ、――歌は刃を握らせて、母を殺せとをしへしや、…………？）

録されている。

……短歌というジャンルの話をしようと思う。

この滅びかけたジャンルに残っている毒——すくなくとも、まだそのように感じている人が存在する——そしておそらくはそのひとりであろう、金井美恵子が解毒を試みた、この短歌というジャンルの毒について。

このジャンルにそれがまだ残っていると感じている人々の文章を読みこんでいくと、それは大きく分けて三つにしぼられるようである。

ひとつは、天皇制。またそれとつらなっているらしい——と見なされているらしいこのジャンルの——人々の無意識的な、そして無邪気な——とうつっているらしい選民意識。

そして、なんといっても日本語という母なる言語の土壌のなかにいまだにずぶずぶと甘えきっている五七／七五のリズムへの甘ったれた態度。

さいごに、「旧制高校出身の医科系のエリートでかつては前衛歌人でもあったという御用掛」（とは、金井美恵子の「たとへば（君）、あるいは、告白、だから、というか、なので、『風流夢譚』で短歌を解毒する」からの引用であるが）である岡井隆の著書『わが告白』と、河野裕子の死後起こった永田和宏・河野裕子夫妻をめぐる「大衆的な」（というのも金井の言であるが）ブームが槍玉にあげられているが、「歌の人々」たちの素朴な——というふうにとらえられがちな——私性に関する問題である。

ただし、この私性に関しては、別のジャンルでも近年、地殻変動ともいえるような見直しが起きているのでここではいったんおいておく（たとえば小説においては、新・私小説家ともいわれる西村賢太の台頭や、態度は異なるとはいえ、堀江敏幸や小谷野敦の私小説的なるものへの再評価の提言など……）。

よって、ここではまず議論をふたつにしぼる。

つまり、天皇制と韻律の問題である。

＊

（…）かならずしも短歌論というわけではない文章のなかに、一人の作者の歌が数多く引用され、それを通じて二、三の歌を諳じてしまうという経験を、『サラダ記念日』が出版されて二年あまりの間に、もう一度経験した。すなわち、昭和天皇の御製である。

言うまでもないことだが、短歌というものは天皇を頂点とする文化のヒエラルキーにつらなる言葉によって形成される詩形で、浅田彰風に言うならば、さだめし、「土人の詩」ということにでもなろうか。


（金井美恵子「『サラダ記念日』（読書ノート）」

「文學界」一九八九年七月号）

『サラダ記念日』（一九八七年）の著者である、俵万智は歌をつくりはじめ、つくりつづけ、角川短歌の新人賞を受賞し、そしてこの本を出版し（周知のとおり異例の大ベストセラーになった）、——そのなかで彼女はおそらくいちども天皇制のことなど意識してはいなかっただろう。この歌集を読んでも、当時の（また、当時をふりかえる）エッセイを読んでみても、私の知り得る限りにおいてそんな痕跡はどこにもない。けれど、それが短歌という形式で書かれているという、たったそれだけで、否応なしに天皇制への批判と結びつけられ、論じられる可能性をこのジャンルは孕んでいるのだ（たとえば山崎ナオコーラの『人のセックスを笑うな』（二〇〇四年）と天皇制について論じられている場面を想像されたい、——むろん、天皇コンプレックスの強い評論家の多いこの国のことだから、可能性が皆無であるとは言い切れまいが）。

冒頭に引用した①の中上健次との対談の約一年前にこの文章は書かれている。引用は省略したが、この文章において金井は俵万智の歌作への態度を吉本ばななへの世評の相似を指摘しながら批判している。引用①の対談においては永山則夫と村上春樹の相違点（！）を中上が力説しながら、くだんの永山則夫における小説と坂口弘における短歌へと話が及び、永山則夫の小説をこき下ろしながら、それでも坂口弘にくらべればましである——つまり坂上のその「幼稚さ、犯罪者としての不純さ、不潔さというもの、一切合切」には短歌という甘ったれたジャンルが「ぴったり」だという部分において金井、中上の意見は一致している。吉本ばななに対する評価など、この対談においてふたりはさまざまなトピックにおいてその意見はすれちがい、対立しているが、この短歌というジャンルへの嫌悪という点においてふたりの作家は「ぴったり」と合意している。

　引用①にあるように中上の短歌への嫌悪は、韻律に対する甘えへの批判がある。あの中上の小説における文体の強靭でしなやかな独白のリズムはその批評意識に支えられていたことに納得がいく面があるが、韻律の問題については後に回す。中上はこの①の対談でもふれられている岡野弘彦とのあいだにおける対談で、短歌におけるもうひとつの毒について言及している。

中上　（…）いろんなことがいま、じかに投げかけられてると思うんです。僕は言葉を書いてる専門的な職業作家ですけれども、昭和という時代をつくってらっしゃった天皇というのは、まず第一義的に言葉の大きな担い手であられた。言葉をつくられる方だった。そのことがすごく大きなものとして問いかけられているという気がするんです。

（…）

中上　天皇が歌をつくられている、これはものすごく大きなことだと思うんです。天皇のお歌が公になるのは新年のときぐらいですよね。ほかのとき、折にふれてつくられてるお歌には、ほとんどお目にかかることはできない。でも、とにかくお歌をつくってらっしゃるわけです。

（…）

物語というのが誰を語るのか、誰に向かって語るのかということを考えると、どうしても天皇というお方が、天皇という言葉を出さなくてもその一人者というか、あるお方が影のようにぼーっと大きな形としてできてくるんですね。それは、語り部の時代からずーっとあり続けて、いまの現代作家の散文の中に入り込んでるんですけど、そこで僕が内側を覗きこんだときに、語り部たちが大昔に抱いていた緊張だとか、恐れだとか、あるいは興奮だとかが同時に見えてきたりする。そのことを僕はいまつくづくと感じているんです。

（…）

中上　そのことで（引用者註：太平洋戦争における戦死者たちや二・二六事件の青年将校たちに対してどのように天皇はお考えになっていたのだろうという中上に、お気持ちは結局のところわからないし、けれどおっしゃるべき言葉の重みを一身に背負い、時に歌の中で発露していたのではないかとこたえた岡野弘彦の発言を受けている）僕は何か忸怩たるものがあるんです。というのは、歌と小説ということにもひっかかってくるんです。つまり、天皇は歌だけなすっていらっしゃる。単純に言うと、二・二六をどう思われるか、三島由紀夫をどう思われるかとうかがうようなことは、天皇に小説をお書きになってください、というみたいなものですよね。漢詩と歌とはだいぶ違っていて、漢詩はもっと公のものであると思うんです。歌は日本人の感性、感情ですよね。それにしても、散文というところから見ますと歌というのは感性、感情をもっと濾過して、濾過した果てのようなものですね。小説はもっとどろどろした、それこそ五七五と浮上しないような、ぐつぐつガスがわきたつような、そういうところに根があるが、そこを書いている。その部分に関して天皇はどういうふうに思われてたかということになるんでしょうか。散文のほうは歌に対するコンプレックスがあるんですよ。

（中上健次と岡野弘彦の対談「天皇裕仁のロゴス」「文學界」一九八九年二月号）

　（ああ、…………よ、君死にたまふことなかれ、――歌は刃を握らせて、母を殺せとをしへしや、…………？）

天皇について――はっきりそれとは示さずとも――書く小説家は多い。野心的な男性作家が多い。いちばんあからさまなのはむろん三島由紀夫だろうが、中上健次もまたまちがいなくその系譜につらなっている。あるいは三島に影響を受け、また与えたノーベル賞作家・大江健三郎（しばしば指摘されることではあるが初期の中上の文体は彼の圧倒的な影響下にある）、また比較的新しいところでは阿部和重、……そして、『風流夢譚』（一九六〇年）の深沢七郎。

①における中上の短歌、あるいは短歌作者にむけられる軽蔑は、この岡野との対談においては「コンプレックス」というより屈折した表現に変わっている。もちろん、対談相手が詩人であり小説家である金井美恵子ではなく、歌人である岡野弘彦であるとという点においての配慮があるのだろうということも考慮しなければならないだろうが、ここで正面からこの問題について語る中上は同世代のライバル相手の対談においてよりもむしろ素直に感情を吐露しているようにも思える。

天皇にたいする執着、拘泥、――「伝統」（詩人・荒川洋治の引用②を参照のこと）への憎しみ。天皇、――につらなる和歌……短歌、伝統――つまりは明治以前からそこにあった日本という土壌……地、大地、……そう、しばしば神話の時代から女／母という凡庸な比喩で語られてきたもの。

陳腐で凡庸な比喩を続けよう。

明治時代に輸入／挿入された西洋文学／ファルスは日本／女にその種を撒き、近現代文学という子どもを胚胎させた。それはあらゆる文芸ジャンルに大激震をもたらしたが、とくに〈仮名草子、読本にとってかわった〉「小説」（坪内逍遥『小説神髄』〈一八八五年～一八八六年〉）と、〈漢詩から「漢」の冠を奪い、歌の韻律から遠く、遠くへと離れていった〉「詩」（七五調を許容していた『新体詩抄』〈一八八二年〉から萩原朔太郎の口語自由詩へと）はほとんどここで誕生した新しいジャンルとする向きもある。それほどまでに、このふたつのジャンルはこれまでのものとは姿を変えた。いや、変化しようと試みた。

　この凡庸な比喩から、「父殺し」的な結論を導きだすのはおどろくほど簡単である。

　小説／詩においてはつねに革新すべき、つまり「殺す」べき相手は父である西欧文学であり、日本＝母＝韻律にいつまでも甘ったれている短歌などは唾棄すべき存在だ。

　では短歌に「殺し」は存在しないのか？

　いや――、しかし古来より「女」による「殺し」は毒殺が定番と決まっている。

「女」の毒による「女」の殺し――つまりは自家中毒。

　陳腐で、平凡で、退屈だ。

　だから、そんな語りの罠に、私は嵌ろうとは思わない。

　だから、私は、また、短歌というジャンルの話を再びはじめなければならない。

＊

　その罠を回避するために、まわり道になるが、小説というジャンル、そして詩というジャンルの話をしたいと思う。

　冒頭に引用した③は現在日本でもっとも力のある作家のひとりである桐野夏生と、やはりもっとも文壇の期待を受けている作家のひとりである阿部和重のあいだで雑誌の企画でおこなわれたクエスチョンアンドアンサーである。「質問2」の「小説以外のジャンルで、創作のアイディアを表現するとしたら、ご自身にとって最も得意と思われるのはどの形式で、苦手なのはどういったものでしょうか？」という阿部の問いに桐野は「得意かどうかはわかりませんが、写真とか映画をやってみたいですね。苦手は俳句や短歌。定型詩が性に合わない気がします」と回答している。たしかに彼女の作品において映画がモチーフとして描かれていたことがあった。前者は本音だろう。それに対して苦手なものに「俳句や短歌」、

「定型詩」と答えている。しかし、前者とちがい、後者には「性に合わない気がします」という、つまりは常日頃とくに関心は持っているわけでもないものの、なんとなく「俳句や短歌」という「定型詩」に抱いているイメージで苦手と判断している、ということだろう。実際、桐野のエッセイや対談集を読んでも、中上や金井におけるような短歌への軽蔑や憎悪は感じられない。端的にいって関心がないのだろう。べつにそれ自体はとくに嘆くべきことでもないのだろう。くりかえしになるが、短歌などというのは滅びかけたジャンルなのだから。私自身、「日本人であるからには、まして文筆業を営んでいるならば、和歌・短歌の知識くらいある程度は持っていて当然である」というような「伝統」＝「学歴」的なものいいには馴染めない。

むしろ、私がここで注目したいのは桐野が俳句や短歌の「定型」性に拒否感を示していることだ。「定型」……この用語は短歌というジャンルにおいては当然ながら「五七五七七」という韻律のことをさすが、小説というジャンルにおいては「物語」のことをさすだろう。

ここまで私は小説というジャンルについて非常におおきく曖昧な視点で語ってきたが、実際のところ、小説と一口にいってもおそらくは人口＝読者が多い分、他の文芸形式にくらべてそのなかでさらにジャンルが細分化されている。まずは純文学／大衆小説＝エンターテインメント小説、つまり芥川賞側に分類される小説と直木賞側に分類される小説である。桐野夏生は直木賞受賞作家である。彼女はエンターテインメント小説のなかでももっとも読者数の多い推理小説／ミステリー小説／探偵小説ジャンルの出身である（探偵小説作家の登竜門である江戸川乱歩賞の第三十九回目の受賞者としてデビューしている……、別名義でその前から彼女は作品を発表していたが「桐野夏生」のデビュー作はここで受賞した『顔に降りかかる雨』〈一九九三年〉である）。しかし、そこから出発しながら、桐野の小説は推理小説としての物語の「定型」をどんどん食いやぶっていくことになる。直木賞を受賞した『柔らかな頬』（一九九九年）はそのキャラクター造形やテーマを深く掘りさげていこうとする姿勢が評価されたが、いわゆる推理小説の「定型」の約束を完遂していない。そこに不満の声もあがっていた。しかし桐野はその声をふり切るようにひたすら書きつづけていった。彼女は現在、純文学の新人賞のひとつである新潮新人賞の審査員になっている。

　ジャンル小説には、小説には、物語という「定型」がある。それを遵守するのではなく、破っていくとしばしばその小説は純文学と呼ばれるようになるようだ（……そのむかし、とくにフランスでさかんになった反小説＝アンチ・ロマン＝ヌーヴォー・ロマンという潮流があった……日本においてこの潮流の担い手がまちがいなく金井美恵子であったという事実は確認しておきたい）。

　――ここで、阿部と桐野の「質問1」に戻りたい。「教養小説」をめぐるやりとりである。教養小説／ビルドゥングスロマンとは小説における物語の「定型」のひとつであり、主人公の精神的成長、自己形成、主体形成を主眼に置いて描かれる、と定義されている。

　ここでなぜ私は「主体形成」に傍点をふったのか。私が桐野夏生をしばしば論じている評論家を意識したからである。……斎藤環。桐野は彼から影響を受けている面もあるようで、対談でその名を出したり、擬似私小説的な小説『ＩＮ』（二〇〇九年）で女主人公にあきらかに斎藤をモデルとする精神分析家に告げられた言葉を回想させてみたりもしている。

　ラカニアンであり精神分析の専門家である彼は、ひきこもり、あるいはオタク的なるものの分析・批評ともに、文芸批評においても活躍している。とくに文芸批評家としての彼は（男性の批評家にしてはめずらしく）女性作家を積極的に取り上げていく傾向がある。その著書のひとつである『関係の化学としての文学』（二〇〇九年）の帯には、桐野夏生、谷崎潤一郎、中上健次、よしながふみ、M・デュラス、鹿島田真希、金原ひとみ、桜庭一樹、川上未映子、という名前が並んでいる。また「力学ではなく科学、キャラではなく関係、父殺しではなく、母殺し。本書には豊饒な批評の萌芽が詰まっている。」という東浩紀による推薦文がよせられている。

「母殺し」という文言に違和感を抱きながら、私はこの本を読んだ。随所に炯眼が光る。しかしながら、とくに女性作家を論じているくだりで核心にいたる一歩手前で論考を終えている、という印象ばかりが残った。その後、斎藤の他の著作を読んでいくにつれて、その印象の正体ははっきりとした輪郭をもつようになった。斎藤の『関係する女　所有する男』（二〇〇九年）は一見フェミニズム擁護のように見えながらその実、結局のところ結論部で旧来の保守的な男女観を正当化するというきわめて悪質な本であった。また、『母は娘の人生を支配する――なぜ「母殺し」は難しいのか』（二〇〇八年）――この本を読んだときに、あるいは、そのタイトルを見た瞬間にその印象――違和感は決定的なものとなった。

「母殺し」――これは「父殺し」というきわめて男根主義的な価値観から派生した、歪んだ見方でしかなく、結局のところ、女性への理解の欠如――「父殺し」至上の価値観の亜流、そしてその失敗……なぜ「母殺し」は難しいのか……に基づいているからである。桐野夏生への、斎藤の理解は不十分だ、とその点からも私は思う。桐野の代表作のひとつである『グロテスク』（二〇〇三年）は主体形成（……には、当然ながら「父殺し」の問題系が不可欠だ……と、考えられているようだ……）――つまり、教養小説――とは逆の方向に疾走していく。つまりすぐれた反教養小説だ。江國香織がながい停滞期から復活したことを告げる『がらくた』（二〇〇七年）も、金原ひとみにとってターニングポイントとなった小説である『オートフィクション』（二〇〇六年）もすぐれた反教養小説として読むことができる、と付け加えておきたいが、本論とは離れるので、ここでは触れずに置く。

――「母」・「殺し」というキーワードは小説というジャンルにおいてもいまだ多様な可能性を孕んで

いるという指摘までにここではとどめておこう。

＊

詩というジャンルにふれるとき、短歌というジャンルと比較して語ろうとすれば避けてとおれないのは七五調に対する態度の問題である。前述のとおり、詩はそのジャンルの誕生以降、七五調から遠く離れようとして発展してきたジャンルである。おそらく、短歌というジャンルに対していちばん辛辣な態度をとるのが詩を書くことを選択した人々に多いということとこの問題はほぼイコールで結んで差し支えない。

その批判がおこなわれるときに金科玉条のように持ち出されるのが、小野十三郎による「奴隷の韻律」論である（冒頭引用①、②を参照のこと）。しかしながら一九五三年発表のこの論がいまだに持ちだしつづられるというのは何を意味するのか。それだけ、小野十三郎の論がすぐれていた、ということを示しているのかもしれない。あるいは、そのころから短歌というジャンルには何の発展もないから一九五三年時点での言い分を持ち出すだけで充分だ、ということかもしれない。けれど、これは、詩人（むろん全員が、といっているわけではないが）の短歌に対する思考停止を示してもいるといえると思う。

短歌にむけられる批判ではなく、詩——ことに現代詩にむけられる批判でもっとも多いのがその内容の極端な難解さである。けれど、私はもうひとつの面を見落としてはならないと思う。小野十三郎の「奴隷の韻律」——七五調の韻律から離れようとした。雑誌「現代詩手帖」に代表される現代詩の、近年の散文詩化への傾向もまた、この流れでとらえることも可能なのではないか。

一方で、この「現代詩手帖」的な詩ではない、詩（と大衆に認知されているもの）が、爆発的にヒットして、膾炙しているという事実も見逃してはならない。これは詩でなくポエムという蔑称で呼ばれることも多い。代表的な例は相田みつをであろう。彼の作品は内容の極端なわかりやすすぎるわかりやすさ、が槍玉にあげられることが多いが、彼の言葉の流通はそこだけに依存しているわけではない。それは愛唱性——つまりは七五調への親和に属しているウエイトが大きい。

七転八倒
つまづいたり
ころんだり
するほうが
自然なんだな
にんげんだもの

おそらくはこの文言のさいごの二行、「自然なんだな／にんげんだもの」が相田みつをのなかでももっともよく知られ、引用され、もじられているフレーズだろう。ここでの韻律に注目されたい。「自然なんだな／人間だもの」とは七七——つまり短歌の下の句なのである。相田みつをを黙殺するのもいいだろう。実際のところ、私自身、相田みつをのフレーズは嫌いだ。けれど、短歌と同様に作者＝読者となりつつある現代詩は、現代詩を読まない大衆がその代わりに「詩」としてこうして母なる日本語の土壌に根ざした七五調に甘ったれたフレーズをその代わりに摂取しているのだという事実もまた認めなければならない。

私などが言うのもおこがましいだろうが、現代詩は美しい隘路にはまりこんでいる。その美しい隘路に入りつつある現代詩には私自身敬愛している詩人もいる。私は現代詩を無視して短歌を書こうとは思わない。その隘路のゆくえを見据えつづけていこうと思っている。

＊

ながいまわり道になったが、短歌というジャンルの話にもどろうと思う。

けれど、短歌というジャンルの話をするときに、私は短歌というジャンルの内部だけを見て話をすすめるべきではないと考える。それは私が、前述のような短歌というジャンルと他のジャンルの軋轢を無視することができない人間だからである。

明治以来の「西欧文学」という「父」——そしてその「息子」である、「小説」と「詩」。ならば、さしずめ、「短歌」は「西欧文学」という「父」の影響を受けながらも色濃い伝統＝「日本文学」という「母」から逃れられず「父殺し」を許されない「娘」といったところだろうか。

「娘」にはどんな可能性があるのだろう。

斎藤　（…）さきほど挙げた母娘本の一つの骨子は、女性は躾《しつ》けが特殊だということです。男子はわりと野放しで育てられるけど、女性はごくごく小さい頃から、半ば無意識的に女の子らしさを周囲から強要されますよね。青と赤だったら赤を選びなさいとか、そういうレベルから。女性としての身体性をかなり小さい頃から植え付けさせられるので、思春期前から、女性の外形が出来上がってくる。長じてくると、今度はもっと意識的に、母親から「女の子はこうふるまいなさい」という躾けがはじまる。そこで伝達されるのは、つつがなく結婚して子供をなせるような人生をスムーズに実現するための知識ですね。自己実現とかはその後で、というわけです。もちろんそこには、露骨ではない形で、どうしたら男性を惹きつけられるかという知識も含まれる。これは簡単に言えば、自分の欲望はできるだけ抑えて、他者から欲望される主体であるための知識なんですね。おしとやかさとか優雅さとか愛嬌とか、女子の徳目とされる性質には、はっきりとそういう構造があります。そういった教育を、意識するとしないとにかかわらずシャワーのように母親から浴びせられた結果、母親と全く相似形の身体を持った女の子が再生産されていくというのが、母娘関係に関する僕の仮説なんです。川上さんのお母さんは、あんまりそういう躾けはなさらなかった？

川上　完全に、ないですね。性格的に全然さばさばしてて、女としてのいやらしさみたいなものを全く感じないんです。お化粧とかするし、髪がふさふさしてて、すごくきれいなお母さんだとよく言われていましたが、全然、女っぽさを感じませんでした。色気がないというか。「女の子はこうしなさい」とか言われたこともないし。

斎藤　それって意識的にそうしたんじゃないでしょうか。

川上　いや、頭にないんです。自分が女ってことは全然なくて、それにまつわる野心もありません。また「勉強しなさい」「どうなりなさい」ということは一回も言われたことないんです。

斎藤　ちなみにお母さんのお母さんは。

川上　祖母もそういう人で、何も言わない人でした。

斎藤　あ、やはりね。

（…）

斎藤　まさに私の本もそういう母親の事例ばっかりなんです。結局、娘の身体で自分が生き直したいということが葛藤の根源にあったりするんで。

川上　ところが、私の場合、そういう「母の生き直し欲」みたいな圧力というものは全くないんですよね。

斎藤　それがむしろ特異ですよね。

（川上未映子と斎藤環の対談「川上未映子、精神分析に勧誘される」『六つの星星』二〇一〇年）

さきほどの比喩を踏まえてこの対談を読むと、斎藤の論理、そして「娘」の類型化への欲望がいかに「短歌」という「娘」への抑圧の構図と酷似しているかに気づかされる。そして、詩人であり、小説家である川上の反論もまた興味深い。

……「短歌」が「娘」であるということに反発する歌人は多い。男性歌人はことに。塚本邦雄の与謝野晶子嫌いと与謝野鉄幹への過大評価など例をあげればきりがないが、この構図は「女」による「女」のミソジニー（上野千鶴子『女ぎらい――ニッポンのミソジニー』〈二〇一〇年〉を参照のこと）と通底している。しかし、そのミソジニーこそが、彼らもまた「娘」／「女」であることの証左に他ならないのである。そして、この問題の当事者は男性歌人だけにとどまるものではなく、女性歌人による（より、複雑なかたちでの）ミソジニーもまたその例外ではない。彼女たち、そして私自身のミソジニーもまた見直していかなければならない。

――「娘」には「母」や……そしてまた「父」とどのような関係を結ぶこともひらかれている。殺すことも許すことも憎むことも愛することも、千差万別の、どのような関係も可能だ。彼女／彼がそれぞれと結ぶ関係性をさまざまなかたちにおいて批判することもまた許されるであろうが、それら個々の関係を結ぶその権利そのものを踏みにじることはどんなものにも、決して許されることではない。

（「率」五号、二〇一四年五月）

巻頭言（「率」七号特集〈前衛短歌〉再考）

〈前衛短歌〉——この、いつのまにか膾炙しはじめたある一群のうた／歌人をさすようになったその名称、その名前、短歌、という形式の上に冠せられた〈前衛〉というひびきはまぎれもない茨冠であったと、いまの私には思えてならない。

〈前衛短歌〉ときいたときに、おそらくはまず第一に思いうかべられるであろう歌人・塚本邦雄が「負数の王」という呼び名を持っていたことは、この前衛短歌運動が最初から負けいくさであったことと関係がないはずもない。

なぜか。

それはまず五七五七七の韻律が和歌ではなく短歌とよばれたときのことに、遡らねばならないと思う。もちろん、その移行にもまたさまざまないきさつがあったがここではそこにふれることはしない。

〈近代短歌〉、という言葉がある。そう、短歌は近代うまれた。しかしながら、現代につくられている短歌はおしなべて現代短歌と称されるはずであるが、〈前衛短歌〉、そしてそれを継いだ〈ニューウェーブ短歌〉（ニューウェーブと称される歌人たちのほとんどは前衛歌人に師事、あるいは私淑している）とそうではないものを区別するために〈近代短歌〉的というタームはいまも使われている（そう、たとえば、ポストニューウェーブ系の歌人において）。……

しかしながら、いわゆる保守（的なるもの）—前衛（的なるもの）—保守—前衛—保守……というシーソーゲームはなにも歌の歴史に限ったことではなく、文学において、いやそれすらもこえてごく一般的な原理である。

　現代において〈近代短歌〉と呼称されるものはほぼニアリーイコールでアララギ的なものをさす。むろん、そのアララギ以前の時代、そして同時代にアララギ派以外にもすぐれたうた／歌人は多数存在していた。しかしながら現在、〈近代短歌〉とその原理を呼ぶときにそれはほとんどアララギの原理をさして使われることが多い。穂村弘の言を借りるなら近代短歌ＯＳをつくったのはアララギにある、ということだ。

　ならば〈近代短歌〉、アララギ、といえば誰かといえばこれもほぼおおかたのところ斎藤茂吉の名前があがるだろう。しかし、ポストニューウェーブを代表する歌人である永井祐が本誌（「率」）五号にじつに興味深い論考を寄せてくれた。近代短歌のＯＳを書いたのは斎藤茂吉ではなく土屋文明だというのだ。

　私は永井本人と直接会ったときにこの件についてもうすこし詳しくきいてみた。彼は「前衛短歌と（斎藤）茂吉とが切断されたものだとは思えない。塚本（邦雄）の真の敵は（土屋）文明であり対峙すべきであったのは文明のほうであったと思う」と述べていた。この意見にはなるほどと思わせられた。それは塚本は偏愛的な茂吉論を何冊も書いている。それは従来の茂吉読解を大きく更新するものではあったが、しかしながら、それを塚本が書くことができたというのは、逆に言うならば、斎藤茂吉の歌には（ふしぎないいかたになるけれども）塚本邦雄的なるものが含まれていたということになる。この問題はこの稿においてはここまでとするが、このさきこの視点からも〈近代短歌〉はまだまだ再考されていく余地が充分にあるだろう。そして、さきの会話において、私はやはり永井祐が口語における近代短歌ＯＳ延命の核心となる歌人であると確信したということもつけくわえておきたい。

　話題をもどそう。短歌について。〈近代短歌〉について。

　雑誌「短歌研究」二〇一四年十一月号の特集は

「短歌の〈わたくし〉を考える」である。このテーマは今年度の短歌研究新人賞がその虚構性について の是非を問われ議論になっていることもあり非常にタイムリーではあったが、もとよりこの〈わたくし〉性、〈自我〉――〈われ〉の問題は短歌の世界において ホットイシューであり続けている。かんたんに言ってしまえば短歌表現のなかにおける主体はほぼイコール作者である、という前提において歌はつくられつづけられ、それに抗ったのが〈前衛短歌〉である。

なぜ、短歌においては作中主体ニアリーイコール作者と見なされるようになったのか？

それは、歌が和歌ではなく短歌になったからだ、と言いかえることができるのではないかと思う。

さきの「短歌研究」において斉藤斎藤が「文語の〈われわれ〉、口語の〈わ〉〈た〉〈し〉」という助詞の分析を中心においた明晰な評論を書いているが、アララギが典とした『万葉集』は別として、中世・中古の和歌の時間軸は多元的な並立であり、近代文語短歌の時間軸は一元的な〈今〉であり、また、中世・中古の和歌のカメラ位置は「〈私〉を離れる」となっているが近代文語短歌は「〈私〉に固定」されていると述べている。

アララギにおける写実という手法においてはこの時間軸の設定もカメラ位置の設定も的確なものであったということができるだろう。そしてこの手法を使っていけばつくられるその歌は〈私性〉の濃度が濃いものとなっていくのも当然の帰結だろう。

ではなぜ、数々の流派のうちアララギが短歌を代表するようになったのか。その秘密はやはりその〈私性〉にあるといってしまってよいのではないか。

和歌が短歌となったときに――いや時代の流れによってうたが短歌へと変化しなければならなかったときに、失ったもの。数々の華麗な技巧。それはもちろん、しかしながら、それを支えていたのは、「春」「夏」「秋」「冬」「雪」「花」もとより和歌にそう明るくはない私には到底挙げきることもできないが……そのむかしうたが和歌であったころ、うたの共同体はほとんどの語彙を共有し、そのなかで本歌取り――これまで詠まれてきたそれらの遺産を共有しながら、その表現を更新してきた。

しかし近代になってそれは通用しなくなった。さまざまなこころみがあったなかで、うたは〈私性〉という延命装置を見つけたのだ。共同体の言語が、失われた。ならば、自我という装置に言葉をひきつけ、繰りだせばいい。当然ながら歌の語彙は増えていった。時代が現代に近づくにつれ、圧倒的に増えていった。そしてその臨界点はおそらく、穂村弘の無数のフォロワーたちとなった。穂村自身が自分自身にも言えることではあるけれども、と批判したように。制限をかけなければ語彙は時代を反映する。そして現代には無数のクラスタが存在する。そのなかで自身の嗜好する（これまでに短歌にもちこまれていない）名詞を用いた若者たちの歌は島宇宙化などと批判されもした。けれどその欲望の中心はほんとうのところ近代からはじまる〈私性〉の延長であったのではないか。初期の穂村の評論（が存在するとすれば）を読んだことはなく、私が知っているのは『短歌という爆弾』からであるが、そのときから穂村の評論の中心のキーになっているのは〈自我〉だった。かつて論じたことがあるのでここでは省略するが、無数の固有名詞の氾濫を批判したのち、穂村の興味の中心は時代を反映した自我をうつしとった歌へと急速に傾きつつある。けれど私はそういった歌に興味をもつことができない。そんな歌に私は関心がない。私が歌にもとめているのは短歌にうつされた現代のありよう、あるいは現代の若者像などでは断じてない。

話をもどさなければならない。

短歌を短歌たらしめたもの。

それは連作という手法だ。

うたの語彙の共同体がうしなわれ、一首を屹立させることはむずかしくなった。そこで、連作が生まれた。連作ならばプロフィール紹介ができる。地の歌がうまれた。確定された〈わたくし〉から発せられる声を信じることによって、自分以外の他の〈自我〉、そしてその歌を理解することができるという幻想。私は連作形式そのものを全否定しているわけではない。けれど斎藤茂吉の「母を恋ふる歌」以降、ごくごく少数の例外をのぞき、〈前衛短歌〉を経て〈ニューウェーブ短歌〉の穂村弘の「手紙魔まみ」のアクロバティックな成功にいたるまで、連作自体が語りつがれているケースはほとんどない。塚本邦雄や山中智恵子のものでさえ連作として成功しているといいきれるものはないと私は思う。ただし、塚本邦雄の種々の功績はもちろんのこと、山中智恵子は現代において最高峰の「和歌」を詠んだ歌人であると私は考える。

結局、残るのはひとつの歌なのである。にもかかわらず、新人賞など、さまざまな〈自我〉のショーケース展覧会、また、品評会のようだ。塚本の一首へとむけられた鋭い選歌眼が新人賞で通用しなかったのはその形式からいって当然のことである。

短歌は革新的だ。

短歌は短歌として成立した時点ですでに革新的だったのである。つまり、短歌というものそのものがイコール前衛なのであり、前衛を意味する短歌に前衛を冠した〈前衛短歌〉というものはそもそものところが言語矛盾なのである。

私は、〈ニューウェーブ短歌〉に夢中になり、〈前衛短歌〉に耽溺して歌をつくりはじめた。短歌に前衛も新しさもない、それ自体が新しさであり、前衛であったのだから。

それらは苦しい戦いだったかもしれないし、現状を見れば、それはもしかしたらほんとうにむなしい戦いだったのかもしれない。けれどその矛盾に耐えながら歌をつぎつぎにつくりだし数々の否定論への〈前衛短歌〉という反論は私の目にはこの上なく美しいものに思われた。

そして、いま、ポストニューウェーブ……以降の歌人たちにとってその〈前衛短歌〉のこころみはどんなふうにうつっているのだろう。そんな純粋な興味がこの企画のきっかけだった。よって、ポストニューウェーブ以降の歌人たちに原稿を依頼した。枚数は問わない、前衛短歌への態度の是非は問わない、とにかく好きなように書いてほしいと依頼した。それぞれの評論から、現代における〈前衛短歌〉の有効性／無効性が浮びあがるようなものになればとねがっている。

さいごに。

私は最初、前衛短歌運動がそもそものところ負けいくさであったと書いた。けれど私自身、負けいくさを悪いものだとはすこしも思ってはいないのである。もちろん、敗北の栄光は、しばしば文学における栄光と同義であるからだ。

（「率」七号、二〇一四年十一月）

以後のきらめき

——荻原裕幸論

一九八五年に生まれ、二〇〇五年から（意識を集中させて）短歌を読み、つくりはじめた私が、二〇一五年の現在、一九八八年に第一歌集『青年霊歌』を世に問うた荻原裕幸について、たったいまこの瞬間、書くことが困難に思えてならないのは、ほんとうはいまに限った話ではないのかもしれなくて、一九八八年（あるいはそれ以前から）重ねられ、積み上げられてきた荻原裕幸という歌人について私などとはくらべものにならない見識のある歌人諸先輩方の議論のすべてをいまではほとんど入手困難なものも含めてさまざまな媒体に書かれているものを追いきれているはずもなく、また資料としては残っていないにせよある意味において文字のかたちでは残っていないけれどそれ以上に重要であるかもしれない、一九八八年（いや、「十七歳から始めた短歌の創作も、十年近い月日を経てやうやく第一歌集の上梓にこぎつけた」と『青年霊歌』のあとがきにあるのだから一九八八年の十年前……一九七八年？というべきなのかもしれない）から二〇〇五年にいたる荻原裕幸を取り巻いていた空気のようなものを体感できていない、それなのに、傲慢にも文章を書いてしまおうとすることへの、おそれがある。そんな私が荻原裕幸（いや、ここに入る名前は本当は荻原裕幸に限ったことではないのかもしれないが）について書くということは可能な限り先人の議論を追った上で、一九八八年から二〇〇五年の荻原裕幸を取り巻いていた空気を知らないがゆえの無知と傲慢さを開きなおって書く、というスタンスを取らざるをえない。

けれどこの無知と傲慢さをなくして文章を書くことは不可能であり、また書くことを選んだ以上、その無知と傲慢さゆえに誰かになにかを伝えられるかもしれないというさらなる傲慢な一縷の希望なくして筆をとることもできない。私がこの文章を書いている以上そういったものと無縁であろう筈もないことは最初に記しておきたい。

いわゆるニューウェーブ三羽烏が歌壇において荻原裕幸、加藤治郎、穂村弘のことを指すのは常識だろうが、私は短歌をはじめたころその名称にとくに違和感は抱かなかった。歌葉新人賞、「短歌ヴァーサス」などにはじまり、インターネットも含めた短歌の世界における彼らの存在感は際立っていた。しかし私は徐々に「ニューウェーブ三羽烏」という呼称にさまざまな意味で違和感を抱くようになっていった。その違和感のすべてについてふれると議論の内容にまとまりを欠くので絞って書くが、いちばんはじめにそれを顕著に感じたのは荻原裕幸『青年霊歌』、加藤治郎『サニー・サイド・アップ』、穂村弘『シンジケート』とそれぞれの第一歌集を読みくらべてみたときに加藤と穂村の第一歌集におけるさきの前衛短歌からの切断を読み取ることは容易だったが（もちろん前衛短歌への敬意を読みとることも同時に可能ではあるけれども）、荻原の『青年霊歌』において私が感じたのは（加藤、穂村両名の第一歌集を意識しながら読みすすめていったというバイアスは大きいにせよ）ある種の深い「諦念」だった。あるいは、言葉が強すぎるかもしれないが前衛短歌への屈折した郷愁と言いかえてもよいかもしれない。この歌集、あるいは荻原の代表歌としてよく引用される「まだ何もしてゐないのに時代といふ牙が優しくわれ嚙み殺す」という歌を私はその文脈で受け取った。

彼らと同世代の歌人の第一歌集とも読みくらべれば、たとえば大塚寅彦『刺青天使』（一九八五年）や水原紫苑『びあんか』（一九八九年）は前衛短歌からの切断よりも影響の気配が濃厚であるし（たくさん入手できているわけではないので言い切ることはできないけれども、この時代の第一歌集には前衛短歌の影響が色濃く残っているものも多いように思う）、あるいは高度な技術をかろやかに、そして独創的に駆使した紀野恵『さやと戦げる玉の緒の』（一九八四年）があり、ポピュラリティという意味あいにおいては俵万智『サラダ記念日』や林あまり『ＭＡＲＳ☆ＡＮＧＥＬ』（一九八六年）を外すことはできないだろう。「諦念」というキーワードにこだわるならば正岡豊『四月の魚』（一九九〇年）がそれぞれの歌集のもつ趣はべつとして歌にのぞむ態度としてはもっとも近しく感じられたかもしれない。

＊

私は〈以後のきらめき〉というものを信じている。塚本邦雄〈以後のきらめき〉、中城ふみ子〈以後のきらめき〉、穂村弘〈以後のきらめき〉、東直子〈以後のきらめき〉、永井祐〈以後のきらめき〉……それぞれの時代、ある歌人やある歌集もしくはある一首でもよいのかもしれないが、その登場以降、それ以降に生まれる歌のすべてにそのきらめきが照射され、短歌シーンが変化してしまったかのように錯覚させてしまう現象だ。アンチの頑なささえそのきらめきを増す背景に感じられてしまうような、そして直接その歌人やその歌を知らない人にさえ影響を受けた歌や歌人を通してそのきらめきが伝播していくような光景。目撃するたびになかば恍惚し、しかししばらくすれば、その光景に苛立ちはじめ、次の〈以後のきらめき〉に遭遇したいと願うようになる。『青年霊歌』にはニューウェーブへの前身ともいえる前衛短歌への屈折した複雑な味わいはあったけれど私がいわゆるニューウェーブなるものに期待していた〈以後のきらめき〉に出会うことはできなかった。

私が荻原裕幸に〈以後のきらめき〉を感じるのは、むしろ〈第二歌集『甘藍派宣言』〈一九九〇年〉にもその萌芽が見られるものの）第三歌集『あるまじろん』（一九九二年）第四歌集『世紀末くん！』（一九九四年）においてだった。

「二物衝撃の技法に頼り、雰囲気や気分だけでつくられているかのような短歌に対して批判的」で「そういう短歌を読むことは嫌いではない」が「詩的飛躍だけをいたずらに重視する」傾向に批判的で「かつてなかった比喩が読みたければ、サイコロでも振って言葉を二つ決めてしまえば」よく「意外性のある言葉の組み合わせが読みたければ、辞書をぱらぱらめくって、単語を適当に組み合わせてしまえばいい」し、「詩的飛躍のある歌を詠む歌人は、もう彼女一人でお腹いっぱいという気持ちになることもあり」、「この手の短歌を詠むなら「星野しずる以上」をめざしてほしい」とは、「「二物衝撃」によって詩的飛躍を感じさせる短歌を自動生成するスクリプト」である二〇〇八年に誕生した犬猿短歌、および犬猿短歌を発表しているという設定の架空の歌人である星野しずるの生みの親である佐々木あららの言だが、このスクリプトは当時無数に存在していた穂村弘フォロワーへの皮肉ととれるだろう。穂村弘は荻原の第一歌集から第四歌集、そして未刊歌集である『永遠青天症』を収録した荻原の全歌集『デジタル・ビスケット』（二〇〇一年）巻末のコメント（「乗換駅にて」）で『世紀末くん！』の歌を引用しながら「〈詩〉を通過したときに特有のあの感じ、〈世界の更新〉の感覚はここにはない。これは〈詩〉ではない、と私は思った」と批判しているが、詩的飛躍を（かつて）得意としていた穂村弘、そして穂村弘のフォロワーたち、またそれを揶揄した星野しずる（犬猿短歌）、この三者を同時に批判し得るのは『あるまじろん』『世紀末くん！』という第三歌集・第四歌集の荻原裕幸における超高度に言葉を飛躍させながら同時に極限まで抑制をかけるレトリックであり、その観点からこの二歌集は読みなおされなければならないと感じている。（註）

そんな荻原裕幸が、ニューウェーブ三羽烏のなかで、現在、三人のなかで、もっとも、いわゆる良質な短歌的抒情を有した歌を発表していることを私は不思議な思いで見つめている。来年刊行が予定されている全歌集刊行以降初となる歌集の刊行によって、荻原裕幸が何を提示しようとするのか、しずかに待ちたいと思っている。

（註）この星野しずると一見すると似ているようでまったく異なるのが二〇一五年に登場した、形態素解析エンジンによってウィキペディア日本語版から五七五七七になっている部分を抽出する偶然短歌bot（@g57577）である。作成者に佐々木あららのような強い批判意識があるようにはいまのところ感じられないが、この偶然短歌botのライバルとみなされるかもしれないのはクリシェの引用やずらしの多い作風の斉藤斎藤や伊舎堂仁であるといえるかもしれない。しかしながら偶然短歌botの弱点は、偶然短歌になっている文章のなかからの抽出とはいえ、その選出のなかに作成者の意向・好みが入っているため、厳密には偶然ではないところであると思う。あるいは、私の視野の狭さゆえかもしれないがまだ愛唱歌が誕生していないところ、これは星野しずると共通する弱点でもあり、その弱点を補うためにだろうか犬猿短歌には「みんなのしずる（@Sizzlitter2）」というツイッターアカウントがあり、自己紹介欄には「みんなが選んだしずるの短歌です。星野しずるのサイトから誰でも投稿できます。いい歌拾ってきてください。」と記載されている。いまだ短歌はその共有性によって成り立っている、と私が感じたのはインターネット（のおもにツイッター）上で川北天華の短歌「問十二、夜空の青を微分せよ。街の明りは無視してもよい」がたびたび広く話題に上るのを目撃するからであり、歌壇に限らず、良くも悪くも短歌というのは人間のものだ、いまのところは、ということになりそうである。

（「率」九号、二〇一五年十一月）

序

——我妻俊樹誌上歌集『足の踏み場、象の墓場』について

きっと歌人ならだれにだってあることだろうと私は信じているのだけれど、歌人ならきっと誰でも、好きな歌人の、いつかの歌集の出版を夢に描いて、心のなかで待ちつづけているのではないのだろうか。けれど、さまざまな問題や状況から、歌集の出版というのはそんなに容易なことではないのだ。それも、私自身の経験をふりかえり、周囲の状況を見渡せば、よくわかる。

私が我妻俊樹の歌の読者になったのは歌葉新人賞のころだから、おそらく十年ほど前になるだろう。つまり、私は十年間、待ったのだ。

二〇一五年の秋、立川駅で待ち合わせ、我妻俊樹と会った。ファミレスに、やがて平岡直子が合流した。私たちは、我妻俊樹に「率」での誌上歌集の企画を提案した。後日、我妻からメールが届き、この企画は正式にスタートすることになった。

話し合いのなかで、この誌上歌集は「風通しのいい歌集にしたい」という我妻からの提案があった。そのため、私と平岡は、それぞれに偏向しているではあろう価値観ながら、我妻にそれぞれの意見を伝えた。おそらくこの誌上歌集にはすくなからずその痕が残っているだろう。この誌上歌集をとおしてはじめて本格的に我妻俊樹の短歌にふれ、これから我妻俊樹の熱心な読者になる／なるかもしれない／なるであろう（たくさん誕生することを正直なところ期待している）人々に、将来、異なる角度からの我妻短歌へのアプローチを指摘されることがあれば幸いだし、そんな未来を待ちたいと願っている。

そんな方々にはこの誌上歌集が我妻短歌への入り口として機能してほしいと思っているし、私同様に首を長くして我妻俊樹歌集の誕生を待っていた人々には「結局、とうとう私が動いてしまいました」と複雑な思いで伝えたいし、我妻俊樹氏には我儘につきあってくださりありがとうございますと伝えたい。

また、歌集解説、作家論を引き受けてくださった、

石川美南、宇都宮敦、堂園昌彦の諸氏に感謝する。
この誌上歌集があるべき、あるいはあらぬべき場所へ届くことを祈っている。

アンドロメダ界隈なぜか焼け野原　絶唱にふさわしいルビをふる　我妻俊樹

（「率」十号、二〇一六年五月）

中井英夫・中城ふみ子往復書簡について

「まだオンナノコギラヒ（誰にも内緒のこと）の／Daddy Long Legs」こと中井英夫から「僕のたいせつな／ふみ子へ」――中城ふみ子へと送られた手紙、いや、短歌研究社の「第一回五十首応募作品」（のちの短歌研究新人賞）にて「冬の花火――ある乳癌患者のうた――」を特選に選んだ編集者であった東京の編集者・中井英夫が、北海道で癌に冒されているその新人・中城ふみ子へと送ったごく事務的な葉書が、親密な、「たぐいまれな愛の書簡」（菱川善夫）へと変貌するまで。

戦後昭和短歌史における強力なオーガナイザーのひとりであった。中井の短歌にまつわる主著のタイトルは『黒衣の短歌史』ではあるが、彼自身はその名称や運動に否定的な発言をしてはいるものの、いわゆる「前衛短歌」の歴史において彼の影響力は決定的だった。歌人の・歌人による・歌人のための――というかんむりがつきそうな短歌史のなかで、中井が歌人ではなく編集者であったという事態は、その影響力の質においてもまた特異なものであった。その中井の美学においてもっとも編集がなされた歌人は中城ふみ子だろう。

受賞作「冬の花火――ある乳癌患者のうた――」は、中井の指示によって雑誌発表時に「乳房喪失」に改題され、五十首中の八首が削られ四十二首が掲載された（第二回の募集で寺山修司がデビューするが、このときも中井は作品のタイトルを「父還せ」

から「チェホフ祭」に変えて発表させている）。このの「乳房喪失」というタイトルは後に、歌集のタイトルにもなるのだが、中城は書簡でこれに初め抵抗を示している。「乳房喪失の題名イヤです（5月16日）」「乳房喪失だけはかんにんして下さい／でも何てしたらよろしいのでせうね／あなたがどうしても乳房喪失だとおつしやるならきつと「さうですか」つて私はがまんしてしまふかもしれないけれど。（5月21日）」「乳房喪失の題で結構です。もう覚悟いたしました。（5月30日）」「ねえ二十日には出して下さいね。もうぢき、もうぢきとわたくしがんばつて生きてゐるのに。題は乳房喪失でいいんです。（6月10日）」「「乳房喪失」の題名のよさが／やうやくわかりました。（7月20日）」……

中城が『乳房喪失』という中井が提案した歌集タイトルを受けいれていくまでの推移は、中井・中城の間柄が親密になっていく推移とほとんど重なっている。「中井さんは肥つてらつしやるの？　眼鏡かけていらつしやるの　何だかちよつと知りたいんです。（5月13日・中城）」「僕は、お決りの、痩せて背が高い、といつてさうひよろひよろもしてゐない。寔に残念乍ら眼鏡をかけざるを得ぬ状態ながら何とかして、かけないでゐようと試みてゐる程度です。（…）／／（…）返事を書くんぢやありませんよ、といつてこんな風にお手紙をあげることがすでにもう御病気には悪いに違ひない。哀しくて、うつむいて、小石でも蹴つころがしながら歩いてゐるほかはないんだらうか。せいぜい御返事のいらないやうな御手紙書きます。（5月15日・中井）」「この次ゆつくりお返事書きます／無理しても書きたい位ほんとに中井さんのお手紙好き。（5月16日・中城）」「中井さんに眼鏡をかけてゐるのかとか肥つてゐるのかなんて失礼なことおききしましたが、肥つてなくて安心。／ほんとは眼鏡かけない方が好きですけれどあなたに限りいいことにします――なんて生意気。（5月21日・中城）」「御手紙はやはり僕にも深い慰めです。それぢや話が逆だけれども、いままでの御便り全部鞄に入れて持歩いてゐるのです。それはふしぎな重みで僕を酔はせます。（5月29日・中井）」「何もかも風のやうに過ぎてしまひますわ。もうぢき。わたくしの生涯の最後の部分で中井さんのやうな方にお近づきになれて大変うれしいのです。でも今頃あなたは私の重さに気がつかれたのでせう？（5月30日・中城）」「さつき日本橋の通り、歩きながら、僕がこんな、馬鹿みたいに元気だのにつて哀しかつた。半分、あげたい。（7月5日・中井）」「何て御返事書いたらいいのかなあと思ひます／嬉しくて恐いのですもの／お会ひしたいとこんなに思ひながら片方の気持はお会ひしない方がいいんぢやないかしらと危ふんでゐるのです。（…）／／（…）でもとても元気になりましたから御安心下さい／そしてお会ひしたくない愚かな女らしさを笑つて下さいね。（…）／／（…）会ひたくて仕方ないのに会はれません、今は。／ふみ子が起きて動けるやうになるまで待つてゐて下さい。そしてお手紙と同じやうに楽しいお話を聞かせて下さいね。あなたの何もかもがそつくりわたくしの内側にも入つてしまひます様に。／こんな不遜な書き方も、もうお詫びしなくてもいいかしら？（日付不明・中城）」……

その推移が恋愛のそれに酷似すること……この問題系は、たとえば男性による女性の「書き換え」などそれこそ枚挙にいとまのないそれと相通ずるところもあるだろう。しかし中井・中城間におけるそれは、中井自身の「オンナノコギラヒ」＝同性愛（傾向）も手伝って、ある奇妙な断面をみせる。「二十日迄にゆくといふ約束も果せない。でも色が黒くてひからびちやつて、痩せつぽちになつてゐるから未だ来ちやいけない、といふのは馬鹿げてゐます。だつて僕は仮りに貴女のオデコにもうひとつ眼玉がついてゐたつて、何とも思はない。改めて、告白のやうにいふ必要はないと思ふけれども、いま僕は何の自惚れも、何の躊躇もなく、貴女を愛する、といひたい。そして貴女もきつとさういつてくれるでせう。／けれどもそれは毫も地上的な意味を含んではゐない、好いたとか惚れたとか、女臭い男臭い人間達が繰返すあの風習とはかかはりのないことなんです。

「全き少年の心を以て」、僕は貴女を愛する。お互ひがお互ひにとつて大事な人である時愛し合つてるといつたつてをかしくないもの。／でも或ひは、こんな断り書き、ふみ子は嫌だつていふかも知れない。／むろん何の条件めいたことを設けようとは思ひません、しかし大急ぎで言つてしまへば、既にふみ子の直感が見抜いてゐるやうに、このあしながおじさんは、お金持ぢやあないくせしてやつぱり女ぎらひなんです。すくなくとも、さうでした。これからは、判らない。でもあまり自信はありません。（7月17日・中井）」（…）

「さうしてねえ、「なかしろ ふみこ」つてペンネームになさい。昨日の会でもみんなさう呼んでました。僕もまた未だになかじようといふと、見知らぬ人のやう。（7月17日・中井）」、こうして、タイトルだけでなく、その名前も中井に編集されかけた中城ふみ子は、けれどその死とともに（小説化や映画化もされ）「伝説」となり、神秘化された歌人のひとりになった。その流布している「中城ふみ子という物語」において、中井が果たした役目もまた大きい。「物語」や「神話」はつねに書き換えられる必要がある、たとえ、それがまたあらたな「物語」や「神話」になるのだとしても。けれど、その「物語」自体から脇へとかすかにそれていってしまった、いまだに（そして永遠に？）眠っている声もあるのだろう。……だろう、という希望に似た推測で語ることも、また。

「内緒話ひとつ。「女体喪失だから」とふみ子はさびしく笑つた。その意味を、おそろしい啓示を僕はきく。僕が〝女ぎらひ〟のために、正にそのためにふみ子は乳房を喪つたのではないか、と。／長いお話は手紙でもいけないでせう。これから毎日、一、二枚づつの手紙を書きます。あしながおじさんの報告書です。待つてゐて下さい。／2日夜 英夫／小さな花嫁さんに（8月2日・中井）」七月二十四日、中井は中城に会いに北海道に行った。その後、一九五四年八月三日、中城ふみ子は三十一歳で没した。八月二日の中井のエゴイスティックともロマンティックともいえる手紙は中城に届かなかった。その「内緒話」はすでに現在（二〇一二年）、中城ではなく、その読者である我々に、暴かれているようにも見えるけれども、「東京の長い梅雨も漸く青葉雨となり、次第に空も明るんでくるやうです。言ひたくて言へなかつたことの一切、それももう過ぎたことかも知れません。貴女が軽く眼をつむると、広い野つ原があつて、その涯に黒い影がちろちろ踊つてゐる、叫んでゐるのが見えるでせう。生きてゐなくちやいけない！　それが僕。（6月28日・中井）」、そうして「なかじよう　ふみこ」という「見知らぬ人」に向かって叫び、「それが僕」と中井が言う、「熱たかき夜半に想へばかの日見し麒麟の舌は何か黒かりき（中城ふみ子）」という美しい歌がそれに呼応しないように、その歌を読んでみることもまた、「届かなかった」ことを神秘化しないための手続きとして意味を持つことがあるのかもしれない。

（「率 FreePaper 1」二〇一二年五月）

「率」三号フリーペーパーにおける「東西短歌会特集」に関する前書き

短歌同人誌「率」のブログ中の「率について」のページをクリックすると次のような記述が登場する。

短歌同人誌「率（りつ）」は２００９年に創刊された短歌同人誌「町」（瀬戸夏子、土岐友浩、服部真里子、平岡直子、望月裕二郎、吉岡太朗）の２０１１年解散を受けて、２０１２年に、川島信敬、瀬戸夏子、平岡直子、松永洋平、吉田隼人、吉田竜宇で結成されました。

このページには記載されてはいないが、二号からは藪内亮輔が同人になっている。

ところでこの「率」の前身であるところの「町」の公式 Twitter で管理者である土岐友浩が二〇一〇年十一月二十八日に次のような post を行っている。

早稲田短歌会と京大短歌は、どちらも伝統的な学生短歌会であり、現在も活発に歌会などに取り組んでいます。お互いの交流も盛んで、春は京都で、夏は東京で年2回、合同合宿を催行しています。『町』はそうした中から生まれた同人誌で、東西短歌会の交流の象徴と言えるかもしれません。

実際に、「町」のメンバーは早稲田短歌会出身のメンバー（瀬戸夏子、服部真里子、平岡直子、望月裕二郎）と京大短歌出身のメンバー（土岐友浩、吉岡太朗）のみで構成されている。というのも、「町」結成以前の学生短歌会の趨勢は現在（二〇一三年）と大きく異なっており、各地に存在していた大学短歌会が活動を停止したり、また各短歌会に所属している人数自体が激減していた時期である。そのなかで細々と活動していた両短歌会の有志が集まり、「町」を立ち上げた、というのが実情であった。

しかしながら「町」結成の前後から学生短歌会に所属しているメンバーから公募の新人賞受賞者が続々と誕生し、それに呼応するかのように両短歌会の会員数も急増していき、また、各地で学生短歌会があたらしく立ちあげられたり、休止していた学生短歌会が復活するケースが相次ぎ、マスメディアなどで学生短歌会の活動が取り上げられる機会も増加し、状況はずいぶんと華やいでいるようにも見える。

「町」の解散を受けて立ち上げられた「率」のメンバーは「町」を前身としているという特質のためか現在所属しているメンバーもまた早稲田短歌会出身者（瀬戸夏子、平岡直子、松永洋平、吉田隼人）と京大短歌出身者（川島信敬、藪内亮輔、吉田竜宇）である。とはいえ、藪内亮輔をのぞき、他のメンバーは既にＯＢ・ＯＧというポジションになっている。〈東西短歌会交流の象徴〉として誕生した同人誌の後身として、大きく情勢の変化した両短歌会の現在のあり方は気にかかるところである。

そこで今回は文学フリマが東西で開催されるという機会にあやかって、両短歌会のメンバーをゲストに迎えた特集を無料配布冊子の紙面において行うことにした。関東の方々には京大短歌を紹介するため、関西の方々には早稲田短歌会を紹介するため、東では西の、西では東の冊子を配布することにした。

人選は、早稲田短歌会は直近まで会に所属していた吉田隼人が、京大短歌は現役会員である藪内亮輔がおこなった。

さて、いったい、現在の両短歌会はどのような局面をむかえているのか。

それは、この冊子をいまご覧になっている皆様にご判断いただきたい。

（「率 FreePaper 3 EAST」二〇一三年四月）

反＝Lovers change fighters, cool

――高柳蕗子『短歌の酵母』*

Ⅰ

人の身体は脆弱だ。人はいずれ死ななくてはならない。

人体は強くならず、人は死ななく（ママ）ならないが、それでも歌人は、潰れやすい「トマト」を少しずつ歌語として手なづける。歌人は短歌という詩型の〝端末〟として、微力を奉じ続ける。そのように短歌とともに生きること、拡大して言葉とともに生きることも、人間の生命活動の一面ではないだろうか。

「みんなで育てる歌語　トマトぐっちょんベイベー！――潰れトマトの百年」

Ⅱ

大昔の歌には確かに背後霊となったものがある。おもしろいのは、その霊力が枝分かれし、アレンジされ、さらに新たな着想を見出しながら、今も詠み拓かれて来ていることだ。

短歌というのは長い伝統を持つ詩型であり、優しい背後霊に恵まれている。しかし、霊だけでは歌は詠めない。短歌の生命力は、まだ霊になっていない現在のパワーが注入され続けることによって維持されているのだ。

「題材の攻略 〈時間〉の背後霊」

III

歌の鑑賞では、しばしば、作者という生身の人間の心情などを読み取ろうとし、そこに感動したり共感したりする形で鑑賞文が書かれる。そして、それで大概の歌は鑑賞できる。

しかし、やや挑戦的に言ってしまうと、それは安易で不確かな深読みである。

歌の言葉は、生身の作者の心情などを映しているかどうかは、ちっとも保証しない。してほしくても、したくても、保証し得ない。

読者が感じ取れるのは、短歌そのものの〝身体〟が生身である、という感じまでではなかろうか。

作者のことは見えない。が、少なくとも短歌の〝身体〟は私の目の前にある。

「短歌の身体 身をくねらせる短歌さん」

IV

そもそも、人間の人間たるところとは何だろう。〝人間らしさ〟というものは、かつては個々人に宿るなにやら尊いものだった。〝人間くささ〟というものもあって、これも個人の情動の発露のようなものをさす。

けれども、人間には、こういう強い個の意識を持たずに、なんとなく情報を交換する習性があり、それも人類の際立った特徴だ。

「歌人は酵母菌 醸すカモシカかもしれない」

いわゆるアララギ、およびその系列がもたらした偉大なる功罪のひとつは、ある種の大仰な「人間」賛歌が日本の他の詩型や小説から見てあまりにも異様だったために独自の進化をとげ、またその人間「賛歌」を〝俗〟の領域と接円させることで歌壇と大衆の境目をきわめて周囲から曖昧にみえるそぶりをとり、それによって他の分野からの軽視・軽蔑をある種、開き直ることによって退け、また、はなはだしく切断されているはずの近代短歌とそれ以前の和歌を強引に形式の〝伝統〟というタームでくるという虚飾によって、歌というものが成立しつづけているのだという詐術のしくみを用意周到につくりあげてしまい、またそのしくみ＝システムがあまりにもうまく機能しすぎてしまったため、いまもその誤解＝一方的解釈が世を支配しつづけているということにある。

『短歌の酵母』はおもに四つの章から成り立っているのだが、Ⅰ〜Ⅳの引用はそれぞれの章から一部を抜いてきたものだ。Ⅲの引用部がおそらくいちばん高柳がわかりやすく伝統的（！）短歌の読解に反旗を翻していることが読みとれるパートだろう。いわゆる歌は作者の心のありようであるという共感／私性へのアンチテーゼをはっきりと表明している。

またⅡの引用においてのように、「大昔」の〝伝統〟を「優しい背後霊」という微妙なニュアンスの比喩で肯定しつつも、「しかし、霊だけでは歌は詠めない」と言い、ならばどうやって現代において歌を詠み、また解釈・鑑賞していったらよいのか、というひとつの解答例を本書全体で高柳は示しているわけだが、その姿勢を端的にあらわしている箇所として引用Ⅰ・Ⅳを読みたい。

「〝人間らしさ〟というものは、かつては個々人に宿るなにやら尊いものだった」（Ⅳ）とは、いま歌壇で話題の若手の歌には「人間」としての深みが欠けているという趣旨の論争における反論のひとつ、「昭和」的人間らしさ／「平成」的人間らしさの前者の言いかえのようにも見える。けれど高柳は「平成」的人間らしさに与しているわけでもないようだ――「歌人は短歌という詩型の〝端末〟として、微力を奉じ続ける」（Ⅰ）。どうやら主役は「人間」ではなく「短歌」であるようだ。けれど「人間」は「短歌」の〝酵母〟を通して「お互いの脳内で」「ほほえ」みあう（一二三頁）。このページで〝酵母〟の冠に「たらちねの」という枕詞がついていることに「なるほどね」と一昔前のフェミ的な単純な読解でもって終わらせるのは読者として注意がたりない。

なぜなら「相手が何であれ、安易に愛してはならない。そもそも愛するということは、とても非礼なことなのだから」（九十三頁）。

＊沖積舎、二〇一五年

（「かばん」二〇一六年六月号）

ヒエラルキーが存在するなら／としても

初心者がジャンルにおける年長者から洗礼なり老婆心からの忠告なりお説教なりを受けるのはどんな現場でも当たり前のことかもしれない。そのとき、その初心者がどんな思いになり、そのあとどんな行動をのちのち起こしていくかによって彼／彼女がのちにそのジャンルに対してどんなスタンスをとり、どんなポジションになっていくのか（運やめぐり合わせやタイミングという強大なファクターはひとまず置いておき）はある程度決まってしまうのかもしれないとさえ思うときがある。ちなみに短歌は私の知る限り、この洗礼・忠告・説教が過多なジャンルである。

では、ある程度その初心者がジャンルに馴染んだあと、別のジャンルに初心者としておもむくときは、どうだろう。

文芸ジャンルにおいて、ヒエラルキーは存在する。ジャンル人口、書き手／読み手の割合、売上げ、認知度、さまざまな測り方があるから一概にはくくってはいけないし、人によって受け取り方はさまざまだろうから、口に出して言うべきことではないだろう、私は、たぶんどこかでそう思っていた。けれど、やはり、それはちがうのではないか。

もちろん人によって捉えかたには多少の（場合によってはかなりの）差があるだろうし、例外も多いだろう。けれど、ほとんどの人がうすうすはそう思っていて、それを無視して、あるいはないという前提で話しあっていても埒があかないのではないか、というふうに考えが傾いてきた。

一九七〇年代以降生まれの歌人アンソロジー『桜

前線開架宣言』（二〇一五年）で山田航は「二十一世紀は短歌が勝ちます」と勝利宣言をかかげ、「商業出版される小説の九割は、自費出版の歌集よりつまんないですよ」と挑発するわけだが、むろんこの言説の前提には現在、短歌は小説に負けているという認識があるわけだ。

私は山田の商業出版の九割云々という意見にはかならずしも同調しないのだが、ここで山田がはっきりと勝ち／負けという価値判断をあえて持ち出したニュアンスはわかるような気がしている。一方で文芸において勝ち／負けなどというのは下品といいたい気持ちもわかる。このアンソロジーのスタイルは当然賛否を呼んだ。

けれど、表面上はとりつくろって、それぞれのジャンルのことをよく知りもせず、対談やシンポジウムでなんとなく違いを探りあう、しかも、そこにヒエラルキー間の格差にはおたがい曖昧にふれないまま、などというなあなあな交流がいったい何を生みだすというのだろう。しかも、ほとんどの場合はそれっきりで、それ以後はそれぞれのジャンルへの意識を深めるわけでもない。ただの挨拶、ただの社交辞令じゃないか。

小説―現代詩―短歌／俳句―川柳。

異論はあるだろう。けれど、無意識にこの序列を意識しながらはっきりとは口に出さない人もたくさんいるのではないか。そしてはっきりと口には出さなくてもさまざまな人の発言や振舞のはしばしからそのヒエラルキー意識は漏れているように私は感じる。もっと言ってしまえば、自分の属しているジャンルより下位に位置づけられているジャンルについては無知でいることになんら羞じる気配もない人間が多すぎる。

全員がそうだとはもちろん言わない。

だけど、どうして作家や詩人は、あるいは小説や詩を研究している学者は、短歌や俳句の話をするときあんなにも偉そうなのか。知らなくても当然だという態度を平然ととるのか。なんであんなくだらない小説を書く作家やどうしようもない詩を書く詩人に上から目線で接されなければいけないいんだ？　おまえが凄いんじゃない、ジャンルヒエラルキーが上なだけだろう、こっちを舐めるのも大概にしろ。数えきれないくらいそんな場面に遭遇した。

どうしてそう感じられるのだろう。受け取る側の歌人や俳人のほうにもヒエラルキー意識があるからじゃないのか。

それは相手にもつたわる。伝われば、ますますむこうは軽視してくるだろう。

卑屈になるな。

自分／自分たちがつくっているものに自信があるなら卑屈になるな。

だから、山田の過剰にも思える「短歌が勝ちます」というフレーズをそう読みかえるなら、私は賛成できる。

……私は短歌をつくっていて、しかも短歌のなかでも主流には属しておらず（アララギが苦手であり）、女であり、しかも、小娘である。

簡単にいえば、その結果、私の文体＝思考形態は、被害者面をしながらマジョリティを叩くノイジーマイノリティのものであり（そしてそれゆえに一部から「好感を抱かれやすい」……）――なので、正直、川柳や川柳人と接するときにどうすればいいのかわからなかった。

あんな態度の作家や詩人たちのようには絶対にふるまいたくなかった。可能な限り、川柳を読み、勉強をして（しかしながら……後述するが、川柳というジャンルにおいて勉強するということのむずかしさよ）、緊張しながら第一回川柳ヒストリア＋川柳フリマに参加した。

その結果、――けれど、私はきちんと振舞えたとはとてもいえないと思う。べつの意味で私の態度は卑屈なものだったと思う。川柳というジャンルをまだ自分が全然知らないという劣等感。川柳人の方は短歌の話題をだしてくれるのに、こちらからはほとんど川柳に関する質問しかできない。先日の第二回川柳ヒストリア＋川柳フリマではもうすこしだけましになっていたとは思うのだけれど。

＊

短歌は「座の文芸」だと言われることもあるけれど、仮に短歌をそう呼ぶならそれは「強固な読みの共同体」のことを現時点では指すのではないかと思う。読みの恣意性は極端なまでに嫌われ、統一した（させようとする）読みのなかからそれぞれの価値観をぶつけあわせる、そして「精密で強固な読み」の「共同体」に加入するために短歌史（アララギ中心史観）の勉強を義務づけられる（ムードがあからさまに存在する）。

川柳の「座の文芸」性は、短歌とはまったく性質を異にするものだと思う。そもそも、まず私はサラリーマン川柳やシルバー川柳などにカテゴライズされない、文芸としての川柳が存在していることをつい数年前までほとんど知らなかった。もちろん、短歌や俳句にしたって、そんなものを現在でもまだ真剣にやっていることを知っている日本人だってそう数多くはないと思うけれど、そんな短歌を現在でもまだ真剣にやっている私でさえ、隣接ジャンルであるはずの川柳のことをほとんど知らなかった。数冊のすぐれた川柳句集との出会いと、第一回川柳ヒストリア＋川柳フリマが開催されたタイミングとのめぐり合わせのおかげでほんの少し接近できたにすぎない。

実際、私はほんとうの意味で川柳にまだ出会ってなどいないのだと思う。

全国各地（盛んだったりそうでなかったりの偏りはあるものの）で川柳の句会は開かれ、ほとんどの川柳はその場で発表され、その一部は同人誌（川柳の同人誌をどうやって入手すればいいのか……、私はまだ川柳フリマ以外の方法をほとんど知らない）などに掲載され、さらにそのなかのごくごく一部の例外が川柳句集となる（川柳の句集はどうやって入手すればいいのか……、私はまだ川柳フリマ以外の場をほとんど知らない）が、川柳人は句集を出さないのがむしろ一般的であり、ほんのしばらく前まで出版するにしても生涯に一冊のケースがほとんどだと知ったときは言葉を失った。

多作ならば生涯に十冊二十冊と歌集を出版し、彼／彼女の前期・中期・後期の歌集はどうのと云々し、大量すぎて整理されきっていない歌論のアーカイブ化を求める声があがっている短歌とはまるで別世界だ。

まず、ほとんどの川柳は、残らないのだ。

というよりも、残る／残らないという価値観がそもそもほとんど存在していない。

近代になって、そんな性質を持つ文芸ジャンルがまだ生き残っているということ自体がまず奇跡的だと思う。

ほんの数人だけが知っていて、そしてその人たちとともに消えていった名句がきっとたくさん存在したのだろう。なんてもったいないのだろう、と思うのは、私が川柳人ではないからだろう。川柳においてそれはやはり美質であり、また矜持であるのかもしれない。

それは幻のようなものであり、あるいは、ほとんどUMAみたいなものなのかもしれない。川柳論がさかんにならないのも納得がいく。UMA論というのはオカルト論だろう、オカルト論そのものの魅力はまたそれはそれとして。

けれど、それでも、まだ。

ほんとうに、「知らない」ですまされるのか。すませてしまっていいのだろうか。という疑問がここ数年、私の頭のなかでこだましつづけている。

くちびるは昔平安神宮でした　石田柊馬

キャラクターだから支流も本流も

（「川柳カード」十二号、二〇一六年七月）

man&poet

穂村弘の書いているものを読んでも、退屈に感じるようになった。けれど、退屈に感じるようになったのは、そうはっきりと明確に感じるようになってからもずっと、そう何年という単位で、感じはじめてからもそれまでとおなじように私は単行本を雑誌の座談会をネットの記事を追いかけて読みつづけている。「詩には初恋しかない」といったのはジョン・アッシュベリーだったか、ここ日本という国では詩とよばれるものは、現代詩、短歌、俳句に区分され、棲み分けられている、そしておそらく本当はここに、ポエムと川柳が加わる。「詩には初恋しかない」というフレーズにおける詩を短歌に置き換えれば、私という個人においては、かなり事態は明確になる。つまり短歌における初恋が穂村弘だった私にとって、「短歌には穂村弘しかない」という思い込みから完全に逃れ去ることはむずかしい、ということだ。

けれど、同時期に短歌をはじめた人々のなかの多くには多かれ少なかれ似た思いがあるような気がしている。極論すると、二〇〇〇年代に短歌をはじめるということは穂村弘か枡野浩一かという二択を迫られることだ、という実感さえあった。

もちろんそうではない人々だってたくさんいた。しかしほとんど（とくに歌作の面において）アンチ穂村といっていいような人でさえ、穂村弘が当時流通させたキャッチーな批評用語を平然と使用していたことを私ははっきりと覚えている。

だから、という接続で繋げてしまってもかまわないと思う。いまでもおそらくそのころの多くの人々は彼の発言や文章を追いつづけている。そうではない世代の人々にも、同じことをしている人々もたくさんいるだろうが、ここではそれはいったん置いておこう。

そうだ、私と同じように極論すれば「短歌には穂村弘しかいない」と思い込んでその時期に短歌という詩型に手を染めた人々と話すとほとんどみなが口々に言う、そう、最近の穂村さんは退屈だよね。

けれど、私はそうやって人と話しながら、けれどそのときにやはりいまだに穂村弘というメディアを通して彼らと繋がっていることを感じる。それはつまりコンテンツとしての穂村弘はやはりいまだにエネルギーを保ちつづけていることをやはり意味しているように思う。

二〇一四年五月に『手紙魔まみ、わたしたちの引越し』という、穂村弘の第三歌集『手紙魔まみ、夏の引越し（ウサギ連れ）』に対するトリビュート本が出た。私は自分が所属している短歌同人誌がブースを出しているのでその本が頒布開始された文学フリマにそのときその場にいたし、その本というか、ムックというか、同人誌というか、を買っていた。私がいま所属している同人誌は創刊号から一貫して頒布日を文学フリマの日程に合わせているので、結成以来東京で開催される文学フリマには欠かさず参加しているし、私自身そこで発売されている短歌の同人誌もほとんど買っている。そのせいか、ときおり、文学フリマに知り合いがふらりとやってきたときに「瀬戸さん、おすすめはありますか」と訊かれたりすることがある。狭い世界のことだから、相手の好みはたいてい知っている。だから私は相手に合わせていくつかのブースの名前を告げたりもする。

私が告げたいくつかのブースに向かったのか向かわなかったのか、彼／彼女は何冊かの同人誌を手に持ちながら私が店番をしているブースの方にふたたびやってきた。彼／彼女のその手のなかには『手紙魔まみ、わたしたちの引越し』があった。そして私の隣に座って開いたのは、六十八頁だった。つまり、穂村弘インタビューのページだった。

「結局、こうやって、いろいろ買ってみたりしても、まず、ここから読んじゃう。なんか、やっぱり更新されてないって感覚があるよね」

反論するつもりはなかった。私も彼／彼女とまったくおなじ行動をとったのだから。

（…）作品を作ることと歌人として活動を続けることは、全然別の話だから、才能ある人が残るわけでもない。ある出来事や環境に対する行動パターンの問題として、残れる性格の人が残る。僕はその性格が非常に危うかった。

これは前掲のインタビューから穂村の発言を抜き出したものだが、非常に身も蓋もなく歌壇の事情を種明かししている。私は短歌歴が十年程度の小娘(!)だから、歌壇の先輩方に会う機会があって話をすると(そう多い回数でもないが)、歌歴の浅い小娘は黙っていろという抑圧を受けて発言を封じられたりすることがある、しかし、ここは小娘が勝手にどこか片隅で書いて勝手に販売している小冊子なので好きに言わせていただくが、穂村のこの発言はあからさまに正しいというか、はっきりと歌壇の現状をあらわしていると思う。言いかえてしまえば、歌壇という場所は「いい歌」(という基準は曖昧すぎるかもしれないが)をつくれなくても活躍できる場所である、いわゆる出世するときに「いい歌」をつくれるかどうかはほとんど関係なく、ただ歌壇という場所にうまく適応できた人間が残る、歌壇というのはそういう場所である、ということだ。

しかしながら穂村自身が「僕はその性格が非常に危うかった」と述べているように、もともと穂村は現状の歌壇に適応が容易な資質の人ではなかった。そこでお手本にしたのが加藤治郎だった、というのはこのインタビューでも明かされているしさらに前に「短歌ヴァーサス」でも明言されているのだが、ここで残る問いはふたつ。

まず一つは、それがなぜ加藤治郎でなくてはならなかったのか。

そして二つめ、そこまでしてなぜ穂村弘は歌壇にとどまろうと思い、またいまもとどまりつづけようとしているのか。

一つめ、穂村弘はかなりはやい段階から歌壇における塚本邦雄の凋落を予期していたからではないかと思う。「塚本邦雄から岡井隆への覇権移行完了」(阿部嘉昭)、「塚本さんというひとも、ぼくは比較的近いところにいたんですが、あのひとは途中で工芸的な職人になってしまいました。職人になることをみごとに避けているのが岡井隆です」（高橋睦郎）、――これらの発言に代表されるような現在の趨勢の把握は正しいし、岡井隆の歌は初期よりも、たとえば『鵞卵亭』（一九七五年）以降飛躍的に良くなっている（良くなりつづけている、という意見さえ目にする）というおおかたの意見には私も賛成するが、一方で現時点において塚本が死者となり岡井が歌壇における最重要人物となっている、という事実もきちんと意識しなければならないし、また、塚本後期の、穂村自身が指摘しているその歌における未来予知性（塚本によって歌われたディストピアが現代社会では現実として存在しはじめている）、あるいは〈モネの偽「睡蓮」のうしろがぼくんちの後架ですそこをのいてください〉という歌におけるような軽やかさ、などはまだまだ十全に理解されているとも評価されているとも言いがたい、などと言いたくなる、私は塚本邦雄の愛読者である。

穂村弘は塚本邦雄に私淑していることを公言しているし、やはり塚本の発言を引用することも多いが、この塚本―穂村ラインを仮定したときに一方で浮びあがってくるのは当然ながら岡井―加藤ラインである。ここにニューウェーブ三羽烏と称されることもある荻原裕幸を加え、同時に塚本―荻原ラインと塚本―穂村ラインをならべ、穂村、荻原の態度を比較したときに見えてくるものも非常に興味深いのだが、荻原裕幸についてはいつか機会をあらためて文章を書きたいと考えているのでここまでにとどめておく。

なぜ穂村弘は岡井―加藤ラインをお手本にしようとしたのか。それは、じつは二つめの問いの答えにさしかかってしまうが、歌壇における成功者のロールモデルが結局はアララギ、なかでもとりわけ斎藤茂吉に収斂してしまっているからではないか。それこそ明星からアララギに歌壇の覇権移行が完了し、また、斎藤茂吉が一生をかけて近代歌人としてのプロトタイプとなったこと（華々しい『赤光』でのデビューから晩年の『つきかげ』（一九五四年）にいたるまでその人生における〈私性〉のうねりを引き受けながら名歌秀歌をつくりつづけた）にある。いまでも歌壇はその影響力の圧倒的な支配下にあるといってよく、たくさんの歌人たちが無意識においてかもしれないが茂吉を範とする歌人としての人生プランを設計しているように私には見える。そして、このロールモデルとしての斎藤茂吉を現在もっとも体現している歌人はまず間違いなく岡井隆であり、そしてその次につづくのが加藤治郎である、と穂村は判断したのではないかと思う。

けれど、結局のところ、加藤治郎に穂村弘はなれない。ここが穂村弘の苦しさである。このあたりについては、穂村の短歌や評論ではなくエッセイを参照するほうがじつは伝わりやすいのではないかと思う。穂村のエッセイは不特定多数の女性から好意を寄せられたいという承認欲求がしばしば描かれ、またその自己戯画化がキュートであるとよく評されているが、一方で、きわめてマッチョな男へのホモソーシャル的な憧れがあらわれる。こころみにこの図式を歌人としての穂村に置きかえてみれば、歌作のためにその都度たくさんのミューズを求めながら、一方で理想像である茂吉―岡井―加藤ラインにつながりたい＝〈なりたい〉穂村の欲望を読みとることができる。しかし、ここに加わるには晩成、晩熟の質を持つことが必須条件となる。

穂村はしばしば、「初心者にも名歌はつくれる」「たいていの歌人も第一歌集がいちばんいい」という趣旨の発言をくりかえす。穂村の言うことは間違ってはいない。けれど、この発言を真に受けてはならない。穂村は一方で、自分は晩熟型のほうにむかって歩みだそうとしている。この穂村の態度について非常にするどい指摘をしているのが、じつは岡井隆である。二〇一二年十二月号の「未來」、野口あや子との対談から引用する。

岡井　「マイクロポップ」なんて僕の知らない言葉も出てくるけれど、「棒立ちのポエジー」とか「修辞の武装解除」って、つまり「すっぴんでお化粧しないで出てけ」ってことでしょ。

野口　分からないです。私も。

岡井　短歌ってそんなことないし、それから「棒立ちのポエジー」とか「一周回った修辞のリアリティー」とか「修辞の武装解除」とかってこれみんな修辞にあふれてるじゃないですか（笑）。これ全部見事な修辞ですよ。穂村さんは自分では修辞をいっぱい使ってワンフレーズコメントをやってみなさんを脅しつけてる。で「自分はですね修辞は使わないです、人間もお化粧はやめましょうね」って言ってると同じ。プカプカと煙草を吸いながら禁煙を説いてるのと似たようなもんだ（笑）と私なんかは思うんで「そうかぁ、あの人はこういう世界来ると悪者になるんだ、僕の前ではとてもいい人なのに……」って思ったんだけど。

野口　私は本当にキャッチコピーだと思ってます。

岡井　彼自身の作品て修辞に満ちあふれているじゃないですか。たとえば『手紙魔まみ、夏の引越し（ウサギ連れ）』なんかも修辞のオンパレードですよ。それでいて、自分のことを棚に上げて言ってんだな。「私みたいに修辞の上手な人はいいけど、みなさん下手だからすっぴんでいきましょう。修辞をやめましょう」って言ってるのかな。そうだとすると奥深いひとつの謀略的な（笑）思えてしょうがない。

野口　岡井さんはそういう戦略にシンパシーを感じる……？

岡井　そうだねぇ。シンパシー感じないとは言えないなぁ。

「シンパシー感じないとは言えない」のは、穂村が擬―岡井的にふるまっているのだとしたら、当然といえば当然なのだが、しかし岡井はうまくこの時期の穂村の態度の核心をついていると思う。

そして話がすこしややこしくなってしまうが、この座談会にも登場する「棒立ちのポエジー」「一周回った修辞のリアリティー」「修辞の武装解除」という当時それこそキャッチコピーのように流行した穂村の批評用語、枡野浩一の影響下にあった歌人、あるいは、穂村弘に惹かれながらも穂村的な修辞の使用を避けて歌をつくろうとしていた歌人——そう、ポストニューウェーブと称される歌人たちの歌を評するときに穂村が使用していた批評用語なのである。このあたりのことについては同人誌「町」二号で書き、のちにその文章は沖積舎の『穂村弘ワンダーランド』に再録されたのでそちらを参照されたい（本書「穂村弘という短歌史」）。当時の穂村は自分の作風に近い者ではなく、あえて遠ざかろうとしている者に多く批評の言葉を割いた。おそらくは岡井が指摘しているように、そこに穂村の謀略、というか、戦略があったのだろう、とはいえ。

そのポストニューウェーブを代表する歌人のひとりである永井祐の第一歌集『日本の中でたのしく暮らす』（二〇一二年）が刊行されたときの批評会に私はパネリストとして参加し、私はそこで「永井祐は枡野浩一の子どもであったが、穂村弘が養子に引き取って育てた」という趣旨の発言をした。

当時の穂村弘が歌壇で占めていたポジションは本来、枡野浩一がおさまるべき場所ではなかったのか、という思いが私にはあった。枡野浩一の影響下にあった歌人まで、ほとんど根こそぎ、穂村弘の強烈な修辞力のある批評用語できれいにまとめられてしまった。「棒立ちのポエジー」「修辞の武装解除」「一周回った修辞のリアリティー」——これらの修辞は枡野浩一への評としてもほとんどそのまま通用させることができる。岡井隆は塚本に接近し、そしてのちにニューウェーブやライトヴァースの富を咀嚼し、歌をゆたかなものにしていった。〈他者〉の吸収。『手紙魔まみ、夏の引越し（ウサギ連れ）』における雪舟えま、そして枡野浩一、ポストニューウェーブへの態度はこの穂村の戦略の延長上でとらえることができる。

『手紙魔まみ、夏の引越し（ウサギ連れ）』は文庫版が発売され、文庫版のあとがきにもう二度とこんな本はつくれないという旨のことを書いているが、これは半分本当で半分嘘だと思う。手紙魔まみトリビュート本でも、まみの続きはもう書けないと思うけど、という発言もしているがこれも半分本当で半分嘘だと思う。現に手紙魔まみトリビュート本に穂村は「手紙魔まみ、教育テレビジョン」を寄稿している。つまり、穂村は『手紙魔まみ、夏の引越し（ウサギ連れ）』で獲得した〈まみ文体〉自体はまだ使えるのだ。不可能なのは『手紙魔まみ、夏の引越し（ウサギ連れ）』を発表したときと同じかそれ以上のインパクトのある歌集をつくることなのだと思う。

リアルタイムでのことがまったくわからないので、推測の域にとどまってしまうが、第一歌集『シンジケート』の後、発表した第二歌集『ドライ　ドライアイス』が前作にくらべ不評だったときくし、第二歌集から第三歌集まで十年近く間があいていることを考えると、第二歌集のトラウマから穂村は歌集ごとに必ずその歌集の出版自体が事件になるようなものでなければ出版したくないという強迫観念にとりつかれているのかもしれない。実際、次の歌集はいつになるのかという質問をされるたびに穂村は、それに近い答えをしている（たとえば『短歌という爆弾』文庫版のインタビューでは、次の歌集出版について、「これしかない」というかたちが見えないとだめだ、というような答え方をしている）。

たしかに『ドライ　ドライ　アイス』は『シンジケート』の文体から発展したものとは言いがたい。『ドライ　ドライ　アイス』は〈シンジケート文体〉にとどまっている。そこから第三歌集『手紙魔まみ、夏の引越し（ウサギ連れ）』の〈まみ文体〉への変貌があるわけだが、この予測からいくと、もしかしたら、穂村は〈まみ文体〉を超える次のインパクトある文体もしくはコンセプトを獲得しない限り、歌集を出さないつもりなのかもしれない、というか、出すつもりがないように見える。

つまり岡井的な貪欲さで穂村は次の獲物を狙っているのだと思うが、私見では穂村は雪舟えまというミューズを得て『手紙魔まみ、夏の引越し（ウサギ連れ）』を出版し、〈まみ文体〉を獲得することに成功したが、ポストニューウェーブをミューズとすることに結局のところ失敗してしまったのではないか、と思っている。もともとミューズは女性をさすし（語源までたどればもう少し話はややこしくなるが、ともあれ、カジュアルに流通している意味合いでは、しかしながら、男性をミューズにしている女性作家や、女性をミューズにしている女性作家、そしてもちろん男性をミューズにしている男性作家だっているのだが、それは資質の問題もあるだろう）、ポストニューウェーブのイメージは結局男性歌人に寡占されてしまった印象だ、というかそういう流れをつくったのは穂村自身なわけだけれど。ニューウェーブもすくなからずそうだが、しかし、そのなかで穂村は女性の歌を讃えてきたけれど、それをやめたときに、穂村はそれまでのメソッドを見失ってしまったのかもしれない。

言いかえるなら、そして彼自身の言葉を借りるなら「愛の希求の絶対性」を持って女性を求めながら、けれどその自分の姿に絶望し男性的な男性に憧れていた穂村弘は魅力的だったが、それを捨て、男性的な男性に無理して偽装している穂村弘に私は退屈しているのだという、そういうことになるのかもしれない。塚本邦雄にも少しそういうところがあった。テネシー・ウィリアムズに関する塚本邦雄の複雑な愛憎きわまる文章のことなどが想起されたりもする。そう、穂村弘も素直にテネシー・ウィリアムズの『欲望という名の電車』（一九四七年）のヒロイン、ブランチ・デュボアのようにこう言えばいいのに。

――あなたがだれであろうと、わたしはいつも見知らぬ方のやさしさに頼って生きてきたんですわ、と。

二つめの話をする時間がなくなってしまいそうだから、手短に述べる。

二〇一五年冬実号「詩とファンタジー」の特集タイトルは「詩人になりたかった穂村弘」だ。もうこの特集タイトルの引用だけで終わってしまってもこの話題はいいんじゃないかと思うくらい直球だ。穂村弘は詩人になりたかったが、なれなかった。なぜか？　もちろん様々な要因はある。

けれどわかりやすく分類してしまおう。

日本の「詩」は五種類ある、はずだ。現代詩／ポエム、短歌、俳句／川柳だ。

けれど現代詩――つきつめて言ってしまえば雑誌「現代詩手帖」に代表されるような難解な現代詩を書く者しか現代の日本では詩人とほぼ呼ばれない。一方穂村弘が書きたかったのはポエムだった。穂村弘が『求愛瞳孔反射』（二〇〇二年）という詩集を出版した年の「現代詩手帖」の座談会で穂村の詩集は結局この人は歌人だからだのなんのと言われていたのを覚えている。そのとき、私は「まあ、ジャンルがちがうからなあ」と思った。このジャンル、というのはふたつの意味合いがあった。まず、短歌。そして現代詩／ポエムというジャンルの問題だ。

自由詩と五七五の定型詩のジャンルはスラッシュで区切っても短歌だけは区切らなかった理由が伝わるだろうか。

短歌はジャンル内ジャンルに二者にくらべれば比較的やさしい詩型なのだ（まあ「狂歌」というジャンルが近代に成立しなかったことが大きいのだが）。むろん例外はあるし、どんなジャンルにもあるように「これは短歌じゃない」などと言った罵倒は当然いつでも内部で飛びかっている。けれど、飛びかいながらも、結局、共存がなんとか可能になってしまう、自由で、不自由で、厄介で、おもしろいジャンルだ。だからこそ、穂村は短歌を捨てないのかもしれない。実際この特集のインタビューで穂村弘は短歌におけるポエム性の許容量について長く語っているし、最後に目指しているクリエイターのひとりをきかれて、谷川俊太郎の名前をあげている。谷川俊太郎はいわゆるポエム性が高い詩を書いていながらきちんと詩人と認められている現在日本でほぼ唯一の詩人だ。

岡井隆でもいい、谷川俊太郎でもいい、加藤治郎でもいい。

穂村弘がだれに憧れていようがだれを目指してい

ようが、かまわない。だれでもいいから、わたしは、きちんと穂村弘が穂村弘である穂村弘がみていたい、結局のところそれに尽きるのかもしれない。

「詩とファンタジー」に掲載されていた詩が、穂村弘が最近書いたもののなかで、わたしはいちばん好きだ。

海は知らない
ふたりの頭文字を

（個人誌「like」二〇一五年四月）

斉藤斎藤一首評

アメリカのイラク攻撃に賛成です。こころの
じゅんびが今、できました　　斉藤斎藤

この歌をはじめて見たときには驚いた。驚いて、その十五分後に私が抱いた感想におそらくもっとも近いのは吉川宏志の以下の発言であるように思う。座談会で、吉川は斉藤に一定の評価を与えながらも以下のように発言している。「でもこの「アメリカのイラク攻撃に賛成です。こころのじゅんびが今、できました」なんて歌を読むと、この人はあまり信じられないなと思ってしまう」（「短歌ヴァーサス」六号、二〇一四年十二月）

この人はあまり信じられないなと思ってしまう。斉藤斎藤という人はあまり信じられないなと思ってしまう。この一首は。理不尽な話かもしれない。もし、この歌とほとんどまったく同じ一行が、たとえば小説のなかに置かれていたとしても、このような反応は起こらないのではないか。それは容量の問題というよりも文芸形式の問題だ。小説というジャンルが持っている多声性はこの一行の衝撃力を良くも悪くもずいぶんと緩和させるだろう。しかしこの一行が歌ならば。「この人はあまり信じられないなと思ってしまう」。

「この人は」信じられない。短歌の「声」はほとんどの場合、(それがフィクションという前提にあってさえ)作者の肉声ととらえられる。だから「この人は」信じられない。「この人は」だれなのか。「この人は」斉藤斎藤という。奇妙な名前だ。日本人の名前は、ふつう上の名前(=「家」の名前)+下の名前(=「個人」の名前)でできているのに、彼の(おそらく)の名前はまるで上の名前+上の名前、苗字と苗字しかないようだ。

たとえば。はじめて会った相手に名前を聞く。おそらく答えは返ってくる。「さいとうです」では下の名前は。「さいとうです」不思議なことに、「家」から先に、「個人」のほうへ踏みこんでいけないと錯覚させるように、おなじ苗字が覆いかぶさってくる。私は彼の名前にこだわりすぎているだろうか。しかし彼の名前は奇妙だ。「信じられない」彼の名前は斉藤斎藤だ。「さいとうです」と言われたところで、いったいどちらのことなのかわからない。よって、彼の「声」を聞くときには、そして読むときには、慎重にならなければならない。彼の苗字は「斉藤」、名前は「斎藤」なのだ。彼は、わけのわからないことを言ったりはしない。ただし、慎重にならなければ、どちらのことなのかを取りちがえてしまう。「短歌研究」一月号の時評のタイトルは「口語化の流れを止めるために」だ。タイトルだけを見れば、ああ、また口語派への苦言か、と判断しかけるが、これを書いたのは口語派の斉藤斎藤だ。中身を読めば、この時評はむしろ口語を擁護しているのだ、とはっきりとわかる。といって、レトリックには含みがある。「口語化の流れを止めるために、われわれは口語で歌を詠むべきである」(「短歌研究」二〇一一年一月号)

斉藤斎藤が書いたものを読むときにはそこにある違和感がつきまとう。つきつめれば、その違和感は掲出歌を読んでしばらくののちに抱いた印象と同根のものであるように思う。短歌というヴィークルがそこにさしだされれば、人は多く、そこに乗り、そのヴィークルを使ってある「ひとつの歌」をうたったその歌人の「情」を再体験する／させられる。その歌を読むことでその歌を詠んだ歌人と短歌というヴィークルを通してある感情を共有する。そのヴィークルを通して伝えられた「情」が好ましいものであるにせよ、そうでないにせよ、歌を通してそれが伝達されるということにはかわりがない。しかし斉藤の歌において、短歌というヴィークルはそもそものような装置としては想定されていない。あるいは想定された上で、別のものへとそれを変化させている。知らず知らずのうちに読者をべつの場所へと導こうとする。短歌という形式＝あるひとつの歌＝ある歌人がひとつづきであるようなヴィークルとして斉藤の歌をとらえ、乗りこもうとすれば肩すかしをくらうだろう。斉藤のヴィークルは底が抜けている。

底が抜けているというより、より正確な表現が選ばれるべきなのかもしれない。たとえば永井祐における「そのままであろう」「とどまろう」とするエネルギーによるものと斉藤のそれは異なるだろう。

わたしは別におしゃれではなく写メールで地元を撮ったりして暮らしてる　永井祐

ピンクの上に白でコアラが　みちびかれるように鞄にバッジをつける＊

前者における「写メール」「地元」（あるいは「写メールで地元を撮ったりして」）といった言葉を、世代的な文脈で読むことがまったく無意味であるとは私は思わない。一種の作者の態度表明であるとることも可能であるだろう。しかし、それ以上の文脈をそこに読みこんでいくことは、ある種の神秘化となるのではないか。「写メール」や「地元」といった言葉は「コアラ」や「鞄」や「バッジ」とほとんど同列に扱われている。永井の特徴はむしろそこにあるのではないだろうか。一首の歌のなかに、その言葉が「そのように」「そこに」「とどまる」優しさ（あるいは冷静さにみえるようなもの）がある。

掲出歌における斉藤の態度はまったく別のものだ。それは選ばれたテーマによるものだけでは決してないだろう。「アメリカのイラク攻撃に賛成です。これろのじゅんびが今、できました」というヴィークルに乗せられたときに、激しい違和感を体験し、反射的に「この人はあまり信じられないなと思ってしまう」と感じたとき、その違和感は「この人は」の部分を別のものに転換すべきなのかもしれないというシグナルだと受け止めるべきなのではないだろうか。「アメリカ」、「イラク攻撃」という言葉のあとに、「賛成」という「表明」が続くということ、一文字もそこに書かれてはいないのに、「日本」や「日本人」といった、それが日本語、それも国歌と同じ形式で書かれた日本語であるということによって、作者、そしてこの歌を読んでいる日本語を読む（広い意味での）「日本人」という地盤が持ちあがってくること、それを強制的に意識させられることがこの歌の持つ衝撃力のひとつとしてはたらいている。もちろん、斉藤斎藤の歌がつねに「日本」という共同体を意識しているというわけではない。その共同体、あるいはその文脈は、あるときには「家」であり「社会」であるだろう。この文脈において『渡辺のわたし』という彼の第一歌集のタイトルとその戦略を私は意識させられるように感じる。斉藤はしばしば既成の表現を流し込むかのように定型に落としいれる。しかしそれらが単なる紋切り型の表現や、アジテーションやプロパガンダといった通りいっぺんの言語をすりぬけているのは、たとえば、その（歌人にしては）風変わりな名前の持っているような、奇妙な、二重の社会性からの発語という場を選んでいることにあるのではないか。……ここにきて、私は「この人はあまり信じられないなと思ってしまう」とは、ある角度から見れば、この上ない賛辞なのではないかという可能性に気づく。しかし、私は既に掲出歌を見た十五分後の世界にはいない。とするのならば、むしろ私は「その後」の印象に、さらに言葉を費やすべきであるのかもしれないが、いまの私はその場所からは遠いところにいるようだ。「その後」のことについていつか書くことができれば、と思いつつ、ここでいったん筆をおきたい。

*永井祐の引用歌は「短歌ヴァーサス」十一号（二〇〇七年十一月）より

（「早稲田短歌」四十号、二〇一一年三月）

渡辺松男一首評

馬に馬背後から重くかぶさりて　霊たり霊たり
馬は濃きなり*

世界を濃淡で識別すること。世界の輪郭を線でとらえないこと。

（たとえば――
うすくこき野辺のみどりの若草に跡までみゆる
雪のむら消え　　後鳥羽院宮内卿）

その筆跡の極端な淡さ、呼吸だけでできているような歌は、同質のもの同士を寄せあつめながら、その質感の濃淡を読者につたえる。

よって

馬を洗はば馬のたましひ冱ゆるまで人戀はば人
殺むるこころ　　塚本邦雄

のような断絶、桎梏を志向しない。だから《霊たり霊たり》も

疾風はうたごゑを攫ふきれぎれに　さんた、
ま、りぁ、りぁ　　葛原妙子

の《さんた、ま、りぁ、りぁ》のような、不気味な啓示のようには響かない。

《馬に馬》をまなざす視線に《霊たり霊たり》という、それを指差すリフレインが、《背後から》《かぶさ》る。その位相が《馬は濃きなり》という認識まで手をつないで読者を連れていく。ここでは生／死

の別は強固なラインではなく、それぞれが色の混じりあったグラデーションになっている。それは作者の歌集を読んでいくと感じられるように、動植物と人との境界も同様であり、その境界を曖昧にただよう気配が、一首一首にほとんどひとつの「やさしさ」として息づいている。その韻律に強引さはなく、すっと手を引かれ、ある岸辺にふと立たされるようだ。

＊渡辺松男『自転車の籠の豚』（二〇一〇年、ながらみ書房）

（「早稲田短歌」四十一号、二〇一二年三月）

「京大短歌」十七号作品評

「ロングトーン」　廣野翔一

液晶の向こうで鷹が閃いて僕の修辞を掴んで消えた

崩れ去る一本の塔の艶やかさ　リノリウムの音は縦に薄れて

〈鮮やかな街〉、〈閃〉く〈鷹〉、〈崩れ去る一本の塔〉……。ロマン主義的な全能感の、その裏に貼りついた挫折への甘い情感がくりかえしあらわれる。それら〈鮮やかな街〉……、それら〈鮮やかな街のすべての直線〉を歪めてしまうための霧雨〉……、それら〈鮮やかな街のすべての直線〉が消えていくもののほうに向かって、〈歪めてしまうための霧雨〉＝「修辞」は何度も挫折していく。〈リノリウムの音は縦に薄れて〉という修辞は、そこにたしかに爪痕を残そうともがいているように感じられる。手に入らない、手が届かない、その淡い焦燥感はひとつの王道でもあるだろう。しかしその王道の手法は、やや変化というものそのものを愛しすぎているきらいもあるのではないか。その甘い挫折のためにあらわれる変化に、歌の世界はかならず挫折を強いられる。その焦りは魅力的な武器ともなりえるだろう。けれどそうではないただひとつの歌が逆説的に顔をあらわしてくるようでもある。
〈隣人の感情のまま秋風は煉瓦造りにしんと寄り添い〉

「雪の狭間」小林朗人

ため息が小さくこだまをなす町でベルファスト
への空を見上げる
初雪が地面に迫るスピードで今しっとりと言葉
が届く

一握の、それも強すぎない力で、一首一首がその作者のてのひらで、その感情のときどきの力加減でつくられているような連作だ。内省的である。しかし内省的であることのナルシシズムが比喩にあらわれているほどには迫ってこない。それは比喩のような、言葉の表層よりも、その基底となっている、そのうちにくぐもってきこえてくるような作者の声そのものの朴訥さのほうがより浮かびあがってくるように感じられるからであるのかもしれない。たとえばそれは〈信じてることなんてないベランダにひとつぶ落ちた雪いつのまに〉の〈いつのまに〉かくずれたクリシェと韻律のすきまに、〈理不尽な寒さをコートに抱き込んで嫌いな人の口笛を聴く〉といった、ふと、というポーズを装ったようにもあまり感じられない瞬間に、〈嫌いな人〉に対する無防備な感覚の露呈(聴覚という閉じられない器官に他者のナルシシズムを許すこと)と〈理不尽な〉といった自身の存在への強い意識とが同居している奇妙さのなかにみえてくる。その声にもう少し耳をすませてみたいという気持ちが湧く。

「猫に欲情」巴長春

雑踏は通りすぎていくだけなのです　川がさら
りと流れるみたいに
別れ際この手にふれた風ならばマイフェアレ
ディを探せるかしら

「猫に欲情」している私、という省略を思わせるタイトルは、この連作を読みすすむうちに、わたしの「猫に欲情」せよ、という命令を思わせるようになり、「わたし（＝猫）に欲情」せよ、という挑発へと変化していく。〈裏路地をしゃなりしゃなりと行く猫に翼をつけて飛ばせてみたい〉という一首目の主体（＝猫に欲情している）の語りだしが、〈この路地の道の狭さはちょうどいい　柔らかければもっといいのに〉〈唾液って汚いものじゃあないのよ、ねぇ知ってましたか人間のあなた〉といった猫（＝主体に欲情されている客体）の語りとがいちはやく接続されるからである。つまり猫の媚態と主体の媚態が絡まったかたちで提出され、欲情される客体を示す矢印が語りの揺れのなかで同様に揺れるからである。ただその装置は〈人間のあなた〉といったややぎこちない技巧によって支えられているため不安定である。むしろ掲出歌のような、欲情にふれた「その後」を思わせる歌のほうに魅力が出ているように思われた。

「四季のあしあと」延紀代子

満月のあかりに溺れゆくようにこおろぎは鳴く北の空へと

冬空の星の数ほど永らえてほしい　父の声のかぼそさ

意外性の方へ、意外性の方へとジャンプをしようとしている気配が感じられた。〈壮大な嘘をついたね　おるがんにもたれている子の両手まっくろ〉という連作一首目の後半にそれは顕著だ。しかし、〈壮大な嘘をついたね〉という初句と二句は後半の幻想へのジャンプを阻んでいる。あるいは抑制しているのだろうか。現実と幻想に手を繋がせること、橋を架けるような歌へと手をのばしたのだろうか。〈壮大な〉という初句は大きく振りかぶっているように見えて、てらいや躊躇いのようにもみえる。掲出歌一首目はその接続がもっとも自然で巧くいっているように見える。掲出歌二首目は与謝野晶子の本歌取りだろうか。〈かぼそさ〉という終わりにも躊躇いがみえる。むしろこちらが作者の美質であるのかもしれない。けれど、それは「迷い」とは別のものであるべきだとも思う。

「冬暦」大森静佳

その眉をおもうのだろう　年老いたわたしは雪
降る鳥の窓辺に
細雨がソーダブレッド湿らせて日々はひかりの
縞とおもえり

結句の後に細く渦巻いて消えていくような不思議な余韻がある。歌そのものが、細い数本の糸をつづけて縒られたようにつくられている。その糸のつづきが結句の下にまで続いているように幻視されるからかもしれない。掲出歌一首目、入りが淡い。村木道彦の名歌〈するだろう　ぼくをすてたるものがたりマシュマロくちにほおばりながら〉の系譜につらなるような、すこしずつ主体があらわれてくるタイプの相聞歌である。主体は遅れて（〈年老いて〉）歌のなかに入ってくる。だからだろうか。下の句が強い。〈合歓の辺に声を殺して泣いたこと　殺しても戻ってくるから声は〉、この〈殺しても戻ってくる声〉、一度おし殺された主体の感覚が半歩遅れて入ってくるこの感触は大森の特徴だと思う。この半歩遅れた主体の感覚が、結句以降に歌がまだ半歩遅れて続いているような余韻をもたらしている要因のひとつではないだろうか。

「鎮魂集」藪内亮輔

魂《たましひ》といふ字に鬼はひそみつつ尿《いばり》いろなる夕焼け
が来る
星までは見えぬ視力がしんしんと知識のなかに
星を浮かべて

強い既視感と強い意志はこの連作においては同義

なのだろうか。「既視感」というタームそのものは批評の言葉として低劣であろう。けれど筆者はここで既視感という言葉を挑発的に使っているわけでも軽んじて使っているわけでもないことをご理解いただければと思う。たとえば吉川宏志におけるようなその技巧を咀嚼しようとしているようにも見える、野心的でさえある素振りが、低いトーンのなかに潜んでいる。〈魂といふ字にひそ〉む〈鬼〉とはその謂か。〈星までは見えぬ視力〉という〈喩のレベルで読めば〉韜晦（のように見えるもの）もまた、その気負いの気配をつたえている。〈ひとだまを詠ふは自然詠なるか空見つつ夜の橋を越えたり〉という、上句の、ある意味ではストレートすぎるようにさえ見えるような意思表示の先の、〈夜の橋を越えたり〉という強い意志に見えるものの存在に期待したい。

「starry telling」　笠木拓

青鷺、とあなたが指してくれた日の川のひかりを覚えていたい
まばたきで数えはじめよ星空の生まれてからのすべての虚辞を

たとえば〈川のひかりを覚えていない〉という断絶ではなく、〈川のひかりを覚えていたい〉というかすかな希望を託すこと。たとえば〈まばたきで数えはじめよ〉というはかない命令から歌を詠みはじめること。それら、存在の淡さを伝えようとする連作である。しかし韻律の弱さと、魅力であるところのその淡い気配、そしてモチーフの過剰さがややうまく噛みあっていないところがみられた（〈言い差して言い差して綻びそびれ唇はボタンホールのようだ〉〈何度でも泣き止んでくれますように背中に雪の降り遠ざかる〉など惜しい。韻律がやや尻すぼみになる傾向があるのではないか）。けれど全体のトーンを覆う「甘さ」は得がたく、貴重なものである。その声調とその言葉が一致するのを待ちたい。

「存在の制度」　吉岡太朗

真夜中の赤信号のそのたびに美貌を晒すこのあめつちは
かすったりあたったりするばかりにて風と握手をしたことがない

短歌研究賞を受賞した「六千万個の風鈴」というSF的な作風からその経歴を出発させた吉岡が、この連作のような作風へとシフトしつつあるのは意外のようにも思えるけれども、一方で「六千万個の風鈴」の魅力がそのガジェットではなくそれを扱う手つきの人間的なぎこちなさにあったことを思えば、そう驚くことでもないのであろう。掲出歌一首目はその系譜を比較的受けついでいる歌である。掲出歌二首目の〈かすったりあたったりするばかりにて〉という身体感覚は〈左手でふれているのか左手にふれているのか手を合わせつつ〉（引用者註：詞書を省略）のような歌とも通底している感覚である。ものと自分との境界が一瞬消えたように思えながら、それが錯覚にすぎないという意識が行きつ戻りつしてくる感覚。SFとの親和性、そしてこの自然との融合、また違和感を読者に与える感性は宮澤賢治のそれを想起させる（吉田隼人の吉岡論「万個とまんこ」〈「早稲田短歌」四十号、二〇一一年三月〉における本歌取りの指摘など）。

「君が持っているもの」　矢頭由衣

帰り道知らないけれど夕焼けを持て余すべく急いで君は
どちらにも付くわけでない針見つめ土曜の夜をゆらゆら歩く

ぶっきらぼうな、あるいはクールな印象のある連作である。それは掲出歌一首目〈帰り道知らないけれど〉や、二首目の〈どちらにも付くわけでない〉ような助詞抜き・助詞飛ばしや、ぎくしゃくとした言い回し、因果関係の見づらさに起因することも大きいだろう。その一方で〈持て余すべく急いで君は〉〈ゆらゆら歩く〉など、前者のような省略のない箇所では言葉数を費やした表現がみられる。奇想の類はほとんど見られず、意外性や発見をひとつ置くことで読者を唸らせるような歌もほとんどないにも関わらず、その一首一首に断面がみられるように感じられるのは、前者と後者が認識の緩急を生むからである。アンバランスさであるとも言い換えることができるだろう。当然ながらそれは魅力にもなりうるものでもあれば、瑕となることもありうるものでもある。

「未決定の旅」三猪忠典

秋風がまた一枚の透明を重ねて木々は身震いをする
クリスマスが近づいた朝、まつの木は輝かぬ星を頂いている

いわゆる「目のよさ」が発揮されている歌が秀歌となっているようだ。掲出歌一首目の季節の変節のとらえ方、二首目における〈クリスマスが近づいた朝〉という認識や〈輝かぬ星〉という発見など。その感覚の鋭さに特化されすぎた歌（〈借りている本の頁を繰るたびに現れる黒髪を口で吹く〉〈両耳を塞げば聞こえないだろう嫌な言葉も励ましの言葉も〉など）はややナイーブすぎる印象があるが、〈傾げてる首の左右を入れ替えて到着を待つ鈍行の旅〉〈郵便の配達員の足音が隣の家まで来て遠のいた〉などの感覚と同根でもあるのだろう。「目のよさ」とともに、これらの歌に見られるような感覚を通した遠近感をとらえる感覚も読みどころになっている（この遠近感が、〈輪になって喜ぶきみを座り込み見ている僕は遠くへ遠くへ〉という歌にはよりストレートに表れている）。しかしながら、予定調和に流されることが多い結句を惜しく感じた。

（「京大短歌」十八号、二〇一二年）

彼らと彼と彼らについて

——『クズとブスとゲス』*映画評

　まともであることもまっとうであることの価値も、——価値だなんていうのはそれぞれの時代や場所や評価軸によってたやすく変動する、相場みたいなものでーーだからたとえば十九世紀に「Much Madness is divinest Sense — / To a discerning Eye — / Much Sense — the starkest Madness —」と記したエミリー・ディキンソンなどのようにはもちろんいかない、二十一世紀の日本では、狂気は「聖性」というよりも「滑稽」と親和性が高い。ただし、「滑稽」のほうに舵取りをしながら、まっとうに狂うこともできることもできるのだと、この映画は、意外なくらいに誠実に、訥々と語りかけてくるようだ。

　この映画に登場するのは、女を拉致監禁して裸の写真をとって強請る男、借金の肩代わりに女をデリヘルにおくる男、映画全体を支配するドラッグやヤクザ、みみっちい私利私欲のために足を洗っていた大麻の密売や運び屋稼業を再開する男たち。そんなふうにこの映画の輪郭をたどってしまえば、おそらく、あまりにも類型的だと感じる人もいるだろう……そう、輪郭やあらすじだけを辿るならば。

　——しかし、……ところで、この映画のタイトルは『クズとブスとゲス』だが、ところがこの映画に「ブス」は（すくなくとも「クズ」や「ゲス」と同列に扱われるほどの存在としては）登場しない。登場するのは超のつく美女ではないにせよ、ほとんどがそれなり以上に美しい女たちだ。ここでつかわれている「ブス」という言葉は、いわゆる客観的な美醜の基準ではなく、男が女が自分の思いどおりに動かないときに発する罵倒語としてのそれである（主人公であるスキンヘッドの男が、食事をしている女の隣に座り、いつものように、口説き落とす……というよりもほとんど威圧・脅迫しながら、クスリでも使って、つれ帰って裸の写真をとり、金を強請ろうとしているところを、一度だけ店員に阻止され、失敗するシーンがある。そのときのリーゼントの男の豹変ぶりがもっとも端的にこの映画における「ブス」の在り様を示しているといえるだろう)。同様に、「クズ」や「ゲス」がそれぞれ、スキンヘッドの男、リーゼントの男、ヤクザの男、あるいは……と誰のことを指しているのか考える必要などはまったくない。このタイトルは、屑で下衆な男たちが女を媒介にしきりに感傷的に血を流しあうきわめてホモソーシャルかつロマンティックな映画であるという、語呂遊び、自嘲めいた、男たちの、複数的なひとりごとであり、かつ主演・監督・脚本を担当している奥田庸介の倫理的態度表明でもあるだろう。

映画の終わりに、スキンヘッドの男とリーゼントの男は、それぞれ別に、ヤクザの支配下である町から出ていくことを選択する。けれど、それぞれの旅立ちに清涼感はない。むしろ深い諦念がある。

スキンヘッドの男とリーゼントの男の間に位置する、バーの男は自分の女が妊娠している。それゆえに、スキンヘッドの男に「もう自分たちは若くないのだから」と諭し、危ない橋を渡ることはもうやめろと忠告する。

あるいはスキンヘッドの男がヤクザに目をつけられるきっかけになったのは、ヤクザの管轄下にある女に手をつけてしまったことだが、そもそものところこの女は、別の男と駆落ちするつもりだった。その女にスキンヘッドの男が運悪く当たってしまったことがこの物語の発端となるわけだが、この映画の冒頭はその駆落ち予定だった男がバーで泣いているシーンからはじまる。結局、妻子を選んでしまい、女を捨てた自分の不甲斐なさに酔いながらバーのテーブルに突っ伏している。

そして、ヤクザの男。スキンヘッドの男とリーゼントの男の町で問答無用に最強であり、この男の存在ゆえにスキンヘッドの男とリーゼントの男が町を出ていかなければならなくなった。しかし、このヤクザの男は死んだ女との間にうまれた、ハンデを負った、口をきかず心を閉ざしている息子とのコミュニケーションがまったくままならず、途方にくれている。『クズとブスとゲス』とは「自嘲めいた、男たちの、複数的なひとりごと」だと書いた。つまりこのスキンヘッドの男とリーゼントの男と、それ以外の男たちはじつのところ、姿はちがえど、等価なのである。スキンヘッドの男とリーゼントの男たちがしがらみにまみれた町から、彼らだけが抜け出し、唾棄すべき他の男たちとは違い、屑で下衆な己の道を貫いて生きていったのだと観る者に思わせるには、この映画はあまりにも、他の男たちにもやさしく寄り添いすぎている。他の男たちは、スキンヘッドの男やリーゼントの男のあり得たかもしれない／これからあり得るかもしれない男たちの姿でもある。

冒頭のシーン。

妻子を持ちながら、浮気した女に溺れ、それでも結局のところ妻への愛を選び、愛人を捨てたことに号泣する男。

「女は麻薬だ。歯止めがきかない」

女（「ブス」）＝麻薬。この映画において屑で下衆な男たちを破滅の連帯へと導くもの。

「私は病気です。うそつきです。頭がおかしいんですよ！」

そう言って泣きわめく男を、バーの男（スキンヘッドの男とリーゼントの男のあいだを繋ぐもの）が肩を叩いて、慰める。

彼ら（この映画の男たち）は、つねに、いつも、「その場しのぎ」を重ねていく。その場、その場の「その場しのぎ」は負債のようにつもっていき、彼らはつねに追いつめられ、行き場をなくし、なくしつづけていく。

スキンヘッドの男とリーゼントの男（正確にはリーゼントの男とその女）はこの町を出てく。

女は、リーゼントの男に自分もいっしょに行くと語りかける。ふたりはともに町を出ていくだろう。

けれど、冒頭。妻子を持ちながら、他の女に溺れた男は、女にむかって一度はこう言った。

「遠くへ行って、ふたりで暮らそう」

けれど、その約束は果たされなかった。リーゼントの男と妻子持ちの男――「彼ら」の呻きは重なりあう。「その場しのぎ」の約束はおそらく、またきっと破られるだろう。

主役のスキンヘッドの男。

「私は病気です。うそつきです。頭がおかしいんですよ！」

頭がおかしい――狂気にとりつかれ、まともになれず／なろうともせず、渾身の力で「その場」を「しのぎ」つづけ、惨めでも、虚勢を張ることを忘れず、まじめに、まっとうに狂いつづけながら、生きつづけること。

まっとうに狂いながら、生きつづけろ。

そう、自分自身に命令しつづけること。

この映画に残された光のようなものは、それだ。

＊監督・脚本・主演：奥田庸介、二〇一五年公開

（「映画芸術」四五六号、二〇一六年七月）

輝きの代価さえも美しいのなら、あなたたちは処刑に値するのかもしれない

――小林エリカ著『彼女は鏡の中を覗きこむ』＊書評

彼女は鏡の中を覗きこむ。ゆっくりとふたりの唇は近づいてゆく。私は目を閉じる。本物か、偽物か。元号はまだ大正だ。それから私はゆっくりと後ろを振り返る。知っている。私が子どもの頃に使っていた部屋は階段を上がった突きあたりにあった。私がいつもより階段を深く降りてみようと考えたのは、その地下から仄かに漏れ出す光が見えるように思えたからだった。太陽の光を見ることになるだろう。彼女の母が死んだのは、地震のせいでも、放射能のせいでもなく老衰で、クリスマスの晩のことだった。隣にいたのは誰だろう？　生前、唯一父が母に買い与えたものが宝石だった。その宝石は、仄かな燐光を放って輝いていた。ダイヤモンドにはラジウムをあてるといい。もう仏になってるけどね。一九二九年。来年なんて、次の夏なんて、本当に来るのかし

ら。ママが突然死んだように、私たち家族の誰かひとりが来年にはもういないかもしれないのに。まだおばあちゃんが若かった頃、外国の大統領が絞首刑になった映像が流れたとき、それを見た子どもたちが何人もそれを真似して、首吊りになって死んでしまった事件があった。いつか大人になったら、あなたも大人になったらきっとしたらいい。本物と偽物の違いはいったい何だろう。それに一昨日は、東京大空襲の日でもあった。全ては伝説になってしまうのだろうか。それから男はゆっくりと目を開ける。私と男の視線が交わった。男の目には睫毛《まつげ》がなかった。その胸元には宝石があり仄かに発光しているように見えた。「何してるの?」「ヘレンケラーゲーム。」夏。あれから私たちは海へ行ったのだったかしら。「ママには内緒だよ。」「うん、針を千本だって万本だって飲むよ。」彼女は死んだ。私が偉くなれなくても? 偉くなれなくても。大事な人になれなくても。今自分がいったいどこにいるのかさえわからなくなってくる。ゆっくりと手を伸ばし、そのひとつひとつを指先で確認するが、その指が離れた瞬間から、また全てが不確定になる。通り過ぎてゆく人たちの会話が耳の奥に聞こえる。大切なものはどうしてみんな燃えてなくなってしまうのだろうと思ったら哀しくなって涙が溢れた。本物と偽物の違いはいったい何だろう。「ぼくは死ねないから。」「じゃあなんか死なないって証拠を見せてよ。」「ママには内緒だよ。」「命に比べたら、宝石なんて安いもの。いくらだってくれてやるわ。」「海。」「海。」夏。彼女はゆっくりと目を開け、太陽の光を見る。日出処。いま。今。月を背に歩く。その胸元にはかつてのように大きな宝石があった。私は話しかける。ひとりきりではない。隣にいたのは誰だろう? 炎は燃えて燃えて燃えさかり、それは決して消えない。一〇〇年後にも一〇〇〇年後にも? 一〇〇〇〇年後にも。

（全文、本文の引用から成る）

（「文藝」二〇一七年夏季号）

＊集英社、二〇一七年

Ⅲ インタビュー、ブックガイド、日記

瀬戸夏子ロングインタビュー

インタビュアー＝大村咲希、永井亘
二〇一五年一月十七日、早稲田大学学生会館E714にて収録

ランダムさについて

大村　瀬戸さんの最近の短歌的活動の中で、Twitterの短歌bot（@tanka_bot）が特に印象的でした。近代からポストニューウェーブ以降の歌人まで網羅する視野の広さや、収録歌数など、他とは群を抜いているように思います。botを作るに至った経緯をお教えいただけますか。また、選歌の基準についてもお伺いしたいです。

瀬戸　botはね、私のこと知らなくても「(短歌bot) の人」みたいなふうに思われたら嬉しいかもな、くらいに、やっていて楽しい。つくった経緯は、そもそも私がbotを作る前からわりと短歌のbotって結構あって。興味深く見てはいたんだけれど。まあ、誰がこういうのをつくっても選歌に偏りは出てくるんだよね。で、私なりの好みの短歌のbotをつくってみたくなったという。あと、たぶん意識としてあったのは、私は学部の二年生から短歌を始めたんだけど、それというのも、実家がすごく田舎だったので、歌集自体にアクセスがほぼできなかったので、いま同じような境遇で、読みたくても歌集を手に入れるのが難しいけれど読みたいという人に届け

たいというのがあって。歌集って、一部をのぞいて入手がすごく難しい。近代歌人の文庫とかは手に入るだろうけれど。私の場合は、それこそ現代歌人だと、商業の流通に当時乗っていたような、穂村弘や枡野浩一、俵万智の歌集は入手できたけど、それ以外にアクセスするのってできなくて。当時、中高生の頃にはすごく興味があったけど、どこを探してどこを読めばいいのやら……、みたいな感じで、私の家はパソコンもなくてインターネットの世界にも接続できなかったし。いまはインターネットも普及してるし私みたいな人は潜在的に結構いるんじゃないかと思っていて。私は、(早稲田)大学に入って、ここは短歌会の歴史がとにかく長いので部室や大学図書館の蔵書に助けられてたくさん読めたし、古本屋街も近いから、そこでも歌集をたくさん買った。はたから見ていて短歌のbotにそれなりに需要があるというのはわかっていたので。こう、私の部屋のなかの物理的に手に取りやすいところに置いてある歌集とかから入力をはじめていって(笑)。どんどん色々増やして、こういう歌や歌人がいるとかね……好みは人それぞれだと思うから、いろいろ入れたいなというのはあって。だから、私はbotの数が多ければ多いほどいいと思っている。数というかそれぞれのbotに入ってる短歌の種類かな。いろんな人が作れば全然違うbotになるから、私のbotでぜんぜん短歌に興味がわかなくても、他のbotで興味を持つ人も増えてると思うんだよね。だから自分のbotは、やっぱり昔の自分に向けて、歌を紹介してるみたいな感じもするんだけど、やってて(笑)。

永井　たとえば若手の歌人とか、ネットだけで歌を出している人や、ハンドルネームしか分からない人の歌なども多く含まれていると思うんですけど、同時代の方の歌を入れることを意識していますか。

瀬戸　もちろんいま絶版になってる歌集でなかなか読む機会がないだろうけれど、私が偶然持っていて、そのなかのもの凄い歌とかもたくさん入れたいという意識も強いんだけれど。やっぱり、同時代の人の短歌を見てそれに反応する人って多いと思う。例外も少なくないと思うけれど。やっぱり今の最前線の歌っていうのは入れた方がいいと思う。へえ、いま、こういう短歌もあるんだという反応は、私自身も見ていて面白いし、もっと反応を知りたいな、と。

永井　「町」五号で全員名前を記載せずに歌集を作る企画があったと思いますが、似た印象をbotに抱きました。作者を離れて歌が一首一首立ち上がっていく感じというか、作者が誰かというよりも短歌自体の面白さにフォーカスしているように思いました。

瀬戸　ああ、たしかに私は連作主義者ではないね。それは言えることで——五号は私の企画ではないので、そこは少し趣旨がずれるかもしれないけど——。そうだな、歌集を読んでbotに歌を入れるときに、これは文脈というか、連作の中でないと生きないな、と思う歌はやっぱり外して選ぶ。それに、やっぱり短歌のbotが流行ったのは——Twitterの字数制限が増えるかもしれないという噂はあるんだけど——あの文字数でポエジーをぱっと摂取したい人が結構多いんだろうなと思う。そう考えると、連作はやっぱりbotだと長い。今のTwitterの文字数では連作が物理的に入らないというのはあるけど、それとは別に、私は文字数が増えても一首一首という形式を変えるつもりはない。そういった傾向はあるかもしれない。

永井　選歌をする際に、瀬戸さんの中で名歌の基準があると思うのですが、もし選ぶ基準があったら教えていただけますか。

瀬戸　いわゆる一般的な代表歌や名歌は、そういうのをやっているbotがあるのでおまかせしようというのはややある。たまに人とbotの話をするときに、私の選歌が独特だと言われることがあるんだけど、ただ、私はそこまで奇抜な歌を選んでやろうとか、そういう意識はあんまりないんだけどな。まあ、そんなに知られていないけど自分の中では超名歌だと思っている歌を入れるのは楽しいし。そういうところが、なのかもね。

永井　一首一首でここがどう、というのではなく、最初に読んだ段階で、直感で良いと思った歌を入れる感じですか。

瀬戸　さすがに歌の評を言うとか、評論を書くとなるとまた別だけど、基本的にはファーストインプレッションで、おっと思った歌を、ぱっと引いちゃうかな。フィーリングで。新しい歌集や総合誌、それから学生短歌の機関誌とかを読むときは、ほぼ読みながら同時に入力してる。もともと持っている歌集とか何回も読んでいる歌集とかに関しては、迷わずにこれとこれは入れようという感じの歌ももちろんあるけど、数年前に読んだころとはやはり私も変わってるのでちがう歌も入れたくなったりね。

永井　読み直しながらbotに歌を入力する場合は、歌集順とか年表の時系列など、入れる順番は決めていますか。近代短歌から入れようとか。どういった感じなのかなと。

瀬戸　その辺は本当に雑で。さっきも言ったけど、私の本棚の蔵書の手の届く位置から、みたいな感じ。もし近代短歌とか、与謝野晶子の歌集から順に入れていっても、結局入力順に出てくる設定にしないと順番には出てこないし、その設定にするつもりもなくて。botの面白いところのひとつはランダムさだと思ってて。だから、そういうところはあまり意識していないですね。

永井　わりとランダムに良い歌がでてくればいい、みたいな。

瀬戸　そうだね。時代順に歌を入れて近代から始まり、前衛、ニューウェーブという風にしても、出てくる順番は、前衛、ニューウェーブ、近代の順だったりするから。たとえば近代短歌にはまって始める人もいれば、今だと木下龍也や岡野大嗣の歌に惹かれる人もいるだろうし、繰返しになるけど、それって好みなので、botのランダムさとかも、そのときに何が飛び込んでくるのかという、事故というかアクシデントというか、そういうのがいいと思ってる。斎藤茂吉の歌に惚れる人がいてもいいし、穂村弘の歌をいいなと思う人もいてもいいし。誰にどんなふうに事故が起こるかわからないじゃないですか。届くとか響くとか。

全てを踏む

大村　「率」創刊号に掲載された「手紙魔まみ、夏の引越し（ウサギ連れ）」、「「奴隷のリリシズム」（小野十三郎）、ポピュリズム、「奴隷の歓び」（田村隆一）、ドナルドダックがおしりをだして清涼飲料水を飲みほすこと」などのタイトルや、「The Anatomy of, of Denny's in Denny's」などにおける本歌取りの多用など、瀬戸さんの短歌作品からは、短歌史を睥睨する意図が感じられると思います。また、それらを歌集として一冊にまとめることで、短歌史を収斂しようとする意図も含まれているように感じられました。第一歌集を編まれる際、これらの点を意識して先鋭化させたのでしょうか。

瀬戸　歌集にまとめるときに意識したかというと、たぶんそんなに意識してないんだけど、個々の連作を作るときには、短歌史とか本歌取りに関してはかなり意識していたのは間違いないかな。

永井　歌集を作るときに、ですよね。

瀬戸　うん？

永井　（事前に送った質問の順番が）前後して申し訳ないのですが、ランダムさを意識して歌集で作っていたのが、botにもつながっていったのかなと。

瀬戸　ええっと、私の第一歌集がランダムっぽい、という感じ？

永井　たとえば「The Anatomy of, of Denny's in Denny's」で、穂村弘や宇都宮敦の歌の引用が混在していたり、「手紙魔まみ～」の連作で、山中智恵子や小野茂樹からの本歌取りがランダムに組み込まれていたり、いろんな人が……。

瀬戸　ああ、序列みたいなものがあんまりなくて。山中智恵子があって穂村弘があって、それが全部……。

永井　並立しているような感じ。

瀬戸　その感じはあると思います。もちろん歌集を読むときに「おお、山中智恵子だ。こわいな」という身構えや、「よっしゃ、茂吉読むぞ」みたいなのは普通にあったりする。ただ、自分のなかに吸収して――それぞれにこういう文脈があってとかは、もちろん勉強したり意識した上で、ではあるんだけど――取り込んで自分がアウトプットするときには、かなり自分の中でアレンジされてるというか。私のなかでこんなふうにまじりあって消化されましたという感じが出るので。アウトプットの際は、斎藤茂吉だったり塚本邦雄だったり、それぞれのニュアンスの違いはあっても、扱いとしては同じ感じにみえるのかもしれない。そのへんがポモっぽいって怒る人もいるかもだけどね。逆にインプットの際は、やっぱり短歌史的な文脈はかなり意識して読んでるつもりなんだけど。

永井　普通の人の場合、アウトプットの際に引用や本歌取りの方には向かわず、自分の感性や見たものを歌にしていくと思いますが、瀬戸さんはそこで方法論的に引用や本歌取りをしているような気がしました。

瀬戸　やっぱり表現する人の中だと絶えずオリジナリティー論争みたいなものがあるじゃないですか。私が嫌いなのは――そこまでひどい人はそんなにたくさんいないと信じたいんだけど――たとえばすごく好きだなというタイプの歌人がいるとして、その人の歌集をどっぷりつかって読んだらその人の影響受けちゃって、その人の影響受け過ぎて自分が歌がだめになっちゃうから、あえて読まない、みたいなことを言う人とかがいるじゃないですか。いや、そうじゃなくて、それを読んでその上でその影響を自分がどう消化して、それから表現する、という方向にいかなければ意味がないと思う。ちょっと誰かから影響されたくらいで消えるオリジナリティーなんて全然オリジナルじゃないよ。そういうものを危険物みたいによけてスルーしていったところで、そのスルーはマイナスにしかならないんじゃないのくらいに思っている。基本的には一旦そのなかに飛び込んで――それで私は穂村弘や塚本邦雄には特に顕著な影響を受けて、かなり長い間、亜流みたいな歌しか作れなかったし、でもその経験というか過程がなかったら、いまの自分の歌は絶対存在してないと思ってる。あとは、むかし評論で書いたことがあるんだけど、穂村弘の歌や批評の影響が短歌の世界でいまよりも何倍もすごく強かった頃に、穂村弘フォロワーみたいな人がいっぱい出てきて。で、そのあとに永井祐、斉藤斎藤、宇都宮敦、仲田有里とかの、いわゆるポストニューウェーブって呼ばれる時代になって、それを穂村弘の批評が世代のバックグラウンドから補強していくという流れがあったと思うんだけど……まあ、その世代論みたいなものにはあとから結構反発が出たりして。話が前後するけど、その前に、もちろん枡野浩一の登場もあったし。それで、私はそういう流れの人たちからはひとつ切れているというか、ひとつ後の世代だと自覚しているつもり。ポストニューウェーブの人たちとは——って、あんまりひとくくりにするのはよくないけどいったん単純化すると——ちがう方向に進んだ。私は、穂村弘や加藤治郎や荻原裕幸の三人がよく挙げられるけど、ニューウェーブというか前衛短歌を経由した人々——三人が目立っているけど、もちろん紀野恵や西田政史や水原紫苑とか正岡豊とかたくさんの人々——の影響を強く受けていることを、後続として隠さない方向でいくというデモンストレーション的な意味合いもたぶんあったし気負いもあった。ただ、たとえば極端に簡単に言えば「芸術か生活か」みたいな流れは、短歌に限らず、どんなジャンルにおいても基本的にシーソーゲームみたいなもので。だから、私がそういう立場を選んだというのはじっさい自分の元々の性質によるものだと思うけれど、時代の流れの後押しみたいなものもあったのかもしれない。

第一歌集について

大村　第一歌集『そのなかに心臓をつくって住みなさい』では、散文中の太字だけを読むと三十一音の短歌になる冒頭の連作「すべてが可能なわたしの家で」や「日本男児」、分行詩の形式を模した連作

「クイズ＆クエスチョン」が、その斬新さから話題になりました。こういった形式で歌を作るに至った背景・意図について、お伺いしたいです。

瀬戸　私が短歌を選んだのは、どうしてなのかって言われたら――「「詩」には初恋しかない」って言葉が私は好きなんだけど――その初恋が、私にとっては穂村弘の『手紙魔まみ、夏の引越し（ウサギ連れ）』だからとしか言いようがないんだよね。短歌をはじめたころによく言われたのが、「きみは短歌にむいてないから、短歌じゃなく現代詩、自由詩を書け」ってやつ。だけど『手紙魔まみ』っていう歌集に強力に飲み込まれてしまったから、ぱっと詩にいくっていうのが、私にはどうしてもできなかった。しかし、よりによってはまってしまったのが究極の短歌殺しであり韻律殺しみたいな歌集だったから、それもまた大変で。短歌に夢中になりたいのに、読めば読むほど短歌から突き放される歌集（笑）。じたばたしながら、そこから塚本邦雄から入って前衛短歌にはまっていく流れになるんだけど。一方で、短歌形式の、五七五七七の三十一音というのに最初からあまり違和感なくすっと入っていける人っていうのはいて――たとえば近い世代だと服部真里子とかはそうだと思うんだけど――でも私はそこにとても葛藤があったわけです、入り口が入り口だったのもあるし。だから、短歌をつくるのも続けるのもだいぶつらかった時期が長かった。でも結局やめられなくて。じゃあ短歌形式と自分はどう関わっていこうかっていうことを延々と考えていた最中の、当時なりの必死の格闘だったんです、いまにして思えば。青いし、生意気な見かけの連作で、まあ、それはその通りなんですけど（笑）。必死でしたね、当時は。結構正直に答えちゃうけど。いま読むと、私自身はこの連作に当時ほどの思い入れはないというか、価値を見出すのがむずかしかったりするんですけど。

永井　ところで、「クイズ＆クエスチョン」が、「現代詩手帖」二〇一三年九月号の特集「詩型の越境――新しい時代の詩のために」のシンポジウムで……。

瀬戸　光森裕樹さんが引用して、話してくれて。

永井　はい。そこでもいろいろと議論されていましたけど、どういう感じに読むのが、作者の意図として正解なのかなと。

瀬戸　まあ、正解とかは別にないんだけどね。当時考えていたのは、五七調のリズムを、短歌形式を利用しながら、塚本的でも穂村的でもない方法でいかに崩せるか、戦えるかということで。これはただの裏話になっちゃうけど、私は数を数えるのが苦手で。今でも覚えてるんだけど、歌会後のサイゼリヤで、この連作を平岡直子とか服部真里子とかに渡して「ちょっと数えてみて」って言って（笑）。「私、数えたけどわからない、自信ない」って言って数えてもらったんだよ、一生懸命。というエピソードがあるね。数えてもらって、「やっぱ、ここ足りないよ、一音」とか平岡直子に言われて、「まじで？　ほんと？　えっ？　やばい」みたいな（笑）。

永井　栞文で川島信敬さんが「あんまんを食べてルノーに乗って　錆びついたベッドが軋む、陸地のすごさ」を引いていて、これは太字をつなげると三十一音になる連作の一行だと思いますが、この連作でも、一行ずつで短歌になるようにしたいという意識がありましたか。

瀬戸　「クイズ＆クエスチョン」に関しては特にないです。ただ、いま引用してもらったのは「すべてが可能なわたしの家で」からのものだと思うんだけど、「すべてが可能なわたしの家で」みたいなつくりになってくると、日本語って五七のリズムに依存しているので、普通に短歌「っぽくみえる」ようになっている可能性のあるところはある。この連作を発表したときに、「たぶん文章中の太字だけをたどって三十一音になるようにつくってあるから、そういう短歌として読めってことなんだろうな」という意見が多かったのと同時に、「別に一行一行でもちょっと韻律をくずした短歌に見えなくもないけどね」という意見も結構聞いたので、それはそれでそう見えるのだろうな、と。つくりながら何となくそういうふうにも読まれるような予感もしていたし、そんなに違和感はなかったかな。

永井　ありがとうございます。じゃあ、「すべてが可能なわたしの家で」は連作として全部文章で読ませたいという方向。文章で読ませたいというか、三十一音にするとはなんなんだろうみたいな葛藤の中で、散文的に読ませたいという意識が……。

瀬戸　うん。散文にも読めるだろうね。むかし歌会でよく攻撃されたのは「瀬戸さんは要素を詰め込みすぎだ」と。「読めねーよ、こんな歌」みたいなことも言われた。めげなかったけど（笑）。とにかく、自分自身が短歌のリズムが苦しかったのもあるね、三十一音が……それこそ「奴隷の韻律」じゃないけど。「現代詩崩れ」みたいな批判もよく言われて。じゃあどうしたらいいのか。でもそのときに詞書を絡めた試みをしようとは思わなくて、あくまで三十一音そのものに立ちむかいたかった。「クイズ＆クエスチョン」の形式で短歌連作をつくってみて、その後が「すべてが可能なわたしの家で」、それから「日本男児」という時系列で、実験というか、なんとか自分と短歌形式との駆け引きをしてる。「すべてが可能なわたしの家で」では一応ちゃんと短歌の三十一音がなかに読みこめるように入っているけど、でも、私はそのなかで同時に五七のリズムを消そうとしてみたり、それに抗ったり、絡めとられそうになったり、というのを書くときにやっていたわけで。それが、結果として「すべてが可能なわたしの家で」という連作になったという感覚です。だから短歌をつくればつくるほど短歌が日本語とどれくらい癒着しているかが実感としてあって、それに対する私の「その癒着っていうのがつらいな」という感覚が、自由詩じゃなく短歌形式にこだわったところで結びついて、ぎりぎり成立したものなんじゃないかな、あれは。当時つくったときにもそういう手ごたえがあった。ただあの連作形式を延々続けるつもりはもうなくて、「すべてが可能なわたしの家で」の後に「日本男児」を書いたときは、こう、散文のなかに歌が溶けこんで消えていくようにつくったんだけれど、それによって、私のなかですこし得るものがあって、納得したというか、とりあえず一区切りがついて、これで一旦おしまいにしようと思った記憶がある。

短歌の土壌

永井　瀬戸さんの評論で、金井美恵子の「たとへば(君)、あるいは、告白、だから、というか、なので、『風流夢譚』で短歌を解毒する」や、中上健次の短歌批判が扱われていました。瀬戸さんの評論などの散文を見ていると、どちらかというと金井美恵子などの文章のスタイルから影響を受けているような気がします。その辺りの人たちに対して、どういった印象を抱いていますか。

瀬戸　なんだろう。正岡豊さんのブログだったと思うんだけど、印象に残っている記事に「「短歌」とは、「短歌を書くということ」は、つまるところ「河野裕子」になって「金井美恵子」にバカにされるか、「金井美恵子」になって「河野裕子」をバカにするか、の二者択一でしかないのではないか」(「梅小路鳥の扉日記」二〇一三年十一月二十二日 http://umekouji.blogspot.jp/2013/11/blog-post_22.html) という文章がある。要するに、批判者的に短歌にアプローチするか、もしくは河野裕子的に、短歌の土壌だったり韻律だったり生理だったりに抗わずに歌人としてやっていくか。どちらかを選ばないと、たぶん歌を自覚的につくることができない。金井美恵子の短歌批判への私の文章に関しては、態度が曖昧というか「もっとちゃんと批判しろよ」と怒っている人もいたし、「話がずれている」とかいろいろ言われたんだけど、あの短歌批判にベタに反論するのは悪手だと思う。平行線にしかならない。ずっと感じていたのは、日本は、現代詩、短歌、俳句、それから川柳——川柳については後にするけれども——という形式における棲み分けがあるだけじゃなくて、その形式におけるポエジーの表出の作法というかセオリーにおいても——無意識的なのかなあ——妙に頑なな棲み分けがされてるところが多いと思う。それによって、各形式における、それぞれへの尊重はあるけれども、同時に踏みこまないでおこうという領域をつくってお互いがお互いのプライドをまもっているところがある。でもそれって本当に有効というか、「これは短歌っぽくない」「短歌じゃない」だの「これは詩じゃないポエムだ」「俳句じゃなくて川柳じゃない、これ?」みたいなことをやってて、領土の守りあいをいつまでもしていていいのかな。形式の越境って一時期けっこうきいたけれども、本気で越境するつもりの人はどのくらいいるんだろうな、ということ。現代詩だったら、まあ最近の現代詩の人はそんなにもろな短歌批判とかはあまりしないけれど、ひとむかし前の人はうるさかったわけで。それで、私が遡って昔のそういう本だったり論争だったりを読んでいるとき——それこそ「奴隷の韻律」とか「第二芸術論」とかだったり、さかのぼることもできるけれども——反発を感じるのはやっぱり自分が短歌をつくっているからということと切り離すことはできない。じゃあ同時に、歌人がそれに対して、普通に「何言っているんだ」みたいなふうに素朴に反発するのにもそれはそれで私個人は同調できない。だから私の態度を中途半端だと怒る人もいるんだろうと思う。しかし、これはやっぱり、いまのところどちらにも私は納得がいかなくて、むかしの詩人の粗雑な短歌批判を読めば腹立つし、一方で短歌の生理そのものに安住している人の文章には共感できない。だから、その両挟みのなかでどういうふうにやっていくのかというのが、私自身のひとつのテーマではある。

永井　両挟みという話ですが、「率」創刊号の自歌自註の話であったりとか、最近だと「率」七号の瀬戸さんの巻頭言の連作性の批判みたいなところとかもあったりしましたけど、私性みたいなところに対してはわりと批判的にありたい感じでしょうか。

瀬戸　うーん、それがじつは難しくて。私は読むぶんにはいわゆる「私性」「萌え」みたいなのがまったくのゼロというわけではなくて。もちろん一辺倒ということは全然なくて、基本的にはその歌人特有のポエジー作成法のほうに関心は寄ってる。ただし、「私性」読みすることがまったくないと言いきることはじつはできません。それこそ河野裕子・永田和宏夫妻だったりに対して、短歌読者としての歴史が長くなると、それぞれが歌集を十何歌集とか積み上げてきた歴史を無視して読むことはできないというか、過去の歌集のことを100％忘却して読むこともできない、記憶を消すことはできないんだし。もちろん、歌や、歌集のなかに作為や嘘があることも承知した上で、それでも、の話だよ。たとえば永井祐とかの歌を時系列で読んでいくと——これはちょっと本人に冗談まじりで話したりするんだけど——永井さんの性欲の度合いの歴史とかをつい辿ったりしてしまうわけ。若い頃の作中主体は中出ししてごめんとか言ってるのに、最近は妙にぶりっこですね、どうしたんですか、とかさ。いやこういうのは相手との関係性を間違えてしゃべるとセクハラになっちゃうけど。自分自身は「私性」的な方向に読まれたいとは思わないというか、そういうふうに読まれることに関心がないので基本出してないけど、それは、なんといってもいま歌壇で流行してる言葉だけど、私だって「人間」だからね（笑）。頑張って読もうとすれば私の歌からも「私性」を抽出するのは可能だと思う。そこまで私の「私性」に関心がある人がいるとしたら変わってるなあとは思うけど（笑）。

それは小説とかにも私の場合は言えて、純文学の私小説を書いている人に限った話ではなくて、いわゆるエンターテインメント系や大衆小説、ジャンル小説の作家でも、何十冊とその人の本を読んでいけばパターンも見えてくるというか、ああ、この作家はこのあたりで嘘をついてこのあたりで本当のことを言っているんだろうな、とか、そういうのはわかってくる、で、読んでる途中でもそういうふうに作家自体に意識がフォーカスされちゃう瞬間があって、で、それが、私は実は嫌いではなかったりする。「読者の私」と「作者の私」はかなり分離しているところがある。ただふつうに「私性」の押し売りみたいなものだけがあふれているとやっぱりつまらない。人は自分以外の「人間」には、なにかがないと興味を抱いたりしないから。結局「私性」がどうのといってもその表出の方法がすごく面白い場合にこっちも惹かれて読むのであって。さっきの小説の話だって、何十冊も読むってことは小説自体に魅力があるわけだから、その上での副次的楽しみとしてそれはあるわけ。メインで「私」！「私性」！「人間」！とかそういうふうに読んでいるわけでは全然ない。

永井　今の話とも少し被るんですけれど、『そのなかに心臓をつくって住みなさい』の歌集は瀬戸さんの中で――「穂村弘という短歌史」の感じの聞き方になってしまうんですけど――短歌史的な位置づけとか批評的な位置づけっていうのはどの辺りに位置づけられる感じですか。

瀬戸　自分でそういうのを言ってしまうのはどうなんだろう（笑）。

永井　あれだったら後で削れるので。

瀬戸　個人的な側面からなら話せます。短歌をつくりはじめてから、どんどん苦しくなっていって、私個人が、短歌という形式やスタイルやムードに対してすごく葛藤があるという連作が続けてできて、それが一段落したので歌集としてまとめました。そうすると、やっぱりポストニューウェーブの人から「これまでの空気とは切断された歌集だね」みたいな感じの受け止められ方をされたので、それが結構はっきり伝わったことに関しては、よかったかなと思う。

永井　ありがとうございます。

瀬戸　たとえば「町」のなかでも、土岐友浩とかはあんまりポストニューウェーブから切れてないでしょ。まあ世代的には上の人だからね。たまたま学生短歌が冬の時代で、早稲田短歌会と京大短歌しか学生短歌会がなかったころなのでいろいろ一緒にやっていた流れで同人誌をしばらくやっていたんだけど。彼に関しては別にそんなに永井祐や五島諭と切れている感じがしないじゃん。だけど、私はちがうなあと。

第二歌集について

大村　近々第二歌集『かわいい海とかわいくない海 end.』を上梓されるそうですが、どういった本になりそうでしょうか。

瀬戸　ほぼできているので、黒瀬珂瀾さんの「早稲田短歌」四十三号のインタビューもそんな感じだったけど、もしかしたらこの機関誌と同じくらいの時期に出るかもしれない。あからさまなオマージュがあったり韻律について散々ひねくりまわした連作を収録したそのあとの歌集になるんだよね。第一歌集をつくる作業自体はかなりたのしかったとはいえ、そのなかの連作ひとつひとつをつくるのは、繰返しで申し訳ないんだけど（笑）、すごくつらかった。ただ、それを通過したことによって、自分なりに短歌の形式で書けるようになった手ごたえが、ある時期からできてきた。第二歌集は書き下ろしをかなり多めにつくっているんだけど、書き下ろしの歌をつくっている時期が信じられないくらいすごくたのしくて。第一歌集でだいぶ韻律とやりあった結果、短歌の韻律に飲み込まれずに歌をつくれるようになった感じがしていて。こんなにたのしくていいんだろうかと途中で不安になったくらい。もしかしたら短歌との最初で最後の蜜月なのかも（笑）。だから第一歌集とはかなり雰囲気が変わるんじゃないかなという気はしている。まだ作っている最中で、発表して読んでもらったわけじゃないから、他の人の目にどううつるのかとか、評価とかは全然わかんないわけだけれど。

川柳について

永井　「歌壇」二〇一五年五月号に発表された連作などを読んでいると、以前は定型を越えるみたいなことが多かったのが、定型よりも音数が少なくなっている歌が多くなっていて、そういったものっていうのは、最近川柳を発表なさっていることと関連があるのかな、ということ。あと川柳自体について始められたきっかけをお伺いしたいと思います。

瀬戸　みじかい歌をつくったりしたのは、やっぱりこれまでとの、メリハリもあるよね、あれだけ長いのを延々とやってたら、そりゃ飽きるよね、みたいなのもちょっとあるんだけど（笑）。まあ、そういうものをつくって、ドヤみたいなことは全然なくて。それこそ加藤克巳だったり「新短歌」の口語自由律だったりが前例としてたくさんあるわけだから。単純に個人的な気持ちの変化が大きい。えっと、川柳の話か。大学に入って環境が変わって、詩・短歌・俳句へのアクセスはずいぶんと容易になったんだけど、例外が川柳でね。そもそも、イメージとしておそらくみんなもあるんじゃないかと思うんだけど、「シルバー川柳」だったり「サラリーマン川柳」だったり、正直、文芸的にあまり興味を惹かれるところがなかったのが大きい。そもそも文芸の一ジャンルとして真剣に取り組んでいる人たちが存在することになかなか気がつかなかったという側面がある。

ひとつめのアクセスのきっかけはね、この早稲田短歌会の部室には、なかはられいこの『脱衣場のアリス』っていう川柳句集とか、あと「WE ARE!」っていう同人誌が、この本や雑誌の洪水のなかに、じつはあるんだけど。それを昔ここで読んだことがある。学部生のころとか私は空き時間に部室にこもって、いろいろと蔵書を読んでたりしたんだけど、そのときに。ただ、なかはられいこさんはむかし短歌もやっていて、歌葉新人賞で候補になったりして、私は彼女の歌が好きだったので、彼女の別ジャンルでの活動なんだな、と。面白いとは思っていたけど、そこで終わってしまって川柳というジャンルは意識しなかった、当時は。それから、ふたつめのきっかけになったのが、一年くらい前かな、小池正博の『水牛の余波』という川柳句集を偶然手にして、読んでみたら、すごくはまった。それでもっともっと川柳を読んでみたくなって、池袋のジュンク堂に行ったら、短歌でも「セレクション歌人」シリーズを出している邑書林が、「セレクション柳人」というシリーズを出してて、立ち読みしたらどれも面白かったので大人買いしたんですね。出ているものは全部。でもそれ以降どこをどう探したら現代の文芸的な川柳に出会えるのかずっとわからなかったんだけど、偶然、その小池正博さんが川柳フリマを開催するという話を知って「川柳の本を買うには川柳フリマに行くしかないんだ！」と思って——私はイベントとか苦手で普段はすごく腰が重いんだけど——男気をだして行ってみた。それで、いろいろ話をきかせてもらったり——こういう雑誌（「川柳カード」）があるんだけど——これのバックナンバーを全部買わせてもらったりして、他にもいろいろ収穫がありました。私がすごく川柳に惹かれたのは、言葉の使い方が俳句とも短歌とも現代詩とも違うんですよね。それがすごく新鮮だった。とくに短歌を読みなれていると、ぎょっとすると思う。これは他では絶対に使えない言葉とか、この用法は絶対ないな、俳句にもないなという語法や用法。いつも思うんだけど、短歌の五七五七七とかって、韻律や音の高低やリズムがある程度決まっているだけに、ある言葉をある位置に置くと、音や韻律のせいで、こまかくプリズムみたいに言葉が化学反応を起こすんだと思う、配置の仕方によって。意味内容とは別にそういう現象があって、それが意味内容と一致したり、しなかったり、ずれてるけどそれが味になってたり、そういうふうに歌の魅力というのはできてるんだと思う。だけどやっぱり短歌も昔から長く続いていて、いろんな人の様式や評論だったりが流行ったりすると、そのプリズムの作り方がある種マンネリ化してくる部分もあるわけであって……いやそうはいってもいまとなってはおなじふうにくくられてる歌人一派だってそれぞれ歌人ごとに癖はあるんだよ。時代が遠くなるにつれて見えにくくはなるけれど。言葉をどう光らせるか、陰影を作るか、言葉をどう浮かせるか、目立たせるか。それで、私は川柳に触れたことがほとんどなかったので、同じ定型詩なのに言葉の浮かせ方や使い方がこれまで読んできた定型詩とは全く違ったのがすごく新鮮だった。なので、読者としてすごく夢中になって、今の時点で言うと、単純に読者としてすごく刺激を得られるのが大きい。あと、それが歌を作る上での刺激になったり。こういう言葉の角度の作り方があったんだ、とか。川柳をつくることに関してはそもそものはじめが川柳フリマだったので「行きます」と言って短歌の同人誌だけを持っていくのもそれは失礼な話だろうと思って、拙いながらも少しだけつくろうと思って平岡直子とちいさな同人誌（「SH」）をすこしだけつくった。だけどやっぱり、まだ、つくりかたは全然、本当にわからないです。

同人誌と文学フリマ

大村　さっき川柳フリマの話でも少しあったんですけれど、短歌同人誌「町」や、次号で十号になる「率」は、文学フリマで短歌の同人誌を販売するというスタイルの端緒だったと思います。同人誌という形式に対して、お考えのほどをお話しいただけますか。

瀬戸　端緒というと、「dagger‡」を飛ばしてはやはり一応申し訳ないので、「dagger‡」があったということはお伝えしておきますが、たとえば、去年のこの機関誌の堂園昌彦さんのインタビューを読んでそうだよなと思ったのが、やっぱり永井祐さんぐらいまでは、インターネットを中心に、いまとはまたぜんぜん違う形式での、「歌葉新人賞」だったりそれに結びついてくるけれど「短歌ヴァーサス」だったりといった短歌のムーブメントみたいのがあったわけですよね。だけど私がわせたんに入ってきた頃には、それがもういったん更地になっている状況で、その一方で学生短歌会の数自体も会員数もどんどん減っていって、いちばん減っていたころはわせたんももう三、四人くらいしか会員がいない時期もあって。まあ学生短歌会に関してはそのあと盛り返すわけですけど。それで、その更地でなにかをするために——堂園昌彦や五島諭はインターネットで「短歌行」とかをやっていたけど——たとえば腕試し的に新人賞に結構送ったりするのが一種、当時の流行みたいになっていて。最初の何人かは「おお」みたいな感動もあったんだけど、まわりが受賞者ばかりになってくるとなんか麻痺してきて。他に何もやることなかったからね。合宿して歌会して勉強会して、というのはもちろんあったけれど、それ以外の発信場所だったり通路みたいなものがなかったので。まあ、私も出した経験はあるけどべつに新人賞とったわけでもないので偉そうなこと言うなって感じかもしれないけど(笑)。それで、そろそろ私も早稲田短歌会を引退するころだ、という時期になってくると、じゃあそのあとにどうしようということをなんとなく考える。私は師弟関係や先輩後輩関係みたいなものが極端に苦手なので結社はまずないな、と。そのころちょうど平岡直子と服部真里子がいっしょに同人誌をつくろうと提案してきて。「まだ一緒に何かやりたい」と。そこに土岐友浩、望月裕二郎、吉岡太朗が加わって「町」を作ることになった。こういうさ(『塚本邦雄全集』)、別巻なんだけど、ここには「メトード」とか「極」とか、塚本邦雄がつくっていた同人誌が載っているわけですよ。まあこういうのに憧れとかもあったりするわけで、やってみたいっていうのはあって。でも最初はすごく手探りだったね。それで、もともともちろん文学フリマの存在自体は知っていたし、「dagger‡」のメンバーが短歌で出店しているということを聞いていたこともあって、じゃあちょっと出店してみようかな、というのが最初のきっかけだったんじゃないかな。あとこれは本当に強調したいんですが、最初は本当の本当に売れませんでしたからね。たしか平岡直子とね、最初か二回目の出店のときに「町」を何種類か売っていて、たしかそのときのブース代は四千円とか五千円だったと思うんだけど、何時間もとくに売れもせずに暇で座っているわけじゃん、六時間とか。「もう帰ろうよ」みたいになるんだけど、平岡直子が、「あと二、三冊売れると元がとれるから粘ろうよ」というレベル。というと、「町」の価格から何部くらい売れたかお察しいただけると思うんですけど、……「元がとれる」ってブース代のことだからね（笑）。でも徐々に部数が伸びてきて、三桁に届いたころは、短歌関連のブースもかなり増えてました。文学フリマができたきっかけが、大塚英志と笙野頼子の純文学論争だったりするから、文学フリマ自体にはちょっと思うところもあったりするんですが。まあでもそういう純文学論争とは別にさ。――やっぱり結果として面白いなと思うのが、文フリのブースでは小説はあんまり売れてないんだよね。最初は「東浩紀のゼロアカ道場」とかがあったから――当時の文学フリマには参加してなかったから詳しくは知らないけど――評論が強かったみたい。評論は今でも売れてるところは結構売れているんだろうなと思うんだけど。いまは評論があり、最近詩歌のブースがすごく増えてきて、売り上げがそこそこあるところも結構増えてきてるんじゃないかな。それがどうしてかと考えると、正直、小説は純文学どうのこうのと言っても、最低限のところのプロ／アマがはっきりしていると思うんだよね。だけど、短歌とか評論ってプロ／アマの分離がそんなにないんだよね。だから同人誌を買う文化に対してそんなに抵抗がないんだと思う。だから、文学フリマに短歌という文学がすぽっと入れたんじゃないかなという気はしている。短歌なんて元々自費出版でやっているわけだから、ほぼ同人誌みたいなものじゃん。それを歌人どうしで送り合っているわけだから。そのながれに文学フリマが入ってきて歌集や同人誌を作って売り買いするのって、そんなに抵抗ないんじゃないかな。だってほとんどみんなアマチュアなんだし。ふつうに歌集を出版社から自費出版するよりよっぽど金銭的負荷がかからない形で作品発表ができるわけだから。それが追い風になった部分だと思うな。

永井　たとえば読んでいてプロだな、みたいな基準ってありますか。小説でいうプロとアマ、みたいなものの境目がはっきりしているとしたときに、短歌におけるそういう技術的な区切りというか。

瀬戸　今、プロ／アマって言ったのは、技術の問題じゃなくって完全に金銭の問題だね。

永井　あ、そっちの。

瀬戸　要するに、食べていけるかどうか。生活していけるかどうかってところで、まあ、よく言われていることですけど、それなりに出世して四、五十代になると——私も詳しくは知らないけど——短歌年収何百万みたいなことになったりする人も出てくるわけじゃないですか。生活するのにぎりぎりで、それだけで家族を養えるほどではないらしいけど。もしたとえばそういうケースをプロと定義した場合に、プロになれるのって新聞だったりカルチャーセンターだったりの力が大きいわけだけれども。椅子取りゲームみたいにも見えるけど、どうなんだろうなあ。一方で、技術的なプロ／アマっていうのは正直、短歌に関しては判定が難しいところだと思う。最近の書肆侃侃房の動きとかはその歌壇の風潮に抵抗している部分はあると思うし、加藤治郎さんも頑張っていると思う。でもやっぱり、歌人って基本的には出版社にお金を払って歌集を出しているわけだし——三大総合誌に掲載料をもらって原稿を載せても、そのあとで自費出版をして歌集を出したりするわけじゃない。そういうサイクルになっているので、それ以外の部分で収入がそれなりにあるのが一応、技術的な云々を抜きにしてプロかなと私は思ってる。なので、金銭の流通が短歌はそのへんがあまり上手くいっていないというか、いまはそれで回ってるにしても、多分この先はどんどん変わっていくと思う。

永井　ありがとうございます。すみません、なんか。

瀬戸　いえいえ。

永井　じゃあ、同人誌活動で、「メトード」とか「ジュルナール律」とか、ああいった感じを踏襲したいみたいなところはありますか。

瀬戸　うん。でももうちょっとはっきり言っちゃうと総合誌がちょっとつまらないっていうのはあるかな。いや、総合誌の意義を全否定はしないけど、どう考えても毎年回しているだけっていう企画があったり、これはページ埋めるためにやってるだけなんじゃないのっていうページがあったり。この特集をすることによって短歌の世界が何かが変わる、変えようみたいな、野心とか志のある企画が、少なすぎるとは思う。新人賞から新人を輩出しました、では原稿依頼をすこし出します、その原稿依頼もほぼ毎年マンネリの内容で、それで、新人賞の賞金の何倍ものお金を要求して「はい、うちから歌集出してくださいね」っていうのは手抜き仕事すぎるんじゃないの。こういうこと言うとただでさえ稀な総合誌からの依頼が皆無になりそうだけど（笑）。ただ、そうはいっても、その一方で、歌壇の財政を支えているのは私みたいなうっとうしい人間じゃなくて（笑）趣味で短歌をたしなんでいる人々だったりするらしいから、そのニーズにマッチした誌面なのかもしれない、あれは。だとしたら仕方がないというか、それこそあれはプロの世界なんだなと。と言って私は総合誌を読まないわけではないし、時評とかもチェックしたりするし、面白そうな企画があったり好きな歌人が載ってたら買ったりするわけだけど。でもただ、その現状に不満があるなら自分たちがやるしかないじゃない。小規模でゲリラ的になるけど、そうすると同人誌かなというところはあるかな。

永井　ええっと、では純文学論争の場合、どっちかといえば大塚英志寄り……。

瀬戸　いや、全然——というか、その論争というより、そのふたりに関して言えば、笙野頼子が私は好きだけど。そもそものところ、やっぱり小説と詩歌では状況が違いすぎると思う。さっき言った文学フリマの状況とかを見ていてもさ。

言葉の呪縛について

永井　先程、短歌について歴史やできる限り全ての先人の作品を素通りせずに踏んでいき、そこに没入するという話がありました。短歌や川柳などの一つ一つのジャンルに限らず、あらゆるジャンルを全て踏んでいきたいという志向はありますか。たとえば、小説とかでも幅広く読んでいきたいというような。

瀬戸　あるね。ちょっと話が戻るんだけど、やっぱり私は出身が田舎で、アクセスできる文芸ジャンルが小説メインだったので、元々は小説を書きたいという気持ちがあったんですよ。今でも別にゼロではないんですけど。私は早稲田の一文（第一文学部、いまの文学部）の文芸専修出身なんだけど、小説の授業を受けても受けてもね、「ストーリーがなくてこれは詩だね」って言われ続けていたの。「言葉の方が暴走していて、ストーリーがどうにもならないね」みたいな。しばらく何人かの先生に指導を受けていた。で、そのうち気づいたのが、昔から小説は好きで読んでいたけど、小説ってストーリーの部分と、修辞というか描写というか比喩というか、の二つの部分に大きく言ってわけられると思うんだけど、私はどちらかというとストーリーにはあまり惹かれない方で、断然修辞のほうに惹かれていて、ということは、そもそも、私は小説を、詩を読むように読んでいたことになる。そこから小説よりも修辞の部分が濃くエッセンスになっている詩や短歌や俳句というものに惹かれて、たくさん読むようになった。でもそのジャンルでもやっぱり網羅したいというか、そういう欲望はすごく強いほうだと思う。知らないでいることに平気でいられる感性が逆に分からないかな。だって自分より凄いものが絶対に存在してるのに、それを知らずに平気でいられるの？

永井　ジャンルに対する愛みたいなところとは少し違った感じ……。

瀬戸　ジャンル愛はもちろんある。さっきの短歌と詩の話じゃないけれども、やっぱり私はどんなものを読んでいても、そのジャンルに愛とかプライドがある人が好きだし、そういうものを書いている人に惹かれる。ああ、でもね。そうは言っても、がちがちに「短歌だからこうなんだ、俳句だからこうなんだ、詩だから……」、というのは駄目で、私はかなり越境というか、他も知りたくて、それだけやっていればいいというのは苦手。もちろんジャンルに対するプライドと愛があることは大前提なんだけど、それで終わらずに他ジャンルを見ていける人に好意を抱きがちだし、私もそういうタイプかな。

永井 最近、瀬戸さんはnoteやネットプリントや「like」という個人誌など、散文の発表が増えているように見えますが、短歌と並行してやることにどんな意図がありますか。

瀬戸 短歌という形式に対して私なりに第一歌集を中心にすごく格闘した結果、みえてる風景が変わったからかな。すこし自由になった気がする。言葉そのものに対する呪縛というかそういうものから、すこしだけ。最初のころの短歌評論も飛躍が多すぎるとよく言われて。大学院に進んだんだけど、教授から論文に対してよくおなじ指摘をされて「言葉やフレーズに引きずられすぎて、論証部分がだめ、というかほとんどない」と。学部のころの小説創作での繰返しみたいなところもあるんだけど、とにかく散文というものがなかなかうまく書けなかった。それが、ここ最近、なんとなく自分ですこしバランスがとれるようになってきた気がして。それで、どれくらいできるようになったのかというのを試してみたいのもあって、いろいろ書いてみてる。ずっと詩を書くことに抵抗があったんだけど、第二歌集で短歌のフォルムというものと自分のやりたいことの折り合いが少しついてきたから……noteに書いている詩みたいな、ああいうものを書くことへのためらいがなくなってきて、書く勇気ができてきたのかもしれない。

永井 言葉の呪縛とは違いますが、瀬戸さんの歌は名詞が強い印象があります。穂村弘の影響を受けた名詞の使い方がずっと強かった気がするのですが、最近の歌を見ているとそこから離れていっているように思いました。たとえば塚本邦雄みたいな感じから。

瀬戸 たしかに私は強い名詞を使う癖もあるかもしれない。ただ、私が最近歌をつくるときにいちばん意識していることは――短歌に関して、名詞派と「てにをは」派にわかれるみたいな議論も見かけたりするけど、それとはまたちがって――五七五七七のフォルムのなかでの短歌の文体って捻じろうと思うとすごくいろんな捻じり方ができるんだけど、それは、名詞と「てにをは」をコンビネートして使わないとだめ、というか、両方に意識をむけないといけない。私は別に名詞の力だけでやっているつもりは全然なくて。むかしすごくキレたのは、「この人は強いことを言って満足しているだけだ。子供がうんこうんこ連呼して満足しているのと同じだ」と言われて、こいつ全然読めてないなと（笑）。そうじゃなくて、短歌ってもちろん「てにをは」を含め、いろんな構造で普通の日本語とは違った――日本語に癒着してはいるんだけど――形態の言葉の構造を提示できるんだよね。そもそも短歌読んでてほんものの口語というか、口にだして言ってるような言葉って実際はほとんどまだ存在してなくて、いろいろと程度の差こそあれ、短歌はほとんどまだ文語、というか短歌語なんだよ。どうしたって五七五七七というかたちにおさめることによって短歌独特のシンタクスや文法構造ができる。逆に、それを利用するのが、私にはおもしろい。だから、ああ、瀬戸さんは名詞派ですね、って簡単に分類されるとそれは全然ちがうぞっていう（笑）。たとえば山中智恵子の歌とか、彼女の歌は極端にシンタクスが変だよね。あれがね、面白いなと。

永井　手元に『みずかありなむ』があるのですが、たとえばどんな歌ですか。

瀬戸　『みずかありなむ』より『紡錘』の方が分かりやすいかな。でもせっかく『みずかありなむ』があるからこっちから。（ページを捲りながら）そうだね。たとえばこの中からだったらだけど、「鳥あそぶ鳥にたぐひて逆立てる空とほく神はわが背にいます」とか。これって普通の日本語のシンタクスではまずありえないシンタクスじゃん。こういうの読んでると、短歌って日本語と癒着している一方で外国語みたいだなと思ったりする。惹かれるのはこういうの。私ね、この「三輪山の背後より不可思議の月立てりはじめに月と呼びしひとはや」みたいなのは全然好きじゃない。こういうのは、ふーん、ってなっちゃうんだけど。この歌集だとこのあたりかな。

「朝漕ぎの舟音をきけば隈なくて稲妻のなかわが住むこころ」、「わがゆめの髪むすぼほれほうほうといくさのはてに風売る老婆」「わが額《ぬか》に時じくの雪ふるものは魚と呼ばれてあふるるイエス」「われにとほきくれなゐに海をひきしぼりゆふべ木枯のゆくへのこころ」「うつせみの夜やも二《ふた》ゆく身に責めて雪こふるときのとほきひとごゑ」「あゆのかぜ射手座をわたり薄明の麦をきざすとねむらぬ瞼」「一房の青き葡萄に色身《しきしん》のあかるむ秋と歩みを返す」……、ああ、「手のなかの日没のごとオレンヂを裂く夜半にして森は稲妻」これの結句とかは比較的伝わりやすいかな。「森は稲妻」とかね。こういうのが私は好き。葛原妙子ももちろんすばらしいけれど、こういうところに関しては山中が勝ってるかな。

永井　葛原だと理屈が勝っているけど、山中だと崩れている感じ。

瀬戸　そういう感じ。私は他のジャンルの人が短歌の話をするときに「とりあえず塚本邦雄や春日井建や寺山修司の話をして、で、まあ、女の話だけど、とりあえず葛原を挙げておけばいいか」みたいなのが嫌、風潮として。これは別に葛原妙子を否定しているわけじゃなくて、詩歌に対する感覚さえあれば葛原の歌っていうのは入っていきやすいと思う。要するに、短歌の読みのコードが分かってなくても面白いじゃん、葛原って。一方、山中智恵子は相当短歌を読みなれてないと苦しいんじゃないかな。読みに慣れとか鍛錬がいるところがあるよね。葛原はそれが魅力でもあるし人気の秘密でもあるけど。でも男の歌人はわりと個性を踏まえて読みわけてるのに、女は葛原さえ押さえとけばいい、みたいなのは手抜きじゃないの、と（笑）。まあ、これは葛原妙子だけでなく与謝野晶子問題でもあるかもしれない。

永井　瀬戸さん的に、葛原の方が一般的な異化で、山中はそうでない、みたいな。

瀬戸　私が葛原を尊敬しているところは、すごく微細なところを見る能力。パイ生地のすごく薄い層に刃を入れるとか、ケーキの上の粉砂糖が風に吹かれているとか、ああいう着眼点は本当に比するものがないと思っていて、すごく魅力だと思う。文体の面では破調が強調されるけど、私は葛原の破調には、そこまでの興味はないかな。むしろ韻律を使いこなしている山中の方に惹かれるけど。山中は歌柄が大きいのもあって、弱点としては同じ単語やモチーフの繰り返しが多い。まあ葛原も好きなモチーフとかあるけれども。葛原は生活レベルのなかから汲みあげてくるというか、ぱっと何かを見つけてきて、それをすごいレベルの歌に持っていくのが得意。ただ、歌のうねりみたいなものをつくるのは、山中のほうが上手い。それぞれの長所であり魅力であり、違いであると思う。

「女性」の短歌史

永井　うねりの話があったんですけど。微細な観察とか。

瀬戸　うん。発見力。

永井　そういったところで歌人を見ていくと、もうちょっと前の人とかを見ていくと、写実ではないですけど、「アララギ」と「明星」だとどちらに興味がありますか。

瀬戸　私は「明星」だね。「明星」です。「アララギ」もてはやされすぎ。これはさんざん言われているけど一般的に「歌人はアララギが好きすぎ」問題。「私性」の問題がこんなにも毎度毎度もてはやされているのとほぼイコールと言っていいと思うんだけど。私はそれはもちろんどちらの肩を持つかといえば「明星」だと言いたくもなりますよ、もちろん「アララギ」の素晴らしさもわかりますよ。わかりますけど、やっぱりみんな口を開けば茂吉の話ばかりするじゃないですか。茂吉の話をし過ぎですよ。「アララギ」が素晴らしいのはわかったので、もっと「明星」の話もしないとバランスが悪いというか……まあ「アララギ」的なシステムが確立されたからこそ短歌は近代から現代を生き延びられたというところはあると思うけれども。

永井　アララギが女性歌人を軽視していたと言われ

るような、権威的な部分についての抵抗感はありますか。

瀬戸　釈迢空のアララギ批判とか。「女流の歌を閉塞したもの」。それに葛原がからんでいったりした、という歴史があるわけで。要は、「アララギ」になっていくと、基本的に勝つのは男の人なんですよね、男歌というかさ。でも、「アララギ」のなかでも私はいい歌を発表してた好きな女性の歌人とかもいるわけで、全部が全部とは言いません。言いませんが、今の歌壇を見ても、短歌史をつくるときにどう短歌史をつくるかというと……。私もね、話をわかりやすくするためにさっきからついつい、たとえばポストニューウェーブのときに仲田有里さんの名前を出したけど、どうしてもそのへんになると永井祐、斉藤斎藤、宇都宮敦の話を出しがち、男の名前を出しがちなわけですよ。それで女の歌人には、女は女でやっとけみたいなところがあるじゃないですか。一方、正史としての短歌史はこう続いています、となる。やっぱり男の人は基本的にそういう流れのなかに女の人を入れないんですよ。サブで入れたりはするんだけど、あくまでサブ。いま、「何言ってるんだ、自分はちがう」と思った男の人は短歌に関しての自分が書いた文章なりツイッターなり心のなかの考えなりのなかで男女の名前の比率なりなんなりを一回きちんとカウントしてみてよ。それで、その歴史を書き換えていくには、もっと「アララギ」とはちがった視点が必要なんだけれども、という話。こういう話をして、そういうことを言うのは私が女だからでしょと言われるのは、もちろん私は女だし(笑)、だから反論しないし、私は女であることに誇りをもっていて、これからさきも、女の歌人であることを一切譲るつもりはないので、それは私がこれから生きていくうえでやるべき仕事だと思ってもいるから。その上で、実感としてそういう問題は今でも続いていると。たとえばいまのいわゆる口語の歴史をふりかえっていく上で、兵庫ユカ、仲田有里、飯田有子だったりの仕事はあきらかに軽視されていて、どうしてもメインは永井、斉藤、宇都宮みたいな話になるわけじゃないですか。まあこれを深く意地悪に掘っていくと「瀬戸夏子は自分が女だから、評価されないから女を庇うんだろう」と言われたら、そうじゃないと100％言い切れるわけじゃないよ。でももう二十一世紀なんだよ、ちょっとひどすぎる、現状が。

永井　中井英夫が中城ふみ子をデビューさせたやり方についてはどう思いますか。

瀬戸　こういうことを言うと、ゲイの人に一般化するなと怒られるところがあるかもしれないけれど、中井英夫や釈迢空――塚本はかなり違うんだけど――男性歌人でもゲイの歌人は、そこのところが普通のヘテロの男性歌人とはニュアンスが違うので。たしかにあの売り方に最初は中城ふみ子が反論したのもわかるけど、一方で二人の書簡集を読むと、中井英夫はゲイだということを遠回しにあの書簡で告白しているけど、そんな自分にとっても中城ふみ子という存在は花嫁に近い存在だ、みたいなことを書いていていて。特殊なケースだと思う。だから売り方だけを見ると問題となるのかもしれないけど、私はあの二人については共犯関係なところがあると思う。というのも中城は中城で、そういうセンセーショナルな売り方をすることにじつはそこまで抵抗がないんじゃないかな、というか、自分の顔写真を原稿と一緒に送っちゃうような人だし。だから、あの二人については結構手打ちかなと私は思っている。ただこのふたりについてはそう思うけど、いろんなケースで全然フェアじゃないと思うことはもちろんあるよ。私が書くものをそれなりに読んでくれている人だと、この解答は何も意外性ないだろうけど。

永井　俵万智前後の「同時代の女性歌集シリーズ」の売り方や、「短歌研究」恒例の企画になっている女性歌人にだけ相聞連作の寄稿を依頼している特集「相聞・如月によせて」についてはどうですか。

瀬戸　こういうのに対して、私自身の意見を言うのは別にむずかしくないんだよね。ただ、いま短歌をつくっている女の人を見ていても、私みたいな意見の人もいるのかもしれないけれど、逆に「どうしてもっと女性性を切り売りしないの」という人もいるでしょう。私はそういう人とあまり仲良く接することはできないし、私はそれを私のやり方で批判するかもしれないけど、一方そういう諍いのないクリーンな世の中にすることが不可能だということを踏まえないと。夢みたいなこととかきれいごとを言うのは嫌。いろんな価値観があってそれを批判しあうのはありだけど、抑圧しては絶対だめだと思う。価値観の多様性が消えちゃうからね。

短歌と文学

永井　塚本邦雄と大岡信、岡井隆と吉本隆明の論争など、あの辺りの詩人との論争の歴史について、瀬戸さんはどう思われますか。

瀬戸　内容うんぬん以前に、大岡信とか吉本隆明とかすごい大物じゃん。ああいう時代は、あんな大物がわざわざからんでくるくらい、短歌が文芸ジャンルのなかでまだ勢いがあったんだなという印象が強いな。いまの評論家がわざわざ短歌にいちゃもんをつけてくるとか、あまり考えられないというか、現状そこまで短歌に存在感はないでしょう。それを思えば当時は文化としての短歌がまだ根強かったんだなと。教養として塚本邦雄をふつうに読んでたりする時代。それ以降ポピュラリティ的には俵万智とか枡野浩一とかの出現があったけど、それはまた全然別の問題として。「私も前衛短歌の時代に生きてみたかった……」という感情を否定しきれない、みたいな（笑）。ただ、今は今で、私は私なので。一九八五年生まれで、二〇一六年現在ここみたいな感じなので、そこでできる最大限のことをやりたい。さらにさかのぼると、私、しばらく前までちょっとだけ「青鞜」にはまっていて、あのあたりの関連書籍を読んでいたりすると、けっこう与謝野晶子に憧れて、みんなちょっと下手な歌をつくってたり、そういうのが、こう、なんとも、ゆかしい感じ（笑）。あとは文豪の全集とかを読むと、過去の習作とかが載ってるけど、一緒に短歌とかも載ってたりする。

まあ、そこから比べると今は状況が変わっているから。

永井　最近、短歌のポピュリズム的な復権があると思うんですけど。

瀬戸　ああ、歌集がプチ売れしたりとか。

永井　についてどうですか、という訊き方は曖昧ですけど。

瀬戸　私が今 bot をやっていることも、それに寄与してる部分があるといえなくもないね。それこそ与謝野晶子の時代や塚本邦雄の頃は、短歌をガチでやっているということが、ある程度文芸界隈の人たちにそれなりに力をもって認識されていたということが前提でいろんなことが起こったわけで。じゃあ、どうするか、のひとつの解答例ではあるといえるのかもしれない。穂村弘が、アマチュアの歌を絶賛したりする一方で、そのあたりを歩いている人に山中智恵子の歌を見せても伝わらないことに絶望する、みたいなポーズをとる現状にもそれを感じる。穂村さんは両方を経験してる世代の人だし、文芸の他ジャンルの人たちに短歌のスポークスマンとしての役割を果たさないといけないわけだから。苦しそうだな、と思う。いま短歌をつくっている人たちは、その苦しさを現実に自分たちの体験として味わっているというか、そこから完全に逃れるのがとてもむずかしいという実感はあるんじゃないかな、わりとみんな。それぞれ立場は異なるけれど一方で相手の言い分がまったくわからないわけではないっていう、そういう苦しさ。……というのが穂村世代以降のおおまかな状況だと思うけど、それより上になるとわりと「この歌はわからない」戦法だよね。でも「わからない」という用語がだめだと思う。否定の仕方にしてもただの抑圧みたいに見えちゃうから、「わからない」という用語を禁止にして話し合う必要があると思う。別に否定すること自体はいいんだけど、えらい人が「わからない」って言えばOKというのはだめ。あー、もうね、一時的な禁止ワードをつくりたい（笑）。「茂吉」とか「人間」とか、世代間の断絶を便利に助ける単語を禁止ワードにしたうえで話しあったりしてみてほしい。じゃないといつまで経っても、時が解決していくのを待つ——永井祐の歌が「わからない」「わからない」と散々言われつづけながらも十年かけてなんとなく歌壇に受け入れられていったみたいな——ああいうの、あまりに、すごく新陳代謝も効率も悪いので。やれって言っても誰もやらないかもしれないけど。新しい人が出てきてもちゃんと話し合いができるまでに時間がかかりすぎるじゃないですか。それってやっぱり、短歌に興味を持った人が、すぐ一、二年でドロップアウトしちゃう原因のひとつでもあると思うから。

テキストについて

永井　批評の話になりましたが、「率」でも批評の文章が隔号で載っていて、毎回企画を立てていますが、テキストから読むという意識が全員に強い気がします。たとえば創刊号の自歌自註の特集を組んだ経緯を教えてください。

瀬戸　自歌自註の企画は結構みんなわりと書くの嫌がってたような記憶がある。ちょっとまわり道になるけど、この前の「いまとここと現代短歌」イベントで、「現代短歌だと思うものを十首挙げてください」というのが第二部のシンポジウムのテーマで、そこで木下龍也さんが「なんたる星」というネット結社から十首選んでたんだけど「本当は自分の歌を十首挙げてこれが現代短歌だと言いたかった」みたいなこと言っていて「でも、それはあまりにあれだからやめました」っていう（笑）。でもそれって、私も半面は正しいと思う。人の短歌について褒めるのって本当は難しくて、自分の価値観が入るのをどこまで制御するかがまず難しいし、下手にやるとやっぱり人をだしにして自分を褒めているみたいに見えちゃったり、あるいは実際にそうだったりするわけで。「ああいう歌をつくる人だからこういう歌褒めるんだ、なるほど、それはあの人らしい」みたいな。それはある程度仕方ないことではあるし、なくすことは絶対できないけど、それが自歌自註になると自分でそれをコントロールしないといけなくなるから、どのくらい自分の価値観と短歌にどんな距離を取るかというひとつのスタンスが見えるんじゃないかと思っての実験企画のつもりだった。自分語りしている人もいれば、かなり距離を取って書いている人もいるし、まあキャリアによってはずいぶん昔の歌だからこそというケースもあったのかもしれないし一概には言えないんだけど。やっぱり現在の自分に近い価値観の歌をあげて、持ち上げておくのが簡単だよね。私もやらないとは言えないけど、簡単っちゃ簡単だよね。じゃあ、究極に自分の価値観に近いはずの自分の歌を批評するんだったら、みなさん、どうしますか、という。

永井　テキストに拠っている批評の方が瀬戸さん的にはいいということですか。さっきの「わからない」の話じゃないですが、わかろうとする批評の方が瀬戸さんとしては良いというか。

瀬戸　うーん、「わからない」んだったら、その歌をつくった相手に、ちゃんとどこがどんなふうに自分がわからなかったかが「伝わる」ように「わからない」と伝えてほしい。要は、相互理解をあきらめちゃだめだと思うということで。この人の「ここがだめだな」とか「相容れないな」とかは、傷つく話かもしれないけどね。できるだけ極限まで近寄って「ここところが違う」とか、「でもこっちを選ぶ」とか。そういう価値観を確認して、その上で「でもこっちを選びます」ということをやらないと生産的にならない。そういうことをやらないと……短歌の歴史の流れがとにかく本当にゆっくりすぎて、このままじゃ私、すくなくともあと三〇〇年は生きないとだめだ……みたいな気持ちになるよ（笑）。

永井　瀬戸さん自身への批評については、読んでいてどう思いますか。

瀬戸　というか、そもそも私の歌について批評を書いてくれるなんていうのは、本当にめずらしい。ここ最近は多少あったりするけど、六、七年前ではちょっとそういうのはあまり考えられないことだった。スルー……、スルーというと若干被害妄想かもしれないけど、まあ言葉を選ばなければわりとスルーされ続けてた。私が多少なりとも歌壇で知られるようになったのは「瀬戸夏子という人はまあまあ評ができるらしい」という評論枠での話だから。しかし「よくわからないこいつの歌は」みたいな。「よくわからないから、まあ歌はほっとけばよかろう」みたいな感じで（笑）。まあ今も大きく状況は変わってないとは思うけど。だから単純にありがたいですね。歌会にいってたころも、私の歌の評をあてられた人は困ってることが多かったし。批評の内容云々以前に、そもそも話をしてくれる人があんまりいなかったから。

永井　さっきの「わかろうとする」の話につながるかもしれませんが、塚本邦雄が『新古今』についてとか、斎藤茂吉の歌集への註釈（『茂吉秀歌『赤光』百首』など）とかで、読み替えをしていたみたいなことは、引用や本歌取りじゃないですが、瀬戸さんも意識していますか。

瀬戸　新しい読み、新しい価値観を創出している文章が私は好き。塚本邦雄の読み方とか、あと穂村弘もそうなんだけど、これまでの読み筋とは違う価値観を評論で――良かれ悪しかれという部分はあるけど――ちゃんと提示しているじゃないですか。でもそういうのを一部の人だけにまかせてていいのかなというか――全員が全員、評論が得意なわけじゃないから、全員ができるとまではもちろん思わないけど――いろんな人が、なにかしらに乗っかって書くのではなくて、本当にただの一か所でもいいから、「いや、自分はここはこうだと思う！」というところを主張していけば、その歌への価値観が層みたいに積み重なっていって、全体的に価値観が少しずつ変わっていく。そういうのも含めての営為が「短歌」だということなのかもしれない。うーん、むかし、後輩に半ギレで「瀬戸さんは短歌史を更新するものにしか興味はないんですか？」って訊かれてわりと即座に「ないね」って答えたことがあるけど、それはまあ本音に近いのかもしれない。ただ矛盾するようなんだけど、「瀬戸さんは本当に短歌好きだよね」とも言われることがあるんだけど、それはどういうことかっていうと、私はつまらない歌集を読んでもそこまで絶望的に退屈しないというか。正直言って、あんまり面白くない歌集も結構読めちゃう。それは私が短歌に毒され過ぎなのかもしれないし、何を青臭いことを、と言われるかもしれないけど、基本的にそこに短歌があって、それを読める状況があればつい読んじゃうし、本当の意味で徹底的に嫌いになることが難しいのかもしれない。宝探しみたいな、そんな感じで読んじゃうからね。

永井　新しい読みの提出みたいなところについて、前衛短歌やニューウェーブなどの、ポストの方とかとは違う方に行った……。時代の流れに乗っかる方がどちらかといえば（良い）。

瀬戸　うーん。先人の偉業をしっかり見た上で、あらためて自分自身を見つめ直して行動をする、表現をするっていう、基本的にはそれが大事なことだと思っていて。それが結果的に時代の流れになったり、短歌史に接続していくっていうことになるんじゃないかな。先人を蔑ろにするわけではなくて、むしろリスペクトしてるけど、その上でちがうと思うところにはきちんと反発したりとか。私が穂村弘の批判をしたのも、やっぱり穂村弘がすごかったからだよね。インタビュアーの皆さんと年も離れちゃってるのであまり伝わらないかもしれないけど、いまだってもちろん穂村さんの影響は大きいと思うけど、一時期まではもう今の比ではないくらい絶大だった。穂村さんが新しく用語を作ったら――「棒立ちの歌」「解凍と圧縮」っていろんな用語があるけど――それ抜きで短歌の批評をするのが難しくなるくらいに流行ってた、そういうレベル（笑）。そのくらい彼の批評の力が強かったので、もちろん偉大ではあるけれど、そのまま行っちゃうと硬直しちゃうので、なんとかそうじゃないものを見つけたいというか、穂村弘の評論、私はかなり熱心に読んでたほうだと思うんだけど、初読時はすごくてやっぱり圧倒されちゃう。でも何十回も読みかえしてると、少しずつ違和感がある場所が見えてきて、それを徹底的に洗う。その積み重ねで評論が書けたという感じ。

永井　たとえば、浜田到や小中英之や相良宏みたいな時代の流れから孤立しているような人たちについてはどう思いますか。

瀬戸　難しいね。私は王道志向なんだけど。王道というか覇道というか。自分が覇者の道にすごく惹かれる部分がある一方、私が書くものであったり私が女ということであったり、いろんな意味で私はアウトサイダーなのでそういう目線から見ていくと……。それこそ塚本・岡井ツートップとか、その同じ時代に生きていて彼らはスターであったわけだけど、もちろん彼らが豊饒なものを持っていたのは確かだからみんな吸収したんだけど。たとえば浜田到はマイナーポエットとされることも多いかもしれないけど、同じくらいの鉱脈を持っていると思う。そういうものを偏愛して歌をつくる人って面白いんじゃないかなとすごく思う。浜田到のすごく熱狂的なファン──そっちの遺伝子を受け継いだ人が何十年後にぱっと出てくるという展開は熱いんじゃないかな、みたいなのはある。

永井　今わりと孤立している人っていますか。

瀬戸　孤立してるというとちょっとニュアンスはちがうかもしれないけど、我妻俊樹さんや飯塚距離さんが書くものは好きですね。私たちが見ていた上の世代って、「歌葉新人賞」世代というかポストニューウェーブなんですよ。あのころ、さっきも話したけど、穂村さんの批評の影響力がとにかく絶大で穂村さんが自分とは全然違うタイプの歌を盛り立てていった時期。その結果、歌葉新人賞では、フラワーしげるさん──は、最近歌集が出ましたね──や、我妻俊樹さん、なかはられいこさんだったりが、わりを食っていた印象があります。こういうことは批評の流れや時代の流れのなかで当然起こりうることだけれど。一方、それとはまた別に純粋に自分が読んでいて好きだなという人や歌があれば、それは追いかけた方がいい。自分自身にいろんな可能性をたくさん残しながら、たくさん吸収するのがいいんじゃないかなと思う。だから私は後輩とかには「とにかくたくさん読め」って言ってうざがられるタイプ（笑）。

永井　人ではなくて、歌ということでしょうか。ちょっと上手く訊けていませんけれど。

瀬戸　うーん、人っていうとちょっとややこしいけど……。同じ歌人でも、歌集や時期によってやっぱり好みがあったりするでしょう。だから人、というか歌人じゃなくて、歌集や、究極、歌一首でもいいのかもしれない。極端な話、ひとりの歌人にたいして、自分にとって一冊だけ聖書みたいな歌集があって、だけどあとは全否定でもいいと思う。それはそれで。私だったら、穂村弘なら特別なのはどうしたって『手紙魔まみ、夏の引越し（ウサギ連れ）』だし、塚本邦雄なら『水葬物語』や『緑色研究』だし。でも、おなじ穂村ファン、塚本ファンでも、『シンジケート』がいいっていう人がいれば、塚本の後期がいいって人もいると思う。でもそうなるには、歌集や歌にアクセスできる敷居がまだ高いことは確実なので、そういった敷居を下げる必要があって、で、それもあってbotをつくってる。冒頭の話に戻るけどね。

短歌の潮流

大村　漠然とした問いで恐縮ですが、ポストニューウェーブ以降の短歌の潮流についての予測（という語弊がありますが）への、瀬戸さんのお考えをお伺いしたいです。

瀬戸　やっぱり、どの国の文学史を見ていても、基本的にシーソーゲームだと思うんですけど。まだ私はポストニューウェーブ以降の潮流が明確に形づくられているとは思っていなくて。ネット出身の人が活躍している一方、学生短歌があり、BL短歌があり。しかもそれらが厳密にわかれていなくて渾然としているという状態だというのが、いまの私の状況認識に近くて、まだ振り返れる段階ではないと思う。

短歌を始めたきっかけ

永井　瀬戸さんが短歌を始めたきっかけを教えてください。

瀬戸　中学生のころに俵万智を読んだ記憶がある。でも俵万智を読んで自分でも歌をつくろうとは思わなかったかな、面白かったけど。そのあと高校生になって、枡野浩一や加藤千恵の歌集が田舎の本屋でも手に入る状況になって。だけどやっぱり決定的だったのが、ショッピングモールに入っている小さい本屋で、『手紙魔まみ』のカラフルな表紙が立てかけられて、一冊だけ置いてあって。開いて死ぬほどびっくりして、っていうあの瞬間ですね。そのあと一、二年は『手紙魔まみ』に取りつかれるようにして過ごして、歌をつくりたいとも思ったけど、数首つくっては、『手紙魔まみ』をひらいて、打ちひしがれて、ごみ箱に捨てる、みたいなのを繰返し（笑）。結局、本格的に定期的に歌をつくるようになったのは早稲田短歌会に入ってからですね。文芸専修に二年生から入って、そこで短歌の授業があった。いろんな歌人の歌の紹介があって塚本邦雄とかも紹介されていて、すごくすごくびっくりしたりもして。いろんな歌人の歌に出会って、そのたびに新鮮で感激してましたね、当時。その授業では、自分たちでも短歌をつくって読みあったりもするんだけど、その頃早稲田短歌会に入っていた子が、私のことを気に入ってくれて、その子の紹介で、早稲田短歌会に入ることになった。

永井　あと、演劇をやっていたと伺ったのですが。

瀬戸　当時は私、すごく派手な恰好をしていて、きゃりーぱみゅぱみゅみたいな、超原宿ですみたいな恰好をして登校していたんですよ（笑）。いまは洋服にあまり興味がなくなって適当な恰好してますけど。そしたら、サークルの新歓でミュージカルサークルの人に声をかけられて「君、お洋服とか好きでしょ。衣裳作る仕事しない？」って言われて、なんとなくついていっちゃったんだけど、衣裳さえつくっていればいいのかと思っていたら、ミュージカルってすごい人数が必要だから、舞台に上がらなくちゃいけなくなって。経験して思ったけど、舞台とか演じるとか、私はむいてない、すごくつらかった。あと、とても大変で、忙しくて。アルバイトもしてたし、勉強する時間とか読書する時間とかがなかなかとれなかったので、そのサークルは一年で辞めて。そこから短歌の授業に出て、早稲田短歌会に、という流れ。

永井　わりと最初の頃は、一人でずっと読んでいた感じですか。

瀬戸　そうだね。早稲田の図書館はとにかく素晴らしいので、通ってました。

永井　短歌以外もかなり読まれていた。

瀬戸　私、全般的に読みたいんだよね。さっき言った、詩・短歌・俳句以外も、小説、評論とか、哲学とか。満遍なくとまでとはいかないけど、そのあたり全般好きですね。濫読派です。

永井　現代詩なんですけど、最初に読んだのはどの辺ですか。あと好きな詩人など。

瀬戸　最初、近代の詩が私はあんまりぴんとこなくて。それで、現代詩文庫あたりから。気になったものからどんどん読んで、集めていって、そのなかでもとくに好きな詩人は古本で詩集を集めたりとかしているうちに近代の詩人のおもしろさがわかるようになってきて。あとは定番だけど「現代詩手帖」とか。好きな詩人はたくさんいるけど、そこまで年が離れてない人で挙げると、安川奈緒と中尾太一。杉本真維子の第二詩集も好き。時代が離れるけど左川ちかや大手拓次にははまりました。あと海外詩。とくにアメリカ詩とフランス詩。アメリカだったら、エリオット、エミリー・ディキンソン、ウォレス・スティーブンス、ジョン・アッシュベリーとか。フランス詩だったら、ルネ・シャールとかフランシス・ポンジュ、あと、コクトーもすごく好きだし。違う語圏になるけど、パウル・ツェランやオクタビオ・パス。とくにジョン・アッシュベリーやオクタビオ・パスは、シュールリアリズムを経由したうえで、自分の詩を確立した人で、その感触が好みですね。でもこれはよく言われるけど、新しくここ十年二十年の間に活躍した海外の詩人はもうなかなか翻訳されなくなってて、せいぜい「現代詩手帖」あたりで特集が組まれても、ひとりあたり二、三篇しか載らないから、そういう号は真剣に読んだりするかな。よく思うのは、わたしは短歌をつくってるけど、おおきくとらえれば「詩」なわけで、日本の詩や俳句や川柳もライバルだと思うし、そしたら全地球規模で詩をつくっている人は無数にいるので、本当は全員ライバルだから、ライバルのことを知りたいという欲求は私には当然なことに思えるんだけど、しかし地球上の全言語を習得するというのはちょっとなかなか難しい（笑）。それにしたって本当は私がもう少し語学を勉強していればいいんだけど、なかなか無精で。でも詩は、特に、翻訳されると意味がないと言う人も多くて、それも一理あるとは思うけど、かといって無視すればいいということでもない。

永井　アッシュベリーは俳句を作っていましたけど。

瀬戸　アッシュベリーのひと昔前、ウィリアム・カーロス・ウィリアムズとか、エズラ・パウンドも短い詩を結構……。ヨーロッパの詩って長いものが多いから。絵画における浮世絵ショックみたいなもので、日本という国に俳句というすごく短い詩があるというのが話題になって、一時期流行ったんだよね。逆にランボーやエリオットの詩の影響が日本では大きかったわけだけど。でも、やっぱり、いま外国の現代詩がほとんど入ってこないからすごく気になるね。どうなってるのか。

永井　言語芸術以外はどうですか。

瀬戸　まず、私は音楽が不得意です。映画は人並みかな……。写真は人並み以下だと思うね。やっぱり言語芸術が一番好き。ほかに何が好きかな。うちにあるの本ばかりだしね。あ、アイドルの話をしていい？　アイドルが大好きです。

大村　特定のアイドルとかではなくて。

瀬戸　狭義のアイドルももちろん好きなんだけど、広義のアイドルというか、偶像みたいなものがかならず必要で。というか、アイドルという存在がないと絶対生きていけない。ジャニオタだったころもあれば、いろいろあるんだけど。女の子のアイドルにはまってた時期もある。つねに絶対いて、でもそれはわりと、私の幻想志向みたいなところ、リアリズム志向ではないところの根源に近いと思う。私は世界にすくなくとも何かひとつ幻想を持っていないと耐えられない。非リア体質なんだよ（笑）。私は自分の人生のなかでも、何度か、こんな奇跡的なことが起こっていいんだろうか、っていうラッキーというか幸福に遭遇したこともあるんだけど、それが自分自身、うまく感受できない。推しのアイドルが——まあ狭義のアイドルじゃなくて私が勝手に偶像化してるケースもあるんだけど——些細な幸福に遭遇してる瞬間を目撃したりしてるときのほうが、ずっとリアルに感情が動く（笑）。でもそれは人を冒涜しているということでもあるので、自分にとっては罪悪感があるんだけど、でもその反面、なかったら死にそうだなというところがある。これはこのさきあんまり変わらない気がする。

大村　幻想を持っていることが人を冒涜するということですか。

瀬戸　相手には人格があるのにこっちが勝手に夢を見るのって、絶対、人を傷つけてるから、基本的には。そこには罪悪感がつねにあるんだけど、でもないと死ぬから死にたくないなみたいな、そういうところかな。中学生の頃、本気で東京に住んでる人が羨ましくて、当時熱中していたアイドルの追っかけがどうしてもしたくて。あのころ、都会に住んでたら、絶対に追っかけして中学校に行かなかったと思う。あのとき、思いあまって家出しなくてよかったな（笑）。それくらい、アイドルは私の人生のなかで大きいですね。

永井　たとえばキャラクターとかはどうですか。アニメとか、ゆるキャラとか。アイドル的な一方的な感じに関連して……。

瀬戸　むかしからサンリオ贔屓ですね。アニメや漫画も好きですよ……ただ私のまわりはディープな人が多いからそんなに詳しいというほどではないんだけど。サンリオには幼少時から絶対影響を受けてると思うなあ。マスコットキャラのほとんどは人間の男女を模したカップリングするわけ、けっこう安易に。だけどサンリオはそのあたりをずらすのが上手い。とくにキキララやポムポムプリンが好き。ネオテニーっぽくて未分化で。BLや百合の文化も大きく言うとそういう日本の土壌から生まれてる気がするんだけど。私はアイドル全般に対してもそういうところに惹かれがちだけどね。あと動物が好きというか、私はちがう動物同士の交流に弱くて。種族を間違えて恋しちゃうやつとか。あれに弱いし、あと違う種族で性行為したりするものとかに弱い。ああいうのを見ていると、アイドルを見ているのに近い興奮を覚えるときがある。現実にこんなことがあるんだという驚き。まあこれも動物差別に根ざしてはいるんですけどね……。私はたぶん自分の現実の人生がそんなに好きじゃないんだよね。自分の現実に満足している人は、自分の現実を短歌にして「俺の人生素敵だろ?」って主張できるのかもしれないけど、そういう感覚、全然わかんない。しかしそんな私でもこんなに奇跡的なことがこの世に存在しているんだということを目撃するために生きる価値があるんだなあという感じがするので。

永井 さっきのキキララの未分化の話とか獣姦の話とか、『九十九十九』(舞城王太郎)が似ている気もするんですけど、舞城王太郎とかは好きですか。

瀬戸 舞城王太郎はとくに高校生のころ熱心に読んだな。根本は男の子文学という感じがするけど。作風のわりに健康的だと思う、すごく。私は好きな作家を挙げていくと、ゲイの作家が多くて、三島由紀夫や、トルーマン・カポーティが典型なんだけど。その一方、河野裕子みたいな母性のかたまり的な、いわゆるすごく女性的な人も好き、共感は一切しないんだけど、自分とはあまりにもちがうから惹かれるというか。

永井 違和感じゃないですけど、そういう。

瀬戸 ヘテロ感覚が強い作家には、オリエンタリズム的に惹かれるのかもしれない。

「率」の今後など

永井　「率」なんですけど、今後の展開とかって。

瀬戸　「率」なんだけど、次ね、十号なんですね。記念すべきかどうかはわからないんですけど。なかなか二桁まで来るのは大変だった。インタビュアーの方々も機関誌をつくっているからわかると思うんだけど、同人誌は一号出すたびに死ぬかと思うくらい疲弊する（笑）。でも同人誌は続けることにすごく意味があるので。「率」は、奇数号が特集号、偶数号が作品号という順番で、次号は作品号になるんですけど、ゲストに我妻俊樹さんを呼ぼうということになっていて。――歌集を出すのってすごくお金がかかるんだよね、たとえ私家版でも、それなりにお金がかかる。それも多分あって、我妻さんは私家版の歌集は生涯出すつもりはないとおっしゃられていたんだけど、いまフラワーしげるの歌集が出ているのに、我妻俊樹の歌集が出ないのは、やっぱりすごく損失だと思う、短歌の世界において。なので十号では我妻俊樹の誌上歌集を掲載する予定です。「率」をやっているときに――この前の九号では「短歌ヴァーサス」をつくっていた荻原裕幸特集を企画したんですけど――意識している雑誌のひとつに「短歌ヴァーサス」があります。「短歌ヴァーサス」で当時入手がむずかしくなっていた早坂類と正岡豊の誌上歌集を読めたのが自分にとってすごく大きかったので。またそれとは少しちがうかもしれないんですけれど、やりたいなというふうに考えています。

永井　（この機関誌が出るのが）三月くらいですけど大丈夫ですか？

瀬戸　うん。宣伝になるからいいんじゃないかな。そろそろ解禁してもいい頃合だし。

永井　長期的な展望はどんな感じでしょうか。

瀬戸　企画に関しては、ひとつが終わったら「次これやるぞ！」みたいにガチガチに決まっていることはあんまりなくて。それこそ、ちょうど話題になっているこことであったり、もしくはメンバーが関心があることとっていうのを誰かが提案してくれたりすると、その人に巻頭言をまかせながら、みんなで取り組むっていうケースが多いです。私個人について言えばとくに結社に入るつもりがないので、コンスタントに誌面に作品を発表する場っていうのがいまないのでそういう意味でも続けたいし。でも大きいのはやっぱり企画を打てるっていうこと。私自身も企画を打ったり、サポートしたりするのは好き。それに関して面白がってくれるようなメンバーだったりというようなのがいたら一緒にやっていきたいなと思っているし。立ち上げた当初はこんなに認知されるような同人誌になるとは正直思ってなくて、結構びっくりしているんですけど。二十年先とかは分かりませんけど、とりあえず今のところやめる予定は特にないです。

永井　「SH」とか note とかはどんどんやっていく感じでしょうか。

瀬戸　「SH」はやっぱり、川柳というジャンルに対してまだまだ知識やいろいろが浅すぎる段階ではじめてしまって、見切り発車なところがあるんですけど。今年の五月にまた川柳フリマが大阪で開催されるので、出たいな、なのでそのためにも「SH」三号はつくろうとは思ってます。川柳は勉強しようにも、資料の手に入りにくさが、本当に短歌の比じゃないので。諸先輩方から――川柳の人ってすごくみなさん親切なんだけど――教わりながら勉強していきたいですね。note に関しては、ちょっと私はTwitter に疲れちゃっていまあんまり発信ということができなくなってきてて。note は、私は使い方がいまいちわかっていないからなのかもしれないんだけど、Twitter にくらべると呼吸がしやすいので使っていきたい気持ちはあります。ネットプリントはまたちょっと意味合いがちがって、ネットプリントって、ちょっと読みたいなと思ってもインターネットでワンクリックで読めるわけではなくて、コンビニまで行って出力するのってけっこう面倒なんだよね（笑）。でも、その面倒さを乗り越えて読んでくれる人が数人、数十人、という感じが心地よいので。すぐになくしちゃいそうな儚さも魅力というか。「率」を発行して、そこに連作や評論を載せると結構はけちゃうし、ある程度は謹呈もするので。もうちょっとひっそりとやりたい気分のときは、バランスをとる感じで使おうかなと。それにしても、今回は事前にしっかり準備してくださったインタビューで感激したというか（笑）、うれしかったです。ありがとうございました。

永井　こちらこそ本日はありがとうございました。

（「早稲田短歌」四十五号、二〇一六年三月）

瀬戸夏子をつくった10冊（11冊）

★三島由紀夫『美しい星』（新潮文庫）

私の文学的アイドルである、三島由紀夫のもっともキュートで深刻な傑作。

一行目から埼玉県飯能市が超惑星的埼玉県飯能市に書きかえられているので、いまでも駅の電光掲示板で飯能行きの表示をまともに見ることができない。

★スーザン・ソンタグ『私は生まれなおしている　日記とノート1947-1963』（河出書房新社）

文筆家による書簡集や日記というのは、とりわけ好きなジャンルの読みものである。

その読書のなかで私は――低劣な好奇心がないとは決して言えない――あきらかに「弱さ」「脆さ」を探そうとしているのだけれど、同時にその「弱さ」「脆さ」自体の危険さに打ちのめされたいとも思っている。つまり私はこのソンタグの類稀な正直さに救われたのだ。

★飛浩隆『ラギッド・ガール　廃園の天使II』（ハヤカワ文庫ＪＡ）

「複数のマリア」を描いた作品のなかで、私が知る限り現時点でもっとも美しいＳＦ。

★若木未生『グラスハート』（集英社コバルト文庫、現在は幻冬舎バーズノベルスより刊行）

小学生の私にとって「詩」を読むことは、このバンド音楽小説シリーズを読むこととほとんどイコールであったと言ってしまってかまわないと思う。

★アガサ・クリスティー『終りなき夜に生れつく』（ハヤカワ文庫―クリスティー文庫）

クリスティーの小説が好きでもこの小説を好まない人は少なくないと思う。

けれど私はロマンチストなので大好きだ。『ゼロ時間へ』と並んで、メロドラマを追ううちに「運命」の恐ろしさを教えられる。

★マルセル・プルースト『失われた時を求めて　第二篇　花咲く乙女たちのかげに〈1〉〈2〉』（集英社文庫〈ヘリテージシリーズ〉）

『失われた時を求めて』のなかでもとりわけこのパートが好きなのは、もっとも幸福な小説として仕上がっているからだと思う。

退屈ではない幸福な小説というものはほとんど存在しないからだ。

★セーレン・キルケゴール『誘惑者の日記』（未知谷）

心理小説のような姿をとって、人間の思考限界の極北のひとつを手渡そうとする。

キルケゴールは私がいちばんはじめに惹かれた哲学者だ。

★G．ガルシア＝マルケス『予告された殺人の記録』（新潮文庫）

カポーティの『冷血』のようにある意味で徹底的な反ミステリ。

作家が手の内の情報をすべてさらけだしているという身振りのなかに、結晶のように永遠の謎が残される。

この共同体における殺人というテーマを初期の舞城王太郎は直系で受けついでいる。

★ジャン＝リュック・ナンシー『複数にして単数の存在』（松籟社）

彼の書くものに惹かれつづけていることを自分自身で肯定しきれずにいるところがある。

それは彼の書くものと彼の書くものに影響された

私自身の十年来の感情生活が、私のなかであまりにも分離しがたくなってしまっているからだと思う。

★小池正博『水牛の余波』（邑書林）

この句集が「川柳」であると知って、手にとることを躊躇する、やめようとする人にこそ、絶対にこの句集は読まれてほしい。私はこの句集に出会うまで、世間に流通する川柳のイメージとはまったく異なる、自在で軽やかな「詩」型が存在するということをほとんど理解できていなかった。

★穂村弘『手紙魔まみ、夏の引越し（ウサギ連れ）』（小学館文庫）

片田舎のショッピングモールの小さな書店でこの歌集を発見したのがすべてのはじまりだった。この歌集がこの世に存在しなければ、『そのなかに心臓をつくって住みなさい』や『かわいい海とかわいくない海 end.』はもちろん、「瀬戸夏子」も存在しなかっただろう。

（フリーペーパー、二〇一六年二月、紀伊國屋書店新宿本店にて、歌集『かわいい海とかわいくない海 end.』刊行記念として《瀬戸夏子をつくった10冊》選書フェアが行われた際に配布）

ほとんど真夜中に書いた日記
2016/8/6–9/5

8/6

鍵のついたいくつかのアカウントにさえTwitterにはほとんど何も書けなくなった。参っている。しばらくここに記す。昨日は本も読めず動画も見れず眠ることもできなかった。ただしずかにしていることも重要だと最近知った。むかしから資料価値として以外の『アンネの日記』の良さがわからなかった。幼いころから日記を書きつづけることがまったくできなかった、というよりも必要がなかった。もしこの文章をある程度の期間書きつづけることに成功すればこれは私のはじめての日記ということになるかもしれない。昨日眠れなかったあいだ、普段は苦手で見ることがないAVのことをすこし考えた。私は元芸能人ものか残虐映像に近いものしかAVは見ることができない。数年前に見たタバスコをひたすら陰部にかけられながらおさえつけられ電マを複数使われる映像のことを思いだした。検索してスナッフものではないAVで他にどんなものがあるのか軽く見ていたら膣に虫やドジョウなどを入れるものなどがひっかかる。2ch（芸スポなど）で女性芸能人に浴びせかけられる「AVだったらウンコ食わされるレベル」という表現を思いだす。検索画像を見ていくとイスラム国関連の画像にたくさん遭遇する。最近私はこの手の画像を見てもおそろしさを感じることができなくなっていてそのおそろしさを感じている。おそろしいものをおそろしいと感じられなくなるのは危険だと思う。それにしても

『富士日記』や金井美恵子の「愛の生活」や小川洋子の小説に出てくる本日食べたものリスト文化はなんだろう。私があれを書いてもおもしろくならないし自分で書いてもつまらなくなるだろうと思う。ここまで厳密には昨日の日記。きょうはリオオリンピックの女子バレー日韓戦と体操男子団体戦（予選）を交互にみる。

8/7

ここ数ヶ月というより半年近くYouTubeで欅坂46『サイレントマジョリティー』をほぼ毎日ループ再生していて（いまもしている）、その欅坂46の『渋谷からPARCOが消えた日』は歌人だったらまあ仙波龍英の代表歌「夕照はしづかに展くこの谷のPARCO三基を墓碑となすまで」を連想するだろうと思うのだけれど、きょうがその閉店日なのだと知った。この歌の表記を確認しようとネット検索したら山田航のブログ「現代歌人ファイル」がヒットしなんとなく記事を読みかえしていたら田中康夫の『なんとなく、クリスタル』の書名が目につき、佐々木敦の『ニッポンの文学』での『なんとなく、クリスタル』と『33年後のなんとなく、クリスタル』について思い出した……

《筆者は、『なんクリ』は「文学批判」でもあったかもしれないが、それと同時に、まさにまさにマルクスの『資本論』がそうであったように、一種の「資本主義批判」でもあったのだと思います。》

もうずいぶん会ってない友人にずいぶん48Gの熱心なファンがいて、私は当時前田敦子や島崎遥香が好きだったのだが彼女とはまったく話があわず、彼女が乃木坂46に乗り換えて当時センターを連投していた生駒里奈ファンになったときにはじめてセンター＝0についての話で意気投合した。欅坂46は渡辺梨加や今泉佑唯もかわいいが、とにかくいまの平手友梨奈は神々しい。きょうは映画『秘密』を見た。局毎に異なるオリンピックテーマソングのうちEXILEの曲だと思いこんでいたものが福山雅治のものだと知る。歌はつくらなかった。

8/8

《ジョアンゥはテレーザを愛したが／テレーザはライムンドを愛し／ライムンドはマリーアを愛したが／マリーアはジョアキンを愛した／ジョアキンはリリを愛したが／リリは誰も愛さなかった。／ジョアンゥはアメリカに去り、テレーザは修道女となり、／ライムンドは事故で死に、マリーアはついに行かず後家、／ジョアキンは自殺し、リリはJ・ピント・フェルナンデス氏と結婚したが／そこにはどんな物語もなかった。／／カルロス・ドゥルモン・デ・アンドラーデ》

《影響されるのは恐怖によってです。アメリカは怯えています。(…)ある種のプロパガンダを行うことが、とても簡単になります。四十年前の冷戦期に私の子供たちが学校に通っていた頃、彼らは、原子爆弾から身を守るために机の下に隠れなさいとほんとうに指導されていました。／ノーム・チョムスキー》

私は東京オリンピック開催に反対だった。正確にいえば、いまでも反対である、と思う。けれどいくつか、思いいれのある種目のうちのひとつ、そのひとつの選手たちが今回のオリンピックへの切符を逃した。けれどその選手たちは開催国である東京オリンピックには参加できる。そう思ったときにほとんど100％に近かった反対の気持ちは間違いなく揺らいだ。スポーツを見ているとき、熱狂しているとき、そしてどうしてこんなことに熱狂しているのかわからない、という冷めた気持ちになるときがある。国家という老朽化しつつあるシステムと右傾化する人々と国際試合、国際試合の頂点であるオリンピック。リオオリンピックのさなかに大規模なテロが起こることを意識的にあるいは無意識的に期待している人々はどれくらいいるだろう。引退したスポーツ選手が政治家になったときのあのなんとも後味の悪い気持ち。陛下の「お気持ち」表明。愛子さま。イチロー。映画一本。

8/9

五首つくる。現代詩文庫100平出隆詩集を久しぶりに読みかえす。『胡桃の戦意のために』はむろん素晴らしいが、思い入れがあるのは「花嫁」だ。そういえば大昔、早稲田短歌会に所属していたころ、当時の顧問だった佐佐木幸綱氏（年に一回飲み会に参加される他、公式書類に署名・捺印をいただくくらいの頻度でしかお会いすることはなく氏は私のことなど覚えていらっしゃらないと思う）が、そのある年の飲み会で、私とお話されていたさいになにか気分を害されたのだろう、「やっぱり女はだめだ、だめだ、男と話そう」とおっしゃって、私の隣に座っていた文芸誌の軽い批評欄をつまみ読みしては私に雑でぺらぺらな文学論をふっかけてきた男（今どうしているのか、消息はまったく知らない）と話しはじめたという経験は本当に勉強になった。他にも在籍していた六年間にこの手の学習をかぞえきれないほどさせていただいた。ただし、学生短歌会は時期によってずいぶん雰囲気が変わるものらしいから、その前、および、その後の、特有の空気感については知らない。そういうものは在籍していないと案外つたわらないものだ。なので「きみは結社を経験していないから……」云々の言説についてはその特有の空気感を経験していないという意味ではあたっているのかもしれないが、だからといって現在結社に所属したいという気持ちはない。なぜなら「きみは結社を経験していないから……」という物言いそのものの多くに学生短歌会時代に数多く体験したあの「勉強・学習」のにおいを感じるからだ。体操団体五輪金メダル。体操選手は身長といい顔といいジャニーズのようだ。各国の金・銀・銅メダル選手たちがメダルのあとにカラフルだけどチープな感じのする不思議なオブジェを渡されて、ほとんどみんながみんな「なんだろう、これ？」というリアクションで手のなかのそれをのぞきこんでいたのが可愛くて、おもしろかった。それにしたって内村航平の腋毛ときりんの睫毛のような睫毛のキュートさ。これまで男性の体毛にはあまり関心がなかったけれど、内村航平のこのふたつの体毛はセットであることによってとても魅力的にみえる。

8/10

YouTubeをひらくと最近、窪田正孝の郵政のCM（オリンピックver.）が流れることが多くてついついスキップせずに見入ってしまう。Kindle Unlimitedというサービスが知らないあいだにはじまっていて、Kindle化していた、私がはじめて出版社から出した歌集も入っている。最初はどうしたものか、と思っていたが、後から出版社から連絡がきて、申請すれば多少時間はかかるもののこのサービスから自分の本を外してもらうことも可能らしい。すこし考えた。私は比較的本を買うほうの人間だと思うけれど、それにしたって本が出たら書店で内容もほとんど確認せずにレジに持っていくほど好きな作家は限られている。まずは書店で本を手にとって吟味する。あるいは図書館で読んでみることもある。けれど私の本はまずほとんど書店に置かれていないし図書館にもほとんど入っていないだろう。たとえば雑誌の立ち読みやマンガ喫茶。歌集にはそんな機会はない。多少私が書くものに興味があるからといって、いきなりAmazonで二千円も出して歌集を買う人なんてほとんどいないと思う。そんなことを考えて、とりあえずいまのところ取り消しの申請はしないでおこうと思った。

《詩の形態にまつわる最終の謎は《行》ということばに棲みついている。行を分ける、行を替える。行を跨ぐ、行を渡る。行を追うごとに、行の連なりはばらばらになる。《行》は道とはいえず、環をむすぶ修練でもない。／平出隆》

笑っちゃうくらいの正論だ。このフレーズがおさめられている『胡桃の戦意のために』には改行がない（平出の他の詩集はその限りではない）。自分に甘いべたべたの改行の現代詩を読むと、げんなりする。短歌が五七五七七の韻律に甘えているというなら、改行への決意の感じられない詩は詩の形式に甘えているとしか思えない。なんと五日も日記が続いてしまった。すくなくともいまの自分にはこの書き方は合っているし、たのしいのだろうと思う。

8/11

ネットプリントを配信した。ネプリのはかなさは好きだ。私が整理整頓が苦手なのもあると思うが、気づいたらネプリなどはついなくしてしまう。私が配信したものをプリントアウトしてくれる人も読んだあと気づいたらうっかりなくしてくれたらいいなあと思う。この日記はたいてい日付が変わったころに書きはじめられる。なにかものを書くとき私はほぼ必ずWordのソフトを使っているのだが、つまり、パソコンを使えるようになりタイピングができるようになった大学一年生の後半（大学一年生の前半はタイピングができなかったため手書きでレポートを提出していた）からつい最近までの十数年のあいだに書いてきたさまざまな種類の書きものの記憶がどうしてもWordソフトにしみついているらしく、いまの私にはその記憶がひどく重く、煩雑な気持ちになり、なかなかWordをひらく気持ちになれないので、この日記は別のツールで書き、記録している。それくらいでちがうものかと言う話だが、全然ちがうらしく、ここには私はすらすらと、ぺらぺらと、毎日書き散らしている。配信したネットプリントはWordで書いていたので、配信して正直すっきりした。もうしばらくWordは使わずに済むというか、ネットプリントの連作を書きはじめた当初にはその感覚がなかったのだが、徐々にその感覚が重くなってきておかげで予定より配信が遅くなったのだが、もうしばらく書きものをするときにはWordを使うのはやめておこう。アルバム一枚で表舞台からすがたを消したアーティスト。画像が流出して引退に追い込まれたアイドル。彼／彼女らのその後を追うことはネット社会の現在、そうむずかしいことではない。もう二度と会うことはないだろうという昔の知り合い。それもまた別の意味で消息を知ることはたやすい。そのこと自体のたまらない鬱陶しさ。けれど、それは解放でもあるのだろう。たとえば公立の小中学校という不可思議な場所。なぜ私は十六歳で子どもを産むタイプの子とあんなにもふたりきりで長い時間をすごしていたのだろう。自分が日記を書くなんて到底考えられないとむかしの私は思っていたが、一方で文学者や哲学者の日記を読むのは好きだった。またご多分にもれず、若くして（しばしば自殺で）死んだ人の手記を読むのも好きだ。私はそれを読むことで、その死をもたらした決定的な一撃を知りたかったにちがいないのだが、どれを読んでもその決定的な一撃については書かれていない。むしろ死が近づけば近づくほどその日記や手記からは《死》そのものの気配は拡散して曖昧になっていく。《死》の側が書き手を呼びこむにつれて、その手を地上から遠ざけているのか。おたがい口に出しては言わないが、会うたびに、おそらくおたがいに「ああ、まだ死んでいなかったのか」と心の底で確認しあっているような間柄の人間がいる。おそらく相手は私の自殺をどこかで願っているのだろうし（むかし私のことを自殺しそうだ、と発言したことがある）、私のほうでもそうなのかもしれない。それはそれでひとつの信頼なのかもしれない。

8/12

たいてい女の性にうまれた人ならわりと誰しも経験があると思うのだが、ひそひそ話で「持ってる？」と訊かれるあれに、「タンポンなら」と答えると「じゃあ、いいや、ごめんね」と言われることが、不思議で、いまネットでいくつかのアンケートを見たら七割〜八割がナプキン派でそれは……と思ったが、なぜなのか、ほんとに、と思ってガルちゃんのトピックをのぞくと九日間入れたまま忘れていたせいで死にかけた人や一日三回入れ替えていたのに片足を失った人など極端なケースもあげられていたけれどそれ以前にとにかく圧倒的にまず無理！という意見が多すぎた。抜き忘れのケース、間違えて二本入れたままにという意見をみて、「あるある、私なんて三本出てきたことある！」と思ったけれど三本入れたままの経験のある人はそのトピックにはいなくて「タンポン　抜き忘れ　三本」で検索をかけたらYahoo! 知恵袋がヒットして、それは結局抜き忘れ二本の人の話で、その回答のひとつに「スリムタンポン三本使ってオナしてるよ！」

という内容がヒットして笑ってしまった。見ていくうちに「ナプキン、タンポンに次ぐ第三の生理用品」という見出しで月経カップなるものが紹介されていて、経血をためるタイプらしいこの製品に「えっ、もしかして一週間そのままでいいの⁉」と興奮したけど一日二回〜三回取り出して洗わないといけない（！）らしく、夢はうちくだかれた。十年使えるらしいし、フォルムはおもしろいんだけどな。

《……『森の時間』という小説を、前登志夫さんが書かれて、その中に蛙の話が出てくるのです。蛙は『古事記』あたりからずいぶん出てきていて、蛙の異形の「たにくぐ」っていうんですけれど、その話になった時に「なるほど金属のツブツブの不思議な生きものが岩やすみっこに長時間座っている。あれ面白いなあ。」なるほど、あの姿、あの重みみたいなものから宇宙感があるのかと思っていた。／吉増剛造》

……それにしても前登志夫「と」渡辺松男（……『泡宇宙の蛙』……）についてやっぱりつきつめて考えてみなければならないと思った。ビジネスビッチとビジネス処女は手を組んでいる。

8/13

SMAP解散のことしか考えられない。私の三十年の（ドルオタ）人生のなかの二十八年に彼らは存在しつづけた。彼らは「アイドルは終わらない」という可能性を示しつづけてくれた。たくさんのネタツイートのなかに今回の件を先日の今上天皇の「お気持ち表明」や「生前退位」を関連づけたツイートが散見される。タイミングだけの問題じゃない。戦後アイドルは「象徴としての天皇」を手を変え品を変え人を変えさまざまに変奏しつづけてきた。私のドルオタ人生でジャニーズへの愛憎が占める割合はとても大きい。なかでも中居正広への愛憎は自分でも整理しがたい。けれど愚かなことにいまはじめてはっきりと理解できた、認めるのをずっとおそれつづけていたような気がしてならないけれど、私がはじめて愛したアイドルは中居正広である。何があってもSMAPは自分が守ると言いはりつづけた中居正広である。半年以上不自然な状態で放映されてきたSMAP×SMAPをなんとも言えない気持ちで見ていた。今年の27時間テレビで明石家さんまにSMAPについて問いつめられる中居正広を息をつめて見ていた。五人いて（もしくは森をふくめて六人いて）SMAPだということ。たとえば木村拓哉の躍進がなければここまでSMAPは偉大なグループにはならなかったかもしれない。中居正広の顕著なホモソーシャル的なふるまいを不快に感じる人は多かっただろうし（……私も、半分は、そうだ）、彼の後輩グループのファンで彼に感謝していた人たちがいた一方、彼のやり方を嫌っていた人間が多いのも事実だ。けれどそれでも私は中居正広が命賭けでまもろうとしつづけたSMAP、およびジャニーズが好きだ。さんまとの対話で「嵐は嵐で応援してあげてください」「（SMAPのファンはババアばっかりだというさんまに対して）俺がそれを言うのはいいけどさんまさんがそれを言うのはだめ」と言える中居正広が。

8/14

SMAPについて書こうとすると、私がここしばらく熱中しはじめたアイドルのことについて触れなければいけなくなる。現在進行形で真剣に熱中している事柄について書くのは私にとっては本当にむずかしいことなので、書けない。だからSMAPについてもこれ以上はしばらくのあいだ書かないでおこうと思った。前倒しして墓参りにいってきた。実在するらしい墓の話をたくさんした。本当にそんな場所に存在するのか？、と驚くような墓や最新モデルの墓まで。私はそれなりに人並みにめんどくさい立場なのできょうお参りにいったいくつかの墓のどれにもたとえば私がいま死んでも入ることはないのだが、妹と話をしていて、自分たちの前の世代の墓は必要かもしれないけど自分たちの世代の墓って必要か？、みたいな話になる。火葬はやっぱりこわいし嫌だねと話す。鳥葬はもっと嫌だねと妹が言う。私はむかし宇宙葬に憧れていたことを思い出す。ドラマや漫画の世界では話の都合上だろうけど、家族の墓以外に個人の墓が出てくることも割とある気がする（外国が舞台の話以外でも、たぶん）。万一、私に墓が必要な日がきたら、キキ&ララをリスペクトして水色かピンク色のプラスチックに私の砕いた骨というか白い粉を混ぜて、星型のたいらで低い（高さ三十センチくらい）の墓をつくってほしい。悪気なく子どもがいたずらしたら、あるいは私を好きではない人が踏んづけたら、壊れてしまうようなチープな墓がいい。一応私の墓の断片は回収されて透明なビニールのごみ袋にしまわれるのだが、四十年後くらいに、もてあました人が、あるいは面倒になった人がこっそりゴミの日に出してしまうような、そういう感じがいい。そこまで考えて、私は本当にほんもののナルシストだなと呆れる。《Come, gentle night, come, loving, black-brow'd night, Give me my Romeo; and, when he shall die, Take him and cut him out in little stars, And he will make the face of heaven so fine That all the world will be in love with night And pay no worship to the garish sun.》（シェイクスピア『ロミオとジュリエット』）ということなんだろう。驚くな。

8/15

私が唯一今期視聴しているドラマであるところの『そして、誰もいなくなった』第五話を見る。伊野尾慧がブレイクしたのは昨年の24時間テレビあたりからのことだと思うのだけれども、あの髪型の印象もあいまってAKB48で長年小嶋陽菜とともにビジュアルクイーンだった篠田麻里子に見紛うようなあのなんとも「可愛い」容姿、そして自身のその「可愛い」容姿をきちんと理解した上での賢い立居振舞。正直に言って私もあのビジュアルにとことん弱いひとりなのだが、もともとの毒のつよい性格ゆえの賢「すぎ」るビジネス可愛さにはのりきれなかった。いくらなんでも「養殖」がすぎる……と思っていたのだが、先日の『ドクターX』でのあからさまに羽生結弦をモデルにしたフィギュアスケーター役といい、『そして、誰もいなくなった』のバーテンダー役といい、とてもいい。トーク番組やバラエティーなどではセルフプロデュース感の強すぎる毒々しい感覚が、まだぎこちない演技のなかではそのくさみが相殺されて不思議にピュアにうつって塩梅がいいのである。リオオリンピックで結局私が熱心に追いかけつづけている種目はついに体操だけになったのだが、このオリンピックを通して私はずいぶん体操という種目が好きになってしまった。おかげでその残酷さゆえに毎年かなり愉しみにしているはずの甲子園を今年はなんと一試合も見ていないし、見ずに終わってしまいそうである。世の中には仕事が忙しいほうが日々が充実していていい、という人たちが存在する。存在していることは知っているのだが、そういう種類の言葉をきくたびにいつも新鮮におどろく。また他に、世の中には趣味らしい趣味が存在しない人たちがいる。そういう人々を「心が貧しい」と切り捨てる人々がいる。私だって心根はそちらの成分なのかもしれないが、私はそんなふうに思うことができない。かといって、そういう人々にたいしてことさらに自分を卑下する気持ちも（いまのところ）ない。ただ、いつも「インテリ」という言葉を違和感と悲しさとけれど否定しきれない誇らしさとともに抱えて、けれどもてあましてもいる。いま書いている文章が本当に日記なのかどうかもわからないが、書けば書くほど、書かなかったことが自分の心に浮かびあがり、それが漏れていやしないかと不安になる。むかし、自分が死んだら自分が書いた恋人へのラブレターが死後世界中の人に読まれることを熱望している詩人に会ったことがあるが、私にはその気持ちは到底理解できない。

8/16

《眩暈《めまい》がするような蒸し暑い夏――あれは、スパイ容疑で逮捕されていたローゼンバーグ夫妻が電気椅子にかけられた夏だった。私は、一体ニューヨークで何をしているのか、自分でも分からなかった。処刑が実際どんなものなのかは知らないが、電気椅子にかけられることを想像しただけで気分が悪くなった。それなのに、新聞ではその記事ばかりが大きく取りあげられていて、ほかにめぼしい記事もなく、街角や、ピーナッツの匂いのする黴臭い地下鉄の出入り口のキオスクなど、いたるところでこの死刑の文字が待ち構えていた。私にはまったく関係のないことだったのに、生きたまま体中の神経を焼かれるのはどんな感じだろうと、想像しないではいられなかった。／シルヴィア・プラス》

『ベル・ジャー』が再度映画化されるということで、日本で公開されるころにはいま絶版のこの本もきっと復刊されることだろうと思う。私はこの小説が本当に大好きで、渋谷のヒカリエで、外国小説の初版本がプリントされたTシャツが売られているのを見かけたとき、迷わず『ベル・ジャー』のTシャツを買って友人にプレゼントしたことがある。歌集が出版されたときに紀伊國屋新宿本店で「瀬戸夏子をつくった10冊」という選書フェアを企画していただいたことがあるのだが、選びたかった外国文学が予想以上に品切れ、もしくは仕入れ困難で驚いた（十冊を選ぶ前にかなりの数のリストをつくり担当の梅崎さんに仕入れ可能かどうかをチェックしてもらった、たいへんな作業だったと思うのにしっかり応えていただいて感謝している）。たとえば品切れでなかったら、ジョージ・プリンプトン『トルーマン・カポーティ』や、キャスリン・ハリソン『キス』、アニー・エルノー『シンプルな情熱』、ジャン・コクトー『ジャン・マレーへの手紙』、ヨシフ・ブロツキー『ヴェネツィア―水の迷宮の夢』など、など、なども考えていたのだが、残念ながら品切れだった。最初から絶版だとわかりきっていたので候補に入れていなかったカーソン・マッカラーズ『結婚式のメンバー』はその後、村上春樹訳で文庫化された。外国文学は、歌集や詩集や句集ほどではないけれど、やはりタイミングである。

8/18

私は短歌に関連する人物と誰ひとりセックスしたことがない。これは偶然ではなく、完全なる意思によるものだ。そしてこれからもしない。生きていくことは厄介だし、その上で短歌を続けていくことなんてもっと厄介でさらに短歌をやっている女というだけでもっと厄介で手に負えないから、しない。これ以上、混乱しないために、シンプルに短歌をやるために。そんなふうに堅物だと歌に色気が出ないだのなんだの言う奴は全員殺してやりたい。そんなことを言いはるけれど、実際にはやってるだろう、嘘をついているだろうと口に出す相手は殴ることはできるけど、内心で思っている全員を特定できない。セックスしたことを証明することは比較的簡単だが、セックスをしていないことを証明することはほぼ不可能なのだ。私は嘘をついていない。嘘をついていないという「言葉」を使うしかない。「言葉」があるから嘘が存在するのだと言う人たちがいる。それは本来的には正しいかもしれない。だから人間は動物を愛するし、同時に侮蔑している。矛盾しているし、不可能なことなのかもしれないが、私は基本的には「嘘をついていない」のだと証明するために、短歌をつくっているし、文章を書いているし、人と話をしている。その必要がないのならば、私は短歌をつくらないし、文章を書かないし、人と話すこともないだろう。オリンピック、卓球の水谷隼の倒れこんだり、倒れこむようなガッツポーズは最高だ。そういえば、感情のベクトルは逆だが、サッカーのゴールキーパーの川島永嗣が点を許したあと、ものすごい形相で地面を叩くのも、好きである。サッカーファンに言わせれば、川島は云々ということになるのかもしれない、というか昔そういう話をされたことがあるのだが、あいにく、私はいまのところサッカーファンではない、ので、あのリアクションがやっぱり好物なのである。

8/19

《ある日、一冊の本を読んで、ぼくの全人生が変わってしまった。まだはじめの数ページしか読んでいないというのに、自分の中でその本の力をあまりにも感じてしまったから、自分の胴体が、向かっている机や座っている椅子から切り離されて遠ざかっていってしまうような気がした。胴体が身体から切り離されて遠ざかっていくような気がしたにもかかわらず、ぼくの全存在、ぼくのすべては、いつも以上に椅子や机の前にとどまっているかのようで、本はそのすべての影響力をぼくの精神にだけではなく、ぼくをぼくという人間にするすべてに対して行使したのだった。それは本当に強い影響力だった。本のページから顔に光がほとばしってくるかのように感じた。その光はぼくの理性のすべてをくらませつつ、同時にピカピカに輝かせるような光だった。この光で自分を新しく創りなおすのだと思った。この光のせいで道に迷ってしまうのだとも思った。この光の背後に、ぼくが将来出会うはずの、そして近づいていくはずの人生の影を感じた。机に向かい、向かっていることを頭の片隅で理解しつつページをめくりながら、自分の全人生が変化の真っ只中にあるというのに、ぼくは新しい単語やページを読み続けていた。間もなく自分の身の上に起こる出来ごとに対して、何の用意もなく、何の手だてもないように感じてしまい、本からほとばしる力から身をかわそうとするかのように、一瞬本能的に本から顔を背けてしまった。周りの世界が頭からつま先まで変わってしまったことを、そのとき恐怖をもって感じた。そして今まで感じたこともない孤独感を覚えた。言葉も、習慣も、どこにあるのかも知らないような国で、たったひとり取り残されてしまったような感じだった／オルハン・パムク》

私はこの種類の大仰で陶酔的な読書体験を描いた文章を心のなかにコレクションしているのだけれど、この文章も、というよりもこの本自体もどうやらしまっておかなければならないようだ。しかしたとえばボルヘスに対しては、私はまだ「うーん、そうなのかあ」という程度にしか理解できないというか、感じられないのだけれど。媚び。そう、媚びにたいして思うところがあったのだった。私は自分にたいして媚びを売られるのが好きなのか嫌いなのか、まだうまく判断できないところがある。一方、私は他の人に対して媚びを売るのはそんなに得意ではないとは思っているのだけれど、私がいま生きていられるということは、間違いなく、どこかしらに対して媚びを売っているからであって、これはまちがいのないことである。けれど、売ってもいない媚びを売っていると誤解されるのは、嫌だ。どうしても嫌なのだが、これは私が私に存在を許している以上、どうにも無理からぬことなのである。だから、たとえば、私はアイドルたちの命を賭けた媚びや嘘を追いかけて分析することで自分の存在のいたたまれなさやむずかしさを緩和させようとしているのだとも思う。きのうたくさん歌をつくったからきょうはどうしよう。

8/20

一日に十冊二十冊歌集を読んでいた時期が嘘のように、ほとんど歌集に手をつけられない(慣れてしまえば、歌集というものは物理的には文字数がすくないのだから一日に数十冊読むのはそんなにむずかしいことではない。入手方法などに難はあるものの、歌集というのはこの世にほとんど無限に存在するのだ)。短歌というより、それにまつわるさまざまなことにずいぶん疲れてしまった。いまWordをひらくのが苦痛なのとほとんどおなじ原理である。なので二週間ほど日記をつけていてもほとんど短歌については書いていない。ということは、当然ながら、私はこの日記に記すトピックを取捨選択しているからでそれ自体がまやかしで嘘だというのは間違いない。嘘をつきたくないと思いながら、嘘を無限増殖させている。一時期、私はその状態にどうしても我慢がならなくなって、人と話すときには極力ほとんどすべて嘘を話すことにしていた。けれどそれはフロイトを持ち出すまでもなく、だけれど、逆に私の見得や虚飾をあらわすという、嘘よりも醜い嘘となる。しばらく前に欅坂46の話を書いたけれど、姉妹グループである乃木坂46で私が好きな楽曲は『世界で一番 孤独なLover』『制服のマネキン』で、好みとして男性グループだろうが女性グループだろうが、私は基本的にアイドルがかっこいい曲や凛とした曲を歌っているのを好む傾向があるから、というのもあるのだが、特に、こういったアイドル楽曲とアイドルという存在の矛盾に惹かれてしまうからで、世界中の人間から愛されるよりもひとりの人間に愛されたい、だとか、恋愛禁止をうたっているアイドルが恋愛対象を顕著に挑発する、歌詞をうたっているのをみると胸が詰まる。彼／彼女がアイドルとして存在そのものの矛盾に引き裂かれている状態に、なんとか自分自身の存在態度にたいするけじめのヒントを見つけようとしてしまうからだと思う。坂道シリーズにせよ48Gにせよ、私はごくごくライトなファンであるということはことわっておかなければならないのだけれど、たとえばＡＫＢ48で私が思いいれのある楽曲は『RIVER』である。はじめてＡＫＢ48がオリコン一位を獲得した曲で、よく言われるように疑似恋愛調ではなく自己言及的な歌詞で、まるで彼女たちが引き裂かれたアイドルではなく、それぞれがみずからの意思で立ち上がったかのように錯覚させるようなあざやかな印象だった。またこの曲のＭＶは自衛隊の基地で撮影され、彼女たちが戦闘服で行軍するシーンがある。私が欅坂46の『サイレントマジョリティー』のＭＶに感じたのは、このＡＫＢ48の『RIVER』と乃木坂46の『制服のマネキン』だった。『制服のマネキン』のとくにＭＶは乃木坂46のなかでももっとも印象深いものだと思うが、乃木坂メンバーが統制されたダンスをセーラー服すがたで踊りながら、恋愛をしなければ少女たちは制服を着たマネキンでしかない、だから恋をすべきではないか、と歌う、それこそ引き裂かれたアイドルとしての完成形というに相応しいものだった。欅坂46のＭＶが解禁されたとき乃木坂46のファンはまず間違いなく『制服のマネキン』を想起したことと思う。特徴的で統制されたダンス、そしてメンバーが揃って着ている軍服をイメージしたグリーンの衣装。一方で散々言われているようにSEALDsをイメージさせるような歌詞。『制服のマネキン』がアイドルの恋愛／恋愛禁止の極点を制服すがたで表現しているならば、『サイレントマジョリティー』は『RIVER』のまぼろしを一瞬垣間見せながら、恋愛を超えてアイドルの自由／不自由の状態にもっとも肉薄している。いまだに私は毎日このＭＶを視聴している。

8/21

（一度は書いたがあまりに退屈な記述だったため、削除した。）

8/22

たとえば紀野恵の《いちぎやうですらりと歌をつくり棄て長い散歩に出やうとおもふ》のように、初句五音から結句七音までをさらりと詠みおろす歌人もいるのだろうが（かならずしも紀野がそうだといっているわけではない）、すくなくとも、私はまったくそのタイプではない「歌つくり」である。ここ一年くらいは結句七音からつくりはじめることなども好んでいる。結句七音からつくりはじめる場合には上に向かって「ひらいていく」ことを意識したりするが、だからといって上句が重くなりすぎないことには注意するし、また必ずしも結句七音から順番にさかのぼってつくるわけでもない。また、ここ数年、歌をつくるときには図形をイメージすることも多い。数学がまったくできないので、説明がむずかしいのだが、何十、何百と、いろいろな向きでくちゃくちゃに絡みあった図形を、その都度思いうかべて、イメージしながら音韻と意味と助詞のバランスを考えて歌をつくったりする。きょうは四首。

8/23

火曜サプライズをぼんやりと眺めていたら、ウエンツ瑛士と神木隆之介が、私がむかし数年（といってもかなり長いあいだ）住んでいた町を訪れていた。私がむかしさわったことのある手すりに神木隆之介がふれているのを見る……のはとてもいいものだった。けれどアポなしで飲食店ロケをしようにも、あの町には、チェーン店以外の飲食店がほとんどないのだった。私はあまりそのことを不便に思ったことがないけれど、番組の趣旨としてはこまるだろう。なんとかその町の名物らしき饅頭と焼きそばにたどりついていたが、私はそのふたつの存在をなんとなくは知っていても食べたことはなかった。基本的に、私はあまり食に関心がないのである。九月のトークイベントの情報が解禁される。しゃべることは得意でしょう、といわれるし、調子がいいとき、学生のころ、時間があるときには、三十時間くらい平気でしゃべりたおしていた。だから不得意ということはまあ、ないのだろう、と思うのだけれど、一方、しゃべればしゃべるほど私の致命的な欠陥が徐々にあらわれる自覚もあるので、こういうのはたぶん、バランスなのである。しかし、バランスというのもまた私には……というのはループである。石川祐希が二度目のイタリアバレー留学に関してのインタビューで、「不安」についてのパラメータが五段階のうち「一」と答えたらしい。「一」、「一」、「一」……と刻みつけるように心のなかでくりかえす。あとは火曜日といったらなんといっても滝沢秀明のエアギターである。あのエアギターをみるといい気分になれる。ちなみにエアギター部分は見ているが、ドラマパートはほとんど見ていない。滝沢秀明といえばジャニーズJr.黄金期の中心人物だが、私はそのころそのなかの小原裕貴のファンだったので毎月毎月アイドル雑誌を買っていた。誌面にはのちに嵐になるメンバーも載っていたのだが、まさか当時は彼らが天下をとるなんて予想もしていなかった。

8/24

つい騒いでしまいたくなるような、心がざわついてるときこそ口を噤むべきだと思う。ほんとうは「噤まなければならない」くらいに書きたいところだが、いまのところまもりきれている自信がないので「べきだ」「と思う」などという弱気な表記。本の整理をしていると非常になつかしい本に出くわすわけだが、今回ダンボール二箱分くらいを開いて「あーこれは、」と思うことの連続だったが、なかでも、口を噤む、という、ことに関する非常になつかしい本を発掘した。DBC（Dirty But Clean）ピエール『ヴァーノン・ゴッド・リトル 死をめぐる21世紀の喜劇』。「「コロンバイン・ジェネレーション」に捧げる掟破りの21世紀版『キャッチャー・イン・ザ・ライ』」と帯文にある。実際に作者がモデルにしたのはコロンバイン高校銃乱射事件のすこし前の事件らしいのだが、出版当時には当然コロンバイン高校銃乱射事件を人々は連想しただろう。二十一世紀のホールデン・コールフィールド（しかし名作の宿命とはいえ、いったいこの世には何人の第二のホールデン・コールフィールドがいるのやら）は本家のホールデンよりさらに口が悪く、また下品である。一方で、ひたすらに全編しゃべりたおしているようでありながら、核心部分のところはじっと沈黙する、という点においてはホールデン・コールフィールドと似ている。

《おれはこんな子供だ。いちばんの友達は口に銃を押し込み、自分の髪の毛を吹っ飛ばした。同級生は死に絶えた。その死をすべて自分のせいにされ、今、ママの心を傷つけた——そして、カビくさい真実の厚板の重みに耐えながら、自分自身を家の中に、そして暗い茶色の人生の中に引きずりこんでいると——ある悟りが羽ばたきながら頭のてっぺんに降りてくる。まるで冗談みたいな悟り、おれというシステムから最後の息を蹴り出すような悟りだ》

《「有罪です」／その声を聞く前にもうおれは感じている。おれの人生をつかさどる事務所の全部門が店じまいし始めたことを。書類は切り刻まれ、きれいにラベルの貼ってある箱に感性は畳んで収められて、照明も警報機もスイッチを切られる。抜け殻であるおれの体が法廷から連れ出されるあいだ、魂の底に小さな男が一人坐ってるのをおれは感じる。薄暗い裸電球の下、彼はカードテーブルに屈み込んで、プラスチックのコップに注いである気の抜けたビールをすすってる。彼はおれの清掃員に違いない。おれ自身に違いない》

コロンバイン高校銃乱射事件を題材にした映画といえばマイケル・ムーアの『ボウリング・フォー・コロンバイン』やガス・ヴァン・サント『エレファント』だが、前者はひたすらに話し「尽くす」こと、後者はかたくなな「沈黙」に貫かれている。『エレファント』は私が特別に好きな映画のひとつである。

8/26

自分でも信じられないことなのだが、私はいま兎二匹と暮らしている。まさか自分の人生で兎（それも二匹）と暮らすことになるとは思ってもいなかった。兎プライバシー（？）に配慮して本名ではなくあだ名で記すことにするが「おじいちゃん」と「おでぶ」である。「おじいちゃん」はミニウサギで、こげ茶色、とてもスリムで俊敏で美人なオスである。「おでぶ」は、体重自体は「おじいちゃん」と100gほどしか変わらないのだが、せっかくの（？）ロップイヤーなのに、顔が大きすぎて耳が垂れきっていなくて、いまいち運動神経がにぶく、フローリングの上だと滑ってまるでモップのようである、オスである。けれど外見がライオンの子どもに見えないこともなく「おまえは将来ライオンになるんだよ」と話しかけて洗脳しているが、千尋の谷につきおとしたらそのまま落っこちてしまいそうな、突き落とさなくても、うっかりそのまま落っこちそうなタイプである。さまざまな紆余曲折のすえ、いっしょに暮らすことになったので、すごした時間はそう長くはないのだが、二匹とも一般的に兎の寿命といわれる年齢に、入りかけ、入っている上に「おじいちゃん」は「おでぶ」よりひとつ年上である。相当な確率で、私より兎たちがさきに死ぬことになるなんて毎日すごしていると不思議になる。不思議だといいながらほとんど毎日「長生きしてね」と話しかけているので矛盾しているのだが、むかし市役所に就職が決まった友人に、「もし仕事で動物を殺処分することになったらするの？」という思いやりのかけらもない発言をしたことがあり、しかし、友人はすこしとまどった後に、けれど決然と「やるよ」と答えたことを思い出す（しかし実際には、不勉強な私には市役所の所員がそういう行為にたずさわるのかどうかを知らない）。保健所からたくさん猫を引き取ってきては、嬲り殺す人々がいることを知っている。そういう人々はブラックリストに入ったりするのだろうか？　それともわかってはいても動物を引き渡すのだろうか？　おなじ死という末路にむかって？　けれど、私が将来そういう人間にならないという保証なんてあるのだろうか？

8/27

子どもの時代、子どもとして存在していることがあまりに退屈で苦痛だったので、しばしば、ひとりきりのときに時間を早送りしようとこころみていた。小学校の帰りみちに、葉っぱの上の水滴をみつめながら、たとえば一秒目を閉じて強く祈れば十分、一分目を閉じて強く祈れば一時間、十分目を閉じれば一日、それぞれの時間が早送りできるのではないかと信じて、数えきれないくらいに試みた。けれど試みれば試みるほど時間は分厚い壁となって立ちはだかり、むしろ一秒は一時間であり、一日は一ヶ月のようだった。このはてしない時間のトンネルを抜けることなど不可能だと思っていたし、未来が存在することなど信じるのはむずかしかった。江國香織の『ウエハースの椅子』の冒頭をはじめて読んだとき、当時のあの感覚があまりにも的確に描かれていることに驚いた。

8/28

私にしては、というただし書きがつくものの、大きな値段の買物をすることになりそうでこわくなっている。もともとずっと欲しかったものだけど、いざとなるとこわくなるのはこういう経験をしたことがないからだ。ローンを組んで家やマンションを買ったり数十年単位で、なんていうのは信じられない、と言いながら、毎月支払っている金額がそれほどまでにもないにしたってどう考えても私のこれまでの生涯でいちばん大きいのは奨学金で、毎月の支払いはともかく、残りの総額を見るたびにめまいがして死にたくなるのであまり直視しないようにしている。私は人にほとんどお金を貸したり、借りたりしないのだが、貸すさいには、そのお金はもうほぼ返ってこないものと覚悟したときにしか貸さない。それが今生の別れになるかもしれないし、私はあまり他人の心を好意的に解釈するくせがないし、100％信用できる人間なんてこの世にはいるわけがない、いたらその人は人間ではない。ともかく、私は基本的に、そのときに熱中している趣味のために他の生活費はいつも最低限にするようしているし、それにどちらかというと安物買いの人間で洋服にはまっていたときだってブランドもののためにお金をためるよりくたくたになるまで古着屋をはしごしてまわって「あたり」を見つけることが好きなタイプだった。とはいえ、そうすると塵（では当時はないわけだけれど）もつもれば山となるわけで私のまわりはいつもものであふれている。整理整頓されたものがほとんどないすっきりした部屋を見ると、いつまでたっても驚くし、むかし「いくら着飾ってお化粧したって部屋が汚いから台無し、あなたは心が汚い」という旨を告げられたときのことはやはりなんとも根に持っていないともいえなくて、フェアじゃない発言だと思うのだけれど、汚いかどうかはともかく私の心の中身が乱雑なのはまちがいないだろうし、見ようによってはそのもの汚いのだろうし、そもそも人によっては私の存在自体が汚物なんだろうけど、それでも一方で、汚部屋自慢とか汚部屋マウンティングとかも好きではない。ヴァージニア・ウルフはものを書く女は「自分だけの部屋」を持つべきだ、とおもに経済的な意味で当時は発言したけれど、それとは別の意味でそれぞれが「自分だけの部屋」を持つべきだと強く思う。

9/1

映画三本、本七冊。

9/5

日記が書けなくなっていた。それでも最初の数日はうわのそらなりに書いていたのだが、途中から本当に書けなくなった。きっかけになったのは、ある日のオリコンデイリーシングルCDランキングだった。それから始まった、対照的な男性アイドルグループの、ファン同士のウイークリーシングルCDランキングの一位をめぐる争い。毎日毎日一喜一憂してデイリーランキングを確認しながらSNSや掲示板で動向をうかがいつづけた。「乱」だの「陣」だの言ってる人たちもいたけれどそれはもうほとんど「宗教戦争」だった。その正当性、をずっと真剣に疑いながらも、結局私はその「戦争」に参加し、心をすり減らし、睡眠時間は大幅に減少し、計2ℓ程の涙を流しながら、その後のいざこざも含め、私はそこにいた。それらが終わったあと、もう日記を書かなくなってもよくなっている自分に気がついた。そもそも、日記を書かないのが常態の私だった。よってここでこの日記は終わる。またいつか必要になったら日記を書くこともあるかもしれない。奇妙な一ヶ月だった。

（個人誌、二〇一六年九月）

20170507
20170428–20170502

半年間続けてきた角川「短歌」時評の最終回を一応脱稿した。まだゲラ直しやその他があるけれども、気持ちは一気にらくになった。

依頼がきたとき、引き受けるかどうか、すごく迷った。年に一回、総合誌に載るかどうかの私（卑下しているわけでもなんでもなく事実だしそのポジションを気に入ってもいた）にいきなり半年間毎月六千字の時評の依頼が突然くるとは、それを引き受けると、自分のなかの何かが変わってしまうような気がしたし、もちろん対外的にも変わるのだろうけれど、自分が危惧していたのはどちらかといえば内面の変化のほうだった。どう変化してしまうのかはわからない、まだわからない、でも変わったような気もする。それがいいことなのかどうかはまだどうしてもわからない。けれど、時評を書いて、書いて、書いた内容、届いたかもしれないことについては、私のなかの云々は別として、書いてよかったと思うことのほうが多い。

自分の想像を超えてたくさんの人に読まれるという状況がおとずれたとき、私が必要としたのは、バランスをとるため、ごく少数の人に読まれる文章を書くということだった。その欲望に基づいて、この冊子の文章がいま書かれている。別に裏話や愚痴を書きたいわけでも書くつもりもないので（おそらく）、そういうことを期待している方がいらっしゃったらこの文章はたぶん役に立たないと思う。

筆名のTwitterアカウント、もともとどう使っていいのかわからないところがあったけれど、この半年はそれに拍車がかかった。なにをどうしたらいいのか全然わからなくなった。鍵付きのTwitterアカウント。この事態にはほとんど役に立たなかった。友人や知人。直接話すことで多少の慰めを得ることは一、二回あったかもしれない。でも当たり前だけど書くってことはもっともっと孤独なことだった。そういうのは、ガラスごしに微笑んでもらっているような感触だった。

時評を書いているあいだは、ずっと欅坂46の一曲を延々ループ再生していた。というか、いまも、している。欅坂、というか平手友梨奈、てちの存在がなければ時評は完走できなかったかもしれない。この半年のあいだにライヴにも行った。雨の降るなかラグーナでみたてちは神々しかった。

半年間。てちに夢中だった。フィギュアスケートの試合に熱中していた。玉森裕太の愛らしさに惹かれてキスマイのファンクラブに入った。乃木坂46でいちばん好きなメンバーだった橋本奈々未の卒業にショックを受けながらも感動した。たとえば半年間私を支えていたのはそういったことだった。けれどTwitterにそういったことを書く勇気、というか、必然性というか、も、わからなく、萎縮していた。これは今後もそう変わりそうにない。いまのところは。短歌とは一見なんの関係もない、そういう事柄こそが私の推進力だった。

いま、欅坂46が好きなんて、ミーハーでしょう。だけど、ミーハーであることの素晴らしさを教えてくれたのは高河ゆんだった。高河ゆんの言葉はいつでも私を動かす。

欅坂、というか、平手友梨奈を消費することに否定の声が増えていることを私は知っている。これはAKB48が台頭してきたころの声調によく似ている気がする。てちを消費するな、の声は主に、ドルオタから上っている。私は正直な話、ばかだなあ、と思う。おまえらは自分が推してるアイドルを消費していない、もしくは安全に消費しているとでも思っているのかよ。それ以前に、アイドルがどうの、という話をするとき腹が立つのは、女子の十代の意志の力を軽視している風潮だよ。バカにするなよ十代の女子を。

このままてちの素晴らしさを話しつづけるのは照れるのでもう止める。けれどそれにしても平手友梨奈への私の熱狂は、羽生結弦に対するそれによく似ていると思う。

ここしばらく、なかなか本を読む気になれなかった。いや、時評の資料はもちろん読んでましたけど。

そうじゃない、関連のない（けど、本当に関連がないなんてことはない、のだろうけど）本を読むことができなかったということで。記録をつけはじめてわかったけれど、私はブルドーザーみたい（ふるい比喩だ）に未読の本の山を崩していく時期と、ほとんど手をつけない時期が極端に分かれている。けれどこの前、五、六冊を一気読みすることができてはずみがつき、本に手を伸ばせるようになった。谷川電話『恋人不死身説』を読み、歌を短歌 bot に入力していたら、入力し終えたちょうどくらいのタイミングで白井健康『オワーズから始まった。』が届いた。新しい、ユニヴェールというシリーズ。なるほど、新鋭短歌シリーズとも現代短歌シリーズともデザインが異なる。

本屋で立ち読みするたびに、素晴らしいなと思っていて、なぜか買うのがもったいなくて躊躇っていたら本屋の店頭から消えてしまった詩集、白鳥央堂『晴れる空よりもうつくしいもの』が葉ね文庫に入荷したということを知り、池上さんに通販を頼んで、届いたその本をつまみ読みしたり、通読したり、つまみ読みをしたりを繰り返している。単純に、いい詩集だ、ということが躊躇われるような詩集だ。比喩の強度はかなりのものなのに、絶対に、全面的な淡さと弱さを失わない。そういうところが、たとえば中尾太一の詩とは決定的に異なっている。印象的なフレーズはたくさんあるのに、引用して良さが伝わる気がしない。部分がなくて「全体」で構成されている詩だと思う。

★

それにしてもたくさんのものを失った、と思う。

さっきも実感した。

だけどなくなってしまうようなものなんて、最初から、そんなもの、必要だったのか？

不思議だ。

★

「リバース」三話を見終わったので寝ます。

基本的に眼鏡には関心がありませんが、好きな顔にかかっているといいなと思います。でも寝ようとしてから結局二時間くらいYouTubeを見てるんだと思います。

★

YouTubeをしばらくきいたあと、大江健三郎『水死』を読み、ふたたびYouTubeをしばらく見てから寝た。

★

起きて軽くネットをチェックしてから、吉増剛造『わが詩的自伝』を読む。読みながら、メールやLINEで文学フリマ関連の事務的なやりとりをする。続けて林達夫の『歴史の暮方』を読もうとしていたら、川田絢音『白夜』が届く。

目次が、

外套
それほどの肯定
ぶるっとふるえて
苔が血の花を
北極圏
司書

オネルヴァ
綿毛は　そっと
消えた天幕
速い流れ
野の側から
灰
浅い水
白夜
いつまで　そんなことを
魂は
海底
さなぎ

。

すこし眠ってから、随分前に買ったまま読みさしにしていたアリス・D『十五歳の遺書』を読んだ。読み終わる。キティもの、というか、日本で言う『二十歳の原点』とか『卒業式まで死にません』とか『八本脚の蝶』だとか。

《新鮮な桃か苺を食べて、その香りとあまさとおいしさにも、あたしをぼろぼろにしてもらいたいという気持ちに駆りたてられた。すばらしい気分で、あたしは完全に気が狂ったように笑いはじめた。そして、自分がみんなとははっきり違っているのをうれしく思った。全世界の人間はすべて狂っていて、狂っていないのは、あたしだけ。あたしはただ一人の、正常で完璧な存在。頭の片隅で、人間とともにすごした一千年は、神とともにすごした一日のようなものだ、ということを読んだのを思い出し、あたしはその答えを見出していた。あたしの新しい時間の流れの中で、千人もの人の一生を、あたしは数時間のうちに生きていたのだ》

《リッチーはすごくやさしくしてくれる。彼とのセックスは、まるでいなずま、虹、そして春みたい。クスリの方はやめられるかもしれないけど、彼とはとても別れられない》

《まだクリスマスの雰囲気が残っている。あのすてきな感じ、一年の中でも、特別な時、あらゆるすばらしいことがよみがえる時。あたしはこういう雰囲気が大好き、大好き、大好き。まるで、家を留守にしたことなんて、なかったみたい》

《相かわらずの一日、相かわらずのフェラチオ》

《あたしの日記ちゃん、あなたを愛しているということ以外、もう何もいうことはないわ。あたしは人生を愛しているし、神さまも愛している。ほんとよ。ほんとに愛しているの》

十五歳。平手友梨奈と同じ歳。アリスは死んだ。

この本とはまったく関係なく、きょうはインフルエンザのような人間関係の様相とドミノ倒しのような人間関係の変化を見せつけられた日だった。

それから、池澤夏樹個人編集の世界文学シリーズでナボコフ『賜物』。このシリーズ、私の趣味と三割～四割趣味が異なると感じるので逆に興味深いところ（『池澤夏樹の世界文学リミックス』はおもしろかった）。

鍵付きのTwitterに書いてる内容だってだいたいこんな感じのことだ。これくらいラフに呟ければいいのだけれど、Twitterはいま「警察」だらけの公共空間でとてもそんな気分になれない。食傷気味だ。

《中山可穂先生、次々新作を発表してくれるようになってうれしいけど、どんどんエンタメよりになっていて、私が読みたいのはそっちじゃないかも……となる　せめて五年か一〇年に一回くらいは『愛の国』とか『ケッヘル』みたいなのを書いてほしい……》

《AKB「ハイテンション」の「ミサイルが飛んで世界が終わっても最後の一瞬もハッピーエンド」とか乃木坂「他の星から」の「世界の危機ってこと私

にはわかるけどああそれより三味線のお稽古に遅れそうなのまずいわ人間関係」「誰かがきっと心配してくれるでしょ法律がどう変わってもいい」》

《「紀の善であんみつ食べられればそれ以上の贅沢は望まない」とか、日本人の基本的な気性を書くの、やすすほんとに上手いと思う　もしこの内容が短歌だったら袋叩きにされると思う、それが短歌の表現を萎縮させてると最近とみに思う》

《なぜか家にあるKAT-TUNの『海賊帆』をこの前だらだら見てたんだけど、むかしどうしても良さがわからなかった赤西のかっこよさがなんとなく理解できたとともにむかし理解できなかった理由もわかった》

《オースターも最近はつまんないけど、最近出た自伝二冊はすごくよかった　しかしそれがおもしろいというのがまた虚しいだろ、オースターみたいな作家にとっては》

自己検閲がかかってしまって鍵がかかっていないとツイートできない。なんなんだろう。息苦しい。とはいえbotなども含めて、私はかなりの数のアカウントを持っている。本当はTwitter廃人なのでは？　と思うのだけれども、私は、いろんなタイプの知り合いと話すときにそれぞれモードを変えているので、分割しないとなんともうまくいかないのである。混乱してしまう。

★

映画を見にいく。きなこババロアアイスを食べる。買いものをする。Twitterで川柳イベントの宣伝をする。松浦理英子『最愛の子ども』。

★

あなたは沈むしかない花々の予約スキャン詰め

て夜の両脇に
アンデルセン　夜長の長のうつくしい狙いのなかのひとつの泉
夏、色とりどりの水着、冬の毛糸のマフラー、下記ロックド・ルーム・マーダーズ
'Do cats eat bats?' 飾られた診断書のハートのしたたり 'Do bats eat cats?'
子午線というもはかないマニフェスト　時はいつも背中から撃つ　約束で
脳の偏愛は走りながら書きかえられて場所はゆるぎない甘さになると
身はとつぜんの北へ大切なひとへあらわれて細く描いた虹の眦
言論は桃のあたりにさしかかり心の季節のありかをしるべに
公演までのつかのまを食す白薔薇　誠はやさしい城壁の上
カラフルな宇宙をくぐればまた遊覧船、思い上がるな、つけあがるなよ

★

たとえば日本の少女小説三大傑作となると、おそらく、森茉莉『甘い蜜の部屋』、倉橋由美子『聖少女』、尾崎翠『第七官界彷徨』ということになるような気がするし、けれど私は尾崎翠の魅力がいまいち理解できず、森茉莉は大好きだけど『甘い蜜の部屋』は森茉莉のなかではいちばん苦手な本で、簡潔にいうと、私がファザコンじゃないからだけれども、

そうすると私にとって倉橋由美子の長編ベストが『聖少女』ではなく『暗い旅』になることには納得していただけると思うのだけれども、ここ数週間くらい『暗い旅』を読みかえそうとしてはなぜか挫折している。（とはいえファザコン少女小説の『甘い蜜の部屋』→『聖少女』→『私の男』の系譜を興味深くみていることはみている……うろおぼえなのだけれど、森茉莉はたしか『聖少女』をセックスを持ち込んでいるからきたない、みたいな発言をしていなかったか？）

とはいえ、古本で入手した『暗い旅』の初版本のカバーを眺めているだけでなんとなくいい気分になります。わたしは古本は好きだけれども初版本信仰がまったくなく、買ったらたまたま初版だっただけなんだけれども、倉橋由美子を好きになったころほとんどの本（『パルタイ』や『大人のための残酷童話』以外？）が絶版だったので古本屋をまわって買いあつめた。金井美恵子は幸運にもあのピンク色の全短編をリーズナブルに買うことができたのだが、重いので、結局絶版本を見つけるたびに買っている気がする。

とにかく、目の前で、その気になって読もうと思っている本があるのに、そのまわりを迂遠してちがう本ばかり読んでいる。なんだか倉橋由美子が好んだカフカのような状況で、贅沢でもある。ちなみにわたしは基本的にカフカが得意ではない。

★

《植物園などを時世に縁遠い閑散な場所だと思ったら大間違いであろう。そこは外国人情報蒐集者の好んで出入りする場所の一つであるらしいし、白衣の傷病兵の蕪雑きわまる振舞いによって戦争のもつ雰囲気を身近に感じて心を曇らせられる場所でもある。植物園で草木をしらべていても、結局、いちばん考えさせられるのは日本人のなかにある bêtise humanie（愚昧さ）の問題である。そこを避けて通っている ジャーナリズムの上の甘い日本論など、私から見ると、迂遠な自分などよりもなおもっと迂遠なものに考えられる。日本人が日本人に向かって日本人の優秀性を説いている風景は、よく観ると、何か不健全な、奇怪な、異様な心理風景である。》

昭和十四年の十一月の、林達夫『歴史の暮方』収録の文章。

根本的なところが何も変わってない国なんだとよくわかる。

ロレンス・ダレル『予兆の島』。これは日本での版元がおもしろくて、工作舎が「文学を超える文学」と銘うって、すぐれた作家の主に小説以外の本を出している、っぽい。ダレルのは紀行文であり日記。メーテルリンクの昆虫日記三部作があったりする。

それにしてもどうしてこんなに日記というものに惹きつけられるんだろう。もちろん恋人などいうものは論外として、家族や友人、知人――いくら自分のまわりにいたって、根本的にその人たちを信用するのは失礼というよりも、無意味、までは言わないけれども、そんなことはどうしようもないからだと思う。

だからといって、日記に呼びかけて、自分の心の秘密をつづるような勇気も私にはないので、他人のものを読ませていただくしかないのだ。

★

ひとさしゆびはひとをさしてた零度のような玩具もあるし
伏す声のみずうみにわざわざ注ぐはちみつの入った紅茶わたしの紅茶
星の二羽おそろしく互みに色のない花火のような外の凡例
放浪あまりの花でたしかにわたしはここにいる

放蕩あまりの草で
攻守は虎を逃したひとつだけゆっくり罅の苦さを跨ぎ
おりがみのあしのときめき不意に主役は刺されるものさ
愛の字を書いたら凍って見えない兎の息で
白目も黒目もはなさないけれど誕生日のことばかり変
硝子の音ばかりがしている損得するのしないの〝Say cheese.〟
だとしても惜しいな巴里も女神にいつしか言ったことばを

★

あー、もやもやする。気分が晴れない。仕方ないのでなにかカタルシスを得られるものを見ようと思って『機動戦士ガンダムSEED』の第三十五話を見る。フリーダム搭乗&登場の回。一クールから二クールまで、ひたすらキラ・ヤマトは苛々苛々していて、あまりの苛々しっぷりにこちらの苛々が誘われないわけではないけれどもまあそれが可愛かったりもするし二クールではめちゃくちゃ嫌な奴になるわけで、そこが私的には最高なんだけれどもまあそうではない意見も結構みて、それはそれでいいんだけれども、そんなわけで希代の名キャラクター＝キラ・ヤマトのおかげで『機動戦士ガンダムSEED』は私にとって特別なアニメのひとつなわけ。

悩んだり悩んだり病んだりふっきれてバーサーカーになってみたり、でも基本的にずっと愚痴を言っていて（あー、でも私、碇シンジにはそんなに関心がない、というかエヴァは世評が悪いけれどいまのところ私はQにしか関心がない)、でもこういうときに彼の心情吐露の「コーディネーター」の部分を任意の自分にとってなにか、を代入することで、すっきりするというか、それ!、それだよ!、まったくなにもかもふざけんじゃねえよ!、なにもかも知ったことかよ!わからずやどもが!、という自分のやりきれなさをたいへん容易に解消できるプラス被害者ぶった美少年を見るということで別のカタルシスもまた得られるという感情の動きを経験できる(私はね)。

★

占いの水晶、怒りのルーベン・マッタス・ハーゲンダッツ・アイスクリーム
富を持つおそれはるかに手をとって誤解とのダンスを望んでいること
プラスティックも徐々に華やいでキリンが駅になっていくのを
音楽を遮る　チューイングガムみたく炎の女王を噛みしめつつ
マキューシオの亡霊を待ちながら奪っていくものを決めわたしは行くだろう
夏至のunluckyに似たくるぶしを追いかけるまなざしがよく似ているんだ
だれのことをその頭脳はプリズムに私怨というにはあかるい煙突
私物化は水の蛇のむらさきが深くなるだけ99%を塞がないから
もっと日常をかがやかせる幽霊とあなたをもっ

たいながるオレンジ
会うたびに血流の心の傷を変えるのも透明の意
志さながらだった

★

そんなに多くはない数、このコピー本は二十部（プラス一応自分用一部）を刷ることに決めた。コピー本で、つまり、そんなに凝った装丁ではなくて、そのうちどこかに消えてしまうような言葉の断片をふりまくようなものにしたかった。書きたいと思うし、書くことはたぶん好きだと思うし、他のだれかが書きそうにもないから自分が書いたほうがいいのではないかと思いあがって文章を書いたりもするけれど、その《親密さ》に耐えられなくなりそうになることがある。

あるいは知人、友人と笑いあったかるい身内話が誰かに伝わっていること、あるいは伝わっていないことにときどき発狂しそうになる。それはまた別の種類の《親密さ》。その動機からして当然のことながら、この本は徹頭徹尾、自分自身のためにつくられたものだ。そんなものにつきあわされて、あるいは片棒をかつがされてごめんだという人がこの本を買ってしまっていたら申し訳ない。奥付にメールアドレスがあるので、いろいろこちらがすべて負担した上で返本返金するので連絡してください。でもきっと読んでしまったことだろうから、申し訳ないけれど、カウントはさせていただいて、返ってきた本は捨てます。

なんか大袈裟にさわいでいる文章で、なんなの?、という感じだけれど、たとえば『ダンサー・イン・ザ・ダーク』のエンディングの「負のお祭り感、パーティー感」というものが私は嫌いではなく、しかもそんなに深刻にならなくていい。深刻にならなくていいということが義務になりますように。

★

文フリとなると、どうしたって新刊を出したくなってしまう。
すくなくとも、私はね。

★

ここまで書いて終わりにするはずだったのに、書きわすれを思い出してしまった！
けれど欠落は欠落のままにしておきたい。

（個人誌、二〇一七年七月）

Ⅳ 歌壇時評

歌壇時評（全六回）

第一回　このまずしいところから、遅れてやってきて

この時評の依頼がきたとき、いくつかの思いが去来したが、そのわたし個人のさまざまな雑多な感情のなかで、実際の誌面の内容にダイレクトに結びつき、反映されるであろうものは「この依頼が、たとえば二年前にきたものであれば、ずいぶんと異なったものになっただろう」なあ、ということで、というのは、もちろんここ二年のあいだにわたし自身の短歌に関するさまざまな考えが変わったということではなくて（もちろんそれは変わった部分もあるけれど）、つい一年半前とわたし自身の環境、そして短歌とかかわる環境が激変したからであり、たとえば二年前に時評の依頼を受けて、そこから半年間時評を担当していれば、おそらく、アクシデントその他がなければこれから半年間担当していくわたしの時評よりも《ゆたか》で《華やか》なものになったのではないのかと思う。

《ゆたか》だの《華やか》だの、というのは、時評の内容が、ということではなくて、時評にとりあげることができたであろう雑誌や歌集の多彩さ、という部分の話である。

二年前、わたしは東京に住んでいて、暇があれば書店、古書店、新古書店を徘徊し、大型書店で各短歌総合誌をぱらぱらと関心がある部分を読み、そのときに特集などが気になった号を買ったり、あるいは結社誌(「未來」や「塔」)が置かれている書店ではそれもチェックし、歌集の新刊コーナーで片っ端からそれらを手にとり、ひととおりそれらの歌集の、雰囲気、や、アベレージ、や、力、のようなものを確認し、そのなかに気になったものがあってもその場では買わず、数週間、あるいは数ヶ月、その《感じ》を自分のなかで寝かせておいて、それが熟成したタイミングで気になっていた歌集を買う、ということが多かった。あるいは、古書店をめぐったり古本市に足を運んで、絶版の歌集や歌書、歌論集の類、あるいはすでに廃刊になっている短歌雑誌のバックナンバーを買いあさったり、新古書店になると短歌関連に関しての収穫を得られる機会はぐっと減るが、総合誌のバックナンバーやあるいは歌集などに関しても稀に思いもよらない出会いがあったりもした。

またわたしは博士課程までずっと早稲田大学の学生であり、短歌をつくりはじめたのは学部二年生のころ、そしてその後間もなく、早稲田短歌会に入会することになるのだが、早稲田大学の図書館および書庫、そして早稲田短歌会部室の短歌関連のアーカイヴというのは、いま考えてみてもちょっと信じられないものだった(くわえて、大学からJR高田馬場駅へとつながる早稲田通りに所狭しと軒を連ねる古書店の品揃えは他に比べ圧倒的に詩集・歌集・句集をふくむ文学関連に強く、冷やかして歩いているだけのつもりが毎回抱えきれないほどの本の量になった)。授業の合間に図書館に入れば、机の上に気になる歌集、歌書、総合誌のタワーを積み上げて気のむくままに読みちらし、あるいはその体力もないときには早稲田短歌会の部室でよく昼寝をしたが、しばらくして起き上がれば、そこには歌集はもちろん、各短歌結社のバックナンバーが並べられているし、また本棚を探っていると、ちょっと信じられないような、いま思えば国会図書館でもお目にかかることができないのではないかというまぼろしの同人誌や私家版の歌集が無造作に入りこんでいる。それを当時のわたしはその稀少さもよくわからないまま無邪気に吸収していたし、短歌評論を書くときさえ、国会図書館まで行かなくても、早稲田大学の書庫と手持ちの資料でほとんどの場合、事足りた。

つまり、短歌をつくりはじめてから十年以上わたしはいま思えばちょっと考えられないくらい恵まれた環境にいた、もちろん、上を見れば、きりはないのかもしれないのだけれど、いま、わたし個人の実感からすれば、本当に充分以上の環境だったと感じる。

いまわたしは、電車やバスが一時間に一本くればいいようなところにいて、そしてその駅やバス停までたどりつくためには自動車、あるいはすくなくとも自転車を利用しないとなかなかむずかしいような場所に住んでいる。市の図書館には短歌の総合誌は一冊も置かれていないし、県庁所在地にある大型書店まで出かけても総合誌（のなかの一種や二種）はあったりなかったりという具合で、新刊歌集はコーナーにあったらむしろ驚くようなレベルだ（つまりほとんど入荷されることはない）。

正直なところ、この感覚は、なつかしいと言えなくもない。わたしが短歌に関心を持ちはじめたのは高校生のころで、そのときわたしが探しもとめて入手できた現代歌人の歌集といえば、穂村弘、俵万智、枡野浩一、加藤千恵だったと記憶している。また、当時、わたしの家はインターネットが接続されておらず、パソコンもなかったため、ネットを通じて、そのころのインターネット短歌、短歌批評にアクセスすることもできなかった。わたしがパソコンを入手してインターネットの世界にふれられるようになったのは大学生になってからであり、つまり、大学生になって一気にわたしは短歌の世界そのものにアクセスできるようになったのだとも言える。

わたしは各短歌総合誌を定期購読するだけの財力もないし、結社に入っているわけでもないし、年鑑に住所を公開しているわけでもない（公開すると、人によって差はあれどさまざまな歌集・歌書・同人誌・結社誌などが送られてくるといううわさで、しかし公開していないわたしのところにもごくたまにそういったものが送られてくるのが歌壇の《不思議》なところだ）。ツイッターで話題になっている総合誌の該当号をインターネット書店（おもにAmazon）で買うか買わないか迷ったり、新刊歌集が気になってインターネットで買わなかったり買ったり買わなかったり（先述のように、手にしたときの実感＋その後の感覚の重みで買うか買わないかという贅沢に慣れてしまったので、新刊歌集については、関東や関西に行ったさいに大型書店でまとめ買いすればいいか、という気持ちになってしまうのだった）、あとはマイペースにインターネット古書で自分が気になっているむかしの歌集を地味に集めている、そういう生活をおくっている。

いまのわたしの、短歌生活はまずしい。けれど、いま、わたしは、この場所から書くことしかできない。

そういえば、わたしは環境がそれをゆるしていたころ、各総合誌の時評についてはほとんど読み逃したことがなかったような気がする。短歌の世界じたいはそれなりに膨大だけれど、それぞれのコミュニティは案外狭くて、どれだけ努力してもどんな人でもカバーしきれはしないだろう。時評はそれぞれ担当者がそれぞれの立ち位置から、交通整理をしてある場所の地図を見せてくれるという側面もあった、そういう気がしている。わたしもわたしなりに自分の位置からそれをおこなうしかないのだと思う。ただ、わたしはいまとても《遅れた》場所にいるので、通常の時評のようなスピードでは書くことができないだろう。しかしながら「歌壇にとどまらず文学を愛する広い読者を想定した、考えるヒントとなるような批評」を、という「短歌」編集部からのメッセージを意識して、書いていこうと思っている。

しかし、ところで、いまわたしの目の前にはタワーのように積みあげられた短歌同人誌の山がある。これはわたしが短歌同人誌「町」に属していた途中から、そして解散を経て短歌同人誌「率」を立ち上げて以来欠かさずずっと出店参加を継続しているイベントである文学フリマで購入したものである。はじめて参加したころには片手で数えられるくらいしか短歌のブースは存在していなかった。今回参加したのは二〇一六年十一月二十三日に東京流通センター第二展示場で開催された第二十三回文学フリマ東京である。この回は七百五十四の出店があり、過去最多の出店数を更新したという（文学フリマ事務局発表）。そのうち、参加カテゴリーに「俳句・短歌・川柳」を選択しているのは四十五ブースである。じつはこの数はさまざまな小説ジャンルのカテゴリーを除いた場合、いちばん多い数である。そしてパンフレットの内容を確認していくとその四十五ブースのうちおそらく四十ブース程度が短歌関連のブースであり、また、ひとつの短歌ジャンルのブースに他の短歌同人誌や歌集やフリーペーパーが委託されることも多ければ、他ジャンルのブースに短歌関連のものを見かけることもあるし、偶然買った別ジャンルの同人誌に短歌が載っていることもある。さらに、それぞれのブースに置かれている短歌同人誌などのバックナンバーなども含めると、冗談ではなく、そのとき・その場には数百種類の生きた短歌の情報が集結していた可能性がある。わたしはここまで文学フリマの短歌関連のブースが膨れあがる前には短歌関連について八割程度は情報を把握できていた自信があるしまたそのほとんどを購入できていたように思う。しかし、もう現在、それはわたしには不可能である。いったい、なぜ、この異様な状況が出現しているのか。

そもそもこの文学フリマというイベントは九〇年代の（主に）大塚英志と笙野頼子の純文学論争に端を発している。もともと漫画編集者であった大塚英志が、純文学や文芸誌の「売れない」状況を指摘し、批判した言に、純文学作家である笙野頼子がその商業的価値観に反論したことがきっかけにおきた論争（くわしくは大塚英志「不良債権としての「文学」」や笙野頼子『徹底抗戦！文士の森 実録純文学闘争十四年史』〈二〇〇五年〉などを参照してください）がきっかけとなってはじまったイベントである。「漫画におけるコミックマーケットのように文学においてそれを実践してみたらどうか」という大塚のアイデアからはじまった文学フリマは、しかし第一回以降は当の大塚英志の手を離れ、有志による文学フリマ事務局によって運営されることになり、いまとなっては当時のいきさつを知らない参加者も、また知ってはいても気にすることもなくなった参加者も多いのではないかと思う。

初期の文学フリマは、第七回（二〇〇八年）の「東浩紀のゼロアカ道場」をピークとして評論ジャンルの盛況が有名だったようだ。「ようだ」、というのは、わたしは当時の文学フリマには参加していなかったので伝聞でしか知らないからだ。つまり、最初に文学フリマでブレイクしたのは「評論」ジャンルだといってもいいのかもしれない。

そして、現在の文学フリマにおける「短歌」の盛況。

しかし、これは単純によろこばしい事態であるとも言い切れない。

ここ数年の文学フリマ東京に来場したことがある方なら、あの独特な雰囲気は伝わると思うのだが、会場は主に一階が小説ジャンル、二階がそれ以外のジャンルに分けて配置されている（例外的な回もあったが）。わたしは自分のブースから下りて、一階のホールをうろついているとき、正直なところ居心地がわるい。二階にくらべて、ブースを見回っている人は、すくない。文学フリマにおいて「小説」ジャンルが盛りあがりをみせるのはプロの作家が来たときのみなのかもしれない。先述したように文学フリマはもともとは純文学論争にルーツがあったとはいえ、徐々に傾向は変化をしていき、ウェブカタログの小説ジャンルをチェックすると「純文学」ブースは六十四しかなく（じつは、もう「俳句・短歌・川柳」とそんなにおおきくブース数は変わらないのだ！）、頭ひとつ抜けて多いのが「エンタメ・大衆小説」（九十三ブース）であり、そこから「短編・掌編・ショートショート」（六十九ブース）、「ファンタジー・幻想文学」（五十七ブース）、「ライトノベル」（四十九ブース）、といったふうに続いていく。

この状況を見るたびに、結局のところ、「小説」《業界》はいまのところ案外持ちこたえているのではないか、と思う。そして、文学フリマで盛況を誇っている「短歌」ジャンルは、それゆえ、逆説的に《不良債権》(この単語・この表現自体には抵抗があるし、議論の余地が多いにあるが、ここでは便宜上)であることを証明してしまっているのではないか、と思うのだ。

わたしは贅沢を言いすぎているだろうか? あるいは悲観的にすぎるだろうか? もともと俵万智や枡野浩一などの例外をのぞけば、短歌など売れないのが当たり前だった。現在、新鋭短歌シリーズの創刊によりこれまでにくらべて比較的安価で歌集をつくる仕組みをつくり、歌集を書店に流通させることに積極的な出版社である書肆侃侃房が台頭してきたり、またそのなかからヒット作が生まれたり、「ユリイカ」など専門誌ではない雑誌で短歌の特集が組まれたり(しかも重版がかかったそうだ)、さまざまな大学で次々に短歌サークルが誕生している(わたし自身は早稲田短歌会と京大短歌以外の大学短歌サークルが絶えた《冬の時代》を経験しているので、あたらしく大学短歌サークルが生まれ、創刊号が発行されるたびに、うれしいような気持ちで購入している、今回は上智大学短歌会と三田短歌会の創刊号を購入した)。(……ところですこし話題がずれるのだけれど、文学フリマに短歌ブースが増えはじめたころ、危惧されていた、いわゆる歌壇とそれらの乖離は、緩和されているような印象を受けた。というのも、今回は結社「コスモス」内の若手同人誌「COCOON」の出店が見られたり、短歌評論同人誌「Tri」のブースにてさまざまな結社誌の見本誌が閲覧できるようになっていたり、「ロクロクの会」のブースに「未來」777号が委託されていたりという光景が見られた……)

とにかく！　ともあれ！

わたしは、いま、わたし自身のまずしさをあまりに投影してものごとを見てしまっているのかもしれない。けれど、いまわたしの目の前にはいきいきとした短歌同人誌の山がある。そしてこの上京の機会に、久しぶりにしばらく前に行きつけだった大型書店にむかい、新刊歌集や歌書を舐めまわすように見てまわり、それらを買うだろう。

きっと絶望する必要はないのだと思う。

けれど、これまであまりに、あまりに、あまりに、絶望にちかい感情を歌にも歌人にも歌壇にも抱いてきた。それらはわたしの《遅く》《まずしい》時評において、これからすこしずつ時評という機会・時評という誌面を借りながらすがたをあらわしはじめるだろう。

《遅く》なってしまったことには多少の後悔はある。けれどそれはタイミングなのだと信じるしかない。

けれど《まずしさ》にかんしてはマイナスの感情ばかりではない。《まずしさ》は希望でもあるとわたしには思える。半年間、おつきあいいただければさいわいだ。

第二回「死ね、オフィーリア、死ね（前）」

（…）短歌史などひらけば歴然とするのだが、それ（引用者註：葛原妙子が森岡貞香に「閨秀歌人特集」〈「特集 同時代の閨秀歌人」「短歌現代」一九七七年九月号〉、つまり女性歌人に、慣用語とはいえ「閨に秀れた」というレッテルを貼った注文をよこすことに対しての憤慨を漏らしていたこと）は女性の歌一般の価値づけの低さに対する憤りでもある。突然変異の大輪としてひとりやふたりなら特別席を用意せぬでもないが、かわりに、女性は自分が何をつくっているのか自覚がない、方法意識がないなどという理由をもって棚上げされ、一方、特別席に坐りそこねた多くの女性歌人たちは、個々の歌人としてではなく、（女性歌人）として括られる。

これは葛原妙子と森岡貞香のエピソードをもとに一九九二年に阿木津英が『イシュタルの林檎 歌から突き動かすフェミニズム』（一九九二年）で指摘した問題だが、二〇一七年の歌壇においてもこの状況はなんら変わっていない。つまり一九八〇年代前半の女歌論議のなかで阿木津英が展開したフェミニズム批評的意識を歌壇は結局受け入れなかったということだ（その後、俵万智という特異なポップアイコンの登場により、一時盛りあがりを見せていた女歌議論がうやむやのうちに終わってしまったという事情もあるにせよ)。

阿木津英の功績はあきらかに過少評価されすぎているが、一方で著作を追っていくと、しかたのないこととはいえジェンダー観には時代的な古さも見られるし、わたし自身のスタンスからは受け入れられない部分もあるが、これは後述する(つもりだったのだが、紙幅が尽きたので次回に)。

さて、それでは二〇〇九年の話をしよう。

堂園昌彦と五島諭がおもに短歌について対談していたブログ、「短歌行」での二〇〇九年九月二十六日の記事(http://tankakou.cocolog-nifty.com/blog/2009/09/post-58af.html)に書かれていた内容がわたしはずっと引っかかっていた。「町」という同人誌の創刊号を読むという内容で、この「町」創刊号に歌を発表していたのは「平岡直子さん、望月裕二郎さん、吉岡太朗さん、瀬戸夏子さん、土岐友浩さん、服部真里子さんの6人」(ブログ記事より引用)である。

しかしまあ、一応ふれておくと、瀬戸夏子さん(わたし)についてのふたりのここでの批評は、はっきり言って名誉男性に対するそれだった。その是非についてはここでは置いておくが、わたしがこのエントリーで納得がいかなかった箇所について書く。

堂:　なるほど。平岡さんの歌がぼんやりしている理由は分ったね。森の中から海に向って長い竿で魚釣りをしているんだね。

五:　そんな感じだねえ。

堂：でも、どっちも同じ海から同じ魚を釣ろうとしているのは一緒だし、さらにいえば、現代女性歌人の多くがその海に向って竿を投げてるよね。
五：同じ魚で型を競っている。
堂：みんながみんな新しいことをしなきゃいけないってことではないけど、にしても、みんなが同じ魚ってのがなあ。
五：そうそう。みんな一緒ってのが問題だよね。
堂：多彩さが減ってしまうからね。短歌はもっといろいろできるはずなのに。メルヘンっぽい歌の処理の仕方だけじゃないと思うけど。
五：それは私も思います。けっこう根深い問題だよね。いろんな均一化には突っこみを入れたいね。

（引用者註：「堂」は堂園昌彦、「五」は五島諭の発言、念の為）

あまりに長くなると論点がぼやけるので引用は必要最低限に留めたが、この記事はまだインターネット上に残っているので細かな議論の流れについてはそちらを参照いただきたい。
平岡直子の歌の特徴に関して、ここで堂園と五島は議論している。それがまったく的外れかといえばそういうわけでもなくて、たとえば、この時点での平岡直子の歌の弱点についての指摘などはかなり当たっている部分もあるとわたしは思う。ところで、ここでふたりに平岡と「どっちも」と比較されているのは田口綾子であり、平岡・田口の歌のつくり方をくらべながら、田口の方に軍配が上がる、という文脈なのだが、問題はそこでももちろんなくて、しかしながら結局、両者とも「同じ海から同じ魚を釣ろうとしているのは一緒」「さらにいえば、現代女性歌人の多くがその海に向って竿を投げてる」「同じ魚で型を競っている」「みんな一緒」「多彩さが減ってしまう」という比喩のくだりである。

刺抜きを拾い上げたい秋の野で触れればそれはみんな朝露
そうか君はランプだったんだね君は光りおえたら海に沈むね
ベビーカーにいちばん怖いもの乗せて一緒に沼を見に行きたいね
どうして手が届かないのかこの町は　地図のよう君の血脈のよう
平岡直子

その背にはふれざるままに冬の季語いくつかわれの語彙にくはへぬ
濡れっぱなしのビニール傘を力まかせに開いた音が君の名前だ
縦長に世界統べたる心地せり両手に色鉛筆束ぬれば
君はいま泣かねばならぬ　今すぐにレイン・コートを脱がねばならぬ
田口綾子

このエントリーにおいて引用されている平岡直子の「町」創刊号の歌と、比較されている田口綾子の歌から、二〇〇九年に発表されたものを並べた。あえて、わたし自身のコメントは加えない。「さらに言えば」「多彩さが減って」いる「みんな一緒」の「多く」の「現代女性歌人」というのがいったい誰と誰と誰と誰………なのかがまったく明らかにされておらず、彼らの感覚だけで語られているので、しかたなく、同じく「町」創刊号から彼らが服部真里子の連作から引用している歌と、おなじ二〇〇九年にこの「短歌行」でロングインタビューを受けている野口あや子（二〇〇九年三月に第一歌集『くびすじの欠片』を刊行している）の歌から、インタビュー記事で彼らが引用している歌をここに並べておく。

朝礼は訓示残して終わりつつ駅舎を越えて飛ぶポリ袋
少しずつ角度違えて立っている三博士もう春が来ている
青銅の都市があるのだ　そこへ向け拭いてはならぬレンズがあるのだ
服部真里子

やや重いピアスして逢う（外される）ずっと遠くで澄んでいく水
触れて欲しい場所に触れてもらうため線香の火を避けて歩めり
下の名で呼べばさんさん水しぶきあなたの娘を売り飛ばしたい
野口あや子

〈下の名で呼べばさんさん水しぶきあなたの娘を売り飛ばしたい〉という歌を、「迫力が突き抜けている」、「すごい」とふたりは絶賛する。そして堂園は、〈母の書くメモを幾度も折りたたみ白線の内側で夢を待つ〉も「印象に残った」とコメントしているのだが、その発言に対して、野口自身は、母についての歌ならば〈母の書く〜〉は「没個性」で〈真夜中の鎖骨をつたうぬるい水あのひとを言う母なまぐさい〉のほうが「特徴が出ている」のではないかと疑義を呈しているのだが、それに対して、堂園は堂園なりの意見を誠実に述べている。しかしながら、そののちの、

堂：まあ、この話は、僕はそうだ、に過ぎないし、「分析できないのはお前がその歌をうまく読めていないだけだ」、と言われてしまうと、だまっちゃうんですけど。
五：どうですか？
野：なんだかすごく面白い気分になってます。
堂：そうですか、それはよかった。

というくだりが、あからさまに典型的な、男性歌人的態度でがっかりする。簡潔に言うと「言われてしまうと、だまっちゃう」というフレーズだ（付け加えるならば、この場面での野口の態度もわたしには好ましいものには思われない……そんなに、なあなあなところで手を打っていいのか？）。「女の歌って結局のところよくわからない」「みんな一緒に見える」という趣旨の男性歌人の不用意な発言に出くわすたびに、わたしは、その都度、ケースバイケース、さまざまな女性の歌について、意見を発してきた。そして、「あなたは《わからない》んじゃなくて、《わかろうとする気がない》のではないか」と指摘し、懇切丁寧に説明しようとも、最終的に彼らは、よく、こう言うのだ。いかにも面倒そうな表情を浮かべながら、「そう言われると、黙るしかないんだけどね」、と。そうやって、

とりあえず、その息苦しい場面をやりすごし、なかったことにしようとする。

①雨の県道あるいてゆけばなんでしょうぶちまけられてこれはのり弁　　斉藤斎藤
シースルーエレベーターを借り切って心ゆくまで土下座がしたい
落ちてくる黒板消しを宙に止め3年C組念力先生　　笹公人
中央線に揺られる少女の精神外傷《トラウマ》をバターのように溶かせ夕焼け
あの青い電車にもしもぶつかればはね飛ばされたりするんだろうな　　永井祐
1千万円あったらみんな友達にくばるその僕のぼろぼろのカーディガン
「はなびら」と点字をなぞる　ああ、これは桜の可能性が大きい　　笹井宏之
この森で軍手を売って暮らしたい　まちがえて図書館を建てたい
②(自転車は成長しない)わたしだけめくれあがって燃える坂道　　雪舟えま
かたつむりって炎なんだね春雷があたしを指名するから行くね
「水菜買いにきた」
三時間高速をとばしてこのへやに
みずな。
かいに。　　今橋愛
もちあげたりもどされたりするふともももがみえる

せんぷうき
強でまわってる
鳩尾に電話をのせて待っている水なのかふねなのかおまえは

兵庫ユカ

きっと血のように栞を垂らしてるあなたに貸したままのあの本
雨だから迎えに来てって言ったのに傘も差さず裸足で来やがって
りりあんを光のなかで編むように書いてしまった知らない手紙

盛田志保子

二〇〇九年より一昔、一世代前といっていいだろう、雑誌「短歌ヴァーサス」や歌葉新人賞が存在し、いわゆるポスト・ニューウェーブと呼ばれる世代の歌人たちの（一部の）、登場時に話題となった歌を引いた。

②の歌群より、①の歌群の歌のそれぞれの詳細な歌の特徴のちがいがわかる、あなたは、きっと熱心なゼロ年代以降の歌論の熱心な読み手なのかもしれない。あるいは、単に男性歌人（当然ながら、ここでいう男性とは身体的なそれを指すわけではない）なのかもしれない。

彼ら／彼女らが登場したのは、主にゼロ年代の前半だった。そのころは、それなりに、彼らに関する言及ほどではないにせよ、彼女らの歌もまた（言及される、というよりも）注目されていた。

けれど、それから、十年以上が経過した、現在は？

前者にくらべて、後者は、歌壇において、あきらかに冷遇されている。

——総合誌の掲載。
——歌論・評論における、扱いの大きさの違い。
——歌壇におけるポジション。
——歌を引用される頻度（ほとんど、歌というものは引用によって生き残る）。
……………………（彼女らがそれを望むにせよそうではないにせよ）。

なぜそんなことが起こるかといえば、答えは簡単すぎるくらいに簡単で、歌壇の中心的な登場人物が圧倒的に男性歌人に偏っているからだ（短歌人口における男女比率……にも、もちろん、拘わらず）。

そんなことに気づきもしなかった鈍感な人も、うすうす気づいていても知らないふりをしていた人も、それは仕方のないことだと居直っている人も、わたしのこの文章が言いがかりだと感じている人も、そもそもわたしが何を言っているのかわからない人も、わたしに言わせれば、性別問わずに男性歌人である。

わたしはこの時評を一九九二年の文章の引用からはじめたけれども、それ以前は、さらにひどい。すこしずつ、先人の努力によってましな時代になってきたはずだった。けれども最初に記したとおり、一九九二年の阿木津の指摘は現在にもそのまま当てはまってしまう。停滞している。

話がやっと、現在に追いついた。これからというところで今月号の紙幅は尽きる。来月号に話は続く。オフィーリアはなかなか死なない。

第三回　「死ね、オフィーリア、死ね（中）」

さて、平成二十九年版、角川『短歌年鑑』での特別座談会「現代短歌は新しい局面に入ったのか――時評を振り返って」についてである。座談会のメンバーは二〇一五年の後半、二〇一六年の前半、二〇一六年の後半を担当した計六名（今、まさに、お読みになっている通り、現在の「短歌」は半年間各二名が毎号時評を担当する方式を採用している）。川野里子、大辻隆弘、魚村晋太郎、永井祐、佐佐木定綱、阿波野巧也、それぞれがそれぞれのスタンスから率直に意見を表明しているように思えて興味深く読んだが、私がもっとも興味深く読んだ永井祐の発言にここでは注目してみたいと思う。

阿波野　僕は拒否感は割と少ない方だと思うんですけど、歌の話をしていて、急にこの歌は実体験なの、とか聞かれるのは嫌ですね。（…）ただ拒否の仕方もいろいろレベルがあると思うんです。吉田隼人さんだったら一人称としての〈私〉、連作の中でアルターエゴの主体を設定して作っているように見えますけど、井上さんと瀬戸さんの歌だと、短歌が一人称の詩だという固定観念からも逸脱して無人称か三人称の方を志向しているのかなということを思いますね。（…）

永井　私は別にどっちの行き方でもいいのかなとしか思わないんですけど。方法は方法で、それで何をやるかだけが問題ですから。ただ、井上さんも瀬戸さんも塚本邦雄のこと書いてたりしますけど、前衛短歌が持っていた私性批判とは違うものなんじゃないかと思って。むしろ違うものでないといけないと思うんですよね。（…）

大辻　でも永井さんは「作品の背後に一人の人物の顔が見える」という短歌の「私性」の枠組は継承するわけですよね。ただその人物の顔が「昭和の人間」であることに対して批判している（二〇一五年八月号）だけであって（編註：永井祐「歌壇時評　昭和のこと」「短歌」）。

永井　一人の人物らしきものが立っててもいいと思うんですけど。ただそれはルールじゃないので、違うノリで書きたいというのは全然アリだと思うし。

「作者という〈人間〉の位相」という項目での話し合いの場面だが、昨今、やたらに流行している「人間」／「私性」の問題（その前の歌壇の流行は「文語／口語」の問題で、やたらと永井祐の歌が槍玉にあげられていたと記憶している……）で、阿波野、永井の両者は自分自身については「私性」の枠組には否定的ではないが、そうでない歌や歌人の存在も認めているようにみえる（阿波野にいたっては丁寧に分析している）。

　しかしながら、私がここで引っかかったのは、永井の、現状の私性批判について塚本邦雄や前衛短歌とは違うものだと思っている、むしろ違うものでなければいけない、という発言だった。

　この箇所だけでは違和感を感じたのみで、その趣旨を読み取ることはできなかった。しかし昨年話題になった（「私性」／「人間」議論をさらに活発化させる引き金になったともいえる）服部真里子の

〈水仙と盗聴、わたしが傾くとわたしを巡るわずかなる水〉をめぐるこの歌が「わかる／わからない」問題……「水仙と盗聴」問題に話が及んだときの、川野と永井とのやりとりのなかで、私が引っかかっていた事柄の正体が見えたように思った。

川野 私は服部さんの歌はとても好きだし、彼女の言葉のつながりは直感的によく分かるんだけど、小池さん（引用者註：小池光）はそういう直感的なつながりを拒否して、がっちりしたところでつなげるということなんだと思うんですよ。それって、写実系と浪漫系との闘いの核心にあった。アララギが晶子や牧水を叩いた時にとても似ている。あの論戦がもういっぺん復活するのかなとわくわくしていたんだけど、そうはならなかったですね。

永井 対立の構図がいまおっしゃったみたいに写実系と浪漫系みたいに見えるじゃないですか。私はそういうベタな構図に回帰してしまうのは、ちょっとどうなのかなあという気持ちはあった。対立構図が同じというのは、問題設定が同じということですから。新しい問題を発見しないといけないのかなと思います。

写実系・アララギ・いわゆる「人間」肯定派と、浪漫系・明星・前衛短歌・いわゆる「人間」否定派にくくってわけるのはいささか乱暴すぎるきらいもあるが、評論ではなく座談会の流れのなかのこの分類にしたがって考えてみようと思う（とはいえ、阿波野、そして主に魚村の発言によって「人間」の話題について、この座談会のなかで多少の進展はみられるのだが）。

ごく簡単に言えば、永井祐は浪漫系・明星・前衛短歌・いわゆる「人間」否定派をスルーしている。「違うノリで書きたいというのは全然アリ」だが、その対立構造は、短歌の未来の新しい問題発見に繋がるとは考えていないようだ。永井のような、一見、他に理解があるように見えてまたそれを強く攻撃することはせずに、ただなんとなくスルーしているようなタイプは一見無害に見えるけれど、これがいちばんの厄介な難物である。正面から戦うのではなく、相手にするつもりがないように、思える。

この座談会での大辻の「戦後の短歌というものは、第二芸術論を真に受けて、現代人の文学であらねばならないという課題を背負わされて、ヒーコラヒーコラして三十年四十年やってきたわけじゃないですか。（…）でも、多分、永井さんなんかが疑問を覚えるのは、何で短歌は、批判的な、何かを否定する文芸でなければいけないかというところなんじゃない？　僕にもその疑問はあるけど」という発言の後半部分は、永井の態度に関してかなり正確に的を射たものであると思う。

永井祐は二〇一三年に「土屋文明『山下水』のこと」という文章を発表している（「率」五号）。この文明論はたいへんおもしろい文章で、発表当時かなり話題になったことを記憶している。

永井は文明を「あの短歌の後進性の代名詞ともなっている「生活即短歌」に通じていることが見て取れ、さらに、「短歌の表現は直ちに作者其の人」というあの消えることのない慣習（？）も直接に顔を出して」いると考え、「もっと調べないとめったなことはいえない」と保留をつけながらも、「短歌の外側にいる人の頭に？マークを浮かばせる特有の磁場を作り上げた人、現在まで通用している短歌のOSを書いた人間」は土屋文明なのではないかと結論づけている。しかしながら、この結論部にいたるまでに永井が追ってきた文明の歌における試みは、彼には「特異でラディカルな試行」にうつっていた。アララギといえば、まず斎藤茂吉、そして茂吉、さらに斎藤茂吉という大勢のムードに対して、永井は独自のアプローチによって、さらにアララギの富・ゆたかさを開拓し、ひろげたと言っていいと思う。「短歌の秘密のかぎ」を持っているのは土屋文明だという永井は、むしろ「短歌の後進性」を「ラディカルな試行」だと感じているのではないか。

座談会で永井が「新しい問題」と指しているもの、予期しているものについては、彼がそれと明示していないのでもちろんきちんとはわからないけれど、はっきりしているのは、それは（大雑把な言い方での）「人間」肯定派と浪漫派や前衛短歌との軋みにはないということだ。

ここで話を迂回させることになるのだが（そもそもいまのこの話題自体が迂回ともいえるので迂回の迂回ともいうのかもしれないが）、永井の文章に出てくる「OS」という言葉に注目されたい。

たとえば「OS」、「圧縮と解凍」、「棒立ちのポエジー」、「愛の希求の絶対性」、「酸欠世界」、「共感＝シンパシー／驚異＝ワンダー」、「わがまま」、「言葉のモノ化」、「生の一回性」、「修辞の武装解除」、「クビレ」……かつて穂村弘が次々と生みだす短歌用語（キャッチコピーとまで揶揄されることがあったほどのキラーフレーズの数々）が歌壇で猛威をふるっていた時期があった。

その時期、歌壇を動かしていたのはまちがいなく穂村弘が次々と提示するフレーズと問題意識だった。その時期は永井らが登場したポストニューウェーブの時期と重なる。永井の論に登場する「OS」

という言葉にはその時代の名残がある。

「クビレ」というのは、穂村弘が発見した、一首のなかに《ひとつのクビレ、読者に意外性を持たせるポイントをつくる》ことでだれでも秀歌がつくれる（！）という画期的な仕組みである。

しかし、永井祐はこれに対してクビレをつくらない、寸胴な短歌をふてぶてしく発表したことに新しさがあった（のではないかという評論を私はかつて「早稲田短歌」の機関誌〈三十九号〉に発表したことがある〈本書「私は見えない私はいない／美しい日本の（助詞の）ゆがみ（をこえて）」〉。永井の成功した歌は「全身的」で極端に凹凸がすくなく、寸胴であり、それが最上のバランスでありそれが歌の快楽になっているという内容を含んでいた）。それから先、永井がより考えを深めたその一端を示したのが「土屋文明『山下水』のこと」なのではないか。

〈この谷は早くかげりて紫の浅間の上のだいだいいろの雲〉……たとえばこの歌など（厳密には他に二首例歌がある）を永井は「上句の言葉の運びは締まって緊密だが、下句においてその枠がゆるむ」感じが、「夾雑物に満ちた〈世界〉の音」が入ってくる隙間になり、これを「命の字余り」と呼んでいる。そして、永井はそれを「中年男性のお腹に安堵感を覚えることがあるのと同じ」と表現している（……「クビレ」から、「寸胴」へ、「中年男性のお腹の弛み」へ。偶然にしたって、それは比喩であるにせよ、短歌のフォルムを人体のフォルムに例えていくときに興味深い推移だと私には思える）。

なぜ、こんなにも土屋文明の、そしてアララギの話を長々と続けるのか。それは、おもに八〇年代前半のフェミニズムの担い手であった阿木津英が抱えていた葛藤のみなもとであり、また挫折の原因であるように思えてならないからだ。

阿木津英の『イシュタルの林檎　歌から突き動かすフェミニズム』は、声高にフェミニズムを主張する一方で、自分自身のフェミニズムの方向性にも迷いをもっていることを隠さない正直な本だ。阿木津が積極的に学ぼうとした歌人に岡井隆、土屋文明がいる。そのような——つまり初期アララギで石原純と原阿佐緒の事件をきっかけに有力なアララギの女性歌人が抜けていったような——あるいは「特殊な人でない限り、女性がアララギ風を讃美するといふのは、これだけは大きな間違ひでせう」と釈迢空が言ったように——アララギの土壌は阿木津英を迷わせた。

『イシュタルの林檎』でそれがもっとも顕著にあらわれているのが「一つの顔を持つということ」という章だ。阿木津は与謝野晶子が七人の子を持ちながら現実ではいわゆる「夫婦」における妻であるのに結局のところ「王朝和歌の恋する女」という仮面を捨てなかったことを批判し、また当時の若い世代の一つの顔を持っていない主体の歌を批判する一方、阿木津自身が「結語」で「どのように考えても、一つの顔をもつ歌の限界は明白だ」と述べている。しかしながら、新しい時代に対応した歌を提唱することには懐疑的だった。袋小路だ。

皮肉にも、近年、アララギの方法論でもっとも充実した歌作をおこなった女性歌人は河野裕子だったと私は考える。河野は女歌論争における阿木津のもっとも激しいライバルだった。阿木津の有名歌〈産むならば世界を産めよものの芽の湧き立つ森のさみどりのなか〉は河野へのアンサーでもあったようだ。私はこの歌はあまりにスローガン的で好きになれないが、〈眼も魔羅も老いさらばえよわがものにはやもはやなりてしまえよ〉のような葛藤のなかから彼女がつくりあげた世界観のある歌は好ましいと思う（そんな彼女の根本を理解せず「驚天動地の天下の悪女というにはほど遠いのだな。可愛い女の乱れ唄さ」〈「エロスへの擾乱」『阿木津英歌集（現代短歌文庫）』一九八九年〉などとからかってでもいるつもりだろうか、笠原伸夫の言は端的に不愉快だ）。

ただし、河野裕子の成功は、（いくつかの例外はあったにせよ）河野自身のその一つの顔が一般的になじみやすく、言い方を選ばなければ、通俗的に消費されやすい顔だったことに要因がある（彼女の死後、なぜあれほど彼女の本が売れ、続々と関連書籍が発売されたのかを考えればたやすいことだけれども）。そのことによって、河野の歌のすばらしさや功績が消えることはないけれども、現在まで、彼女のようにいわゆるひとつの類型的と世間に見做されやすい顔を持つ女性歌人しか、ほとんどアララギ的な土壌で成功をおさめることはむずかしいのではないか。

ならば、塚本邦雄がつくりだした土壌（それは現在もうすっかり失われつつあるようにもみえるが）においてならそれは可能であったのかといえば、ことはそう簡単には運ばない。

むしろ塚本邦雄のケースの厄介さはアララギにおけるそれよりも格段に厄介だ。その厄介さにおいては穂村弘と張るレベルだ（ふたりが抱えている時代背景やセクシュアリティなどに起因するちがいこそあれどその複雑さはアララギの比ではない）。

残念ながら、まだオフィーリアの出番はこない。——それにしても、なんて長い劇なのだろう？　シェイクスピアは気づかなかったのだろうか？　あるいはシェイクスピアの妹はどこにいるのだろうか？

第四回　「死ね、オフィーリア、死ね（後）」

島津忠夫が指摘したように、釈迢空が期待した女歌のある部分は塚本邦雄によって達成されたといっても過言ではないのかもしれない（『女歌の論』一九八六年）。この文脈で登場する釈迢空は、なにはともあれ、「女流の歌を閉塞したもの」（「短歌研究」一九五一年一月号）において、「アララギ第一のしくじりは女の歌を殺して了つた――女歌の伝統を放逐してしまつたやうに見えること」であると指摘し、アララギ的写生主義・現実主義の破綻のさきにかつての女歌の富を、そしてそのさきの可能性を示唆した文をものした釈迢空＝折口信夫である。

塚本邦雄に代表される前衛短歌――どこからどこまでを前衛短歌と呼ぶかという議論はまだ尽きないものの――はアララギ的写生主義・現実主義にそれぞれの歌人がそれぞれの方法で抗った。この前衛短歌の時代は、たくさんの個性的な女性歌人が活躍した時代でもあった。

それは、もちろん、「アララギ」の女歌殺し（「アララギ」内部にとどまってすぐれた歌をつくりつづけた女性歌人がいないと言っているわけではもちろんありません、念の為）に、前衛短歌という戦い方がそれぞれの女性歌人とうまくマッチし化学反応をおこしていたからに他ならない。中城ふみ子の盛大なポーズの取り方、斎藤史……『魚歌』（一九四〇年）の華やかな西洋風のモダニズム、葛原妙子のおそろしいまでに精密な幻視、山中智恵子は近代短歌に和歌のしらべをとりもどした。

彼女たちは、塚本邦雄——あるいはこの前衛短歌ムーヴメントの仕掛け人のひとりである中井英夫——と伴走しながら、しかし同時に、彼によってまた彼女たちはある種抑圧されてもいたのではないか。

塚本の有名な批評のひとつに「魔女不在」(『夕暮の諧調』一九七一年)という同時代の女性歌人批判がある。

> 人間である前に女である、この同情と慰撫をよびやすい設定のもとに、その生理的饒舌も自己劇化も神秘主義も、彼女らの意志に反して甘やかされ、価値づけられてきたかたむきが無かったらうか。女性の作家と読者との連帯感は〈Job's comforter〉的なものだ。そして厳格な鑑賞者である前に男である批評家が、彼女らの生きのこることに、これも亦無意識の弁護を続けてきた。(…)そして女性は好まれる姿に容易に変貌する。「嘘まじりのまこと」が栄えたのは、人間が否、男がそれを期待したからに他ならないだらう。

この前提をもとに、塚本はすぐれた女性歌人も結局のところ、妖精の少女と巫女の老婆にわかれ(男性がお得意とする女の二分法だ……)、醒めた視点から世界を鳥瞰することのできる、妖精でも巫女でもない(つまり自己制御のできる)魔女の不在を嘆いている。

しかし、前衛短歌という、強引に言ってしまえば、女性的な短歌の世界に君臨している、醒めた視点から世界を鳥瞰することのできる歌をつくることができる魔女とは、塚本邦雄その人のことであった。
つまりこの批評は塚本邦雄という女性歌人による、女性歌人たちへのミソジニーであると読むことができる。

女性歌人への評とはうらはらに、塚本は、岡井隆、佐佐木幸綱、福島泰樹などマッチョイズムを体現したような男性歌人への評価が異様に甘かった。これは男性でありながら女性歌人でもある塚本自身のコンプレックスを如実にあらわしているようにも思える。

……文芸誌「リテレール」第二号（一九九二年九月）は「私の偏愛書　41人によるジャンル別・ベスト10」という特集を組んでいるが、この短歌部門のベスト10は塚本が選出している。偏愛という点にひっかかりを覚え、この記事をひきあいに出すのをアンフェアだと思う読者は、塚本がなした仕事の数々、短歌史の読みかえ、たとえば『茂吉秀歌『赤光』百首』をはじめとする独自すぎる塚本の選歌眼が光る斎藤茂吉の歌集読解シリーズなどにおけるもともと彼がもっていた偏愛傾向のことを思い出してほしい。そしてその塚本の偏愛的読解によって短歌史の正典《カノン》となった数々の歌のことを思い出されたい（坪野哲久の〈曼珠沙華のするどき象《かたち》夢にみしうちくだかれて秋ゆきぬべき〉など）。

この特集で塚本は戦後短歌ベスト10を選出している。歌集ベスト10では女性からただひとり葛原妙子『葡萄木立』（一九六三年）を選出している（「すべて破格、女歌の概念を越えつつ、なお永久に妖精である不可思議」〈傍点引用者〉という相変わらずのキャッチコピーをつけているけれど）（しかも、「斎藤史・安永蕗子、馬場あき子等々と列記するなら、女性だけでベスト30くらいを選んだ方がよい」

なども記している）ものの、一首単位のベスト10はすべて男性歌人の歌から選出している。

……もちろん、塚本邦雄の功績がどれほどのものだったのか、そして亡くなったいまも現在進行形で、その歌が、評論が、どれほど稀有で、歌壇にとってすばらしく有益だったか、そしていまでも有益でありつづけているか、影響を与えつづけているか、私自身、すくなからず理解しているつもりだし、私自身、もっとも影響を受けた歌人のひとりは間違いなく塚本邦雄だ。

しかし、だからといって、塚本のこういった側面をスルーすることは私にはできない。その「欠点」（私からはそう見える、と、あえて、ここで言いきるが）も含めて塚本邦雄は塚本邦雄だったのだから、そこに目をつむることは塚本にとって失礼ではないかとすら私には思えるのだ。

短歌がかっこいいというのは、男の歌ですね。女の歌を見て、あんまりかっこいいと思わない（笑）。これで女性軍から総スカンを食ってもいいですよ（笑）。だって、俵万智の歌は、もうかっこよくないもの。

これは小中英之の発言だ。『わがからんどりえ』（一九七九年）がいかにすばらしい歌集であろうと、小中英之がいかにすばらしい歌人であろうと、こういう発言を看過することは私にはできない。歌集を読んで感銘を受けた男性歌人の、しかしながら、こういった数々の発言に私はいったい何度失望したか数えきれない。

いくら歌が素晴らしくとも、功績がすばらしいものであろうとも、それが歌壇に貢献していようとも、いやだからこそますます、この種の放言はスルーされつづけていく。あからさまな男尊女卑発想を含んだ、座談会やインタビューや評論が、それ自体の論旨はすぐれているということを免罪符にしてまかりとおり、歌壇はますます、その雰囲気を許容し、状況は悪化の一途をたどっていく。

この小中英之の発言は『現代短歌の全景　男たちのうた』というムックの座談会のなかのものである。発行は一九九五年、俵万智ブームが落ち着きつつあるころだ。このムックと対になるムックが『〈同時代〉としての女性短歌』（一九九二年）だ。そもそも、このムックのタイトルからして私は納得がいかない。『現代短歌の全景　男たちのうた』には「戦後夭折歌人の系譜」というコーナーがあり、そこに申し訳程度に中城ふみ子や安藤美保のちいさな記事があるが、たったそれだけしか女性歌人をとりあげず、前述のような放言を許している……、たしかに、このムックには読みどころも多い、しかしながら、だからといって、そんな部分をスルーしてかまわないというのか。女性歌人をほとんど無視した、それが、〈現代短歌の全景〉だというのか……。だとしたら、絶望しかない。

いや、だとしたら、とは嘘だ。

絶望する。

絶望すべきだ、とさえ思う。

そこからしか、立ち上がることはできない。

塚本亡きいま、実質、歌壇のトップとして君臨している岡井隆に対しても、私はこの件については失望しつづけている。

そもそものところ、岡井は、前衛短歌は圧倒的に男性のものだと発言している（このトピックについては馬場あき子のスタンスが興味深いのだが、ここでは話題の主眼ではないので触れない）。

岡井は、アララギと前衛短歌のそれぞれに軸足を置きながら活動してきた歌人だ。けれど塚本が不在となった歌壇において、徐々に歌壇全体が「アララギ」の方に随分傾きつつある。前衛短歌のあたらしいかたちであったニューウェーブの担い手であったはずの穂村弘のアララギ化も著しい。そしてこれまで書いてきたとおり、「アララギ」の流れは基本的に女性に冷淡だ。現実をくつがえそうとする力を持つ前衛短歌やニューウェーブの時代に女性歌人が輝いていたのは当然のことだ。

どれだけ現実を描いていこうとしようとも（たとえどれだけ深く見ようとも、「私性」の深みからのぞきこんでいこうとも）、超ジェンダー後進国の日本では、女性にとってそこから表現をしようとすればするほど、圧倒的に男性優利の構造のなかにとらわれ、必要以上にもがかなければいけない、茨の道となる（だからこそ私はそのアララギの流れのなかで歌をつくりつづけ、独自の境地を切りひらいた河野愛子のような女性歌人に最大の敬意を払いたい）。

そして、岡井の態度は、こうだ。

女子学生亡国論じゃないけれど、「こりゃあいかんわ」と、そのときは思いました（笑）。（引用者註：女歌、ライトヴァースと来たときに主導権が男から女へはっきり移ったと岡井が感じたこと）短歌がもともと持っている佶屈とした感じがなくなる。あれは男性が作って来たものです。近代短歌と言われている「アララギ」「明星」「すばる」、あと自然派。トップの人は全部男性ですから。そうして、理論も全部男性が作った。「危機的な状況が生まれて来ているのだなあ」と感じました。

これは、二〇〇九年発行の、小高賢が聞き手となった岡井隆のインタビュー『私の戦後短歌史』での発言だ。この時期といえば、歌壇は永井祐の口語短歌をわかるだのわからないだの延々そんな話をしていたころで、私の記憶している限り、また知っている限り、岡井のこの発言が問題視されていたことはない。そんなことより歌壇にとってもっと重要な問題があるから、そんな些少なことにはかまっていられないのだ。

……歌壇には、歌壇時間とでも呼びたくなるような独特の時間が流れている。時間の流れが異常にゆっくりだ。それは、たとえば、永井祐の歌が侃侃諤諤の議論の末、十年がかりでようやく歌壇に受けいれられつつあるようなスピードのことだ。話し合いに話し合い話し合いに話し合いを重ね、六割方～七割方の了解を得て、ようやくそれは承認される、あるいは、登録される。

それはそれで、いやそれこそが、歌壇の良いところだと主張する人々もいるかもしれない、いや、いるだろう。

歌壇にはフェミニズムのfの字もない。

ここから男性偏重主義の歌壇の状況を指摘し、訴え、主張しつづけ……けれど、とくに重要でもないこんな問題に、歌壇の人々はいったいどれくらいのリソースをさいてくれるというのだろう。より重要であったはずの永井祐を中心とした口語や文語の問題の（一応の）解決にさえ、十年以上の時間を必要としたというのに？

二十年？　五十年？

——百年……？

想像もつかない、……なぜなら、ここまでたどってきたように、先人の女性歌人たちが何もしてこなかったとは口が裂けても言えはしないから。

これが私のいまの正直な実感だ。

けれど、希望はある。

ロクロクの会（先行の女性歌人へのまっとうな評価にむけて、再検討していくこと、再評価していくこと、——その可能性）。

BL短歌（変形クィア・リーディングとしての読解、また女性が女性的主体を押し付けられつづけることへの解放にむかって歌を詠んでいくこと）。

怪獣歌会（超ジェンダー後進国のこの国において、そしてその国のさらに歌壇において、マイナスイメージを背負わされてきた〈フェミニズム〉をはっきりと表明する、勇敢な姿勢）。

流れは変わりつつある。いや、変えなければならない。

いちいち重箱の隅をつつくように、男性歌人の発言をあげつらう私の文章を、「うざったい」と感じている男性歌人、一応マナーとして言わないけれど心底どうでもいいことを天下の角川「短歌」の時評を三ヶ月分使って延々書きつづけている私を面倒だと思っている男性歌人、……あなたたちは恵まれている。

あるいはそれが恵まれたことだと気づいていない、または、どうしても納得がいかない男性歌人、あなたは愚かだ。あるいは遅れている。

いまはもうとっくに二十一世紀なのだ。たとえ、この国が、この歌壇がどれだけ世界から取り残されていようとも。

近代短歌の名のもとに、無意識的に、あるいは意識的に、どれだけの、無数のオフィーリアが殺されてきたことだろう。ハムレットたちの感傷的な"to be, or not to be, that is the question"とやらのために。まずはその無数のオフィーリアたちの魂を弔うことから、私は、はじめたい。そして「死ね、オフィーリア、死ね」……その声を殺していきたい。オフィーリアたちが生きのびていくために。こんどはオフィーリアが"to be, or not to be, that is the question"と問うことさえも許され、問わないことも許され、あるいは「死ね、オフィーリア、死ね」という声によってではなく、自発的に美しく死んでいく自由さえも確保するために。すべてのオフィーリアたちのために、あるいはオフィーリアでなくなっていくひとたちのために。

第五回　「人間」にとって「アイディア」とは何か

穂村弘が聞き手となって馬場あき子が語り下ろした自伝『寂しさが歌の源だから　穂村弘が聞く馬場あき子の波瀾万丈』（二〇一六年）を遅ればせながら通読した。「短歌」連載時からときおり目を通していたが、結局本のかたちになって読むまでにタイムラグが生じてしまったのは、この本の二〇九頁からはじまる「現代短歌の主流は」のパートが連載時にいわゆる炎上を引き起こし、そこからいわゆる「人間」論争がはじまり、それはいまも続いており、その状況に食傷気味だった私はなかなか手を伸ばす気になれなかったというのが正直なところだった。

実際に読んでみると、たとえば前回までの時評のトピックと照らしあわせるならば、釈迢空「女人の歌を閉塞したもの」で迢空が女歌の特徴としてあげた「ろまんちつく」「せんちめんたる」「出まかせ」を批判的に読みなおし、同時代の女性歌人のなかでも突出した評論の力を発揮することになる彼女でさえ、同世代の勉強会「青年歌人会議」では発言できる空気ではなかったり（馬場あき子だけではなく、他の女性歌人たちも）、などなど、それ以外のトピックも馬場あき子という歌人を通して昭和の歌壇の雰囲気をなまなましく感じることができるエピソードも多く、たいへんおもしろい。もし私と同じ理由で敬遠している人がいるならば、一読をおすすめしたい（などと私が言う必要があるのかどうかわからないけれども）。

しかしながら、やはり問題の箇所にさしかかると微妙な気持ちになることは否定できない。

当たり前のことを言い方によっては、「えっ、そうなんだ」と思わせるテクニックが現代の若い人たちのおもしろがり方になっている。そこのところには知的なおもしろさというのはあるけれど、私などの考えていた短歌というのは、もっと私を差し出す、人間を、心を差し出す、自分のどこか真実なものを読者の前に差し出すものだったのに、今、そうではなくて、こんなふうな言い方ってあるよという、言ってみれば文芸的な、知的なニュアンスのおもしろさを差し出そうとしている。

（…）

これはよく言われることだけれど、歌壇外の人にどんな歌が好きですかと聞くと、近代短歌しか挙がってこない。なぜかと言えば、近代短歌はやはり自分を差し出して歌ったからです。自分を差し出してない歌は、一読目を止めても、長く読むには魅力が薄いんじゃないかな。

ここで具体的に俎上にあがっている「現代の若い人たちの歌」は、〈ドアに鍵強くさしこむこの深さ人ならば死に至るふかさか／光森裕樹〉〈もみの木はきれいな棺になるということ　電飾を君と見に行く／大森静佳〉〈死んでから訃報がとどくまでの間《かん》ぼくのなかではきみが死ねない／吉田隼人〉である。

これらの歌について、穂村弘は「アイディア」というキーワードを提出している。「ふつう、気づかないところに気づいている」、それがまるで「値段」がつく商品価値として機能していて、彼らはその「アイディア」がなければ不安で歌をつくることができないのではないか、それはきわめて資本主義的な問題なのではないかと指摘して、まとめている。

そして、穂村はこういった歌に通ずると自分が感じている歌人に吉川宏志の名前をあげている。ここで穂村の著書『短歌の友人』に収録されている吉川宏志に関する記述を見てみようと思う。

自然の懐は深く世界の細部は無限に豊かであるという表面的な世界観とは裏腹に、吉川作品の言葉は世界の深さや豊かさに自然に身を委ねることを拒んでいるように私の目にはみえる。短歌という表現を自分なりに納得できるかたちで一回ごとに成立させようとする、言葉のコントロールへの意志が強く感じられるのだ。ここをこう押さえれば現実の手触りは表現できるというポイントを吉川は熟知している。

吉川の歌の人工性についてここで穂村は分析している。

穂村の指摘どおり、吉川宏志は読者をはっとさせるような、「発見」、「気づき」の歌の名手である。おそらくそれをアイディアと言いかえることは可能であるだろう。

背を向けてサマーセーター着るきみが着瘦せしてゆくまでを見ていつ

円形の和紙に貼りつく赤きひれ掬われしのち金魚は濡れる

卓上の本を夜更けに読みはじめ妻の挟みし栞を越えつ

吉川宏志

初期の秀歌を見ても、その特徴は顕著である。私自身のせまい見聞でしかないけれども、いわゆる若手歌人（前述の光森、大森、吉田を指すわけではない）にも吉川宏志の歌を好むものも多い。それは、指摘されている若手歌人のアイディア好みと相通ずるといえるだろうか？（ちなみに、私は、作者全体の歌風をとおして見ると、光森、大森には吉川と通じる部分を感じることもあるが、吉田には一切それを感じない）

この話題で、続けて、穂村は、光森、大森、吉田の歌を「世界をテーマ別に切る大喜利みたいな感じ。この三首のお題は「死」ですね」と発言している。

この発言のさいに穂村が意識しているのかどうかはわからないが、実際に大喜利界隈から短歌の世界に入ってきている歌人がインターネット空間には存在している。

主にネット大喜利界隈から集ってきて短歌をつくっている人々の集団に「短歌結社　なんたる星」がある。不定期で結社内で歌会を開き、無料で電子書籍（パブーというサービスを使用しており、PDF形式で閲覧ができる）形式で結社誌を発行している。二〇一七年の二月号で三周年をむかえた。二〇一七年二月時点のメンバーは、恋をしている、伊舎堂仁、迂回、加賀田優子、真匿名、スコヲプ、ナイス害、はだし、米田一央である、と公式ツイッター（https://twitter.com/nantaruhoshi）にはある。最新号である二〇一七年二月号から、出詠者の歌を引いてみよう（ちなみに、この号では「戦評」というなかなかおもしろい企画があるのだけれども、これは直接読んでいただきたい。http://p.booklog.jp/book/112996)。

他人の、昔のハワイ旅行の写真みるのすごく好きかもしれない　はだし

こうしているうちに喉まで水がきてきもちいいのが勝とうとしてる　加賀田優子

やいおまえその空き缶とこの無垢で純粋なポイントを交換だ　迂回

いきものの戯る柄の傘を手に回転木馬のような抱擁　スコヲプ

「でも高そうだね…」
「なんと！今なら半額の十五文字だよっ！」
「歌人です」言うとき麒麟の声になる　ナイス害

それぞれの作者の歌から大喜利の影響やニュアンスを読みとることは、スタンスによっては自由だろう。あるいは、「アイディア」に関する諸問題も（誌面の都合で、スコヲプ作品のレイアウト、ナイス害作品の連作的側面については再現できていないことをここでお詫びしておきたい）。

彼／彼女らの出自はともかくとしてその作品が完全にこれまでの短歌作品の系譜から途切れている

かどうかは微妙だと思う。たとえばはだし作品からは、永井祐や五島諭の歌のような趣を感じるし、スコヲプ作品からは穂村弘経由の、たとえば我妻俊樹に似た空気を私は感じる。しかしながら、彼らが実際に、永井、五島、穂村、我妻の歌を読んでいるのか、影響を受けているのかについては私は知らない。私はある意味、純粋読者としてこの結社誌を読んでいたと言えるかもしれない。

（二〇一七年）二月二十五日、大阪短歌チョップ2（http://www.tankachop.com/#event）という大規模なイベントが開催された。私自身はその場にいなかったが、Twitterのタイムラインを眺めていると断片的にその場の様子を知ることができた。この大規模なイベントは驚くべきことに、おなじ時間帯にさまざまな短歌にまつわるコーナーがあり、参加者はそれぞれ好きなときに好きなコーナーに参加したり観覧したりすることができたらしいのだが、そのなかのひとつに「ムシトーーク！～新しい短歌こっちにもあります～」があった（コーナータイトルは、テレビ番組名と、ユリイカ短歌特集号の表紙の言葉のもじりだろう）。

このコーナーに「短歌結社　なんたる星」のナイス害が登壇していて、その後、自分の発言の内容に納得がいかなかったようで、note（というSNS）に「ムシトーーークで本当に伝えたかったこと」というタイトルの記事を書いている。

「なんたる星は短歌結社なのか？」という質問を廣野翔一から質問された（らしい）件について。

廣野くんが「短歌結社」の定義みたいなものを調べて紹介してくれたんですけど、定義って別に法律ではないので、守らなくても罰せられるわけでもなく、ある程度のはみ出しは許容範囲なのではないかなと思います。

いろんな形があっても楽しいじゃないですか。


(…)


「良い短歌は生まれるけど、新しい短歌は生まれない場所」というイメージなんです。他の、未来さんや塔さんとか。

イメージですよ?だって結社誌読んだことない…。

いや読んでからモノ言えよって意見もあるかもしれないですけど、興味がない人の意見も聞いてみてください。

というか!!結社に入っている好きな歌人さんはたくさんいますし!好きな短歌もたくさんありますからね!?

他の結社さんを嫌いとかではなく、自分の身の丈に合っていないので入ることも絶対ないですし、ただただ凄いなと本気でリスペクトしています。それ前提でお話しさせてもらってます。


妥当な意見だと思う箇所もあれば、そうでもないなと思うところもあって、たとえば、いやイメージで言ってないで一回くらい結社誌ちょっとだけでも読んでみれば?、だったりするわけだけれども、じつはこの文章はある意味で矛盾していて、本当はナイス害は既に結社誌をすこし読んでいるのではないかと思ったりもする。


未来さんで、いつだったか楽譜？譜面？みたいなのを使って短歌を詠まれた方（筆名の読み方が難しくて聞いてもいつも忘れる）がいたじゃないですか。

あれが、俺が求めてる新しい短歌なんです。

なんだこれ？って思わせてくれる短歌。

未来さんのシステムがよく分かってないのですが、あの短歌が火種になりまあまあ物議を呼んだんですよね。

で、え？それおかしくない？？って思ったんです。あれダメなのかー、と。汚物は消毒なのかー？と。

いや、誌面に載った時点で作者は勝ったんですけど、ドーピングで引っかかって負け試合になっちゃった印象も受けて、すごく悲しかったんです。


この妖艶樵史の短歌はツイッターで話題になっていたから、おそらくそこで当該の歌を読んだのだろうけれど、それはいま現在の「読む」ということのあり方について、示唆的でもあると思う（そもそも私自身このツイートを「読んだ」覚えがあり、しかし正確なところは「未來」に所属している人間に確認をとった）。そもそも結社誌や総合誌を隅々まで読んでいる読者のパーセンテージは？　気になる箇所にだけ目を通す読者がほとんどではないだろうか。……そんなのは「読む」とは言えないという意見もわからなくはないのだけれど、実際のテクストにあたる前にその情報なしに「読む」ことだってそもそも不可能なのではないだろうか？　「読む」こと、そして「結社」。「なんたる星」が存在すること自体が短歌「結社」というタームを更新する可能性がある。

そう、更新だ。「人間」論争における永井祐の「昭和的人間」「平成的人間」という提案も記憶に新しい。そしてその平成も間もなく終わろうとしている。

話を大きくしてしまうけれど、人類の進歩はすべて発明＝「アイディア」によるものだし、それとともに時代は否応なく変わっていくものだし、それに抗う装置として文学が機能してきたというのならばそれはそうなのだけれども、その文学もまた時代とは無関係ではいられない。表現者は（……後世によって「発見」されるというケースにおいてさえ）時代と無関係でいることは、できないのだ。

電車のなかでもセックスをせよ戦争へゆくのはきっと君たちだから　　穂村弘

多数の歌人たちの時勢の左派的主張とは反対に、近代短歌、そして戦争体験を経た歌人への、大袈裟に言えば、神格化は、その主張とは裏腹に戦争体験のない若者、そしてその作品を軽視しているように思える。絶対にあってはならないという前提で言うが、たとえ、いまの若手歌人が戦争を経験しようとも、それこそ「アイディア」の侵略によって変化した戦争という経験においては、かつてのような詠み方は有効にはならないだろう。もし諦めずに先行世代に伝えようと思うならば、私が言いたいのはそれに尽きる。

第六回　「わからない」というレッテルを剝がしてから

①言葉レベルでわからない語はない。（…）しかし一首として読み出すと途端にわからなくなる。

②たまたま最近読んだ染野太朗の歌集『人魚』からわかりにくい歌を探した。近頃わからない歌としてよく引用されるような、全くお手上げの歌が見つからなかった。

③詩歌は実用文ではないから、作者の意図どおりにはわからなくともいいが、あえて探すと、穂村弘の『シンジケート』にこの作品があった。（…）だが、しらけさせるようだが、私には、このどこが面白いのかわからない。

④なぜ森岡（引用者註：貞香）は蛾を繰り返し詠んだのか。（…）「蛾」を選んだ理由はわからないが（…）

⑤だが身近の若い実作者に聞くと何となく分かるという。（…）若い世代にとってもこうした分かりにくい歌に出会うのは稀ではないようだ。

⑥「難解歌」と「意味不明歌」は、厳密に区別されるべきである。「意味不明歌」に付き合っていられる程、僕らに時間の余裕はないのである。

「歌壇」（二〇一七年）五月号が「わからない歌の対処法」という特集を組んでいる。この特集タイトルは「わからない」歌という使い古されはじめているフレーズに対して、「対処法」という用語を持ち出している。

この特集タイトルを採用した編集部は「わからない」というフレーズに対して、あるいは状況に対してフェアネスを欠いていると思う。

「わからない」歌は病気でも怪我でも事故でもない。そういう意味で用いていないというのかもしれないが、「対処法」という単語からポジティブな意味合いを見出そうとするのはむずかしいだろう。

この特集にはさまざまな原稿が寄せられているが、①〜⑥の引用は「◆この歌がわからない」という項目に寄せられたものである。それぞれの引用は①生沼義朗、②大崎瀬都、③小谷博泰、④後藤由紀恵、⑤中西洋子、⑥難波一義からだ。

まず、「わからない」問題については、「わからない」の種類が混同されて使われていることを第一に指摘しなければならない。

おそらくこの特集は「短歌」二〇一五年四月号「次代を担う20代歌人の歌」（若手歌人十人の新作七首をベテラン歌人が批評するという特集企画）の服部真里子の歌の〈水仙と盗聴、わたしが傾くとわたしを巡るわずかなる水〉に対する小池光の反応（「まったく手が出ない」「イメージが回収されていないのでキツネにつままれたようである」そしておそらくはこの「塩と契約」という連作全体に対してのコメント「もう少し作者と読者の間に共有するものがある歌であってほしい」「作品が作者のものに止まっているかぎり、客観的に自立した作品の誕生は望めない」）に端を発した論争を中心として構成されているのだろうが、①〜⑥の引用を見てわかるように、そのなかにさまざまな「わからない」が入りまじり、混沌とした様相を呈している。

たとえば、よく混同されてしまうパターンであるのは③と⑥のような場合だ。

③は「言語上の意味はわかるが良さがわからない歌」の話であり、⑥は「比喩や意味がわからない歌」の話である。③は、穂村弘の他、永井祐などがよく槍玉にあげられていた／いる。⑥が「水仙と盗聴」に代表される歌群の話であろう。

このふたつを例にとっただけでも明らかだと思うのだが、いま、「わからない」という言葉はあまりに安易に、そして、便利に使われすぎている。そして「対処法」の名のもとに、まるでゴミでも掃いて捨てるかのように処理されるケースが多すぎる（この特集において、ある種の「わからない」歌を擁護する論考もあるが、少数だ）。

⑤などは「客観的なまなざしを」というタイトルの割には、「若者には分かるらしい」から「若者も分かりにくい歌に出会うらしい」へと論旨が混乱しているし、これでは典型的な若者叩きととらえられても仕方がない。

⑥で取り上げられているのは、

からっぽなかわりにいくらでも下げられる空想上の部位やしねこれ　　吉岡太朗

という歌だが、これは、高野公彦が平成二十九年版『短歌年鑑』の「「故意の言い落とし」に困惑する読者の独り言」と題された「回顧と展望」の文章から引用されている。この高野公彦の文章自体が、前述の「次代を担う20代歌人の歌」を大きく取り上げたものである。

この吉岡の歌もまた評者の馬場あき子によって「わからないので魅力に欠ける」とコメントされた歌であった。

高野公彦は、「私意を交えず」それぞれ十人の若手歌人の「一連の初めの二首を引」いている、つまり合計二十首の歌を引いている。さらにそれを「理解できると思う歌」「さほど自信はないが、なんとか理解できそうな歌」「分からない歌」に分類している。高野が「理解できると思う歌」はこのなかだと七首、「さほど自信はないが、なんとか理解できそうな歌」は三首、すると、つまり半数が「分からない歌」となる計算のようだ。

なるほど、高野公彦も吉岡太朗の〈からっぽなかわりにいくらでも下げられる空想上の部位やしねこれ〉を「分からない歌」に分類している。高野公彦と⑥の難波一義は、共通して、「分からない歌」を批判しているのだろうか。

しかし難波一義は「十把一絡げに若い世代の歌は、分からない、つまらないというつもりは毛頭ない」とし、次の歌を挙げている。

心臓の裏に根を張り燃えながら咲く花ありて髪飾りとす　　立花開

この歌を難波は吉岡の歌とは異なり、「読者にも共有可能で美しい像を結ぶことも不可能ではなく、「難解ではあるが、理解することはできる」と評している。

難波の文のタイトルは「「意味不明歌」と「難解歌」」だ。理解しづらい（らしい）、いわゆる「わからない」歌を乱雑に扱うのではなく「意味不明歌」（付き合っていられない歌）と「難解歌」（付き合う価値のある歌）に分類しようとする姿勢には一応の誠実さを感じる。この文章における「意味不明歌」が掲出の吉岡の歌であり、「難解歌」が掲出の立花の歌である。しかし、高野の「さほど自信はないが、なんとか理解できそうな歌」というスタンスと、難波の「読者にも共有可能」とはっきり言いきっているスタンスには、かなりのズレがあるのではないだろうか。

このケースひとつをとっても（意味が）「わからない」歌への解釈、理解度、スタンス、それぞれ見ていけば相当な違いがある。それをこれまで「わからない」という言葉は一緒くたに塗りこめてしまっていた。この便利すぎる言葉はこれまでただのレッテル貼りにしか使用されてこなかったのではないだろうか。

また、高野—難波のあいだのズレを云々する以前に、そもそもこの歌を「次代を担う20代歌人の歌」で評している歌人がいる。それは、服部真里子の〈水仙と盗聴〉の歌をばっさり切った小池光その人である。

小池は（多分服部の「塩と契約」と比較して）立花開の連作を「二十二歳というごく若い作者でありながらまあ「読める」一連で、ちょっぴり安心した」と文章を締めながらも、歌についてのコメントは辛いものもある。立花の掲出歌については左記である。

(…)心臓の裏という人体最深部にあるものを、体外に取り出して髪飾りにするというところに、いくらイメージとはいえ、無理なところがありはしまいか。そんなところに咲いている花ならば血ダラケになっているはずである。

この歌について、直接小池はわかる/わからないというコメントはしていないが、次の二首目の歌について「これはわかる」と言っているので、間接的に〈心臓の裏〉の歌は「わからない」と言っているのであろう。

それにしても「無理」な「イメージ」という評はともかくとして、「そんなところに咲いている花ならば血ダラケになっているはず」というコメントは端的に言ってひどすぎる、読み巧者である小池光の本心とは考えにくいので、これはいわゆる煽り、もしくはイメージの飛躍を歌の主眼とするいわゆる(意味が)「わからない」歌群への警鐘ととらえるのが自然なのであろうけれども、そんなことは「小池光が読み巧者」であるという文脈を共有していなければ成立しないことだ(もしくはその文脈を共有していてもやりすぎであると感じる者もいるであろう)。

実際、高野公彦が「回顧と展望」を書いている『短歌年鑑』の座談会「現代短歌は新しい局面に入ったのか」で、他の話題(二〇一六年一月号「短歌」の「短歌における「人間」とは何か」という座談会)も交えながら、小池光は本気でそういった類の発言をしているわけではなくわざと「頑固爺」を演じているという説を大辻隆弘が披露している。その点に関しては私も一応ある程度は同意するし、他のメンバーもほぼ同意しているが、その上でいちばん現状にフィットしていると感じたのは阿波野巧也の意見だった。

僕はその頃の小池さんを知らないし、大辻さんが自明のものとして受け取っている小池像を全く持っていないです。演じているんだと言われたらそうですかって感じですけれど、演じてるんだって決めつけるのも不誠実だと思うし、言っている内容に変わりがあるわけじゃない。何を言っているんだって思いますよね。

小池光の発言をメタ的にとらえる文脈はもう少数派であり、ベタにとらえる世代が台頭してきている。この現状において、小池のやり方は有効たりえるのだろうか。

しかしこの発言主である大辻隆弘こそ「わからない」歌を擁護する者たちにとってわかりやすい仮想敵だろう。

服部真里子が小池光の評に反論したとき、大辻はすぐさま服部の発言に反応し、時評に「読みのアナーキズム」を発表し、服部を批難した。しかしながら、両者のやりとりは肝心なところがすれちがっていた。

ふたりの主なすれちがいは言語、あるいは、言語を有する共同体、もっと言ってしまえば短歌言語共同体をめぐる認識の差異であった。このあたりのやりとりの経緯は「本郷短歌」五号（二〇一六年三月）の寺井龍哉の「歌人の奇遇——相互理解の可能性について」にまとめられている。

服部はひたすら言語芸術の可能性の話をしている。その一方で、大辻は短歌言語共同体のルールの話をしている。これでは話が平行線になってしまうのも仕方がない。

今回の「歌壇」五月号の記事のなかでもっとも私が意外の念をおぼえたのは大辻隆弘のものだった。テーマがテーマだけにかつての攻撃的な記事や発言が念頭にあったためだ。予想外に穏やかなものに思えた。しかし、そう簡単な問題ではない。

「高いレベルの読者を想定する」と題された大辻の評論。大辻は「誰しも自分の歌を客観的に見ることはできない」から「歌が読める人」がいる「歌会」で「他人の眼で歌を読んでもらう」ことが「自分の歌の客観的な評価を確定」するために「最も簡便で有効な手段」だという。

——私はこの特集、あるいはこのテーマのたびに頻出する「客観的」という言葉に「わからない」という言葉以上に苛立っていた。「わからない」は、まだ個人の意見だから受けいれようもある。けれど「客観的」という言葉をふりかざしながら、主観的に「わからない」歌を否定するやり口に飽き飽きしていたし、うんざりしていたし、その矛盾に気づかずにこの方程式が濫用される状況のどうしようもなさにほとんど絶望しかけていた。

今回の大辻の論はもっと丁寧で、粗製乱造な「客観的」理論ではなく、この状況下でもっと現実的な提案をしている。その大辻の真摯さを尊敬する。

けれど、人口がすくない地域の歌人は「「歌が読める人」がいる「歌会」」はおろか「歌会」をひらくことさえ困難なケースも少なくないであろう。その場合、あるいは「歌が読める人」がいない歌会にしか行くことができない歌人への大辻の提案が、「高いレベルの読者を想定する」ことである。その上で、歌をつくること。そしてゆくゆくはその高いレベルの読者を己のなかに持ち、自分の歌を自己査定していけるようになることが歌人として成長していけるかどうかのポイントになるということ。

基本的に、大辻が言っていることが間違っているとは思わない。

けれど、「歌が読める人」とはどういう人物だろうか？　佐藤佐太郎のケースを使って説明しているが、では塚本邦雄のケースはどうなのだろうか？

また「高いレベル」とは何を指すのか。抽象的にすぎるのではないだろうか。「歌が読める人」に会ったことのない人にそれを求めるのはそれこそ高度すぎるのでは？　すると大辻が考える基準を満たしていない歌人はすべて「低レベル」ということになるが、それはいくらなんでもエリティシズムがすぎるのではないだろうか？

……ここまで、書いてきたが、大辻の論を追ってきている私には、本当は、大辻が言いたい「歌が読める」「高いレベル」もわかっているつもりだ。けれど、小池光のケースを思いかえしてもらいたい。現状、文脈の共有はむずかしいのだ。

しかし「わからない歌の対処法」という特集テーマにもかかわらず、大辻は論に「わからない」という言葉を一度も使わなかった。そのことに私ははっきり言って感動した。そんなことに？　そんなことにだ。
「わからない」というレッテルを剝がさなければ、多様な読みの共同体など出現しようもない――。もしもそれを求めるのならば。

（「短歌」角川文化振興財団、二〇一七年一月号～六月号）

Ⅴ 作品

満月まで十五秒の階段にて

レミコはいつしか青色のさんかくけいのてっぺんで、

ゴロゴロうなる雷をおなかのなかにためこんでしばらく我慢してから指をそのなかにぐうっとつっこんで吐きだす。ごおおおおおお洗濯機が動きだすときのような轟音でぺたんとふたつに折り曲がったからだのなかからくちびるからあふれてくる。便器のなかがどろどろになる。雷が落ちてきた。吐きだした。目玉のなかがまばゆくひかっていた。きっとビームが出ているにちがいなかった。

まばたきをくりかえしたあとにやっと世界がちかくなる。ゲロはつるつるの便器からすこしはみだしてしまっていた。制服の袖で口をぬぐってしまった。ぱちぱちまばたきをした。吐瀉物は抹茶チョコレートいろにくすんでいる。レミコはそのいろがなんだかこわかった。どうしたらいいかわからなかった。頭のなかがムズムズ混乱してうわああと叫びたくなった。個室から飛びだすとカナちゃんが洗面台のまんまえでいましもリップグロスを塗りつけんとしているところだった。蟹の甲羅みたいなオレンジピンクがほそい指のなかで細長いガラスの容器のなかでひかってカナちゃんはきょとんとした顔をしてレミコをみている。レミコはすこし安心してとっても情けなくなって泣きたくなってしまった。

あ、あの。

けれどなにをどう説明したらいいのかよくわからなかった。こまってうつむいた。もじもじと重ねた手が眼に入る。袖が汚れている、とほうにくれる。

雷、

不自然なくらいにやさしい声でカナちゃんがカミナリガといった。

「雷が落ちてきたからびっくりしたのね。それで、そんなことになっちゃったのね。でも大丈夫よ、おもらししちゃったわけじゃないんだから、下着かえないといけないわけじゃないし、ね、平気だから、そんな顔しなくても平気なんだからね」

とおい深い海の底からの声のようで茫洋として意味のわからない言葉でとても魅力的で、胸がどきどきとした。

けれど雷はレミコのせいなので、悪いのはレミコで、そこは弁解しなければいけないような気がしたのだけれど弁解するまもなくカナちゃんに腕をつかまれて手首と袖口を全開にした蛇口のひどい水圧に晒されて、ゴシゴシ、乱暴にこすられていた。うごかないで、うごいちゃだめよ。その声が異常に鬼気せまっていたのでレミコは身動きもままならないような気がした。

カナちゃんはながい魔女爪でせっけんをくるりくるり大鋸屑のように削りとってレミコを磨きあげ

る。抉られるように乱暴で痛くて雷よりなんだかすこし膀胱にくるような気がする。うふふ、カナちゃんが、日曜日の朝にママの洗濯を手伝う幸福な、こどものように笑っている。レミコはその幸福な洗濯ものになる。眼をつむる。おしっこはもらさないようにする。

ほら、大丈夫じゃない。あとはもう、うがいをしたらかんぺきよ。

ぴかん。眼をひらいて、カナちゃんの真横でいわれたとおりにうがいをする。ごろごろぺっをカナちゃんがたのしそうに見ているのが鏡に映ってみえて恥ずかしくなる。

もう大丈夫ね。かんぺきね。

その黒目がちのうるんだ眼の魔力に吸いこまれてのみこまれそうにレミコはうなずきたくなってけれど便器からはみだしていた抹茶を思いだしてしまうのだ。

だめ、だめだよ、とうまくいえないけれどいいたくて、そっと視線をそっちに向けて訴えるみたいにする。

「なあに」

カナちゃんがそっちを向いてちょっと眉を顰めて、そっちを見ようと近づこうとする。あ、レミコは失敗した、どうしよう、と思った。あんなの、カナちゃんに見られたら絶対に、だめだ、だめだと思った。自分の迂闊さにうんざりした。けれどカナちゃんはぐいぐいその手をひっぱってそのあなを覗く。

あらまあ。

レミコはいたたまれずまたもじもじとしてしまう。

カナちゃんが上半身をぺたりと倒して便器をまじまじと覗きこむ。あらまあ。まあまあ。

レミコがとうとう泣きだしそうに、なる。と、カナちゃんは蟹の肉色のくちびるをテラテラとひからせて笑った。

なによ、大丈夫よお。レバーを倒して水を流しながら、カナちゃんは制服のブラウスの釦を外す。うえからみっつを外すと薄水色の乳当てがみえる。むっくりと宇宙人みたいな存在感のある乳房がみえる。かたほうを無造作にひっぱりだす。ほら、ね、大丈夫だから。ね。やさしい手に髪を撫でられてレミコはその先端をくちにふくむ。眼をとじる。レミコはブラジャーにもなれる。


もうこれで安心だ。レミコは大丈夫だ。レミコはおなかのなかの緑色のカミナリはもう気にしなくていいと思った。もうこれを落とさなくてすむと思った。

シュンチが全部悪いんだ悪かったんだ。けれど早朝の澄明な空気はきれいな空気はキスの匂いがしたのだった。

シュンチは、レミコをユウタと呼んだ。呼ぶのだいつも。ユウタ。ユウタってだれ。

「おまえだよおまえだろ。ほんとなにいってんだよ、おまえアタマおかしーのか」

おかしくない。レミコはおかしくない。おかしいのはシュンチだ。レミコじゃない。あたまおかしいこいつ。と思うのに、ギロリと青魚みたいなするどく虚ろな目で睨みつけられるとなんとなくとろりとしてしまう。ユウタはシュンチをすきだったのかもしれない。だってシュンチかっこいいんだもん。レミコはユウタかもしれない。だってシュンチをすきだもん。

シュンチは脱色した髪をさらさら朝の光に揺らめかしながら「ユウタは人魚だもんな。しかたないよな。あたまおかしくても、しかたないよな」とやがて笑った。

人魚ってなに。

レミコは人魚ってなに、と思った。レミコは人魚じゃないと思うと思った。けれどユウタは人魚だった。レミコはレミコも人魚でなければならないと思った。

レミコは教室のいちばん窓際の、うすぼけたクリームカーテンがぴらぴら揺れるシュンチの机の上、シュンチのまんまえに座った。

レミコはユウタみたいにした。アタマがおかしいフリをした。くにゃりと笑った。

「両面テープが、いっぱい貼ってある」

机をゆっくり愛撫した。

「その白い紙を剥がして、女の子のピンクいろの爪を剥がして、半透明にペタペタ貼る。そうやってすこしづつ生爪の鱗をためていくと、机一個分、人間の下半身ひとりぶんの鱗ができる。それをまはだかの下半身にぐるぐるまきつけて人魚になってしまった男の子がいる」

てのひらをシュンチの頬に添えて、くちづけできそうな間近に顔をよせてレミコは笑った。

「ユウタくん」

シュンチのふとももの上にレミコはずるずるずりおちた。レミコはとても満足していた。あたたかい水のおとがする。神様、シュンチがおもらしをしている。黄色い海の匂いにレミコは鼻をくんくん鳴らした。それからレミコは泣きだしたシュンチの頬を犬猫のようにペロペロと舐めてあげた。シュンチがおおーんおおーんと泣いていた。ユウタくんのために泣いていた。それがレミコにはほんのりとかなしかった。同時にやさしい気持ちになる。かなしいと、すごくやさしい気持ちになる。やさしくしてあげたい気持ちになる。シュンチの尿がレミコの脚を濡らしている。ふとももをつたってハイソックスまでの道筋ができていってしまう。レミコは靴下だけでなく、靴のなかまでびしょびしょになってしまえばいいわ、と思った。やさしい気持ちがシュンチの、放埒な感情の解放をここちよく受けとめていた。ごぼり、ごぽごぽ、すると、靴のなかから空気が抜けてゆくそれというのも、ひたひた、教室じゅうがひたひたと浸食されはじめていたのだった。わ、とレミコは反射的に踵をあげてしまう。

シュンチ、どうなってるのシュンチ。シュンチはだらだら涙を流したまんまだ。蛇口を全開にしたまんまだ。感情の蛇口も全開にしたまんまなのだ。このままだと黄色い海は海になってしまう。廊下にまで流れだしてゆくのがみえる。遠くで、近くで、机や椅子が水圧に倒れてゆく。しかしそれもやがてプカプカうかびあがってしまう。シュンチとレミコのからだも抱きあったまんま、そのなかでひっそりくらげのようになってしまう。けれどシュンチは自分で海なんか出したくせにちっとも泳げやしないのだ。不安そうにレミコに抱きついたまんま、ぶるぶると、それでもおしっこをやめはしないのだ。近く、遠く、よどんだ水のなかで不気味なサカナの死骸のような机や椅子たちがぶつかりあってごっつんこ、ごっつんこ、不躾なくちづけをするおとがしている。レミコは憐れなシュンチを抱きしめかえしながらユウタが人魚でなければいけなかった理由をようやっと理解できたような気がした。どんなに不恰好でも人魚にならなければならないそれくらいでもシュンチがすき。レミコはうまれてはじめて自分の下半身を魚みたく揺らめかせた。シュンチがユウタ、ユウタと叫びながら死にものぐるいでレミコに抱きついてくる。どんどん海面が上昇する。レミコはまぶたをそっと閉じた。まぶたをそっと閉じると世界がきらきらする。まだ間に合う。まだ間に合うのよ、とレミコは叫びたくなる。まだ間に合うのよシュンチ。間に合うわ、ほら、ユウタにキスするのよ！　シュンチはキスしない。レミコはじだんだを踏みたくなるけれど脚がない。床がない。ユウタ。ユウタ。レミコはユウタ。ユウタだからシュンチにキスをする。キスをすると、しくしく世界はもとどおりになる。やっぱり、レミコはユウタじゃないんだね。シュンチがびしょぬれのままがっかりした声でいう。レミコはちがうよ、ちがうよ、といきどおる。じだんだを踏む。踏める。踏めてしまってレミコは泣きだす。でも、シュンチみたくなさけなくおもらしなんかしなくって、かわりにミドリの雷がうなりはじめた。

けれどカナちゃんのおっぱいの先端をくちにふくんだまま、レミコはシュンチのキスを思いだして、ああ、またミドリの巨大な神様がやってくる。カナちゃん、ごめんなさい、カナちゃん。レミコはそこからくちびるを外しておえっと口をおさえた。ごめんなさいごめんなさい。もしかして妊娠してるの？　カナちゃんがしんぱいそうに背中をさすってくれる。ちがうわ。ちがうわ。

(…おなかのなかにね)

(うん)

(神様がいるかもしれないのよ)

(うんうん)

(でもそれはカミナリだからきつくって吐いちゃうの)

うふふ、カナちゃんは可愛想なものをそれはそれはだいじにみまもる眼でレミコを凝っとみた。わたしのすきなひともそういうふうにこまったところがあるのよ。かれには海があるのよ。出てくるのよく。ほんと困るのとくにセックスをしているときとかは。わたしの子宮が地球みたいになっちゃうんだもの。すっごくすっごく痛いんだから。でも耐えるわ女の子だから。それにすっごくすっごく痛いのは母親だからってことじゃないかと思うのよ。

そうきくとレミコはとても羨ましくなってしまう。うらやましい。それはかれが男だからできることなのね。悔しくて制服のスカートの襞が壊れるくらいぎゅうぎゅうにぎりしめてしまう。

するとカナちゃんは弱ったなあという表情になって首を傾げてしまう。男だからっていうか、すきな人だからよ。あなたはきっと、男じゃないのね。でも、わたしはあなたのこと、すきなのよね。すこし、こまってしまうわね。こまらなくてもへいきよ。へいきなのかしら。だって、レミコはいま、その海にすこしだけいたのよ。でもウワキとかじゃないと思うの。ただかれはおもらししただけなんだ。セックスとか、してないんだよ。キスはしたけど。

そういうとカナちゃんはすこしだけ複雑そうな表情になる。レミコは心配になる。すきなひとを怒らせてしまったんじゃないかと、心配になる。あれはカナちゃんのものだったのに、すこしレミコが奪ってしまったみたいに思われてしまったらどうしよう。カナちゃんがマスカラでたっぷりひしめく睫毛のくさむらで眼を閉ざして両手をにぎりこんで考えている。レミコもつられて眼を閉じてしまう。つぎに眼をひらいたときにはとてもびっくりしていた。とてもとても間近にカナちゃんの顔があった。キスをしていた。ぬるりと、カナちゃんのくちびるからはカタツムリのような匂いがする。ほら、いいからカミナリおとしてみなさいよ。レミコがとまどって顔をそむけるそぶりをみせるとカナちゃんはレミコの両手をつかまえて例の魔女爪でぐりぐりと皮膚を抉るようにした。だめよ。かれとしたんだからわたしともしたって、きっといいわよ。ほら、いいから。ぬるりと、カタツムリが唖内に侵入してくる。ぬるぬる行進してきていちばん奥を刺激されるとたんに吐気がよみがえってきてうううううううううレミコは身体をおりまげた。ぺたん、とカナちゃんが便所の床にしりもちをついて上を向いたままおおきくくちをひらいたまま。レミコはこらえられずその顔の上にどろどろと半液体状のカミナリをこぼす。もっと。もっとやんなさいよ。遠慮するんじゃないわよ、出しなさいよ。両手で口を覆っているレミコの腹をカナちゃんが蹴りつける。よろめいて洗面台にぶつかる、その衝撃でまたこみあげてくるものをこらえきれない。カナちゃんの顔が頸が制服が床がびちゃびちゃに汚れていく。うすみどりいろのつぶつぶクリームデコレーションだ。5月いろのウエディングケーキのようだ。もぐもぐ、ケーキの中央がうごく。カナちゃんが咀嚼している。カミナリをたべている。女は貪欲である。レミコは思わずうっとりとしてしまった。たべられているのだ。うれしかった。えへへ、ありがとう。ありがとうね。すこし泣きそうになった。げっぷがでた。星のようなげっぷがキラクルとこぼれた。満足できたのね。よかったわ。カナちゃんもすこしうれしそうだった。レミコはもっと泣きたくなった。レミコはカナちゃんをどうしようもなくすきだと思った。あいしているといってもいいくらいだった。ねえ、カナちゃん、ありがとうね。お星さま、あげるね。レミコはまだあたりにただよっている星をしゃぼんだまをつかまえるように、慎重に慎重に息を殺してくちびるでつかまえるつかまえたままくちびるに貼りつく、それを、わかちあうみたいにさいごのキスをする。さあ。

レミコはトイレを出てまっすぐ教室に走る。登校しはじめているひとたちがたくさんいる。すれちがう。ぶつかる。あやまらない。息がきれる。まっすぐ教室まで走る、けれど、その廊下の途中にシュンチはいた。

「ユウタ、」

そう、たしかにくちびるがうごいた。ユウタじゃねーよばーか。レミコはくすくすと笑いたくなった。

廊下のまんなか、シュンチのまんまえで立止まる。痛いくらいの青空がひかりはじめている。

レミコはうたうようにシュンチすきだわ大好きだわあいしてるわと大声で叫んだ。たくさんのひとがふりむく。へんなものをみる眼でレミコをみる。レミコはシュンチの眼球の中心を見据える。みえるみえる。やっぱりこれは星ね。星なのね。シュンチは臆病な表情をしている。けれど不安がることなんて、なんにもないのにね、とレミコはまたおかしかった。大丈夫よ、さっきあなたが教室でしたおもらしのことなんてだれにもいったりしないわよ。だいじなのは、そういうことじゃないのよ。

(だいじなのはきっと、こういうことなのよ)

レミコはシュンチの胸元につかみかかるように揺さぶってシャツの釦をブチブチ飛ばした。ふへあへへはは。なかに着ているTシャツをひっぱりあげて、生膚をくうきに晒す。意想外にしろかった。もちろん乳当てなんかしてない、その、うすチャイロの先端に噛みつく。大丈夫よ。もう大丈夫よ。かんぺきよ。カナちゃんのレモンキャンディーみたいにチープでキュートな声が脳のうしろっかわで点滅する。がじがじ乳首を食みながら、レミコは自分の胸の内側でふたつのうつくしい顔が結合するのをみている。(すてきよ)(すごく、お似合いよ)ひとさしゆびとひとさしゆびを擦りあわせて起きる魔術のようにそのくちびるとくちびるのあわいは発火する。原初のうつくしい劫火である。レミコは自分の睫毛がパチパチその燐粉で爆ぜる匂いを聴いている。だいじょうぶ。いつかこの火も星になってなにもかもを灼きつくす。

（「率 FreePaper 5」二〇一四年五月、早稲田大学学部生時代の小説創作の授業にて課題として提出したもの）

約束したばかりの第一歌集と星と菫のために

国境の初恋

もうそんなにもやさしく冬だといってしまえるなら、その前の秋やその前の前の夏やその前の前の前の春はいったいどのくらい致命的だといってしまえることができるのだろう。

もうほんとうに季節などというものは存在していなくて、微細で多彩な傷のグラデーションでしかないように春の桃色も夏のすいか色も秋の落葉色もただの思い入れでしかないのかもしれない。解体されてしまったのは間違いではない気がしている、指と心が繋がっている。いたわれるようなアルバムはこの地上のどこからもはなやかに燃やされて灰燼に帰した音楽の優雅の底をとおっていくすみれだ。それぞれのすべての瞳は、アメリカ映画のなかの撃たれた頭部から飛びちった血液と脳漿のように世界を万華鏡にしてみせる。

逃げるといってもどこに逃げるのだという。白抜きにされた地獄の季節からの応答を待つ人々に、必ず冬はやってこない、そんな確信をしてみたいとねがう気持ちのパーセンテージこそがあなた自身の支持率なのだ。

セブンアップ

ヘッドフォンという単語はなつかしい、裏切りのマニュアルとレモンの切れ味がおなじくらいの世界では。

「食欲」「睡眠欲」「性欲」だなんてひとくくりに言うけれど、十全にみたさなくたって死にやしないのは性欲くらいのものなのだから、とても暗く、ひどく湿った星々を消して、植物を根絶やしにしながら、人に尽くしている。

矛盾への愛を謳歌するわたしたちを糾弾しないのなら、生きている資格など、本来ないも同然だということを忘れるな、わたし、も、わたしたち、こそ、も、敵に他ならないのだということは、そんなにも。

想像上のバスガール

夕暮れ、まだ幼いというほどばかにした言葉もそうないだろう。烏合之衆、ながい髪がぶらさがっている。偽物のブランド品のみで身を固めることだけでできるなにかがある、吸収された青空に手を振るだけで、「美の暴力」、友人たちの祝祭日。

チューリップ

そもそもそんなもの大嫌いだけどどうしても選ばなければいけないというなら、資本主義的恋愛より共産主義的恋愛のほうがマシ。

万一死ぬなんてことがあっても墓なんて嫌

いまはむかし、失われた定規の国があったが、特産のひとつであったオンディーヌの宝石の託宣は「とびきりの不幸にあうことだって特技のひとつだ」、視界ではなくてあなたが好きなのはあなたの神経だという成功、秘密を量産しているのなら名前とおなじ、ティースプーンひとさじの血液だ。

ネビュラ賞

音楽の浅瀬に甘い脚を浸しているあの子の後頭部を寸分のくるいもなく撃ちぬけるような、鏡と、お金と、ヘレニズム的なスノッブが欲しい。

ロートレックの出来損ない

コカ・コーラにはコカインがはいっているからコカ・コーラ、マクドナルドのハンバーガーには蛙の肉が挟まっているからマクドナルド。

ダイアモンドはダイアモンドでしか削れない、こんなに痛ましいことがあるだろうか、この世の七〇億人の命よりそれは残酷なことだ。

Are you ready?
そんな言葉さえ、心から苦しんで叫んだことがないやつなんて、アイドルじゃないよ。

四半世紀を殺す制服

また失望した人がやってくるなら、その前に、事故現場から盗んできたありったけの花束を置いといてやろう。パパもママもセックスの話しかしないなんてそんな悩みも聞きあきて、あんたはいつも死にかけの女の話にしか興味を示さないだろう。見てみろよ、あれが冬型の気圧配置だ。私の甘えもあんたの甘えも等しく、たかが三面記事を飾る程度の美しさなんだよ。皇帝だっていうなら、私もあんたも等しく相応しくて、あしのうらに食い込んだたくさんの宝石がペットみたいに媚を売るだろう。たかがそれだけで、人を殺すなんていう太古のむかしからある凡庸な行為しか許されていないっていうのか。見ろよ、魂はひとかけらも進歩していない、そんなくだらない挨拶しかできないのなら、私が終わらせる、失墜した天使の平凡さだけがいまでも甘く世界を飾るというのなら。

みんな自殺してしまう

東電と電通の男としか寝ないからわたしたちは従軍慰安婦、さみしいなんていうくだらない感情にかかわりあっていたら百年なんてあっという間に過ぎてしまう、上昇していく硬貨の音はきこえるだろうか。日々の霙の濁りをかわいがっているうちに、弟がヒラリーとトランプの痴話喧嘩のあいだに突っ立っているあいだに、幻がわたしのマスターベーションを見つめているだろう。

蜜蜂は愛だ。

愛の七不思議

木曜日の子供は知っている、あなたは子供で知っている、喰らいついた赤色・ピンク色の肉の感触、ギターの弦はすべて切れて、わたしが主人公であることを否定する要素はこの世にほんのひとつもない。

牛乳のなかで発光していたのはあれは暗闇の虹だったのか、くだらない週刊誌に命を預けて暮らしたい、魔法を使える人々を殺してまわる旅にでたい、あなたの晩年の妄言をきちんとファイリングしておきたい、檸檬のスライスが五枚。

英雄を勇気づけるものはすべて唾棄すべき美しさの苺・AB型の血液・イタリア料理・髪の毛ひとすじのなかをながれる洗剤・朝の連続テレビ小説、拮抗していこうという意志さえ現世にたどりついたばかりの美少年。

微笑み、あたたかい土がこぼれる、絶望ははてしない優しさだろう、このさきどんな絶唱が待っているというのだろう。

「ただいま」と「おかえり」のあいだの永久に存在しない時間、存在してはならない瞬間、わたしは生まれない、そんなまやかしを甘やかす余裕もないほど、人々の瞳だけをすべてにしてしまいたいと願いながら、許せない、法の下にすべてをさらけだすだろう。

世紀は体験

注げば注ぐほど未来はちいさくなっていく、Back space、平行をささえるためのまなざし、(ライバルですね）、相応の体臭は大昔の比喩で言えば薔薇と言うんだろう、あなたが死んだらその瞬間に自殺しようと思っていた。

傾倒

知恵の輪が一生を左右する、なんてにぶい雲の空の下で、ひっかき傷のような桃色のラインマーカー、いつか終わるということしかわからないと言うのなら、寒暖差だって、目も耳も口もとぎすます、デッドエンド、抱えきれないほどのとりどりの買物袋、ギリシャ、裸足で踏みにじってもまったく痛くないそういう火のついた煙草、会話の流れをさえぎって涙を流している金魚のようなどうしようもないときめき。

郵便局にはわたしひとりだった

中年男性のその類がかるくふくらんでいるのがわかってしまうくらいの大きめの飴、ごくごくつまらない探偵小説、静脈のなかの青い空、もはや『白痴』的な愛で人は救われはしない、浴槽いっぱいの果物、アンリ・トロワイヤ『石、紙、鋏』、あなたが人を殺したそのとき、その場所、その瞬間に、居合わせることができなかったことを、いまはただただ残念に思う。

十年後のビジネス

氷でつくられた鋏で切ってみたい、ウイルスバスター、以前から歌詞が大嫌いなバンド、花という生殖器、プラスティックだってそれも病気じゃない、緑、赤、黄色、0、夏の隣で笑っているクリスマスから僕たちにおくられた共産主義的セブンスター、

茨姫がはじまる前に

既視感としか思えない悲しみが引き鉄になるなんて、逃げ出してしまった弟がくだものの名前を数百つらねていくのが大好きな作家たちのこと、あなたの唇と唇のあいだにいったい何があると思えば、

もう何年も時計の短針だけを集めて歩いている、決して目覚めることのない性と、どうか苦しみながら死んでいってほしいやさしい無数の神話のために。

きらい、きれい、きらい、きれい

父の病気で一家離散、さいごにはパレードしか残らなかった。名人よ、愛人よ、友人よ、恋人よ。岬の果てにはあのクリスマスの香りしかなかった。雑誌のカラフルさが彼女を苦しめるだけだと知ってしまったから、溺死するという習慣もなくなってしまった。このさき、どんな幽霊の目も潰していけるだろう。そんな勇気と希望がわいてくる、それがほんのすこしだけ申し訳ない。

駆使

たくさんの朝に、あなたはきっと目覚めない、それはどうでもいい花束に花が纏められていくのを悪夢が救う心地の、良心的なバレンタインデイにちがいない。

アンソロジーなどという穢らわしい時代は死んだ、それよりもさきに大正時代のすばらしい整形技術があった、役割の花のひとつかみ、殴打した六月の比喩の主語。

凍りついたひとびと、そしてささやき

ならべられたふたつの眼球、穴の開いた天井からゆきずりの巴里の声、「恥しい」を「やさしい」と呼んでしまうこと、もうありません、笹を貪るパンダまでもうすこし、メリーバッドエンドまでもうすこし。

ハローキティのザーメン

季節の城のなかでは、自殺を最上の罪と考える者が自殺することが多いが、その瞬間は、かれらが「自殺が最上の罪ではない」と悟った瞬間におとずれるという、バスタブの栓を抜いたままでね。小夜子だなんて名付けるな。やさしさを慰撫するのが無礼だと知っているなら、その限りにおいて宝

石でむき出しになった心を見せつけてやればよかっただろう、願うな、祈るな、決して地獄に落ちるな。

わたしがお前のハートを決めてやろうっていうのか、……何？　スペードのエース？　ジョーカーなんていう、ださくてくだらないものははるか十七世紀にはとっくに滅びていた、そんなことは本当はきみだって知っていただろう？　ほら、星が見えるね。

無理矢理にでも入っておけばよかっただなんて決して後悔しないように。

ガールフレンド

知っている名前、イエス、

名曲にミュージックビデオが存在しないなら、あなたは必要ない。

口唇以外の場所にあらわれたヘルペス、ちいさなダンボールをみると無性に不安になる、人々、星々、花々、帰宅をよそおうのにもう随分と飽きがきたころだろうに、動物園の動物のための餌、あれにかかっている真っ赤な液体は血ではなく、ビタミンなんだ。

変拍子でうたうことなんてそんなに好きにならなくていい、テルミーホワイ、「あなたは大丈夫だ」とくりかえす女を決して信用するな、それはあなたを殺そうと心に決めているだけ。

金土日

油や花を売っているなんて、近未来のカレンダーそのもの。世界には愛しかないということは、生きていくには充分すぎる悲しみ。みずからの全集を夢見ている愚かものたちよ、彼女の全細胞、九千八百億円、夕空に鍵をさしいれたまま。

風説とディップ

花言葉をどうしても覚えられない人々が集められた部屋で、作業はひどく捗り、彼ら自身が唯一の名前としてパッケージされそうになるけれど、点滴の一滴一滴がおちてくるタイミングとおなじそのスピードでそれが乱反射するのさえ許されることもなく、運転席を変わった。

いともかんたんにたくさんの歴史がつむがれて、ひとりがひとりと別れる前にもっともっと頭を悪くしておかなければならない、アクセントが皇子になってしまう当たり前さに、コンクリート詰めにして東京湾に沈めてしまうというのは、もはや稀少なこと、倨傲はジュリエットとマリアにわかれていった、最強の砦。

もっとも矮小で可憐な人々に、さいごの手紙はどうしても届いてしまうから。

(個人詩集、二〇一六年十一月)

わたしよりもアンネ・フランク（愛の処刑）

桃子は不機嫌だった。そして、桃子の不機嫌というのは決して悪いものではなかった。

さっきまで覗きこんでいた鏡にそっぽをむき、床に寝転んでいた私と中也を一瞥するとわざとらしいためいきを大きくひとつ吐き「ブサイクどうし、仲良くやってれば？」と言い捨てて荒々しく玄関のドアを閉めて出ていった。

「なにあれ。」

理由なんてわかりきっているのに中也がいちいち口にするということは、中也は中也で機嫌がいまいちなのかもしれなかった。

「まただめだったんじゃん。」

（オーディションがね。）

うっとり鏡を覗きこんで、ときおり、メイクに足し算をしていた桃子の機嫌が急変したのは彼女のスマートフォンが鳴って、画面をのぞきこんだ瞬間からだった。

「でもどっちにせよ、そろそろボイストレーニングの時間じゃなかったっけ、きょう。」

「そうだったっけ。」

「たしかそうだよ。昨日の夜言ってた。」

私は桃子にいわれたとおり「ブサイクどうし」（＝私と中也）「仲良くやる」（＝セックスする）かどうか迷ったが、とくにそういう気分にはならなかったので、トマトとガーリックのパスタのレシピをクックパッドでしらべてつくって二人で食べた。


私は一週間前に桃子に拾われた。その一週間前に田舎から当時の彼氏と東京に駆落ちしてきてスマートフォンで調べた格安のラブホテルを転々としていたけれど、駆落ち四日目で当時の彼氏に東京の彼女ができて捨てられた。彼氏は東京の彼女（＝ＯＬ）のマンションに転がりこんで私はひとりになった。

とたんに何のやる気もなくなって、トランクを抱えて日がな駅のトイレの個室にこもってぼんやりしていたら、桃子に「ねえ、あんた、一昨日もここにいたでしょ？」と声をかけられた。その駅は桃子のマンションとレッスン所のちょうど乗り換えに位置する駅だった。

「どうせ、暇ならまだ夜になっても、ここにいる？」

「いると思う。」

「ふーん、わかった。」

その会話を交わしたのが昼過ぎだった。夜の十時頃に桃子が迎えにきた。

改札口で切符を買おうとしている私に桃子は怪訝そうな表情をした。

「カードないの？」

「カード？」

桃子はため息をついてパネルを操作してカードを取り出した。

「めんどくさいから持ってて。」

そう言われてペンギンがいるそのカードを渡された。Suicaだった。

「あんた、よっぽど田舎ものなんだ。」

「そうかも。そうだと思う。」

「田舎ってどんな感じ？」

「十年住んでたらときどき観光客皆殺しにしたくなる感じ。」

「へえ。」

はじめて桃子が笑った。

あらためて桃子をみるととびきりの美人だということに気づいた。最初は東京の子だから垢抜けてるんだと思っていたけど、いっしょにのっていた電車の車内を見回してもちょっと周囲とは桁違いだった。

桃子のずいぶん立派なマンションの部屋に入って、まずはバスタオルを押し付けられた。

「あのトイレに何日くらいいたの？」

「三日くらい？」

「化粧も落としてないでしょ。ひどい顔。」

「かも。なんかごめん。」

「食事さきのほうがいい？」

「いや、いいや。さきお風呂入る。」

バスルームのなかはいい匂いのするものでいっぱいでむせかえるようだった。ひととおり顔やからだや髪を洗いおわってバスタオルで水滴を拭っていると、こんどは桃子はみるからに新品の下着と部屋着を投げてよこした。まだ出会って数時間なのに桃子はよく物をくれる子だなと思った。

珈琲のにおいがした。

テーブルの上には珈琲が三つと、カットされたオレンジが盛られたガラスの器と、サンドイッチ。桃子と、もうひとり、二十代半ばくらいの妙に肌がきれいな男が座っていた。

「食べれば？」

「ありがと。水もらっていい？」

「中也、ミネラルウォーターとって。」

桃子にそう言われてその二十代半ばの男が立ち上がり、冷蔵庫からミネラルウォーターのペットボトルをとりだし、コップに注いでくれたから、その男が中也なのだと思う。

「どうも。」

お礼を言うと、中也は無言でかるく頭を下げた。

そのあいだに桃子はテーブルの上をスマートフォンで撮影し、いくつかポーズをとりながらアップの自撮をしていた。

私はオレンジを二、三切れ食べたあと、サンドイッチに手をつけた。サンドイッチに手をつけたら、それが猛烈においしくて、とまらなくなった。そうか、私は三日、なにも食べていなかったんだ!、ということを急に思い出した。

「もっと食べる?」

あまりに私ががっついているからか、中也が声をかけてくれた。

「食べていいですか?」

「敬語とか別にいいから。あとどれくらい食べる?」

「三日間飲まず食わずだった十七歳の女が食べるくらい。」

「わかった。」

ほんとうにわかったのかどうかわからないけれど、中也が冷蔵庫から野菜やマーガリンを取り出して、キッチンのほうを向いた。

「ねえ。」

「あ、ごめん。桃子の分のサンドイッチ食べちゃった。」

「どうせ食べないからいい。こんな時間に食べたら太るじゃん。それよりさ、こっちとこっちとこっち、どれがいい？」

スライドさせて見せてくれた、どれもアプリで絶妙に加工された、どれも微妙にちがう、桃子の顔。

「インスタに投稿するのどれがいいと思う？」

「どれも可愛いと思うけど。」

「だから、あんたに訊いてるんじゃん。」

可愛いといわれても自分で全然否定しないところがいいなと思った。

「じゃあ、二番目のがいちばん可愛いと思う。」

「そ？　二番目と三番目で迷ってたから、じゃ、二番のにする。」

素直なのも悪くないなと思った。

「あの中也って人、彼氏？」

「ぜんぜんちがう。あんたと一緒。拾ってきた。」

「人拾うの、趣味？」

「そうだよ。」

「それ、危なくない？」

「トイレで寝てたホームレス女に言われたくないんだけど。」

「ホームレスじゃないよ。田舎から駆落ちしてきたのに男に捨てられて路頭に迷ってたの。」

「だっさ。ていうかそれもホームレスでしょ。」

「そうかも。中也もホームレス？」

「じゃない。中也は、私が嫌いな女とつきあっててそれがむかついたから、別れさせて連れてきた。」

「彼氏じゃん。」

「彼氏じゃないよ、全然タイプじゃないもん。べつに中也が好きだったわけじゃなくて、私が嫌いな女が中也とつきあってる、その状態が嫌だったわけ。」

「でも中也は桃子が好きなんでしょ？」

「そうなんじゃない？」

「好きじゃなくてもつきあってあげればいいじゃん、いっしょに暮らしてるくらいなんだから。」

「嫌。いま正念場だから。男は無理。」

「何の正念場なの。」

「――わたしさ、何に見える？」

「何って何？　すごい美人に見えるけど。」

　顔に、そういうことじゃない、と思いきり書いてあった。

「芸能人みたいにきれいだと思うけど。」

　まだ不満だ、という顔をしている。

「桃子は、モデル。」

サンドイッチを山盛りにした皿を差し出しながら、中也がそう言った。

「だけど、それじゃ、まだまだ不満だから、ダンスレッスンやボイストレーニングに通ってる。桃子はアイドルになりたいんだ。」

「別にそういうわけじゃない。」

「じゃあ、この前受けたオーディションは何だったの?」

「うるさい! もういいからあっちいって! 中也はもう寝なよ!」

桃子が抱えていたクッションを投げつけると、中也は肩をすくめて、居間を出ていった。

そう言えば、東京は家賃が高いというけれど、そのわりには桃子の家は広く、部屋がたくさんあり、それなのに、中也と桃子以外に、桃子の家族が住んでいる気配はなかった。


桃子のベッドは大きかった。その上に座って桃子は膝下と膝、肘にボディクリームを塗っていた。私はそれをぼんやり見ていた。かすかに花の香りがした。

ベッドサイドの棚にはさまざまなカラフルなボトルや缶やが並んでいる。そのなかのひとつを手にして桃子は、こちらを振り向き、「ねえ一回服脱いで。」と言った。言われたとおりに脱ぐとうつぶせにされて、背中のあたりからぺったりとクリームを塗られた。むせかえるような甘い甘い香りだった。

「これ、バニラ?」

「ちがうよ、杏仁豆腐のにおい。すごいでしょ。わたしの肌にはあんまり合わないんだけどにおいが好き。」

全身に杏仁豆腐のにおいのクリームを塗られたあと、ふたりでふとんのなかに入ると、みごとにそのなかは甘いにおいでいっぱいになった。桃子がくっついてくる。

「人の肌に塗るとさ、体温で、また、匂いがずっと続くの、好き。」

「私、ホームレスからアロマキャンドルにランクアップだ。」

「アロマキャンドルにくっついたら、火傷する。」

「じゃ、離れたら?」

「嫌だ。しばらく前まで中也の他に女の子ふたりいたんだけど、しばらく前にふたりして出てっちゃった。その子たちにもよく塗ってあげてた、これ。」

「ほんとによく人拾うんだ。あのさ、もし私が悪い奴だったらどうするの?」

「大丈夫、絶対、わたしのほうが百倍悪い奴だから。負けないし。危なくないよ。他の人は人拾うの危ないっていうけど、わたしは強くて悪いから、平気なの。猫拾うのも、人拾うのも変わらない。」

「でも猫拾ってもいいんじゃない。」

「猫より人拾うほうがおもしろいんだもん。」

「でも猫は殺処分されちゃうんだよ。」

「あんた猫好きなの？　でも人間だって変わらないよ、殺処分されるの、たぶん一緒。なにが安全とかないよ。わたしは安全だけど。」

「じゃあ、桃子のところにいれば安全。」

「そりゃそうでしょ。」

　それから会話が、アメリカの下水道に捨てられ巨大化した鰐に流れ、ネス湖のネッシーに行きついたあたりでちょうど私は眠ったと思う。


　朝起きたら、桃子はもういなかった。

　居間にいったら中也がいて、ノートパソコンを眺めていた。おはよう、と、挨拶されて、おはよう、と挨拶をかえした。顔を洗って、歯磨きをして戻っても中也はそこにいて、私は自分の部屋があるわけでもないし、どうしたものかと思っていたら、その気配を察したのか、中也に「とりあえず座れば？」と言われて、向かい側に座ったら、「そっちじゃなくて、隣きてよ。」と言われて「なんで？」と訊くと「見せたいものがあるから。」とシンプルな答えがかえってきたので移動した。

「この子たち、知ってる？」

「あ。……あー、知ってる。見たことある。」

テレビをあまり見ない私でも、見覚えがあるということは相当売れてるんだろう。

「でも誰が誰とか名前は知らない。」

「七人いるんだ。名前とそれからファンからの愛称みたいなものとがあるんだけど、それは覚えなくていい。桃子が全員に勝手にあだ名つけてて、多分、これからそっちの呼び方で聞くこと多いだろうと思う。最初は暗号みたいに感じるだろうけど、そのうち慣れる。」

左から順番に、スクリーン指差しながら、「デブ」、「音痴」、「整形」、「ブス」、「枕」、「ぶりっこ」、「勘違い」。

「ずいぶん抽象的な悪口じゃない？　ふつう容姿をディスるにしたってもうちょっと具体的なところにいくでしょ。いまのじゃ全然認識できない。」

「ファンやアンチがつくる、うまいこと言った的な裏の愛称というか、ネットで浸透してるネーミングももちろんあるんだけど、桃子はそれは絶対に嫌がって、使わない。あれだって愛情の一種だって思ってるからだと思う。それくらいこのグループが嫌いなんだ。桃子が最終選考まで残って、落とされたグループだからね。」

「ふうん。でもこのまんなかのブスって子がいちばん可愛いと思うけど。」

「その子が一番人気のゆきなだね。桃子と同じ雑誌の読者モデルだったんだ。桃子は最初はアイドルになるつもりなんか全然なかったのに、ゆきなに誘われてオーディションを受けた。それで、ゆきなが合格して、桃子は落ちた。それがトラウマになって桃子はアイドルを目指しはじめたんだから皮肉なもんだよね。」

「詳しいね。」

「ゆきなは僕の元カノだから。」

「……込み入った話だ。」

「そうかな。もともと僕は桃子が好きで、桃子と繋がるのが目的でゆきなとつきあってたから、現状はとてもしあわせだけど。」

「でも桃子はつきあってくれないわけでしょ。」

「僕は本命にはインポだからそれでいいんだ。」

「なんで？」

「ロマンチストだから。」

　ふーん、と相槌をうったあと、そんな気はしてたけど中也の部屋に行ってセックスした。何回も何回もセックスしてたらそのうち桃子が帰ってくる音がきこえて、さすがに隠れたほうがいいのでは、と思ったけれど、中也はとくに中断する気配もなく、桃子は桃子で部屋に入ってきて、私と中也のセックスが一段落するまで、座って眺めてた。中也がコンドームにくるまれた自分の性器を私の膣から引きずりだすのをみて、桃子は「ねえねえ、トランプしようよ。」と言った。

「なんでトランプ？」

「きょうの撮影の小道具でつかってたトランプが可愛かったから買い取ってきた。使ってみたい。七並べしたい。」

「シャワー浴びてからでもいい?」

「やだ。待てない。ティッシュでいいじゃん。」


ふたりとも超能力者かと思った。

七並べにとどまらず、どれもやたらトランプが強かった。

「あんたが弱すぎるんだよ。」

「そうそう、全部顔に出てる。」

夜十時。スマートフォンが鳴る。

数日間、電池が切れていたから忘れていた。

ごめん、ちょっと待って、と、メールを確認するとやっぱり文面に「大丈夫ですか?」とあるので、「はい。いつもどおり。」と返信する。

「誰から?」

「ママ。」

「家出してるのにママと連絡してるの？　意味なくない？」

「そうかも。」

ママの「大丈夫ですか？」っていうのは「処女膜は無事ですか？　まだちゃんと処女ですか？」という意味だ。でもママは「処女」とかそのたぐいの単語が苦手なので「まだ処女です。」などと直球の言葉で返信してはいけない。ママは私に関しては処女であるかどうかにしか興味がない。ママは弟を死ぬほど溺愛しているので、私からの返信を確認したらもうメールは打ってこない。すぐに弟とセックスをはじめるから。

「わたしは母親いないから。桃からうまれたから桃子っていうの。」

中也のほうに視線をむけると「もう長いこと会ってないけど、母親はふたりいて、ふたりとも元気らしいよ。」と答えた。

「家出じゃない家出だから、捜索願も出されないからいいの。ママがいるっていうのも悪くないよ。」

「母親いないからわかんない。でもそんなにいいものなら、生まれかわって母親いたら考えてみる。」

「そうだね。なんでも、その場その場で決めるの、桃子のいいところだと思う。」

「年上だからっていちいち上から言わないでよ。むかつく。」

「はいはい、ごめんね。」

数週間いたらリズムがわかってくる。

桃子はたいてい、毎日、レッスンや学校に行く。

中也はときどき友達と飲みに行き、ときどきバイトに行く。

中也のバイトはてっきりホストなのかと思っていたら、ボーイズバーだそうだ。

どうしてかと訊いたら、ホストはノルマがきついから嫌だし、ボーイズバーのほうが気が楽、しかもいまの店は経営者が知り合いだから融通がきくのでさらに気が楽なんだという。

そうなのか、と思い、教えてくれた店名のホームページを開いたら、例の元彼の顔が載っていて驚いた。といっても加工されてるからどうかな、と思って中也にかるく探りを入れてみたら、どうにも本人で間違いなさそうだった。

「客の評判は悪くないよ。でもなんかちょっと頑張って無理してる感じはある。」

「あいつ、結構いいところの息子なんだよ。きっと探されてるよ、ばかだよね。でも、きっと東京しばらく満喫したら連れもどされて、帰って、全部、なんとなくいい思い出になるんじゃないかな。」

「恨んでないの？」

「そんなに。さすがに一週間もたずに捨てられるとは思ってなかったけど。中也がゆきなとつきあってたのとたぶん似たような感じだよ。家出するきっかけに使えそうなタイプだったから。盛り上がるとすごいいんだけど、良いことも悪いことも、三日もたたずに忘れるから、そうやって利用しても傷つかないだろうと思ったし。」

「傷つけてあげないのか。それはそれでちょっと可哀想じゃない。」

「私のほうがずいぶん体面悪いんだから痛みわけでしょ、そんなの。傷つけてあげるのが優しさとか
ちょっとナルシストだよ中也は。」

そんなわけで、ふたりがいない桃子の家にひとりでいるときには、桃子が審査に落ちたアイドルグループのミュージックビデオや歌番組やバラエティー番組の動画をずっと見ている。ほとんどの曲は口ずさめるようになった。中也がいるときはふたりで見ることもあるけど、桃子の前では絶対見ないし、おくびにもださない。

動画を見尽くしたあとは2chの関連スレッドを閲覧するようになり（たまにゆきな推しとして書き込みもしたりしながら）、そして、関連スレッドを辿っていくうちに最近やけに桃子の機嫌がいい理由がわかった。いま件のグループでは二期生を募集しているところで、そのなかで桃子は順調に勝ちあがっているのだ。

コアなファンは前回最終候補まで残りながら、惜しくも選ばれなかった桃子のことを記憶していて、既に合格の最有力候補として桃子の名前が挙がり、その後、同じ雑誌のモデルであるゆきなとのライバル対決まで期待されている。

みんな、幸福になるためにドラマがほしいんだ。

桃子のグループ加入が正式に決定した日、まったくばかげたサイズのケーキを買って、私たちはパーティーをした。これ以上の幸福の絶頂はないかもしれない。そう思った。

その夜、いつもどおり眠っている桃子のアロマキャンドルになってスマートフォンを眺めていたら、ゆきなのハメ撮り画像と動画が流出していた。一瞬で、それは拡散されていく。中也がやったんだとすぐにわかった。心臓がどきどきした。ゆきなに同情して泣きたくなる自分と、中也の性格の悪さに感動している自分と、桃子の未来を思う自分が分裂して胸が張り裂けそうになった。

まだ混乱しているのに電話がかかってくる。

弟からだった。

弟は泣いている。

ママを滅多刺しにして殺してしまったのだという。

私は弟を宥めながら、わたしの生の終わりはきょうかもしれないと本気で思った。これ以上幸福な瞬間が訪れることがあるのかと思った。わたしはママのために、死んでしまったママの可哀想さに涙を流した。これまでどうでもいいとしか感じられなかった、ママのこと、弟のことが、好きで好きでたまらなくなる。

私の異変に気づいた桃子が目を覚ました。

「ねえ、どうしたの？」

「桃子、私、行かないと。」

「嫌だ！　こわいよ、いなくならないで。」

　桃子が泣いてる。

　桃子が泣いてるところなんてはじめて見た。

「大丈夫、わたしたち、なにがあっても、しあわせになれるよ。」

　私はこれから弟とママの死体のもとに帰り、悲嘆にくれながら、警察に連絡し、弟の有罪を知りながら、弟の無罪を訴える運動をする。街頭で泣きわめきながら署名をあつめ、家族の不幸で気が狂ってしまった女のふりをして同情をあつめ、人々を心底、うんざりさせる。

　桃子、桃子、泣いている場合じゃない。

　もう、どう考えたって、いまがわたしたちの出番なんだから。


（「HS」、二〇一六年六月）

あとがき

クリストファー・ロビンのその瞬間の至福ほど、現実のクリストファー・ロビンは幸福ではないということにわたしはながいあいだ至福を感じつづけてきてしまったし、それはこのさきも変わらないだろうということに罪悪感と絶望がないかといえば嘘になってしまう、けれど、それはきっとこのさきもわたしが生きている限り変わらない。

（…）そこで、もしいま、「あの動物たちが、ガラスケースにはいって、あなたのところにないのを残念に思いませんか。」というようなことを聞かれたら、私は、「いや、べつに。」と答えなければならない。そして、こういう返事が、あまり不親切に聞こえないようにと思うのである。私は、いま、じぶんのすきな物を手もとにおきたいと思う。ずっとまえにすきだった物ではなく。私は、家を博物館にしたくはない。私の古いファースト・イレヴンのブレザーが小さくなったとき、それは捨てられた。アウトにならずに十三点のスコアを獲ちとったときの、誇らしい日の思い出だといって、とっておきはしなかった。どの子も、自分のプーをもっている。しかし、おとなたちがみな、自分の子ども時代を思いだすよすがだといって、プーをとっておくとしたら、おかしなことだろう。けれども、私のプーはちがう、と、あなた方はいうかもしれない。私のプーは、あのプーなのだと。しかし、これは、私のプーが、あなた方にとってちがうものだというにすぎない。私にとっては、ちがわないのだ。私のおもちゃは、あなた方のおもちゃが、かつてあなた方にとってあったもの、そして、いまあるものと、少しもちがわない。彼らがオーストラリアや日本の子どもたちに知られているからといって、私は、そのためによけいに彼らを愛するということはない。名声は、愛情とは何の関係もない。

さて、クリストファー・ミルンはこう訴える（石井桃子訳『クマのプーさんと魔法の森』）。クリストファー・ミルンのおさない頃のモノクロの写真も、E. H. シェパードの挿絵のクリストファー・ロビンも、ディズニーアニメのクリストファー・ロビンも、愛らしい。けれど、その愛らしさのゆえに、彼は自分の父親には存在し、結局自分自身は授かることがなかった才能をふりしぼってこの文章を書かなければならなかった。

この本をまとめるにあたって、たまっていた自分の文章を読みかえすことになったが、もちろん年月の経過による巧拙の差などはあれど、うんざりするほどひとつのことしか言っていないように思えた。それは、わたしはつねにクリストファー・ロビンを愛するが、現実のクリストファー・ロビンを知りたいという欲望に打ち勝つことはできず、結局のところ、そのふたりのあわいにあるものについて永遠に語りつづけていたい、という欲望である。その欲望とは一見関係のなさそうにとらえられるかもしれない文章にさえ、その欲望ははっきりと宿ってしまっている。これはわたしの致命的な欠点である。

十代の終わりに短歌をつくりはじめてから、パヴェーゼの『美しい夏』の書き出しみたいに、あのころは毎日がおまつりみたいだった、その長いおまつりも随分前に終わり、いっしょにいたひとたちはもうだれもいなくなってしまった。けれどあのおまつりのような日々、どうしてあんな日々が存在したんだろう、けれどあのおまつりのような日々がなければ、怠惰なわたしがこれだけの分量の文章を書くことはなかっただろう。

短歌にのめりこむきっかけになった穂村弘氏、および氏の短歌については、自分が短歌創作をはじめてからは徹底的に考えずにはおれず、その痕跡がこの本には大量に収録されることとなった。ある時期までのわたしの短歌は論作ともにほとんどすべてを氏に負っている。とにかくジャンルを問わず、ある程度以上のまとまった散文を書くことができなかったわたしがはじめてある手応えを得ることができたのが「穂村弘という短歌史」だった。

編集の春日洋一郎氏の提案で、いわゆる短歌評論や批評以外のものも収録することになったが、インタビューやエッセイはともかく、日記や詩、さらに大学時代の習作の小説までひろがってしまい、わたしが当時書いていたものはほとんどすべてこの本にまとまっている。こんなふうなかたちでの本の出版は春日氏の提案がなければ絶対に考えられないものであったし、中身がとっ散らからないように、最良の構成を考えてくださったと思う。ほとんどすべてをお任せしてしまったのでこの本は氏の本だといっても過言ではない。また稲川方人氏からも重要なアドバイスを頂いた。感謝。

書くべきことも、書かなければならないことも、ほんとうは存在しないと思う。けれどわたしはなぜか幼いころから「書きたい」と熱望していたし、ほとんど「書きたい」以外の感情しかなかった時期さえあるのに、実際には書いていなかったし、書くことができなかった。しかしながらこの「書きたい」という熱望も、クリストファー・ミルンの分類ならば、名声のほうにまちがいなく属している。クリストファー・ミルンの言うところの愛情だけではわたしは絶対に満足できない側の人間であり、そのために、わたしは現実のクリストファー・ロビンを苦しめつづけることになるだろう。

けれど、このような本を出すことは生涯もう二度とないだろう。

瀬戸夏子

瀬戸夏子　せと・なつこ

一九八五年生まれ。二〇〇五年の春より作歌を始め、同年夏、早稲田短歌会に入会。その後二〇〇九年の創刊から二〇一一年の解散まで同人誌「町」に参加し、現在「率」同人。著作に第一歌集『そのなかに心臓をつくって住みなさい』（私家版、二〇一二年）、第二歌集『かわいい海とかわいくない海 end.』（書肆侃侃房、二〇一六年）。

現実《げんじつ》のクリストファー・ロビン　瀬戸夏子《せとなつこ》ノート2009-2017
二〇一九年三月二〇日　初版第一刷発行
著者＝瀬戸夏子　発行者＝春日洋一郎
発行所＝書肆　子午線　〒三六〇-〇八一五 埼玉県熊谷市本石二-九七（本社）
〒一六二-〇〇五五 東京都新宿区余丁町八-二七-四〇四（編集室）
電話 〇四八-五七七-三一二八　FAX 〇三-六六八四-四〇四〇
メール info@shoshi-shigosen.co.jp
印刷・製本＝渋谷文泉閣

ISBN978-4-908568-20-6　C0095

書肆 子午線の詩集

手塚敦史 詩集　**球体と落ち葉**

A5 判変型／仮フランス装／ 116 頁

定価 2400 円＋税

午後遅く、太陽の／取り分を与えられた手のひらが／触れた物質その生涯をかけて打ち込めるものへ／／「ほんとうの対話ができるものにわたしはなりたい」

菊井崇史 詩集　**ゆきはての月日をわかつ伝書臨**

A5 判変型／並製／ 350 頁

定価 2300 円＋税

この時代を生きる切り詰めた生存の姿勢に刻印される誠実な言葉の営為

350 頁におよぶ渾身の長篇詩

菊井崇史 詩集　**遙かなる光郷へノ黙示**

A5 判／並製／ 108 頁

定価 2000 円＋税

著者自身の印刷・製本により少部数のみ制作された幻の私家版詩集を新装復刊

中尾太一 詩集　**ナウシカアの花の色と、〇七年《ゼロナナ》の風の束**

菊判変型／上製／ 92 頁

定価 2500 円＋税

重層化された中尾詩学の奥底に潜む抒情の創痍

その新たな展望を示す待望の詩集

福島直哉 詩集　**わたしとあなたで世界をやめてしまったこと**

A5 判変型／並製筒函／ 120 頁

定価 2400 円＋税

屈折と断絶、そして邂逅と別離の限りなき反復／ふたつの若い身体に訪れる息詰まる試練を／世界は新たな希望と見なすのだろうか／現代詩の現在に誕生した若々しい恋歌